KB252956

이우걸 시조 연구

이우걸 시조 연구

초판 1쇄 인쇄 | 2013년 8월 13일
초판 1쇄 발행 | 2013년 8월 20일

엮은이 | 엄경희
펴낸이 | 지현구
펴낸곳 | 태학사
등　록 | 제406-2006-00008호
주　소 | 경기도 파주시 광인사길 223
전　화 | 마케팅부 (031)955-7580~82　편집부 (031)955-7585~89
전　송 | (031)955-0910
전자우편 | thaehak4@chol.com
홈페이지 | www.thaehaksa.com

값은 뒤표지에 있습니다.
ISBN 978-89-5966-595-2 93810

이우걸 시조 연구

엄경희 엮음

태학사

머리말

현대시조는 우리 전통시가가 지닌 심미성과 그 안에 용해된 시 정신을 현대적 감수성으로 재해석하고 변용시킴으로써 보존·성숙해온 시 장르라 할 수 있다. 시조가 지닌 역사성에는 현대시에서 점차 사라지고 있는 품격과 절제 정신, 해학이 고스란히 숨 쉬고 있다. 현대시조는 이와 같은 전통 시가의 정신을 내면화하고 그것을 시적으로 형상화하는 가운데 생성된다. 아울러 현대시조는 근대 이후 발생한 패러다임의 변화와 그에 따른 생활세계의 전면적 재편을 끌어안으면서 전통과의 조화를 고뇌했던 문학적 산물이라 할 수 있다. 그런데 우리가 흔히 말하곤 하는 '전통계승'의 문제는 말처럼 쉽게 실천되는 것이 아니다. 전통 계승의 과정은 단순한 '보전'과 다른 문제이다. 계승과정은 보존과 달리 변이를 동반하기 때문이다. 전통계승이 옛것의 동어반복을 뜻하는 것이 아니라면 그 과정에는 반드시 충돌과 화해라는 진통이 개입될 수밖에 없다. 동일성을 기반 하면서 차이성을 만들지 않으면 안 되는 것이 계승의 실천성이라 할 수 있다. 만일 옛것을 그대로 반복한다면 엄밀한 의미에서 새로운 작품의 탄생은 존재할 수 없는 것이다.

이 시대에 이와 같은 현대시조의 존재조건 혹은 생성조건이 갖는 의의는 결코 간과할 수 없는 중요성을 갖는다. 즉각적이고 순간적이고 우연적인 대중적 예술양식에 대한 선호도가 높아지는 가운데 우리의 의식은 종종 '근원상실'의 문제에 직면하곤 한다. "내가 무엇을 생각하려는지 나는 더 이상 생각할 수 없다. 움직이는 이미지가 나의 사유를 차지해버렸다."는 조르주 뒤마멜(G.Duhamel)의 말처럼 우리는 주체를 위태롭게 하는 수많은 시각적 이미지의 범람에 휩쓸리곤 한다. 무한히 복제되는 키치(Kitsch)적 세계에 몸을 담그고 그것을 친근한 것으로, 때로 불편한 것으로 향유하는 가운데 과거로부터 쌓여왔던 시간의 두께를 잃어가고 있는 것이다. 현대시조는 이처럼 고아처럼 부유하는 현대인의 의식성에 제동을 걸고 거기에 시간에 대한 사유의 지점을 제공한다. 우리에게 전통은 무엇인가? 왜 시조인가? 우리는 어디로부터 연원했는가? 등의 물음을 가능케 하는 것이 현대시조의 존재조건과 맞물려 있는 것이다. 이우걸(1946~) 시인의 시조 세계는 이 같은 물음 속에서 근대성에 대한 이지적 통찰을 진지하게 노정한 결과물이다.

이우걸 시인은 1973년 『현대시학』으로 등단한 이후 『지금은 누군가 와서』(학문사, 1977), 『빈 배에 앉아』(흐름사, 1981), 『저녁 이미지』(동학사, 1988), 『사전을 뒤적이며』(동학사, 1996), 『맹인』(고요아침, 2003), 『나를 운반해온 시간의 발자국이여』(천년의시작, 2009), 『주민등록증』(고요아침, 2013) 등 모두 일곱 권의 단독 시조집을 출간하였다. 이외 시선집과 사화집을 포함해 시조평론집 『현대시조의 쟁점』(나라, 1984), 『우수의 지평』(동학사, 1989), 『젊은 시조문학 개성 읽기』(작가, 2001) 등을 펴낸 바 있다. 살펴본 바, 이우걸 시인은 시조 창작과 더불어 이론과 비평 작업을 동시에 진행함으로써 현대시조에 대한 자기성찰적 태도를 견인해왔다고 할 수 있다.

일찍이 이와 같은 시적 성과와 관련한 논의들을 모은 『이우걸의 시조미학』(유성호 편저, 작가, 2006)이 출간된 바 있다. 이번에 간행되는 『이우걸 시조 연구』는 『이우걸의 시조미학』 이후에 발표된 다양한 논평과 학술적 글들을 담은 연구서라 할 수 있다. 더욱이 『이우걸 시조 전집』과 함께 출간된다는 점에서 그 의미가 깊게 느껴진다. 이 책의 발간을 위해 사십 년에 가까운 이우걸 시인의 詩歷과 성과를 예리한 시각으로 진단해주신 장경렬, 정과리, 구모룡, 정수자, 유성호, 성선경, 염창권, 장성진, 박민영, 이연승, 강호인, 박정선, 조동화, 박서영 등 모든 필진 선생님들께 거듭 감사를 드린다.

이 연구서가 이우걸 시조 연구에 중요한 토대가 되는 것을 넘어서서 시조 연구의 부흥과 발전에도 기여할 수 있기를 바라는 마음이다.

2013년 8월

엄 경 희

차례

3부 시인과의 좌담

1부

관조와 성찰의 시학
― 시조 시인 이우걸을 "운반해 온 시간의 발자국"을 따라

장 경 렬[*]

1. 「팽이」, 또는 현실 앞에 선 시인의 모습

한결같은 마음으로 시인 이우걸과의 만남을 이어 왔다. 그와의 만남은 1980년대 말 우연히 시조가 화제로 떠올랐던 지극히 사적인 자리에서 시작되었고, 그 만남이 계기가 되어 나는 시조 평론에 입문하기까지 했다. 그리고 그 만남 이후 지금까지 그와 나는 시조에 대한 관심과 애정을 공유해 왔다. 확신컨대, 우리는 앞으로도 계속 이 같은 관심과 애정을 공유해 나갈 것이다. 하지만 시인 이우걸과의 만남을 한결같은 마음으로 이어 올 수 있었던 것은 단순히 시조에 대한 공동의 관심과 애정 때문만은 아니었다. 무엇보다도 인간 이우걸의 진솔함이 있었기 때문이다. 진솔함! 내가 시인 이우걸에 대해 느낀 바를 한 단어로 요약하고자 할 때 이보다 더 알맞은 것이 어디 있겠는가. 물론 단어 하나만으로 부족할 수도 있다. 그리하여

* 서울대 영문과 졸업. 미국 오스틴 소재 텍사스 대학교 영문과에서 박사학위를 받음. 현재 서울대 영문과 교수. 비평집으로 『미로에서 길 찾기』(1997), 『신비의 거울을 찾아서』(2004), 『응시와 성찰』(2007), 문학연구서로 『코울리지』(2006), 『매혹과 저항』(2007), 번역서로 『셰익스피어』(Anthony Holden, 2005), 『선과 모터사이클 관리술』(Robert Pirsig, 2010), 『젊은 예술가의 초상』(James Joyce, 2012) 등이 있다.

온갖 단어와 언어적 표현을 다 동원할 수도 있다. 하지만 그 어떤 단어나 언어적 표현도 인간 이우걸의 진면목을 생생하게 보여 주는 데 걸림돌이 될 수도 있다. 그처럼 인간 이우걸은 진솔한 사람이다. 진솔함이야 별도의 수식어와 부연 설명을 필요로 하지 않는 소중하고도 값진 인간의 덕목 아니겠는가.

인간 이우걸의 진솔함에 이끌려 한결같은 마음으로 그와 만남을 이어 온 지 벌써 20여 년의 세월이 흘렀지만, 예나 지금이나 시인의 이름만 떠올려도 어김없이 마음을 스치는 그의 시 한 편이 있다. 이 한 편의 시와 시인의 이미지는 나의 마음에 '하나'로 합쳐져, 마치 이 시와 시인 이우걸이 서로에 대해 '기호'와 '의미'의 역할을 하는 것처럼 느껴질 정도가 되었다. 말하자면, 이 시가 시인의 '의미'를 밝히는 '기호'로 느껴지기도 하지만 이와 동시에 시인이 이 시의 '의미'를 밝히는 '기호'로 느껴지기도 한다. 이 시는 「팽이」로, 내가 그를 처음 만나기 얼마 전인 1988년도에 발간된 시집 『저녁 이미지』(동학사)의 맨 앞부분을 장식하고 있는 작품이다.

처라, 가혹한 매여 무지개가 보일 때까지
나는 꼿꼿이 서서 너를 증언하리라
무수한 고통을 건너
피어나는 접시꽃 하나.

—「팽이」 전문

이 시에 대한 읽기 작업은 여러 차원으로 나눠 진행할 수 있을 것이다. 우선 "팽이"를 가지고 노는 아이에 대한 관찰을 있는 그대로 담고 있는 시로 읽을 수 있는데, 아마도 팽이를 가지고 논 적이 있는 사람이라면 이 시가 표면에 담고 있는 이 같은 메시지를 쉽게 이해할 수 있을 것이다. 팽이는 둥근 모양의 나무토막 한 쪽 끝을 뾰족하게 깎아 만든 장난감으로, 아이들은 팽이의 몸통에 끈을 감은 다음 이를 잡아당기거나 또는 손으로 돌린 다음 팽이채로 쳐서 이를 돌아가게 한다. 물론 나무가 아닌 플라스틱 재질로 된 팽이도 있고, 축을 이루는 곳에 쇠로 된 심을 박은 팽이도 있다. 하지만 어느 팽이든 예외 없이 평평한 위쪽 표면에 다양한 색깔이 칠해져 있게 마련이다. 아마도 어린 시절 팽이를 깎아 만든 다음 크레용으로 여러 가지 색깔을 칠해 가지고 놀던 기억을 간직하고 있는 사람도 있을 것이다. 일단 팽이를 돌리기 시작하면 옆으로 누워 있던 팽이는 축을 중심으로 하여 "꼿꼿이" 서게 마련이고, 위쪽 표면은 더할 수 없이 현란한 색채의 향연을 연출하게 마련이다. 시인의 말대로 마치한 송이의 "꽃"이 피어나는 듯한 착각에 빠져들게도 한다. 팽이채로 쳐서 돌리는 팽이의 경우, 채질을 계속하면 할수록 팽이의 회전 속도는 증가하고 색채의 향연은 "무지개가 보일 때까지" 계속 이어지게 마련이다. 어린 시절 그와 같은 색채의 향연에 매혹되어 본 경험이 있는 사람이라면, 어찌 「팽이」라는 시가 담고 있는 이 같은 표면적 의미에 매혹되지 않을 수 있겠는가.

어떤 의미에서 보면, 이 시에서 "팽이"란 곧 우리들의 어린 시절의 기억을 지시하는 것일 수도 있다. 돌기를 멈춘 채 옆으로 누워 있는 팽이와도 같이 의식의 저편에서 잠자고 있는 것이 바로 우리들의 어린 시절에 대한 기억 아니겠는가. 그것도 팽이와 같은 장난감에 흠뻑 빠져 유희에 열중하던 우리네 어린 시절에 대한 기억 아닐까. 일찍이 요한 호이징가(Johan Huizinga)는 인간을 "호모 루덴스"(Homo Ludens)—즉, "유희하는 인간"—로 정의한 바 있는데, 데즈

먼드 모리스(Desmond Morris)가 그의 최근 저서 『우리 아기』(팩컴북스, 2009)에서 말한 것처럼 "인간은 지구상의 동물 가운데 가장 유희 성향이 강한 동물"이다. 한편, 인간에게 배움의 원천이 되는 것은 바로 유희며, 인간은 어른이 되어서도 유희를 계속한다. 모리스의 말대로, 어린 시절의 유희와 어른의 유희 사이에 차이가 있다면 "어른은 유희에 다른 이름을 붙인다는 것뿐"이다. 예컨대, "시니, 문학이니, 음악이니, 예술이니, 연극이니, 과학적 탐구니, 체조니, 운동 경기니, 그런 이름"을 붙인다. 그런 의미에서 보면, 시 쓰기도 일종의 유희다. 어른이 하는 유희 가운데 하나인 셈이다. 우리가 시 쓰기를 팽이 돌리기와 연관짓고자 함은 바로 이런 맥락에서다. 즉, 시인은 시심(詩心)과 언어를 팽이채와 팽이로 삼아 아이들이 팽이를 돌리듯 시를 쓴다. 그리고 시란 그 시를 읽는 이들에게 옆으로 누워 있는 그들의 의식을 꼿꼿이 일으켜 세우는 일종의 팽이채와 같은 것일 수 있다. 이런 의미에서 「팽이」라는 시는 팽이처럼 옆으로 누워 있는 우리네 어린 시절에 대한 기억을 꼿꼿이 일으켜 세우는 하나의 팽이채일 수 있다. 「팽이」를 읽는 순간 우리들의 어린 시절을 "꽃"처럼 환하게 밝혀 주었던 매혹적인 유희의 순간들을 떠올리지 못 했다면, 그와 같은 무미건조한 사람에게 시란 과연 무슨 의미가 있는 것이겠는가. 아마도 「팽이」에 대한 또 한 차원의 읽기가 가능하다면, 이는 어린 시절의 기억을 일깨우는 팽이채로서 이 시를 이해하는 시각에서의 시 읽기일 것이다.

　하지만 「팽이」에 대한 시 읽기는 이 같은 차원에서 끝날 수 없다. 무엇보다도 이 시를 장식하는 몇몇 언사들이 결코 예사롭지 않기 때문이다. 먼저 이 시를 시작하는 "쳐라"라는 반항적 언사에 유의하기 바란다. "어져"라는 탄사(歎辭)로 시작되는 황진이의 시조가 그러하듯, 이 시는 이 같은 반항적 언사로 시작함으로써 몽롱하게 잠들어 있는 우리의 의식에 충격을 가한다. 몽롱한 상태에서 깨어난 우리의 의식을 향해 시인은 "가혹한 매"라든가 "무수한 고통"과 같은 예사롭지 않은 언사를 계속해서 던진다. 이를 통해 시인은 자신의 시가 단순히 우리들의 어린 시절에 대한 기억을 일깨우기 위한 팽이채만은 아님을 암시한다. 시인이 「팽이」라는 팽이채를 동원하여 일깨우고자 하는 또 다른 차원의 대상은 무엇일까. 그것은 바로 당대의 현실에 대한 사람들의 의식 아닐까. 다시 말해, "가혹한 매"는 시인이 몸담고 살던 시대에 대한 우의(寓意, allegory)를 담기 위한 것일 수 있다. 이런 관점에서의 시 읽기가 가능하다면, 이 시의 화자(話者)인 "팽이"는 시대적 현실을 견디며 살아가고 있는 시인 자신일 수 있다. 시인은 "팽이"로 등장하여 "가혹한 매"를 가하는 팽이채와도 같은 현실과 마주하고 있는 것이다. 이때의 현실은 물론 정치적 현실을 암시하는 것일 수 있으리라. 시인 이우걸이 청·장년기를 보낼 당시 한국의 정치적 현실을 지배하는 것은 실로 "무수한 고통"을 안기는 "가혹한 매"였다 해도 과언이 아닐 것이다. 문제는 이 시에서 화자인 팽이가 팽이채에게 "가혹한 매"로 자신에게 "무수한 고통"을 주도록 부추기고 있다는 데 있다.

일반적으로 사람들은 "가혹한 매" 앞에서 한없이 두려워하거나 고통에 신음하게 마련이다. 아니, "가혹한 매"를 가하는 쪽에서 원하는 것은 그와 같은 반응이다. 하지만 "쳐라"라는 반항적 언사는 팽이채—다시 말해, 가해자—의 기대를 여지없이 깨뜨린다. 이 경우 가해자는 매질을 포기할 수도 있겠지만 실제로 그렇게 하는 경우는 많지 않을 것이다. 오히려 야멸친 매질의 강도를 높여 상대를 더욱더 고통스럽게 하는 일에 열중할 확률이 높다. 하지만 팽이채의 매질에 더욱 꼿꼿하게 서는 팽이처럼 "가혹한 매"를 견디는 쪽은 당당하기만 하다. "꼿꼿이 서서 너를 증언하리라"라는 말에서 우리는 이 같은 당당함을 읽을 수 있다. 사람에 따라서는 이 시에서 사디즘과 마조히즘의 정면 대결을 읽을 수도 있겠다. 하지만 이 같은 읽기가 가당찮은 것임을 증명하는 것이 바로 "꼿꼿이 서서 너를 증언하리라"라는 언사다. 매질을 견딤은 "증언"을 위한 어쩔 수 없는 것이지 결코 마조히즘적인 것이 아니다. 말할 것도 없이, 마조히즘이라는 퇴행적 정신 성향은 결코 "무수한 고통을 건너 / 피어나는 접시꽃 하나"를 가능케 할 수 없다. 고통스러움에도 불구하고 이를 이겨내는 강인한 정신만이 "무수한 고통을 건너 / 피어나는 접시꽃 하나"를 가능케 할 것이다.

앞서 우리는 이 시와 시인 이우걸이 서로에 대해 '기호'와 '의미'의 역할을 하는 것처럼 느껴질 정도임을 말한 바 있다. 무엇보다도 이 시에 제시된 화자 "팽이"가 곧 시인 자신일 수 있다는 점에서 이 시는 시인 이우걸을 지시하는 '기호'로 읽히는 동시에 그에 대한 '의미 풀이'로 읽히기도 한다. 물론 현실은 변했고, 시인이 이 시를 창작할 당시에 느끼던 "가혹한 매"는 더 이상 존재하지 않게 되었는지도 모른다. 하지만 여전히 "가혹한 매"를 견디는 팽이의 이미지와 시인의 모습이 겹쳐지는 이유는 무엇인가. 아마도 시조와 시조 시인들에 향해 그가 한결같이 보듬어 안고 있는 진솔한 사랑의 마음 때문이리라. 우리 시대는 그가 사랑하고 아끼는 시조에 대해 냉정하기만 하다. 냉정할 뿐만 아니라 무시하거나 폄하하기까지 한다. 마치 극복해야만 하는 구시대의 유물인 양. 진실로 오늘날의 시조는 "가혹한 매"를 견디어 나가지 않을 수 없는 상황에 이른 것처럼 보이기도 한다. 하지만 시인 이우걸의 시조 사랑은 한결같다. 아니, 시단의 "가혹한 매"에 정면으로 맞서고 있는 시조 시인이 다름 아닌 이우걸이다. 그는 "무수한 고통을 건너 / 피어나는 접시꽃 하나"와도 같은 시조 작품 창작을 위해 온 마음을 다하고 있다. 어찌 보면, 「팽이」라는 시조 자체가 "무수한 고통을 건너" 피어난 하나의 "접시꽃"일 수 있으리라.

2. 「비」, 또는 자연 앞에 선 시인의 모습

시인 이우걸을 떠올릴 때 「팽이」만큼이나 작품과 인간 사이의 '하나됨'을 느끼게 하는 또 한 편의 시가 있다면, 이는 「비」다. "무수한 고통을 건너" 피어난 또 하나의 "접시꽃"과도 같은 시조 작품인 이 시 역시 시인을 지시하는 '기호'이자 그에 대한 '의미 풀이'로 읽혀지기도 한다. 어찌 보면, 「팽이」가 현실을 향한 우의적 시 세계를 대변하는 작품이라면, 「비」는 자연을 향한 상징적 시 세계를 대변하는 작품이라 할 수 있다. 이때 '우의적'이라 함은 시간의 흐름 속에 존재하는 세계에 대한 비유적 이해를 지향하고 있음을, '상징적'이라고 함은 시간의 흐름을 초월하여 존재하는 세계에 대한 비유적 이해를 지향하고 있음을 뜻하기 위해 동원된 표현이다. 사실 「팽이」가 삶 또는 현실 세계에 저항의 눈길을 주고 있는 시인의 모습을 담고 있는 작품이라면, 「비」는 자연 현상에 섬세하고 예민한 눈길을 주고 있는 시인의 모습을 담고 있는 작품이라 할 수 있다. 물론 「비」를 단순히 자연 현상에 대한 관찰만을 담고 있는 작품이라 단정할 수는 없다. 이 시는 대상에 적절한 "이름"을 부여하기 위해 고심하는 시인의 모습을 엿보게 하기도 하거니와, 이를 통해 우리는 대상과 언어

사이의 관계 맺기가 시 쓰기 작업에서 더할 수 없이 중요한 과제임을 확인할 수 있다. 이를 확인하기 전에 우선 이 시를 함께 읽기로 하자.

나는 그대 이름을 새라고 적지 않는다.
나는 그대 이름을 별이라고 적지 않는다.
깊숙이 닿는 여운을
마침표로 지워버리며

새는 날아서 하늘에 닿을 수 있고
무성한 별들은 어둠 속에 빛날 테지만
실로폰 소리를 내는
가을날의 기인 편지.

—「비」 전문

시각적 이미지와 청각적 이미지의 향연이라 할 수 있는 「비」에는 새와 별과 비가 등장한다. 모두가 하늘의 존재를 우리에게 일깨워 주는 것들이다. "새는 날아서 하늘에 닿"음으로써 하늘의 높이를 우리에게 일깨워 주고, "무성한 별들은 어둠 속에 빛"남으로써 하늘의 넓이를 일깨워 준다. 사실 하늘의 높이와 넓이를 우리에게 일깨워 주는 아름다운 시는 적지 않다. 이 자리에서 각각 예를 하나씩 들어 보기로 하자.

一鶴高飛萬仞天

몇 개의 초가집이 솔가지를 태워

그 연기 날개처럼 솟아

그대 사는 하늘의 넓이를 재고

　첫째 인용은 지난 2008년 초여름 마산에 거주하는 시조 시인 이달균의 안내로 찾았던 곳에서 얻은 것이며, 둘째 인용은 우리 시대를 대표하는 시인 황동규의 「아이오와 일기 2」에 나오는 구절이다. 우선 첫째 인용에 대해 말하자면, 인조(仁祖) 11년(1633) 낙동강과 진주 남강이 만나는 지점에 조임도(趙任道)라는 선비가 합강정(合江亭)이라는 정자를 세웠는데, 그 정자를 찾았더니 그 옆에 있는 고옥(古屋)의 기둥에 이 같은 시 구절이 있었다. 학이 한 마리 드높은 하늘 위로 날아오르는 정경을 담고 있는 이 시 구절을 되뇌며 합강정의 마루에 앉아 바라보았던 텅 빈 푸른 하늘이 지금도 눈에 선하다. 사실 텅 빈 하늘은 비교의 대상이 없는 절대적인 것이어서 높이나 넓이를 가늠케 하지 못한다. 마치 산마루에 걸린 달이 그 크기를 가늠케 하지만 하늘 높이 뜬 달은 그 크기를 가늠케 하지 못하듯. 그 하늘을 헤아릴 수 없을 만큼 높이 날아 오른 "학"이 한 마리가 있어 시인은 하늘의 높이를 새삼 실감하지 않을 수 없었던 것이리라. 한편 황동규 시인의 시 구절은 하늘의 넓이를 가늠케 한다. 텅 빈 하늘 위로 "날개처럼" 솟는 "연기"가 우리에게 하늘의 넓이를 일깨우고 있는 것이다. 아니, 하늘의 높이와 넓이를 일깨우는 것은 '학'이나 '연기'가 아니다. 하늘을 배경으로 날고 있는 '학'이나 솟아오르는 '연기'를 한 편의 시에 담을 수 있는 시인의 눈길이 있기에 우리는 비로소 하늘의 높이와 넓이를 깨닫게 되는 것이리라.

　시인은 "하늘에 닿을 수 있"는 "새"와 "어둠 속에 빛"나는 "무성한 별들"을 시에 담음으로써 우리에게 하늘의 높이와 넓이를 일깨운다. 하지만 시인은 여기서 끝내지 않고, "깊숙이 닿는 여운을 / 마침표로 지"우는 "비"까지 시에 담고 있다. 하늘에서 내려와 땅바닥에 "마침표"를 찍는 비―시인의 표현을 따르자면, "깊숙이 닿는 여운을 / 마침표로 지워"버리는 비―가 우리에게 일깨우는 것은 무엇일까. 그것은 혹시 하늘의 깊이 아닐까. 이와 관련하여, "새"와 "별"의 경우와는 달리 "비"의 경우 청각적 이미지가 동원되고 있음을 주목할 수 있다. "깊숙이 닿는 여운"이란 청각에 호소하는 것이라는 점에서 그러하다. 하필이면 왜 청각에 호소하는 것일까. 여기서 우리는 일반적으로 '넓이'와 '높이'를 일깨우는 데는 시각적 이미지가 효과적 역할을 하지만 '깊이'를 일깨우는 데는 별다른 도움이 되지 못함에 유념할 수 있을 것이다. 아마도 깊이는 눈으로 확인할 수 없는 것이기 때문이리라. 우물의 깊이나 산의 깊이를 일깨울 때 그러하듯, 깊이를 일깨우는 데는 청각적 이미지가 동원되는 경우가 적지 않다. 이를 의식하기라도 한 듯 시인은 "여운"이라는 표현을 동원하고 있다. 물론 이때의 "여운"은 마음의 귀로 시인이 듣는 빗소리를 암시하는 것일 수도 있다. 또한 "마침표로 지워버리며"라는 구절을 통해 시인은 빗방울이 땅에 떨어지는 모습이 어떠한가를 시각적으로 생생하게 전하고자 했는지도 모른다. 어찌 보면, 시각적 이미지를 동원하여 청각적 이미지만으로 다 전할 수 없는 의미를 전하고자 하는 것이 시인의 의도였으리라. 아무튼, "마침표로 지워버리며"는 "비"의 마지막을 암시하는 표현인 동시에 비가 하늘 위에서 땅바닥까지 이동했음을 암시하는 표현이기도 하다. 말하자면, 거리의 변화를 암시하는 표현일 수 있다. 문제는 이때의 거리가 "깊숙이 닿는 여운"과 같은 청각적 표현으로 인해 높이가 아닌 깊이를 지시하는 것으로 읽힌다는 점이다. 그것도 깊이 자체가 만만치 않음을 암시하는 표현으로 읽힌다.

요컨대, 시인은 지상에서 하늘로 오르는 "새"와 하늘에 떠 있는 "별"과 하늘에서 지상으로 내려오는 "비"의 이미지를 통해 하늘의 높고 넓고 깊음을 우리에게 일깨우고 있다. 이 가운데 특히 시인이 마음의 눈길을 주는 것은 시의 제목이 말해 주듯 비의 이미지다. 마치 우물 아래쪽으로 물방울을 떨어뜨렸을 때 들리는 메아리가 그 깊이를 가늠케 하듯, 하늘 높은 곳에서 땅 위로 떨어지는 빗물의 "깊숙이 닿는 여운"은 하늘에서 땅까지의 거리가 얼마나 '깊은가'를 가늠케 한다. 한편, 시인이 하늘의 깊이를 깨닫는 데는 단순히 "여운"이 암시하는 청각적 이미지만 동원하고 있는 것이 아니다. 이 시의 압권에 해당하는 마지막 부분의 "실로폰 소리를 내는"이라는 구절이 일깨우는 것은 바로 또 하나의 청각적 이미지로, 시인은 빗소리를 "실로폰 소리"로 묘사하고 있다. "깊숙이 닿는 여운"이 지워지는 순간 비는 맑고 청아한 소리로 자신의 존재를 알리는 동시에 마감한다. 마치 촛불이 꺼지는 순간 환한 불꽃으로 자신을 마감하듯. 아니, 깊은 우물의 표면으로 떨어지는 물방울이 청아한 소리로 자신의 존재를 끝맺듯. 이처럼 비는 시인이 열어 놓은 마음의 귀에 "실로폰 소리를 내"며 자신의 긴 여행을 마감한다.

비에 대한 시인의 의미 부여는 여기서 끝나지 않거니와, 이 시의 마지막 부분이 보여 주듯 시인은 "비"를 "가을날의 기인 편지"로 묘사한다. 편지라니? 이는 계절이 바뀌어 가을이 왔음을 누군가가 세세하게 적어 이를 시인에게 전하는 편지와도 같은 것이 가을비임을 암시하기 위한 것이리라. 어찌 보면, 여기서 우리는 "비"의 "이름"을 "편지"라고 '적는' 시인과 만날 수 있는데, 이로 인해 우리는 다시 이 시의 첫째 수 또는 연에 눈길을 주지 않을 수 없다. 여기서 우리는 "비"에 어떤 이름을 부여할 것인가를 놓고 망설이는 시인과 만난다. 일찍이 마르틴 하이데거(Martin Heidegger)가 말한 바 있듯, '이름 부여하기'란 "대상을 언어의 안쪽으로 끌어들이는" 작업으로, 이를 통해 인간은 대상을 언어적―다시 말해, 의미가 있는 그 무엇―으로 이해하게 된다. 어떤 의미에서 보면, 시 쓰기란 대상에 이름을 부여하는 작업 가운데 하나일 수 있다. 그것도 가장 창조적인 '이름 부여하기' 작업으로, 이를 통해 시인은 대상을 새롭게 이해하고, 나아가 타인을 이 같은 새로운 이해로 이끈다. '이름 부여하기'가 결코 쉽지 않은 작업임은 이 때문이다. 즉, 시인뿐만 아니라 시인의 시를 읽는 이들에게도 시인이 대상에 부여한 이름이 호소력을 가져야 하기 때문에, '이름 부여하기'란 결코 쉽게 이루어지는 자의적(恣意的)인 작업일 수 없다. 따라서 시인의 망설임은 필연적인 것일 수밖에 없거니와, "비"의 "이름"을 "새라고 적지[도] 않"고 "별이라고 적지[도] 않"음은 시인의 그와 같은 망설임을 암시하는 것이리라. 이때 '적다'라는 말 자체가 시 쓰기를 암시하는 것일 수 있거니와, 이 점에서 시 창작의 어려움을 읽는 이에게 일깨우는 작품이 「비」라는 시로 이해될 수도 있다. 아무튼, "깊숙이 닿는 여운을 / 마침표로 지워버리며" 시인의 의식을 일깨우는 이 "비"에 어떤 이름을 부여할 것인가. 과연 어떤 이름을 부여할 때 시는 "무수한 고통을 건너" 하나의 "접시꽃"으로 피어날 수 있을 것인가.

이 물음에 대한 답을 제공하는 것이 바로 이 시의 둘째 수 또는 연이다. "날아서 하늘에 닿"음으로써 하늘의 높이를 일깨우는 "새"와는 다른 것, "어둠 속에 빛"남으로써 하늘의 넓이를 일깨우는 "무성한 별들"과도 다른 것이 "비"다. "깊숙이 닿는 여운을 / 마침표로 지워버리며"라는 구절은 "비"가 어떻게 "새"와 "별"과 다른가를 이해하도록 우리를 이끄는 단서가 될 수 있거니와, 앞서 논의한 바와 같이 청각적 이미지를 통해 시인은 하늘의 깊이를 우리에게 일깨운다. 깊은 하늘 저편에서 우리에게 내려 온 "편지"가 바로 시인이 마음의 눈으로 본 "비"인 것이다. 하지만 "가을날"의 비를 묘사하는 데는 "깊숙이 닿는 여운"이라는 구절만으로는 부족하다. 가을날의 비를 '가을날의 비'로 생생하게 살아나도록 하기 위해 시인은 또 하나의 언어 표현을 동원하고 있는데, 앞서 주목한 바와 같이 "실로폰 소리"가 바로 그것이다. 이 얼마나 경쾌하고 멋진 시적 비유인가. 여운이 담긴 맑은 소리를 내는 실로폰의 소리에 비유함으로써 시인은 "비"에 전혀 새로운 의미를 부여하고 있다. 우리는 으레 비라 하면 우울함이나 고적함 또는 스산함이나 을씨년스러움을 떠올리게 마련이다. 하지만 이우걸 특유의 비유로 인해 이제부터 우리는 비란 맑고 깨끗한 그 무엇, 세상을 청아한 윤기로 한껏 감싸는 그 무엇으로도 이해할 수 있게 되지 않았는가. 한국의 가을날을 적시곤 하는 비에서 우리가 느낄 법한 맑고 청초한 정취를 어찌 이보다 더 잘 살릴 수 있겠는가. 모름지기 가을날을 수놓는 온갖 단풍의 빛깔을 선명하게 떠오르도록 읽는 이를 유도하는 이 같은 시적 비유에 비견한 만한 유례를 우리 시사(詩史)에서 찾아보기란 쉽지 않을 것이다.

새롭지만 자연스럽고 자연스럽지만 돌올(突兀)한 이 같은 청각적 이미지에 호소함으로써 시인 이우걸은 이제 한국의 가을날을 이따금 수놓는 비에 대한 이해의 시선 자체를 바꿔 놓았다 해도 틀린 말이 아닐 것이다. 아니, 이제야말로 한국의 가을비는 본연의 의미를 확보하게 되었다. 말하자면, 산과 들을 물들이고 있는 단풍의 빛을 더욱 선명케 할 만큼 청아하고 상쾌한 느낌의 가을비가 "언어의 안

쪽으로” 들어오게 된 것이다. 정녕코 이 시 한 편만으로도 시인 이우걸의 이름은 한국 시사(詩史)에 길이 남으리라.

앞서 우리는 「비」 역시 시인 이우걸을 지시하는 ‘기호’이자 그에 대한 ‘의미 풀이’로 읽히는 작품이라 말한 바 있다. 무엇보다도 시인 이우걸은 이 시가 암시하는 하늘의 깊이만큼 시조에 대해 깊은 마음을 지닌 사람이다. 누구도 그만큼 시조와 시조 시인들에 대해 깊은 사랑과 애정을 한결같이 보내는 사람은 찾기 어렵다는 것이 우리의 판단이다. 어디 그뿐이랴. 그는 이 시의 소재가 되고 있는 가을날의 비와도 같은 존재다. 시조에 대한 우리의 이해가 현실의 먼지로 더럽혀져 있을 때 그를 만나 보라. 그와 만나 시조에 대해 이야기를 꽃피우는 동안, 아마도 우리 마음에 낀 현실의 먼지는 깨끗이 씻겨질 것이다. 그러니 어찌 가을날의 맑고 깨끗한 비와 같은 존재라 하지 않을 수 있겠는가.

3. 「안경」과 「시」, 또는 자아 성찰의 과제 앞에 선 시인

시인 이우걸은 자신의 시집 『나를 운반해 온 시간의 발자국이여』(천년의 시작, 2009)의 서문에서 “삼월이 되면 천근같은 사무실의 키를 넘겨주고 들판으로, 숲으로 또는 바다로 나갈 것이다”라 쓰고 있다. 어떤 의미에서 보면, 『나를 운반해 온 시간의 발자국이여』는 “들판으로, 숲으로 또는 바다로” 나가기 전에 그 동안의 문학적 궤적을 정리하는 시인의 모습을 담기 위한 것일 수 있다. 또는 “그 동안 숨어서 울던 피로들 / 그 고통의 소리들”을 정리하기 위한 것일 수도 있다. 이 시집에 수록된 작품들을 읽으면서 나는 그가 “그 동안 숨어서 울던 피로들"을 가늠해 보기도 하고, 또 "그 고통의 소리들을"
되짚어 보기도 했다. 그러는 가운데 언뜻 나의 눈길을 묶는 시가 있
었으니, 그것은 바로 「안경」이었다.

껴도 희미하고 안 껴도 희미하다
초점이 너무 많아
초점잡기 어려운 세상.
차라리 눈감고 보면
더 선명한
얼굴이 있다.

－「안경」 전문

시력이 나쁜 사람이 안경을 끼지 않았다 하자. 어찌 세상이 희미
해 보이지 않을 수 있겠는가. 하지만 안경을 꼈다 해서 항상 세상이
밝아 보이는 것만은 아니다. 오랫동안 안경을 사용하다 보면 렌즈
표면에 잔금이 생기게 마련이고, 이 때문에 안경을 껴도 세상은 여
전히 희미하게 보일 수도 있다. 안경을 새것으로 바꾸면 되지 않겠
는가. 문제는 그렇게 하더라도 시력이 좀처럼 나아지지 않는 사람도
있다는 데 있다. 특히 나이든 사람이 그러하다. 감퇴된 시력 때문에
안경을 바꾸더라도 초점을 맞춰 세상을 보기란 쉽지 않을 수 있다.
어디 그뿐이랴. 눈의 수정체가 탄력성을 잃어 안경은 세상을 선명하
게 보는 데 오히려 방해물이 될 수도 있다. 따지고 보면, 새 안경
때문에 이제까지 희미해 보이던 세상이 갑자기 밝아지는 경험은 젊
을 때나 가능한 것인지도 모른다. 그러니 어쩌겠는가. 이래저래 물
처럼 구름처럼 흘러가는 세월을, 그 세월이 이끼처럼 쌓아 놓는 나

이를 탓할 밖에.

　하지만 이우걸 시인이 안경을 "껴도 희미하고 안 껴도 희미하다"고 했을 때 그가 그렇게 말하는 이유는 단순히 나이를 먹어 시력이 감퇴되었거나 눈의 수정체가 탄력성을 잃었기 때문만이 아니다. 그에 의하면, "초점이 너무 많아," 또는 "초점"을 맞춰 보아야 할 것이 "너무 많아," "초점"을 "잡기"가 "어려운" 것이 우리가 삶을 살아가는 세상이기 때문이다. 이처럼 초점을 맞출 것이 너무 많다는 말을 뒤집어 보면, 초점을 맞춰 볼 만한 것이 따로 존재하지 않는다는 말이 될 수도 있다. 여기서 우리는 콘스탄틴 비르길 게오르규(Constantin Virgil Gheorghiu)의 소설 『25시』의 등장 인물 트라얀 코루가를 떠올릴 수도 있는데, 안경을 벗으면 아무것도 볼 수 없는 트라얀 코루가는 자신에게 남은 유일한 개인 소지품인 안경을 벗어 함께 수용소에 갇혀 있던 모리츠에게 건넨다. 이를 보관했다가 후에 먼저 수용소에서 풀려나면 이를 자기 아내에게 전해달라는 부탁의 말과 함께. 그가 처음 자신의 사랑하는 아내를 보게 된 것도 안경을 통해서이듯 그에게 세상의 모든 아름다운 것들을 보게 해 준 것이 바로 안경이지만, 이제 안경의 도움으로 확인할 수 있는 것은 다만 멸망을 향해 나가는 부조리한 현실이기 때문이다. 그리하여 그는 이제 더 이상 안경을 통해 세상을 보지 않겠노라고, 세상에 눈길을 주는 일을 포기하겠노라 말한다. 시인이 "초점이 너무 많아 / 초점잡기 어려운 세상"이라고 했을 때 그의 눈에 비친 "세상"은 트라얀 코루가가 눈길을 주기를 포기했던 세상과 다를 바 없는 것 아닐까.

　초점을 맞출 것이 너무 많든, 또는 초점을 맞춰 볼 만한 것이 따로 존재하지 않든, "세상"에 눈길을 주기가 어려움을 깨달은 시인이 선택하는 대안은 "차라리 눈감고 보"는 것이다. "차라리 눈감고 보면 / 더 선명한 / 얼굴이 있"기 때문이다. '차라리 눈감고 세상을 보겠다'는 말은 '육신의 눈'이 아닌 '마음의 눈'으로 세상을 보겠다는 말로 이해될 수 있는데, 마음의 눈으로 세상을 보겠다는 말은 시인의 경우 '시적으로' 세상을 보겠다는 것을 뜻할 수 있다. 시적으로 세상을 보다니? 이는 곧 상상력이 시인에게 허락한 마음의 눈으로 세상을 보겠다는 말이 될 수 있다. 상상력이 허락한 마음의 눈으로 보았을 때 보이는 "더 선명한 얼굴"을 탐구하는 일이야말로 시인이 할 수 있는 일이 아니겠는가. 이런 관점에서 볼 때, 시인 이우걸이 「안경」을 통해 우리에게 전하는 메시지는 단순히 희미해져 가는 시력과 복잡해져 가는 세상사에 대한 푸념만은 아니다. 이 시는 시인이라면 또는 시인이기 위해서는 세상을 어떤 눈으로 보아야 할 것인가에 대한 조언으로 읽히기도 하고, 나아가 시를 읽을 때 어떤 눈이 필요한가에 대한 암시로 읽히기도 한다. 이 같은 시인의 조언과 암시가 우연히 던지는 일과성의 발언이 아님을 확인케 하는 시가 있으니, 이는 바로 "시"라는 제목의 시다.

> 무릇 시란 정신의 핏빛 요철이므로
> 장님도 더듬으면 읽을 수 있어야 하리
> 집 나간 영혼을 부르는
> 성소의 권능으로.
>
> 얽힌 말의 실타래 같은
> 이미지의 굴레 같은
> 그 터널을 절뚝거리며
> 내 독자는 걸어 왔구나

그러나 양파 속이여
아 드러날
허방이여.

- 「시」 전문

이 시는 단순히 '시란 무엇인가'에 대한 시인의 사유를 드러내는 작품만은 아니다. 이는 일종의 반성적 사유를 담고 있는 작품으로, 여기서 우리는 오랜 세월 시 창작에 몸과 마음을 바쳐 온 한 시인의 진솔한 자기 반성 또는 자기 성찰을 확인할 수 있다. 이우걸은 1973년 『현대 시학』을 통해 시조 시인으로 등단했으며, 그가 교직에 입문한 것은 이듬해인 1974년의 일이다. 말하자면, 시인으로서의 활동과 교직자로서의 활동이 거의 비슷한 시기에 시작되었다 할 수 있다. 누구도 의심하지 않는 사실이지만, 앞으로도 그는 시인으로서 그가 의당 해야 할 뿐만 아니라 모두가 그에게 요구하는 창작 활동을 왕성하게 이어나갈 것이다. 하지만 이제 교직 생활을 정리할 때가 다가옴에 따라 창작 활동과 관련해서도 그는 일종의 숨고르기의 필요성을 느끼고 있는 것 아닐까. 위의 시는 비교적 최근에 창작된 것으로, 여기서 우리는 나름의 숨고르기 작업에 임하고 있는 시인과 만날 수 있다.

먼저 이 시의 첫째 수 또는 연을 함께 읽기로 하자. 여기서 시인은 '시란 무엇인가'를 이야기한다. 앞서 살펴본 작품인 「안경」과 관련하여 논의한 바 있듯, 시인에게 시 쓰기란 결코 육체의 눈을 통해 세상을 보는 일이 아니다. 마음의 눈을 통해 세상을 보되 그것을 "정신"에 '힘주어 새겨 넣는 일'이 다름 아닌 시 쓰기다. 시인의 표현에 따르면, "무릇 시란 정신의 핏빛 요철"인 것이다. "정신의 핏빛 요철"이라는 표현에서 우리는 시 쓰기에 쏟아 붓는 시인의 정신적 노력이 더할 수 없이 강렬한 것이어야 한다는 메시지를, 이 같은 노력의 결과물이 더할 수 없이 선명한 것이어야 한다는 메시지를 읽을 수 있다. 이처럼 정신의 강렬한 노력을 통해 시인이 "정신"에 선명하게 새겨 놓는 것이 시라면, 이를 읽는 일은 육체의 눈만으로 가능할 수는 없을 것이다. 아니, 육체의 눈을 포기하고 마음의 눈으로 읽어야 하는 것이 다름 아닌 시다. 다시 말해, "장님도 더듬으면 읽을 수 있어야" 하는 것, 그것이 바로 시다. 물론 이때의 "장님"은 수사적 표현일 수 있거니와, 이는 육체의 눈을 상실했다 하더라도 밝은 마음의 눈을 소유한 사람을 가리키기 위한 것이리라.

하지만 '시란 무엇인가'에 대한 시인의 논의는 여기서 끝나지 않는다. 그는 시란 "집 나간 영혼을 부르는 / 성소의 권능"까지 갖춰야 함을 말한다. 이른바 '아우라'(aura)로 불리는 것을 시가 지녀야 함을 말하는 것이리라. 결국 시란 "장님"도 더듬어 읽을 수 있을 만큼 선명하게 정신에 각인된 것이어야 하는 동시에 "집 나간 영혼"도 되돌아오게 할 수 있을 만큼 강력한 '아우라'를 지닌 것이어야 한다는 것이 시인이 제시하고 있는 시론의 요체(要諦)다. 이 시론 앞에서 어느 시인이 과연 멈칫하지 않을 수 있겠는가. 당연히 이 같은 시론을 제시한 시인 자신도 자신의 시 세계에 대해 자기 성찰의 눈길을 던지지 않을 수 없었으리라. 이 시의 둘째 또는 연은 이 같은 자기 성찰의 기록이라 할 수 있는데, 무엇보다도 시인은 자신의 시 세계를 "터널"에 비유한다. "그 터널"이 "얽힌 말의 실타래 같은 / 이미지의 굴레 같은" 것이라면, 실로 "장님"조차 헤쳐나가기 쉽지 않은 미로의 세계일 뿐만 아니라 "성소의 권능"을 지니기도 어려운 세계일 것이다. 자기 시의 "독자"들이 바로 그와 같은 "터널을 절뚝거리며" "걸어

왔"을지도 모른다는 생각이 언뜻 그리고 새삼스럽게 시인의 의식을 자극한다. 이를 암시하는 것이 탄성(歎聲)의 뉘앙스를 담고 있는 "왔구나"라는 표현 아니겠는가. 문제는 "터널"을 절뚝거리며 걸어 와서 도달한 곳도 "양파 속"일 뿐이라는 데 있다. 속이 채워져 있긴 하지만 껍질을 하나하나 벗기면 아무것도 남는 것이 없는 것, 그것이 양파 아닌가. 바로 이 양파와 같은 것, 그리하여 "허방"밖에 "드러날" 것이 없는 것이 자신의 시 세계라는 자기 비판을 이 시의 둘째 수 또는 연은 담고 있다.

말할 것도 없이, 이처럼 진솔한 자기 비판 또는 자기 성찰은 결코 아무나 할 수 있는 것이 아니다. 그리고 우리 모두가 확신하는 것이 있다면, 시인이든 소설가든 비평가든 이 같은 자기 비판 또는 자기 성찰이 있을 때 그는 비로소 자신의 문학 세계를 한층 더 높고 깊고 넓은 곳으로 이끌어갈 수 있을 것이라는 점이다. 쉽지 않지만 새로운 문학의 차원으로 넘어가기 위해 반드시 거쳐야 하는 것이 이 같은 자기 비판 또는 자기 성찰이라는 점에서, 우리는 시인 이우걸이 앞으로 우리에게 펼쳐 보일 새로운 "정신의 핏빛 요철"에 큰 기대와 희망을 갖지 않을 수 없다.

모름지기 그가 앞으로 펼쳐 보일 새로운 "정신의 핏빛 요철"은 현실과 세속의 눈길에서 벗어나 자유를 마음껏 구가하는 것이 될 것이다. 또 한 편의 자기 성찰을 담은 시 「월평을 읽으며」에서 시인은 "월평을 경전처럼 받들던 때가 있었"음을, "말들을 길들이고 자유에 경고를 주던 / 서글픈 눈치 보기가 / 젊은 한때의 공부였"음을, "노을처럼 흩어져 있는 감정의 파편을 보며 / 깨어진 거울에 비친 사물들의 음영을 보며 / 철없이 내가 믿었던 / 그 독서는 / 끝이 났"음을 고백하고 있거니와, 이 같은 고백은 앞으로 시인이 "들판으로, 숲으로 또는 바다로" 나가 누릴 정신의 자유를 암시하는 것 아니겠는가. 바라건대, 앞으로 펼쳐질 시인 이우걸의 시 세계가 교직 생활에 몸담고 있었을 때 못지 않게 차원이 높고 넓고 깊은 것이 되기를! 아니, "나를 운반해 온 시간들의 발자국"(「흉터」)을 되돌아보는 일이기도 한 일련의 자기 성찰을 계기로 하여 시인 이우걸이 더욱더 아름다운 "접시꽃"을 풍성하게 피우기를!

역사적 감각과 현실 인식의 미적 통섭

정수자[*]

1. 역사적 감각과 시적 지향

현대시조의 이론적 바탕을 다져놓은 이병기는 창작의 한 근간을 "실감실정實感實情"에 두었다. 이를 가람 시조론의 "열쇠말"이자 "리얼리즘적 선언"(최원식, 「가람 이병기의 문학사적·지성사적 위치」, 가람 이병기 탄생 120주년기념학술대회논문집)으로 본 견해는 시조 본연의 역사성과 방향성을 환기한다. 가람이 현대시조의 가닥을 잡는 글에서 강조한 "진실하고 신선한 사실문학"이나 "현대의 의식이 부족하다"는 지적(「시조는 혁신하자」, 『가람문선』, 신구문화사, 1969)이 지금도 절실히 요청되는 시조의 내용성이기 때문이다. 이에 따른 현대성 역시 지금도 긴요한 방향이라는 점에서 특히 주목되는 인식과 지향이라 하겠다.

문제는 복잡다단한 생물 같은 현실을 정형이라는 단아한 양식에 어떻게 담아내느냐에 달렸다고 할 수 있을 것이다. 어떤 시각과 방

---

[*] 1984년 세종숭모제전 전국시조백일장 장원으로 등단. 아주대학교 대학원에서 박사학위를 받음. 시집으로는 『탐하다』, 『허공 우물』, 『저녁의 뒷모습』, 『저물 녘 길을 떠나다』 등이 있음.

식으로 "현대의 의식"을 그려내야 오늘날도 유효하고 의미 있는 현대성을 담보할 수 있을 것인가. 이우걸 시인의 시조 속에는 이런 질문과 고민과 모색이 늘 깔려 있었던 것으로 보인다. 그것은 등단 초부터 현재에 이르기까지 작품의 주요 축을 이루는 세계 즉 현실과 괴리되지 않는 다양한 문제의식의 발화를 통해 엿볼 수 있다. 그런 점에서 전통과 현실에 대한 인식 그리고 역사적 감각을 바탕으로 한 '사실문학'에 속하는 작품들이야말로 이우걸 시조의 중핵이라고 봐도 좋을 것이다.

그런데 이 지점에서 그러한 배경으로 추정되는 시인의 환경 즉 전공(사학)과 출신 지역(창녕 출신이지만 마산에 거주한 기간이 20년쯤 된다)을 참고할 필요가 있다. 누구보다 '마산의 정신'(일제강점기 때의 저항과 부정선거에 앞장선 항의 시위인 3·15가 4·19혁명의 도화선이 된 것 등)을 내장했을 가능성이 높기 때문이다. 이러한 추정은 여러 편의 작품을 통해 확인할 수 있다. 예컨대 "내가 그대에게 연문을 띄운다 / 내가 그대에게 격문을 띄운다 / 한 자루 촛불의 힘으로 / 어둠과 맞서온 땅."(「마산」 부분)이라는 작품은 이우걸 시조관의 한 축을 이룬다. 그리고 "아무나 이곳에 와서 / 신발을 벗지 못한다. // 靈肉의 문신을 온몸에 나눠 새기며 // 꿈꾸는 / 사람들끼리만 / 백성이 되는 / 나라."(「방·1」 전문)라는 작품 역시 그러하다.

여기서 특히 주목을 요하는 것은 일종의 시적 선언으로 보이는 「방·1」의 종장이다. "꿈꾸는 / 사람들끼리만"이라는 한정의 의미와 "백성이 되는 / 나라"라는 인식을 시적 표명으로 볼 수 있기 때문이다. 이 대목에는 시인이 "나라"를 어떻게 생각하고 규정하는지, "꿈꾸는" 속에 무슨 의미와 지향을 담고자 하는지, "백성"은 과연 어떠해야 하는지 등등이 다층적으로 내포되어 있다. 이러한 진단을 바탕으로 보면 "꿈꾸는 / 사람들"만 "백성"될 자격이 있다고 생각하며, 그런 사람들의 넓은 참여(꿈꾸는 것도 일종의 소극적 참여)가 있어야 비로소 나라다운 "나라"를 세운다는 인식을 만날 수 있다. 이렇듯 이우걸 시조미학은 역사적 감각과 현실 인식을 바탕으로 '時調'라는 명칭답게 당대의 노래이자 신선한 사실문학의 구현을 지속적으로 도모해온 결과라고 할 수 있겠다.

2. 현실 인식의 심층 혹은 심급

앞에서 잠시 언급했듯, 이우걸 시인의 역사의식이나 현실인식은 여느 시인보다 첨예하고 그에 따른 발언의 폭도 넓은 편이다. 이러한 특성은 등단 이후 견지하는 시세계의 주요 축으로 현대와 직면하는 시각과 태도를 통해 심화되고 확대된다. 그 중에도 현실의 다양한 양상을 파고든 작품에서는 그 시선이나 어조에서 일견 건조해 보이는 선 굵은 비판과 성찰이 두드러진다. 이러한 작품은 당면한 시대의 삶이나 현실과 괴리되지 않은 당대의 시조를 쓰겠다는 시적 선언이자 실현으로 볼 수 있을 것이다. 따라서 시인의 역사적 감각이나 현실 인식의 심급 그리고 그것들의 미적 통섭을 살피기 위해서는 이러한 관점 혹은 계보에 서 있는 작품들을 집중적으로 읽을 필요가 있다.

이러한 세계 인식과 시적 지향은 「강」에서도 찾아볼 수 있다.

3
강물은 깊은 시름에 가슴을 잃어버렸다.

병든 살구가지 쇳소리 가득한 거리
낯익은 동네사람은 어디론가 가고 없다.

생각에 잠겨 있는 시월의 둑들이여
시멘트로 묶여 있는 회상의 길들이여
붕대를 감고 흐르는 당대의 강물이여.

사나이는 조용히 강바닥을 보고 서 있다.
무력한 자신 같은 강바닥을 바라보다가
불현듯 그의 눈에는
폭풍이 엉키고 있다.

―「강」(『사전을 뒤적이며』) 부분

위 시조에서 우리는 작품 속의 "사나이"를 시인으로 겹쳐 읽게 된다. 여느 시조보다 긴 분량(1은 3수, 2는 2수, 3은 3수 모두 8수로, 시인의 작품 중에서는 긴 편에 든다)을 의욕적으로 담아내는 데서 당대와 마주선 시인의 자화상을 엿볼 수 있기 때문이다. 이 작품에서 시인은 현실을 "시멘트로 묶여 있는 회상의 길들"이나 "붕대를 감고 흐르는 당대의 강물"로 그리는데, 이는 당시 사회의 억압적 구조와 정치적 상황의 알레고리로 읽힌다. 따라서 이를 바라보는 "무력한 자신"에 대한 자괴감 어린 독백은 시인의 것이자 무력감에 시달렸을 당시의 많은 "사나이"들 목소리로 중첩된다. 하지만 그 속에는 "무력"에만 머물지 않을 것이라는 암시 또한 담겨 있는데, "그의 눈에는 / 폭풍이 엉키고 있다."는 마무리로 어떤 예후를 마련하기 때문이다. 이는 비록 지금은 묶이고 붕대 감긴 "강물"을 "무력"하게 바라보지만,

현실을 직시하며 어떤 "폭풍"을 예비하듯 '서' 있는 사람의 모습을 환기한다. 시인이 천명한 바 있는 "백성"으로서 "꿈"꿀 법한 어떤 역사(役事)를 향한 분연한 떨침이 아닐까, 이후의 행보에 기대를 품게 하는 것이다.

다음 시조들도 이우걸 시인이 도모한 시적 실천을 보여준다.

> 權力을 믿지 않는 나의 편견 때문에
> 그는 관(官)을 가졌으나 슬픈 모습이었고
> 허리에 꽂힌 長劍도 녹슨 제도 같았다.
>
> ―「册」(『빈 배에 앉아』) 부분

> 지나간 연대의 쓸쓸한 훈장 같은
> 너를 주워 들고 가만히 바라본다
> 내 얼굴 닮은 듯도 한
> 너를 바라본다.
>
> ―「나사·1」(『사전을 뒤적이며』) 부분

> 닫힌 공장 녹슨 철문을 빗방울이 때리고 있다
> 닫힌 공장 안 마당을 빗방울이 쓸고 있다
> 그 한철 불붙던 음성 거미줄에 사위어 있다
>
> ―「서서 우는 비」(『맹인』) 부분

「册」에서 우리는 상식마저 배반당하기 일쑤인 역사며 현실을 다시 만나게 된다. "책"을 통해 세상의 많은 것을 알고 익히게 되지만, 한편으로는 왜곡된 사실과도 종종 마주치기 때문이다. 책의 다면적

속성을 꿰는 관점 때문일까, 시인은 그것에서 "관(官)을 가졌으나 슬픈 모습"을 읽어내며 "허리에 꽂힌 長劍도 녹슨 제도 같"은 것임을 환기한다. 그것이 "편견 때문"이라고 짐짓 말하지만, 실은 진실을 알기 때문에 "녹슨 제도"로 그 허구성을 진단하는 것으로 보인다. 따라서 행간에서 배어 나오는 것은 "책"이라는 이름으로 세상에 나오는 것들조차 믿을 수 없는 각성한 자의 씁쓸한 독백이다. 은폐와 왜곡과 날조 등이 "책"의 허울을 쓰고 얼마나 오랫동안 교묘하게 역사 속을 그리고 현실 속을 활보했는지 일깨우는 것이다.

「나사·1」은 책과는 조금 다른 생활 현장에서 만나는 존재에 대한 연민과 성찰을 보여준다. 하지만 현실 인식이라는 차원에서 보면 이 또한 앞의 작품과 연장선상에 있다. 우리가 발 딛고 사는 현실에서 눈을 떼지 않는 자세가 오히려 "나사" 같은 민초의 삶 쪽으로 구체화된 것이다. "나사"는 현대사회의 기계문명을 떠받치는 물건으로서의 작은 존재이자 산업혁명이며 경제부흥 등을 일궈낸 현장 사람들의 은유로 볼 수 있다. 나사는 미미하고 하찮은 부품이지만 하나라도 없으면 어떤 기계든지 제대로 작동할 수가 없다. 그와 마찬가지로 많은 산업 일꾼 역시 부품처럼 또는 얼굴 없는 소모품처럼 이 세상을 떠받쳐온 익명의 존재들이다. "지나간 연대의 쓸쓸한 훈장"으로 "나사"를 읽는 것이나 그것을 "가만히 바라"보며 거기서 "내 얼굴 닮은 듯도 한 너를" 보는 것은 그런 인식에 기인한다. 이를 통해 환기하는 것은 현실에서 쓸모가 없어지면 버려지는 존재의 소외 그리고 부품이 되어버린 현대인의 가치다. 그리고 역사 속에서도 이와 비슷한 일들이 반복되었음을 넌지시 일깨운다.

「서서 우는 비」에서는 "닫힌 공장"을 직접적으로 제시하고 있다. 이 역시 현실 속의 많은 파업 혹은 폐업을 아우르는 표현이라는 점에서 노동 현장의 실상을 담아내는 예에 속한다. "닫은"이 아닌 "닫힌"이라는 표현에서 그 과정에 작용했을 법한 어떤 물리적 힘이나 사회적 상황을 상정해볼 수 있다. 그런데 시인은 "빗방울"이 그 공장의 "안마당을 쓸고 있다"고 읽는다. 무슨 까닭인지는 모르지만 "닫힌 공장"의 사정이나 그것을 감수할 수밖에 없는 상황을 비가 위무하는 것도 같다. 그런데 "서서 우는 비"라는 제목을 다시 보면 그것이 결코 바람직한 상황은 아니라는 전언을 함축하고 있다. "공장"이 지닌 자본주의적 함의만 아니라 그것이 곧 "밥"과 직결되는 삶의 문제임을 돌아보게 하는 것이다.

　다음 작품에서도 현실의 이면을 다각적으로 읽는 시인의 문제의식을 찾아볼 수 있다.

　　월남전도 끝나고 월남땅도 망했다지만
　　우리집 뒷마루 적막한 방에는
　　아직도 아주머니의 월남전이 남아 있다.

　　백마부대 손 흔들며 씩씩하게 떠난 형님
　　메콩강 기슭에서 군화 소리 높았어도
　　그 땅을 헤치고 뛰던
　　형님은 오지 못했다.

　　사월이라 맑은 날 꽃구름 피어날 때
　　분홍 잠옷 벗어두고 어두워지면
　　아파라, 긴긴 그 밤을
　　목련꽃

홀로 진다.

―「목련꽃」(『사전을 뒤적이며』) 전문

꽃은 시에서 다양한 상상과 발견의 개화를 촉발해온 대상이다. 특히 목련은 흰 빛깔 때문에 순결이나 소지(燒紙) 등의 이미지로 많이 그려온 꽃이다. 그런 꽃을 월남전에 겹쳐 그리고 있는 이 작품은 역사와 현실에 대한 인식을 예리하게 보여준다. 1960년대는 한국전쟁 직후라는 특수한 정황에 따라 '조국'을 앞세우는 이념 지향이나 강도 높은 안보관을 드러내는 시편이 많이 나타나는 때다. 그런데 이 시조는 그 후의 "월남전", 그것도 참전의 기나긴 후유증을 앓는 "아주머니의 월남전"으로 집약한다는 점에서 남다른 시각이 돋보인다. "월남전도 끝나고 월남땅도 망했다지만" 아직도 많은 사람에게는 그 상처가 "남아 있다"는 인식, 그리고 그것이 다름 아닌 여자의 문제로 남게 된다는 현실에 주목하기 때문이다. 사실 전쟁의 당사자라고 할 수 있는 남자와 달리 여자(아이 포함)가 피해자로 남는 역사에서 우리는 전쟁이 얼마나 파괴적이고 지속적인 사회문제인지 익히 알고 있다. 그런 점에서 "아주머니"의 "긴긴 그 밤"은 전쟁으로 남자를 잃은 채 살아가는 많은 여자들의 상처와 기나긴 고통으로 확장된다. 전쟁이 개인에 미친 영향 즉 개인사를 다시 파고드는 이즈음의 연구가 이 작품에서 선취되고 있었던 셈이다.

언니는 미국 가고
오빠는 군에 가고
엄마는 장사 가고
아빠는 저승 가고

다 낡은 목조 가옥에서

나는 쉽게 꽃을 팔고,

—「여인숙·2-김홍숙 傳」(『사전을 뒤적이며』) 전문

위 작품은 간명한 단수지만 간단치 않은 폭을 지닌다. 시인은 평범한 일상의 말들로 누군가의 일상을 전하는 형태를 취하고 있다. 하지만 "김홍숙"의 말투로 담담하게 간추린 이 단순한 양식 속에는 큰 서사가 숨겨져 있다. 모든 수사를 빼고 골격만 압축적으로 제시하는 방식인데, 종장에 이르면 그 안팎에서 달고 나오는 함의는 더 명료해진다. 그것은 평범하지 않은 집안 내력을 담아내는 용어들을 통해 드러내는데, 특히 "미국"과 "군"이라는 용어에 중첩한 한국의 역사와 그늘이 만만치 않은 폭을 거느린다. 그런 상황에 "쉽게 꽃을" 파는 "나"를 통해 한국의 아픈 딸들을 돌아보게 하는 동시에 우리 현대사의 이면을 환기하는 것이다.

여기서 시인이 택한 어조는 언어의 표면과 이면 사이에 둔 간극으로 또 다른 파장을 만든다. 그 속에 깔고 있는 아이러니를 통해 "김홍숙"으로 대변되는 현실에 비극성을 높이기 때문이다. "가고"라는 연결어미의 반복 역시 반복의 본래적 특성으로 꼽히는 노래성이나 율격의 묘미를 높이기보다 누군가의 부재 혹은 상실을 강화하는 쪽으로 증폭된다. 종장의 "쉽게"가 얼핏 아이러니 효과를 반감시키나 싶지만, 다시 보면 그것을 굳이 넣은 데서 오히려 상황의 비극성이 강조되는 것을 알 수 있다. 게다가 화자가 마치 수치심이나 죄의식 따위는 없는 양 "팔고"를 아무렇지도 않게 내뱉듯 처리한 것이나, 종장의 끝 음절에 ","를 배치한 것도 쉽게 끝나지 않을 가계의 암담한 현실을 부각한다. 이렇듯 간명한 표현만으로도 한국 현대사에 편

재한 문제나 그늘을 담아내는 작품을 통해 우리는 시인의 현실 인식
과 감각이 무엇을 겨냥해왔는지 확인할 수 있다.

현실에 대한 시인의 남다른 촉수는 "잔"을 "사막"으로 읽는 데서
도 드러난다.

이 시대의 잔 속에는
사막이 누워 있다.
무슨 이름의 액체가
담겨 있어도 마찬가지다.
만나고 마신 뒤에도
갈증만 깊어지는

병든 대지의 타버린 환부 같은
폭발을 꿈꾸고 있는 어둠의 뇌관 같은
음모의 잔을 나눌 때
아 씹히는
모래의 말들

―「사막」(『맹인』) 전문

현실을 사막으로 진단하는 시는 상당히 많다. 우리가 살고 있는
현실 자체가 이미 각박하고 건조하기 짝이 없는 사막 상태로 비치는
것이다. 실제로 사막화를 거친 사막들은 환경오염과 생태파괴의 상
징이자 대지의 비명이기도 하다. 따라서 시인이 현실을 "잔"으로 압
축하고, 그 속의 "사막"을 읽고 "갈증만 깊어지는" 세계로 그리는 것
은 당연하다고 할 수 있다. 그런데 일상의 "잔"에 집약하는 현실의

어떤 장면들은 작품의 행간을 넓혀준다. 사실 세상의 많은 관계가 "잔"과 연관되어 나타나지 않는가. 차든 술이든 함께 마시는 자리에서 얼마나 많은 일이 일어나는지, 관계가 비롯되거나 혹은 깊어지거나 하는지, 잔의 의미와 역사를 헤아리면 무수한 일이 내장되어 있는 것이다. 뭔가 숨긴 것으로 보면 세상의 잔들은 "음모의 잔"이 되고 당연히 "모래의 말들"이 씹힐 것이며, 밀실 속 부정과 부패의 잔도 가능하기 때문이다. 이러한 진단에 따라 시인은 "폭발을 꿈꾸고 있는 어둠의 뇌관"으로 "잔"의 위험성과 불온성을 경고하는 것이다.

　이렇듯 이우걸 시조에는 역사의식을 바탕으로 하는 현실 인식과 성찰이 큰 축을 이루고 있다. 여기에는 비극적 사건이나 문제가 많았던 우리 현대사를 바라보는 사학 전공자로서의 비판적 시각이 깔려 있다. 그래서 "바람이 무심히 와서 나뭇잎을 흔들 때"조차 "이 강산 뼈에 사무친 칼 소리만"(「어쩌면 이것들은」) 걸어 나온다고 진단하며 안 보이는 폭력성에도 촉각을 곤두세우는 것이겠다. 이는 "나라"나 "백성" 같은 거대 서사와 관련된 전망 혹은 소시민의 일상 속에 자리한 크고 작은 폭력에 대한 문제제기에서 보듯, 각성한 자의 질문과 모색을 담보하고 있다. 이러한 역사적 감각과 현실적 각성이 이우걸 시조의 외연을 넓히며 새로운 심화로 나아나는 동력일 것이다.

3. 절제의 온유와 미적 긴장

　이우걸 시조는 우리 삶과 현실의 곳곳에 깊숙이 닿아 있다. 시대의 노래이자 발언이라는 시조의 전통과 특성을 현대적으로 심화하고 확대해온 것이다. 또 다른 측면의 특성을 들면 섬세한 서정과 감

각을 바탕으로 보여주는 시조의 미적 현대성을 꼽을 수 있을 것이
다. 시인은 어떤 대상을 간명하게 부각하는 압축의 묘를 매우 감각
적인 언어로 담아내왔다. 예컨대 "누군가 몰래 두고 간 / 테라스의
불빛 하나"로 '섬'을 그려내듯, 이미지의 선명한 응집과 언어의 밀도
를 추구해온 것이다. 물론 그 앞에는 현실의 이면을 읽는 "너는 위
안이다. 말없는 약속이다. / 짓밟혀서 돌아오는 어두운 사내를 위해"
가 깔려 있다. 서정적인 작품에서도 낯익은 단순 서정을 넘어서는
현대적 감각의 해석을 보여주는 것이다.

      은목서 잎사귀에도

      달빛이 스며들었다.

      텅 빈 등의자에 잠이 든 家屋이여,

      그대의

      血管 속으로

      유황빛

      말이 달린다

—「波濤」(『지금은 누군가 와서』) 전문

   시인의 첫 시집에 들어 있는 단수로 감각이 두드러지는 작품이다.
이 시조는 이우걸 시조의 미학적 모색과 그 지향의 단초를 보여준
다. "은목서 잎사귀에" 스며든 "달빛"은 직접 보지 않으면 모르는 빛
깔이지만, 그것이 다시 "유황빛 / 말"로 "달린다"는 결구에 오면 짐작
은 가능하다. "은"빛이 "유황"빛으로 변환하는 것은 다름 아닌 "달빛"
때문일 것이다. 그런데 "파도"에 "유황빛 / 말이 달"리는 역동적인 선
을 입힌 데서 시인의 남다른 감각을 맛볼 수 있다. 이 대목은 독자

에게 미묘한 색감과 율동을 담은 환상적인 풍경으로 다가온다. 이렇
듯 달빛 쏟아지는 밤 파도가 넘실대는 모양을 "유황빛 말"로 그린
독특한 감각, 그것이 또 "그대의 혈관 속으로" 달린다는 표현에서 우
리는 감각과 묘사의 화학적 결합을 즐길 수 있다. 이런 미감의 추구
야말로 이우걸 시인이 지향하는 시조의 현대적 감각이자 미적 진화
라 해도 좋을 것이다.

　　나는 그대 이름을 새라고 적지 않는다.
　　나는 그대 이름을 별이라고 적지 않는다.
　　깊숙이 닿는 여운을
　　마침표로 지워 버리며

　　새는 날아서 하늘에 닿을 수 있고
　　무성한 별들은 어둠 속에 빛날 테지만
　　실로폰 소리를 내는
　　가을날의 기인 편지.

―「비」(『저녁 이미지』) 전문

　　새가 와서 노래를 낳고
　　풀씨가 꽃을 피우고
　　깨어져 혼자 떠돌던 종소리도 쉬다 가지만
　　생명의 여인숙 같은
　　이곳엔
　　거절이 없다

　편안한대로 닿아서

　스스로 생을 가꾸는

　배려와 위안의 따뜻한 나라여

　늪에는 범할 수 없는 초록의 혼이 있다.

—「늪」(『맹인』) 부분

　「비」는 시인의 감각적인 묘사와 이미지가 잘 어우러진 작품이다. 처음 이 시조를 대했을 때 갸웃거리며 다시 읽던 생각이 난다. 분명 "비"인데 왜 굳이 "나는 그대 이름을 새라고 적지 않는다. / 나는 그대 이름을 별이라고 적지 않는다."고 할까. 이 진술은 "비"에 너 나채로운 파문을 만들어낸다. "비"가 시인에게는 "새" 같고 "별" 같아서 그렇게 "적지 않는다"고 우정 반복하는 것일까, 아니면 "그대"라는 어떤 대상을 빗속에서 그리며 그리움의 대명사 같은 "새"와 "별"을 떠올리는 데서 나온 표현일까. 이렇듯 교차하던 생각의 파문은 "실로폰 소리를 내는 / 가을날의 긴 편지"라는 표현에 이르면 그대로 맑고 투명한 빗소리 속으로 잠겨들게 된다. "실로폰 소리"를 내는 빗소리가 "가을날의 긴 편지"라는 탁월한 은유로 각인되는 동시에 그 순간의 울림을 맑은 동심원으로 지속시켜주는 것이다.

　「늪」에서는 시인이 근처에 살며 많이 접한 때문인지 애정이 더 짙게 묻어나는 것을 볼 수 있다. 특히 "생명의 여인숙"은 우포늪의 무한한 생명력을 묘파하는 은유로 "늪"의 생태학적 힘이나 자연으로서의 아름다움을 매우 효과적으로 전하고 있다. 여기서 우리가 서두에 주목했던 "나라"가 다시 나오는데, 시인이 꿈꾸는 세계가 곧 온갖 생명에게도 "따뜻한 나라"임을 보여준다. 이는 "초록의 혼"이 싱싱하게 살아 있는 곳이고, 그렇다면 당연히 현실적 의미를 넘어 전 생명과 더불어 상생하는 "나라"여야 할 것이다.

> 쳐라, 가혹한 매여 무지개가 보일 때까지
> 나는 꼿꼿이 서서 너를 증언하리라
> 무수한 고통을 건너
> 피어나는 접시꽃 하나.
>
> —「팽이」(『사전을 뒤적이며』) 전문

「팽이」에서 우리는 이우걸 시인이 추구해온 시세계의 미학적 집약을 만난다. 단수에 이만한 정신성과 미학성을 동시에 응집해내기란 쉽지 않은 일이다. "쳐라," 이 거두절미의 직입은 시작부터 범상치 않은 저항 혹은 응전의 태도를 예고한다. 맞는 자가 치는 자를 오히려 위압하는 당당한 자세와 눈빛을 환기하는 것이다. 그렇게 "가혹한 매"를 다 받아내겠다는 "팽이"에 겹쳐지는 것은 온갖 폭력에 노출된 채 살아가는 현실 속의 약자들이다. 하지만 순응하듯 엎드렸다 일어나는 풀과 다르게 결기가 시퍼런 "팽이"는 폭력에 완강하게 맞서는 강직한 모습들을 보여준다. 따라서 순교자 같은 자세로 결연하게 뇌는 말, "무지개가 보일 때까지"나 "꼿꼿이 서서 너를 증언하리라"는 다짐은 그 이상의 의미로 확장되며 새로운 진폭을 이룬다.

이 구절을 따져 보면 그 파장은 더 다양하게 읽힌다. 우선 이 표현을 강자에 대한 약자의 저항이나 오기 품은 선언, 또는 "증언"의 힘을 빌려 훗날을 도모하는 일종의 선전포고성 경고로 볼 수도 있겠다. 이때 "증언"은 우리 현대사에서 보아온 이런저런 장면들과 함께 기록으로서의 증언 즉 사실의 가장 큰 힘인 진실의 가치를 일깨운다. 이런 의미들을 겹쳐놓고 보면, "팽이"의 다짐 혹은 피 묻은 절규 같은 외침은 역사 속 무수한 약자의 목소리를 중첩한다. 나아가 그런 상황에서도 무너지지 않고 오히려 "꼿꼿이 서"는 강인한 민초의 상(像)으로 각인되는 것을 볼 수 있다. "무수한 고통을 건너 / 피어나는 접시꽃"은 그래서 맞아야 사는 일견 단순해 보이는 "팽이"가 존재의 고통을 넘어 "꽃" 이상의 시적 개화로 비약하는 것이다.

다음 근작은 이러한 세계 인식과 시적 지향이 미학적 완결성으로 심화되고 있음을 보여준다.

공양구여 공양구여
향기로운 공양구여
어지러운 고려의 뜰 그 기슭에 숨어서
간절히 바치고 싶던
마음의 그릇이여
청동 은입사, 균형 잡힌 품격 속으로
얼마나 많은 백성의 염원이 담기고 스며
오늘도 시정을 향해
잠 못 들고 계시온지

―「표충사 청동함 은향완」 전문

이 작품에서 우리는 시인의 역사적 감각과 현실 인식의 완숙한 조화를 만난다. 향완은 불전에 향을 올리는 소임 때문에 모양도 아름다운데, 특히 고려 시대의 은입사기법이 빼어난 게 "표충사 청동함 은향완"이다(국보 75호). 하지만 시인이 주목한 것은 "공양구"로서의 역할이다. 공양은 삼보(三寶 : 佛, 法, 僧)나 죽은 이의 영혼에 향화(香華)·등명(燈明)·음식·재물 등을 바치는 것이니 지순하고 지엄한 일이다. 이는 화자가 "은향완"을 세 번씩이나 간절하게 부르는 데서도 나타난다("마음의 그릇이여"이 합하면 네 번이다). 거기에 감탄이나 호소를 강화하는 조사 "～여"는 경건함에 간절함을 더한다. 그런데 그것이 "깊은 호소력을 지니는 것은 고려의 "어지러운" 사회상을 깔고 있을 때문이다. 고려 후기는 원나라의 지배와 횡포를 당하던 약소국의 뼈아픈 시절이었으니 향완 하나에도 "얼마나 많은 백성의 염원이 담기고" 스몄을지 짐작할 수 있다. 그래서 "오늘의 시정을 향해 / 잠 못 들고 계시온지"라는 현재진행형의 마무리는 앞에서 암시한 의미를 아우르며 여운을 더 간절하게 전한다.

향완은 일상 속의 밥과는 거리가 느껴지는 공양구지만, 그 안에 담아내는 "백성의" 비원(悲願)으로 인해 더 큰 삶의 문제로 확대된다. "은향완"의 이름으로 국가와 백성이라는 더 지엄한 밥과 국가 안위의 문제를 넓게 일깨우는 것이다. 나아가 고려부터 현재에 이르기까지 시대를 꿰는 거시적 염원 속에 구원이라는 심오한 문제도 담아낸다. 이는 오래 전에 "담기고 스"민 백성들의 염원이 아직도 계속되고 있다는 진단과 연민에서 비롯된다. 그렇지만 예나 지금이나 백성들의 삶은 곤고하므로 시인이 일찍이 세워놓은 "꿈꾸는 / 사람들끼리만 / 백성이 되는 / 나라"의 실현은 멀 수밖에 없다.

이렇듯 역사의식이 두드러지는 작품들은 시대의 문제적 상황을 직면해온 시인으로서의 세계 인식과 시적 실천이 두드러진다. 특히 간결하고 선명하게 담아내는 현실 감각은 현대성과 정형성의 미적 결속으로 남다른 영역을 구축하고 있다. 하지만 시인은 "생각하면 적요란 빈자가 누리는 一燈"이라는 겸허한 응시와 무욕에서 다시 출발하며 시조의 또 다른 진경을 향하는 것으로 보인다. "영원을 꿈꾸며 잠들고픈 머리맡에 / 오늘은 또 누가 와서 / 꽃씨를 두고 갔으면"

(「가을 기도」) 하고 바라듯, 시조의 꽃씨를 늘 다시 받으며 복잡다단한 오늘의 바람 부는 길 위에 늘 새롭게 서고자 하는 것이다.

4. 통섭 그리고 미적 현대

이우걸 시인의 역사적 감각이나 현실 인식을 바탕으로 한 작품들은 현대시조가 담보해야 할 현대성으로 외연의 확장과 미적 심화를 보여준다. 이는 일상 속에 편재한 억압, 소외, 부당, 부조리 따위의 일상화된 크고 작은 폭력과 자본주의 구조 속의 소모와 착취, 모순 등에 대한 관심과 문제의식을 견지하며 그 이면과 심층을 그려온 데 따른 남다른 성취다. 많은 논자의 조명에서 보듯, 시인은 지금 이곳의 삶에 대한 다각적인 질문과 성찰, 해석 등을 언어나 감정의 낭비 없이 간명하게 그리며 밀도 높은 시조 세계를 구축하고 있다. 주지적 태도나 어조는 때로 건조한 느낌을 주지만, 과잉에 곧잘 빠지는 시조단에 경종을 울리면서 특유의 지적 호소력을 확보한다. 이러한 현실 인식과 정형성의 심도 있는 통섭이야말로 오늘날의 시조가 추구할 현실 속의 살아 있는 현대성이요 미적 완결성이라고 할 수 있을 것이다.

시인은 이제 현실 속의 문제적 발언에도 더 절제된 온유의 깊이를 구하는 것으로 보인다. 따라서 시조의 현대성 구현을 중시하는 작품 속에서도 한층 견고하게 구조화한 정형시 특유의 미학적 심화나 확대를 만날 수 있다. 급변하는 현실 속에서 오래된 정형하는 추구하는 것이란 어쩌면 "제 가진 전신으로 한 하늘을 건져내려고 / 제 가진 전신으로 한 바다는 건져내려고" 날마다 투신하거나 "떨리는 손을 허공에 걸어"(「등대」) 놓는 길일지도 모른다. 그렇게 "전신으로"
가는 길이기를 마다 않기에 시인은 여전히 지금 이곳 삶 속의 여러
징후들을 예리한 감각과 서정으로 읽어내며 자신이 구축해온 시조
미학 속에 현실을 통섭해갈 것이다. 하여 어제의 시조가 아니라 오
늘 그리고 내일도 유효한 시조의 새로운 진경을 향해 "무지개가 보
일 때까지" 나아갈 것이다.

상처를 치유하는 생의 형식

구모룡[*]

　이우걸의 초기시는 시조 양식의 전통적 문법에 충실하다. 두루 알다시피 현대시조는 보존과 창조라는 양면성을 지닌다. 둘의 균형을 유지해야 하는 것이 아니라 어느 한쪽을 배제할 수 없는 것이 조건이다. 만일 보존만 생각한다면 시대착오를 감수해야 하고 창조를 전면화하려 든다면 힘들게 현대시조를 선택한 까닭을 어렵게 설명해야 한다. 그런데 이우걸은 보존과 창조의 힘든 긴장을 오랜 동안 지속하면서 개성적인 시조시학을 정립한 것으로 평가되고 있다. 그는 1973년 등단한 이래 6권의 시집을 상재하면서 시조의 전통을 현대화하는 데 성공하였다.

　이우걸이 처음부터 시조의 현대화를 의도한 것으로 보이진 않는다. 이보다 현대시조를 선택한 그의 의식이 중요한데 그가 세계를 안정적인 양식을 통해 대응하려 한 것으로 보인다. 가령 첫 시집의 첫 번째 시「세계는 갑자기」가 하나의 단서가 된다.

* 1982년 조선일보 신춘문예로 등단. 현재 한국해양대학교 동아시아학과 교수. 저서로는『앓는 세대의 문학―세계관과 형식』,『구체적 삶과 형성기의 문학』,『한국문학과 열린 체계의 비평담론』,『문학과 근대성의 경험』,『제유의 시학』,『감성과 윤리』,『근대문학 속의 동아시아』 등이 있음.

내가 지금 그의 찻잔을 조용히 바라보면

世界는 갑자기 鬪爭의 눈을 버리고

雪景의 나무들처럼 달빛으로 몸을 덮는다.

하나의 우주, 하나의 따스함,

우리는 지금 먼데서 한 없이 날아와서

이토록 純粹한 잔을 눈부시게 가꾸고 있다.

그가 지금 나의 찻잔을 조용히 바라보면

世界는 갑자기 鬪爭의 눈을 버리고

雪景의 나무들처럼 달빛으로 몸을 덮는다.

    순수한 만남을 노래하고 있는 시로 읽히지만, 투쟁의 세계가 우주적 질서와 화해를 회복하기를 바라는 염원을 담고 있는 것으로 이해되기도 한다. 이 시에서의 "잔"은 2시집의 「잔」과 3시집의 「잔-박물관에서」 등에서 반복되는 모티프이기도 한데 일종의 조화의 매개, 질서의 양식으로 보아도 무방할 것이라 생각된다. 인용시는 수미상관의 안정된 형식으로 사실 매우 단순하다. 그럼에도 "순수한 잔을 눈부시게 가꾸고 있다"는 전언은 "해갈의 고운 영토를 / 기다리며 사는 것"(「물」에서)이나 "軟葉같은 韻"(「어두운 창을 열고」에서)을 찾는 일에 상응한다. 시인은 투쟁, 고갈 등을 내용으로 하는 세계에 대하여 시조라는 형태를 통하여 대응한다. 하지만 이로써 시인이 경험한 세계상의 진면목이 뚜렷하게 드러난 것은 아니다. 이는 1시집에서 "전장"(「우리들의 집」에서)으로 시사되고 2시집 「江가 밭에서」에서 6. 25 한국전쟁으로 구체화된다.

아버지가 일하시던 江가 밭에 나가보면

죽어버린 時間들이 우렁껍질로 흩어져 있다.

머리 풀고 울어야 할 事件도 없었는데

江가 밭은 왜 이렇게 적막해 졌을까

평생을 황소처럼

이랑만 따라 도시던 아버지,

그 農夫의 아들이 와서 섰는데

江가 밭은 왜 이렇게 적막해졌을까.

그러나 나는 안다.

洛東江 따라 내려온 傀儡軍의 발자욱이

나의 胸部에 탄피를 박고 갔듯이

오십 년 벼랑길을 맨발로 걸어오신 아버지의 가슴에도

내가 든 私立學校 졸업장만한

戰爭이 있었던 것을.

유년기에 직면한 전장의 체험은 시인의 내면에 정신적 외상("나의 흉부에 탄피를 박고")으로 자리할 뿐만 아니라 3시집 「우리 누나 - 6.25」가 말하듯이 가족사 내부에도 깊이 관여된 것으로 보이나 그 전모를 알 수 없다. 그럼에도 "아버지의 가슴에도 / 내가 든 사립학교 졸업장만한 / 전쟁이 있었던 것"이라는 구절을 통하여 시인이 전쟁과 같은 가난을 경험하였음을 알 수 있다. 말할 것도 없이 유년기에 겪은 전장의 체험과 가난으로 점철된 가족사가 시인이 시조양식을 선택한 배경이라는 지적은 비약에 가깝다. 다만 이러한 경험적 요인들이 조화와 질서에 대한 열망을 싹트게 했을 것이라 추론하는 것은 틀리지 않을 것이다. 가족사와 관련하여 5시집의 「가족」이나

6시집 「가족사진」이 전하듯 아버지의 이른 죽음이 시인에게 끼친 영향이 매우 컸을 것이라 짐작된다. 연보에 의하면 첫시집을 발간한 1977년에 시인의 아버지는 타계한다. "전쟁-가난-부 상실"은 시인의 삶에서 중요한 경험이라 할 수 있는데 시인의 삶과 시쓰기는 이러한 경험 지평을 극복하고 주체를 형성하는 과정이라 할 수 있다.

> 자주 먼지 털고, 소중히 닦아서
> 가슴에 달고 있다가 저승 올 때 가져오라고
> 어머닌 눈 감으시며 그렇게 당부하셨다.
>
> 가끔 이름을 보면 어머니를 생각한다
> 먼지 묻은 이름을 보면 어머니 생각이 난다
> 새벽에 혼자 일어나 내 이름을 써 보곤 한다
>
> 티끌처럼 가벼운 한 생을 상징하는
> 상처많은, 때묻은, 이름의 비애여
> 천지에
> 너는 걸려서
> 거울처럼
> 나를
>
> 흔든다.

제5시집의 「이름」이라는 시인데, 연보에 나오는 대로 1992년 타계한 어머니를 회상하는 내용이다. 명명될 수 없는 이름은 불행하다. 부끄러운 이름, 지우고 싶은 이름도 있다. 시인은 자신의 이름을 어머니와 연관시킨다. 그에게 어머니와 그의 이름은 자신을 비추는 "거울"이다. 주체의 정립이 어머니라는 가족사적 관계를 통하여 이루어지고 있는 것이다. 하지만 시인의 태도가 모성편향으로 읽히진 않는다. 이우걸의 시세계에서 모성에 대한 시적 형상이 빈번한 것은 사실이지만 오히려 결락된 부성을 회복하는 계기로 보아도 틀리지 않을 것이라 생각한다. 실제 아버지는 6시집의 「상처」의 표제가 전하듯 "상처"이다. "수박 모종 빛내며 허한 희망 심어 놓았던 / 물바다 된 강가 밭 가물가물한 이랑 끝에서 / 빗줄기 맞으며 서있던 / 아버지." 이처럼 시인에게 아버지는 어머니와 다른 자리에 존재한다. 그런데 가족 내 존재인 아버지는 하나의 상징으로 세계상으로 확대 해석되기도 한다. 그럴 때 전쟁이며 가난과 마찬가지로 시인에게 아버지는 상처의 세계상을 의미한다.

그것은 神의 나라로
열려 있는 音樂 같은 것

불타는 들을 건너서, 얼음의 山을 넘어서

돌아와
가슴에 닿는 깊은 올의 絃樂器.

2시집에 실려 있는 「봄비」의 1연인데 시인의 의식지향을 잘 드러내고 있다. 그에게 현실은 "불타는 들"이거나 "얼음의 산"과 같지만 그는 "돌아와 / 가슴에 닿은 깊은 올의 현악기"를 갈망한다. 이는 난

폭한 세계로부터 등을 돌리거나 그것을 회피하려는 태도가 아니다. "신의 나라로 / 열려 있는 음악 같은 것"이 있기에 주체는 세계와 맞서고 그것을 개조할 희망을 갖는다.

> 내 혼이 귀소하는 열두 점 여울목엔
> 생각도 만경창파로 표류하는 돛배 하나
> 잃어서 얻은 저 목숨 노를 휘어 건지고 싶다
>
> 잠긴 문 앞에서, 등 돌린 바람 속에서,
> 무심히도 바라뵈던 이승의 문패 아래서
> 수없이 나를 결별한 내 이마를 건지고 싶다
>
> 어두운 창을 열고 새로 맞는 한 세상은
> 死滅의 눈길 안에도 초록의 韻 돋는데
> 律따라 線이 못되는 내 언어의 지병이여.

이우걸의 창작방법론을 잘 말해주고 있는 시(3시집의 「밤에 쓰는 시」)이다. 회귀하는 서정의 인력은 과거의 고통이며 상처로부터 자유롭지 않는 자아를 일깨운다. 시쓰기가 때로는 정신분석의 과정과 같이 설명되는 까닭이 여기에 있다. 그러나 "수없이 나를 결별하는" 시적 치유는 증상의 원인을 찾아가는 심리학과 다르다. 시쓰기는 "어두운 창을 열고 새로 맞는 한 세상"을 그려내는 과정으로 "사멸의 눈길"에서 "초록의 운"을 생성하는 일에 다름없다. 이 시를 통하여 만약 이우걸의 시조시학이 요약되는 것이 허락된다면 그것은 "상처를 치유하는 생의 형식"이라 할 수 있을 것이다. 이는 먼저 전반적

으로 나타나는 재귀적인 반복이라는 문제에서 찾아진다. 이우걸의
시조에서 "눈", "낮달", "손", "파도", "편지" 등 거듭 되풀이되는 모티
프들이 많은 것은 양식적 완성에 대한 열정과도 유관하겠지만 이와
더불어 상처의 치유와도 연관된다 할 수 있을 것이다. 말할 것도 없
이 이러한 반복이 그를 평가하는 일에서 불리하게 작용할 소지도 없
지 않다. 그럼에도 "律따라 線이 못되는 내 언어의 지병"이라는 인용
시의 종장이 말하는 들림의 문제를 간과할 수 없을 것이다. 그는
"일상은 언제나 격한 파도라지만 / 행간에 스며 있는 저 은은한 고
요"(3시집의 「편지」에서)에 대한 지향을 그치지 못한다. 확실히 이우
걸 시조의 배후는 상처 혹은 어둠이다. 그는 삶이라는 근원적인 슬
픔을 수락하면서 화해로운 생의 형식을 창조하려 한다. 가령 5시집
의 「피아노」를 읽으면 이러한 그의 입장이 감동적으로 와 닿는다.

마음에 못질을 하고 누가 떠나갔을까
저녁 상처를 물끄러미 바라볼수록
이별의 빗방울들만
건반 위로 뛰어 오른다

슬픔이나 기쁨을 피아노는 말할 수 없다
그림자에 뒤섞인 저 손끝의 떨림으로
아침이 목련을 빚듯
한 선율을 빚어낼 뿐.

"그림자에 뒤섞인 저 손끝의 떨림"이라는 구절은 어둠, 상처, 고
통, 폭력 등 세계상을 아름다움으로 건져 올리려는 시인의 의식을

집약하고 있다. 이는 또 다른 시(「피」)에서 진술된 "손톱으로 살을
파 보면 어둠이 숨어 있다. / 눈 뜨지 못하는 그 어둠의 채찍으로 /
내 피는 온몸을 돌며 / 오늘을 노래한다"라는 구절과도 연관된다.
이어서 그는 "슬픔을 걸러내는 내 피는 천사의 손길"이라고 말하고
있는데 이로써 시인의 시적 혈통이 객관화되고 있는 셈이다. 그런데
여기서 주목되는 것은 시적 과정의 자연스러움이다. 인용시가 말하
듯 "아침이 목련을 빚듯" 이우걸의 시조에 억지나 작위가 없다. 특히
5시집 이후 단순 소박미의 지향은 그가 한편으로 상처의 구속에서
놓여났고 다른 한편으로 형식적 제약에서 많이 벗어나 긴장된 자유
를 구가함을 뜻한다. "가파른 생의 기록"을 넘어 "새로운 행로를 위
해"(6시집의 「흉터」에서) 길을 나서고 있는 것이다. 그 길에서 이우걸
시조미학이 완성될 것이라 생각한다. 분명 그가 "거쳐 온 터널의 기
억"은 "어둠의 배경"(6시집의 「드라이버」에서)을 지녔다. 하지만 그는
"가난한 손길들이" "상처를 지닌 영혼을 보살핀다"(6시집의 「열쇠」에
서)는 사실을 깨닫고 있다. 따라서 자신의 상처나 고통에서 해방되
어 더 넓고 깊은 시적 지평을 열어갈 것이라 믿는다.

이우걸 시조의 전통성과 현대성

장성진*

1. 정형과 전통

시조를 평면 위에 위치시킨다면, 정형의 정도를 나타내는 가로축과 전통의 수용 정도를 나타내는 세로축이 만나는 지점이 될 것이다. 그런데 이 지점은 면적이 없는 점이 아니라 둘레가 굴곡을 이루는 상당한 넓이의 면이다. 이렇게 본다면 현대시조는 자연스럽게 현대시의 여러 갈래들과 적절하게 거리와 깊이차를 가진 채로, 부분적으로 영역을 공유한 채로 그 시대 문화의 일부가 된다. 시조의 평면은 다시 하위 갈래나 유형에 따라 몇 개의 영역으로 분할될 수 있다. 분할된 각 영역의 정형성은 작품의 구조를 통해서 설명될 수 있고, 전통성은 은유에 의해서 설명될 수 있다. 평면에 깊이를 더하여 입체를 이루는 것은 작가의 역량이나 작품의 수준 문제이다.

그런데도 시조는 그것을 주로 창작하는 사람에 의해서도, 그렇지 않은 사람에 의해서도 뭔가 색다른 것으로 취급되곤 한 것이 사실이다. 명시적이든 묵시적이든 작가들이 내심으로 현대시조를 규정하

---

* 경북대학교 사범대학 국어교육과, 대학원 석·박사 수학. 현재 창원대학교 국어국문학과
  교수. 배달말학회 회장.

는 관점은 이미 가치 평가까지 겸하기 일쑤이다. 오래 전부터 확립된 장르 관습을 유지하면서 전통을 현대에까지 계승시키는 중요한 작업이라는 자부심과, 반대로 현대시의 주류를 자유시라고 전제하고 거기에까지 나아가지 못한 채 주저하는 정형시라는 홀시가 깔려 있다. 나아가 자유시의 세계에서 어느 정도 성취를 이룬 작가나 평론가가 어떤 계기에 시조를 접하고는 생색내기 삼아 그 가치를 역설하는 과장된 몸짓도 가끔씩 보인다.

이우걸 시인의 작품을 살펴보려는 마당에 이런 사설을 앞자리에 놓는 까닭은 그가 일찍이 진단한 현대시조의 환경 내지 지평에 대한 본질적 고민과 관계가 있기 때문이다. 평론가로서 그의 발언은 이러하다.

> 현대시조를 쓰는 사람들이 당해야 하는 몇 가지의 질문이 있다.
>
> 그 첫째가 하필 왜 시조를 쓰게 되었느냐는 것이고, 그 둘째가 언제나 시조만을 쓸 것이냐 하는 것이고, 셋째로는 시조적인 시의 세계는 어떤 것이냐 하는 것이다.
>
> 이 세 가지 질문에 대한 회답은 그 정답을 공개할 만큼 명확한 성질의 것이 아닐뿐더러 한 시인의 개성과도 깊이 관련되어 있다. 그러나 고정되어 있지 않는 회답을 듣고자 하는 질문자의 태도에는 대체로 어떤 고정된 선입관을 갖고 있는 듯하다. 그러한 선입관을 이루는 내용으로는 현대시조의 한계, 시조와 자유시를 대립적 장르로 보려는 것, 그리고 시조만의 독특한 세계를 요구하는 극단론적 편견 등이다.(『憂愁의 地平』, 동학사, 1989, 43면.)

이 글을 쓸 때 그는 이미 네 권의 시집(시조집)과 한 권의 평론집을 출판한 중견 시인이었다. 짧은 글 속에서 그는 시조를 전문으로 창작하는 사람이 늘 대답을 준비해 두어야 할 질문지와, 그 질문을 하는 사람들의 속마음을 정확히 읽어내었다. 그러나 그는 대답을 하지 않았고, 그 뒤의 많은 글에서도 마찬가지였다. 왜 그랬을까? 시조 작가들이 숙명처럼 마주해야 하는 질문에 그는 개인으로서든 시조단의 일원으로서든 왜 그렇게 무반응으로 일관했을까? 그 대답의 일부는 이 책의 서문에 쓴 바와 같이 스스로 평론가가 아닌 시인이라는 말에서 찾을 수 있다. 다시 말해서 이론이나 설명으로서가 아니라 작품으로 대답하겠다는 뜻이다.

그렇다고 작품을 통해서 구현할 시조의 가치에 대해서까지 침묵한 것은 아니다. 우선 그는 시조를 다른 무엇과의 상대적인 존재로 보려는 것이 아니라, 그 자체로서 가지는 가치에 주목하였다. "시조는 역시 시 이상도 아니요, 시 이하도 아니라는 사실"을 강조하는가 하면, "시조라는 형식을 통해 가장 효과적으로 시를 건지고자 하는 주장"을 신뢰한다. 이러한 시조관을 통하여 "시조에 지나치게 많은 희망을 피력하는 사람들"이나 "현대시와 명확히 구분하여 시조를 떼어놓으려는 사람들"의 편향성을 극복하려는 것이다. 그리하여 "정형의 서정시"라는 원론적 규명 아래, 다양한 미적 범주를 거쳐 "단순미가 지니는 깔끔한 맛"을 지향하면서, 그것이 가능하게 하는 가치로서 "진실성"을 제시하였다. 이러한 시조적 가치를 확인하기 위해 시조 좌표의 한 축인 정형성과 다른 한 축인 전통성을 확인하는 일은 얼마간 의미가 있을 것이다.

2. 정형성과 구조

시에 있어서 구조는 작품 안에서 가지는 언어의 질서일 뿐 아니라, 시대와 사고의 반영과 수용이기도 하다. 시조처럼 견고한 정형의 양식에서 구조는 더욱더 그러하다. 그런 의미에서 현대시조의 구조는 어떤 방식으로든 고시조의 구조에 근원을 두고 있다. 그러나 그것에 대한 묵수나 파기의 어느 쪽도 일방적으로 선택하기 어렵다. 고시조의 구조적 토대를 시대 정신에 적합하게 구현해야 하며, 여기서 시대성이나 작가의 개성이 드러난다. 고시조의 구조를 자세히 논의할 수는 없지만, 단순화시킨다면 세 개 장의 관계로 설명할 수 있다. 초장과 중장이 다양한 방식으로 대응되고, 종장이 그것을 종합하여 주제를 드러내는 것이다. 구성 방식의 다양성은 있지만 큰 틀에서는 순차성을 거의 벗어나지 않는다. 흔히 고시조가 단순하다고 하는 것은 이러한 구조가 표면에 곧잘 드러난다는 점을 두고 하는 말이다. 현대시조는 이 전형을 어떻게 수용하고 변용하는가에 따라서 실체를 이룬다.

이우걸 시조의 구조는 비교적 뚜렷한 두 가지 양상으로 나누어진다. 하나는 고시조의 구조에 다가간 것이고, 하나는 변형시킨 것이다. 전자는 많은 작가들이 수용하는 안정된 방식이기는 하지만 그 활용에는 작가의 개성적 구성이 엿보인다. 이우걸 시조에서는 의도적으로 선택했든 그렇지 않든 이 둘이 상당히 정교한 구조적 장치를 가지면서 서로 대조를 이룬다는 점이 흥미롭다.

껴도 희미하고 안 껴도 희미하다
초점이 너무 많아

초점 잡기 어려운 세상

차라리 눈 감고 보면

더 선명한

얼굴이 있다.

―「안경」(『나를 운반해온 시간의 발자국이여』, 천년의 시작, 2009)

비교적 근래에 쓴 작품이다. 이 작품을 보면 그를 원로라고 부르고 싶다. 자연연령과는 무관하게. 이 난해시의 판에, 독자 부재의 시대에 이렇게 순하고 깊은 시가 있다는 게 참 반갑다. 고시조의 전형과 현대적 감각 사이의 긴장감이 돋보인다.

초장은 체험을 객관적으로 서술하였다. 안경을 껴도 잘 보이지 않고, 안 껴도 잘 보이지 않는 것은 시력 때문에 고생해 본 사람이면 누구나 공감할 만한 진술이다. 그러나 이 짧은 진술에는 엄청난 시간이 깔려 있다. 어리거나 젊은 사람들에게 안경이란 "안 끼면 (편하지만) 희미하고, 끼면 (선명하지만) 불편한" 물건이다. 속된 말로 아직은 살 만하다. 평탄하게 늙은 사람에게 안경이란 "안 끼면 희미하고, 끼면 좀 나은" 물건이다. 그런대로 견딜 만하다. 생의 어느 시점에서부터 근시에 난시에 노안까지 차례로 겹으로 겪은 사람이라야 안경은 "껴도 희미하고 안 껴도 희미한" 참으로 낭패스러운 존재이다. 그러니 초장은 단순히 시력이 좋지 않은 사람이 아니라 그 사람에게 세월이 더해져서 그야말로 기막힐 노릇을 당해본 사람의 말이다.

중장은 초장에 대한 이유를 말하는 장면이지만, 구조적으로는 왜 '장'을 달리하는가를 잘 보여준다. 초장에서 안경의 문제로 관심을 잔뜩 끌고 다니다가 중장에서는 느닷없이 '세상'을 다루고 있다. 그만큼의 거리를 행간에 두고 있다. 초장의 분위기라면 중장에서도 초점이 없거나 보이지 않아서 찾아 헤매야 할 텐데 이런 상식적 예상을 깨기라도 하듯이 초점이 너무 많다고 하였다. 그렇다면 이미 안경이나 시력과는 무관한 일이 되고 말았다. 세상의 모습을 이야기하자는 것이 아니라 인생의 경험을 내보인다. 젊은이가 보기에 세상이란 단순하고 자기는 현명하니, 그가 잡은 초점은 하나이고 분명하다. 그러나 세월이 흐르고, 실수를 거듭하고, 수많은 고수를 만나고 보면 확신이 무너지기도 하고 숨어 있던 것이 나타나기도 한다. 그래서 세상에는 초점이 많고, 그 사이에서 방황하고 갈등하는 무지와 비겁함을 내 몫으로 받아들이기도 한다.

종장의 큰 전환이 이루어지기까지 중장과의 행간에는 또 넓은 빈터가 있다. 상식적 진술의 차원에서라면 초장의 주체는 더 선명한 안경을 끼고 더 크게 눈을 떠야 할 상황이며, 중장의 세상은 하나씩 점검하고 선택해 가야 할 대상이다. 그러나 종장에서는 눈을 뜨기는커녕 아예 감아 버리며, 초점을 맞추기는커녕 흩어진 채로 둔다. 이렇게 했을 때 반전이 일어나 더 선명하게 얼굴이 보인다. 눈을 통해서 보이는 대상이 아니라 그것 너머에 있는 사람, 마음으로 찾은 바로 그 "사람"이다. 이것이 가능하게 한 지혜는 "차라리"이다. 세상의 진리란, 특별한 존재가 단박에 쾌도난마식으로 들춰내는 것이 아니라, 긴 세월 고행의 끝자락에서 지쳐 주저앉았다가 발견하는 경우가 얼마나 많은가.

고시조의 짜임새를 충실히 원용하여 안정감을 준다. 장과 장 사이의 거리, 종장에서 보이는 반전과 완결성 등이 그것이다. 그면서도 중세적 확신이 아니라 현대적 실존을 여실히 표출하였다. 제목은 「안경」이면서도 초장을 넘어서면 안경과 무관해지며, 종장에서는 눈마저 무용의 것으로 처리함으로써 제목에서 연상된 기대를 뒤쳐

버렸다. 현대성을 보여주는 포인트의 하나이다.

아무리 전형이 성공적일 수 있다 하더라도 현대시조의 더 큰 의의는 그것을 어떻게 변용하느냐에 있다. 그렇지만 변용이란 작품마다 양태가 다르게 마련이어서 어떻다고 꼬집어 말하기 힘들기도 하다. 경향을 찾아보는 일은 이런 때 필요하다.

1
할머니 한 분이
수의를 다리고 있다
다가올 여행을 위한
설레는 준비라며
노을이 마루 끝까지 조심조심 깔리고 있다.

2
애육원 뜰 앞에 두 소녀가 앉아 있다
연보라 티를 똑같이 입고 있다
언니가 보라는 듯이 싱긋 손을 흔든다.
　　　　　－「옷」(『나를 운반해온 시간의 발자국이여』, 천년의 시작, 2009)

같은 제목 아래 쓴 작품이면서 군이 번호를 붙여 둔 것은 연시조로 보지 말아 달라는 주문으로 보인다. 더 가깝게 말하자면 좀 특별한 연시조로 보아 달라는 뜻으로 이해된다. 어떻든 그림으로 옮길 수 있을 정도로 시각적 인상이 뚜렷하다.

우선 2번 작품을 먼저 보자. 초장은 원경이다. 건물과 아이들이 한 장에 다 그려지니까. 애육원이라는 시설과 두 소녀가 많은 시간과 사연을 함축하고 있다. 중장은 화자가 좀 더 가까이 다가간 모습이다. 아이들이 입은 옷의 종류와 색깔까지 묘사되어 있으니까. 종장은 근경이다. 두 아이 중 언니가 짓는 표정과 동작이 자세하게 그려져 있으니까. 이 종장의 표정과 동작에서 아이들의 미래상이 암시되어 있다.

그리고 1번 작품을 보자. 산문이라면 종장이 제일 앞에 와야 한다. 노을이 마루 끝까지 조심조심 깔리고 있는, 움직이는 듯 멈춘 듯한 이 상황은 많은 정보를 담고 있다. 노을이 뜻하는 하루라는 시간의 끝과 마루라는 장소의 끝, 그것이 암시하는 인물의 여생은 이미 분명하다. 초장은 두 번째 자리에 배치될 만하다. 앞서 암시한 시공간이 할머니, 수의, 다리미질 같은 인물과 행위에 바로 연결되기 때문이다. 중장은 정적인 작품 전체에 파동을 일으키는 동적인 인상이자 주제이다. 다가올 여행을 위한 설레는 준비라고 하는 말. 이 한마디에 삶과 죽음에 대한 사유 뿐 아니라, 이 할머니가 살아온 지난날까지도 어렴풋이 보인다. 그러나 초장과 중장을 바꿔 놓고 한번 더 생각해 보자. 초장이 종장이 될 수 있다. 삶과 죽음에 대한 언어적 해석보다 수의를 다리고 있는 할머니의 동작과 표정은 더 깊은 사유를 담을 수 있다.

왜 이렇게 배치하였을까? 할머니는 인생의 마지막을 살고 있다. 그에게는 지금을 기준으로 과거만 있다. 지금 다리는 수의는 이미 과거에 준비된 것이며, 마루 끝 햇살은 더 오래 전부터 비치던 것이다. 이제 할머니도 사라지고 여행지도 바뀌면 마루 끝의 노을만 남을 것이다. 그래서 종장이 된 것이다. 반면에 2번 작품에서 아이들은 인생의 시작이다. 그들은 머지 않아 애육원을 떠날 것이고, 연보라 티도 더 멋진 옷으로 바뀔 것이다. 그래도 싱긋 흔드는 손은 계속 커갈 것이다. 이렇게 두 작품을 겹쳐 보면 그것이 인생이 된다. 이 작품이 마련한 구조가 이러하다.

> 오선지에 닿으면 떨리는 음률이 되고
> 그대 곁에 앉으면 진초록 파도가 되는
> 손 하나
> 우리 붙잡고
> 大路에 그냥 서 있자.
>
> 이 손의 내력을 아무도 묻지 말자
> 어둠을 빙자해서 피 묻은 죄를 짓고
> 오늘 와 만났다 해도
> 그냥 미더워하자.
>
> 햇살은 나뭇가지에 헤픈 웃음 날리고
> 거리는 바쁜 발길로 화덕처럼 뜨거운데
> 우리는 왜 섬이 되어서
> 정처 없이 떠도는 걸까.
>
> —「손」(『사전을 뒤적이며』, 동학사, 1996)

연시조의 구조 문제는 현대시조에 와서 생긴 고민거리이다. 고시조의 경우 특별한 작품을 제외하고는 연시조를 구성하는 방식이 대체로 제재에 의존한 단수의 병렬이었기 때문이다. 그러나 현대시조에서는 연시조가 주류를 이루면서 연시조 속의 3장(한 수)은 한 작품의 구성 단위를 이루는데, 그것이 어떤 단위가 되어야 하는지에 대한 관심은 주로 작가의 개인적 성향에 맡겨졌다. 여기서 유념해야 할 일은, 아무리 작가의 성향에 의존한다고 할지라도 한 수 단위가 자유시의 한 연과 같을 수만은 없다는 점이다.

이우걸의 연시조 작품에서 하나의 단위를 이루는 한 수는 독립적 완결성을 강하게 드러낸다. 한 작품이 여러 개의 연으로 나뉘어져 호흡을 조절하는 것이 아니라, 전체 구도 속에 완결된 단위들이 배치되어 더 큰 작품을 만드는 방식이다. 이 점은 시조가 정형시라는 근본적 의의에 맞닿아 있다. 즉 연시조는 한 작품이 연으로 나뉘는 것이 아니라, 정형시들이 결합하여 이루는 큰 정형시라고 하는 생각이 그것이다.

이런 점을 전제하고 위의 작품 속에서 그 구조적 현대성을 밝힐 수 있다.

각 연의 초장과 중장은 '손'의 상태 내지 실체이고, 종장은 손을 통한 삶의 태도를 드러낸다. 그런데 연이 진행되면서 손은 점차 무기력해진다. 손의 관념이란 인간에게 있어서 행동의 실체이다. 필요한 것을 만들고, 끌어오고, 움켜쥐기도 하고, 불필요한 것을 던져 버리고, 밀쳐내고, 가리기도 하는 것이다. 이러한 손이 이 작품에서는 어떻게 변하고 있는가? 첫 연의 손은 다소 수동적이다. 음률과 파도를 만드는 것이 아니라 대상에 의해 그렇게 되고 있다. 둘째 연에서는 그 수동성이 지속되어 어둠 속에서는 더 어두운 죄를 짓는다. 마지막 연에서는 사라지고 없다. 햇살의 웃음과 다른 이의 뜨거운 발길은 있는데 그 자리에 손은 사라졌다. 종장의 변화도 같은 맥락이다. 첫째 연에서는 소극적이나마 붙잡고 서 있는 행동을 한다. 둘째 연에서는 미더워하는 생각만 한다. 마지막 연에서는 사라지고 몸뚱이는 섬이 되어 떠돌 뿐이다.

고시조에서라면 이 세 연은 차례를 바꾸어야 안정된다. 방황을 하다가, 마침내 무엇이 되고, 붙잡고 서 있음으로써 그것이 지속되는 완결을 보여야 하는 것이 중세적 사고에 어울리는 구조이다. 그러나 이 작품에서는 그것이 와해되고 무기력해지는 소멸의 과정을 보인다. 그 점이 현대적 사유를 정직하게 그리고 심도 있게 표출한 것이다.

여기까지 살펴본 이우걸 시조의 구조적 장치는 전형성과 그 변화를 세심하게 고려한 양식의 진화이며, 그 의의는 현대성이다. 고시조의 전형적 구조를 원용하여 장과 장 사이의 간격을 넓게 벌림으로써 단조로움을 극복하였으며, 한편으로는 초·중·종장의 위치를 의도적으로 변화시키거나 연과 연의 구성을 그렇게 함으로써 중세와는 다른 사고의 패러다임을 보여주고 있다. 현대성을 강조하기 위해서 시조를 자유시의 영역으로 끌어가지 않으면서도 더 큰 차원에서 현대성을 구현하고 있다. 그런 의미에서 현대시조가 다른 것과의 관계 속에서 규정될 필요 없이 그 자체로서 하나의 문화적 실체를 이루어야 한다는 그의 주장을 스스로 작품에서 성취한 셈이다.

3. 전통성과 은유

현대시조가 다른 양식과의 관계에서 가지는 정체성 중 한 가지는 전통성이다. 이때의 전통성이란 형식적 요소나 주제적 경향이 고시조의 그것과 유사하다는 의미는 결코 아니다. 더 근원적으로 고시조의 정체성에 관련된 기저 사유가 현대시조에 어떻게 계승되고 변하였는지 살피는 일을 말하는데, 이는 매우 추상적 실체를 찾는 작업이기도 하다. 은유의 문제는 그 중심에 놓여 있다.

표면적으로 은유는 시적 상상력과 수사적 풍부성의 표현 기법으로 여겨져 왔으며, 앞으로도 그 기능은 유지될 것이다. 그러나 현대 언어학의 관점에서 보면 은유는 단순히 언어의 문제, 특히 단어의 문제는 아니다. 사람이 생각하고 행동하는 근원으로서의 개념 체계는 그 본질적 측면에서 은유적이다. 이 생각과 행동의 방식을 찾아내는 방법 중 하나가 곧 언어이다. 언어적 표현으로서 은유가 가능한 것은 바로 인간의 개념체계 안에 은유가 존재하기 때문이다. 다시 말해서 은유란, "무엇이 무엇이다."라는 수사적 기법만이 아니라, 인간의 폭넓은 언어적 표현에 전제되어 있는 그러한 생각이라는 것이다.

이러한 은유는 크게 두 가지 관점에서 이해할 수 있다. 하나는 두 가지 사상(事相)을 실체로서 비교하는 것이고, 하나는 존재 근거로서 비교하는 것이다. 이것을 각각 구조적 은유와 존재론적 은유라고 부른다.

첫째, 구조적 은유이다.

은유의 본질은 한 가지 사물을 다른 종류의 사물의 관점에서 이해하고 경험하며, 그것을 선택적으로 표현하는 것이다. 이때 두 사물은 유사성에 의해 관계를 가지되, 각각의 개념 영역을 가지고 있으며, 하나가 다른 하나의 부분이나 아류는 아니다. 따라서 은유적 표현과 이해에는 두 영역 사이의 유사성을 부각시키고 상이성을 은폐시키는 지적 작용이 필요하다.

가령 "사랑은 여행이다."와 "사랑은 전쟁이다."라는 두 은유적 문장을 예로 들어 보면 두 가지 부각과 은폐의 정도를 알 수 있다. 이 두 문장에서 목표영역은 '사랑'이며, 근원영역은 '여행'과 '전쟁'이다.

“사랑은 여행이다.”에서 여행의 동반자는 사랑의 연인, 목적지는 행복한 삶, 교통수단은 만나는 관계, 여정은 만남, 휴식은 잠시 떨어짐 등으로 수많은 유사성이 부각된다. 그러나 여행은 혼자 할 수 있지만 사랑은 짝이 있어야 하며, 여행의 목적지는 도착하고 곧장 떠나야 하지만 행복한 삶은 유지되어야 하는 점 등 몇 가지는 은폐된다. 이에 비해 “사랑은 전쟁이다.”에서 전쟁과 사랑이 둘 다 몰입을 필요로 한다든지, 두려운 감정이 동반된다든지 하는 유사성은 있지만 그 유사성은 상당히 비상식적이다. 한편 증오심과 호의, 회피와 접근, 파괴와 창조 등 훨씬 많은 상이점이 은폐되어 있다. 그래서 앞의 것이 일상적 은유이며, 뒤의 것은 창작적 은유이다.

여기서 목표영역은 근원영역의 개념을 선택하여 부분적으로 구조화하며, 그것은 특정한 방식으로 확장된다. “사랑을 진행시킨다.” “목적에 다가간다.” “지나온 날을 되돌아본다.” “떠나고 만다.”와 같이 많은 항목은 “사랑은 여행이다.”라는 은유의 구조화이다.

둘째, 존재론적 은유이다.

이는 추상적인 경험을 물체나 내용물에 의해 이해하는 것을 말한다. 마음, 시간, 우주, 현상 같은 추상적 실체를 물질화시켜서 표현하는 것이다. 마음을 예로 들어보면, “마음은 개체이다.”는 은유 아래 몇 가지 하위 갈래가 성립된다. “마음은 기구이다.”, “마음은 물체이다.”, “마음은 기계이다.” 같은 은유가 그것이다. 마음을 기구라고 하는 은유는 “마음에 담아둔다.” “마음에서 떠난다.” “마음에 든다.” 같은 표현을 가능하게 한다. 마음이 물체라는 은유는 “마음이 변한다.” “마음이 풀어진다.” “마음이 넘친다.” 같은 표현을 가능하게 한다.

그런데 마음을 기구(그릇)나 물체로 은유하는 경우는 문화적 체험 또는 사상 체계와 깊이 관련된다. 특히 유학에서는 마음을 ‘心’, ‘性

情’, ‘理氣’, ‘意’, ‘志’ 등 여러 가지 상대적 관점에서 쓰는 데 따라 복잡해진다. 관념적 성향이 강한 작품일수록 이러한 관계에 유의해서 살펴야 한다.

이러한 은유의 기본 성격에 입각해서 고시조의 기저를 압축해 보면, “삶은 자연이다.”라는 은유의 틀과, “자연은 그릇이다.”라는 은유의 틀이 발견된다. 이때 ‘자연(自然)’이라는 용어는 명사적, 형용사적, 동사적 용법을 모두 포괄하고 있음에 유의해야 한다. 그것은 기본적으로 사유의 문제이다. 고시조는 유학적 세계관의 은유를 바탕으로 한 양식이다. 이들이 명사적 용법으로서 ‘자연’에 기대고 있음은 줄곧 지적되어 왔으며, 많은 평론가들은 현대시조에 이러한 경향이 수용되는 것을 무슨 결함이나 구태의연함의 묵수라도 되는 듯이 말한 경우도 많다. 그러나 제대로 알고 보면 명사로서의 자연은 형용사로서의 자연인 “저절로 그러함” 또는 동사로서의 자연인 “스스로 그렇게 함”의 결과적 예시임에 유의해야 한다. 그렇기 때문에 명시적으로든 묵시적으로든 종장에 ‘나’의 판단이나 의지가 거의 필수적이다.

이우걸 시인의 작품이라고 해서 명사적 자연이 없을 수야 없지만, 전체적으로 많이 절제되어 있다. 그 대신 인공의 사물이나 일상의 사실이 소재의 대종을 이룬다. 이 경우 자연이나 자연 현상도 하나의 대상일 뿐 그것이 어떤 익숙한 관념을 끌어오지는 않는다. 마찬가지로 그것을 대하는 주체로서 ‘나’의 존재도 매우 절제되어 있다. 유심히 보면 그의 시작 과정에서 초기보다 후기에 올수록 이런 경향은 더 잘 드러난다. 이 점은 그의 시가 형용사적 자연이나 동사적 자연에서도 멀어져 있으며, 이는 고시조에서 마련된 전통을 바꾸는 과정에서 현대성을 확보해 간 장치로 이해된다. “삶은 자연이다.”라는 은유의 극복이라고 하겠다.

가을에는 다 말라버린 우리네 가슴들도
생활을 눈감고 부는 바람에 흔들리며
누구나 안 보일 만치는 단풍물이 드는 갑더라.

소리로도 정이 드는 산개울 가에 내려
낮달 쉬엄쉬엄 말없이 흘러 보내는
우리 맘 젖은 물 속엔 단풍물이 드는 갑더라.

빗질한 하늘을 이고 새로 맑은 뜰에 서보면
감처럼 감빛이 되고 사과처럼 사과로 익는
우리 맘 능수버들엔 단풍물이 드는 갑더라.
　　　　　　　　　　－「단풍물」(『네 사람의 노래』, 문학과지성사, 1983)

　이우걸 시조 중 고시조적 전통에 가장 가까이 다가가 있는 작품 중 하나이다. 소재와 어휘의 선택, 행의 배열 같은 표면적 장치에서부터 그런 것이 감지되거니와, 짜임새도 또한 그러하다. 종장의 유사한 짜임새는 각 수를 하나로 완성시키는 동시에 동일한 구의 반복을 통하여 전체에 통일성을 주는 구성이다. 그러나 무엇보다도 이 작품의 전통성은 "삶이 곧 자연이다."라는 은유를 형상화한 데 있다.
　첫 연은 은유를 가장 잘 표현하였다. 가을은 만물의 기운을 거두어들이는 계절이라는 사실과 우리네 가슴이 마른다는 사실은 사람과 자연의 유사성에 바탕을 둔 은유이면서 동시에 그것은 저절로 그러하다는 형용사적 자연의 현상과 일치한다. 눈감는 삶과 부는 바람도 같다. 특히 종장에서 노래한 자연의 단풍이 사람에게도 물든다는 것은 사람이 자연이라는 은유를 잘 표출하였다. 둘째 연은 초장의

"땅(地)"의 산개울 물과, 중장의 "하늘(天)"의 낮달, 그리고 종장의
"우리(人)" 맘 배치가 전통적 구조에 충실하다. 그러면서 우리 맘에
단풍물이 든다고 하여 삶과 자연의 은유가 잘 나타났다. 셋째 연도
하늘과 땅이 초장과 중장에 바뀌어 배치되었을 뿐 같은 구조와 표현
이다.

그러나 이것을 전통의 묵수라고 보아서는 안 된다. 몇 가지 변용
장치가 마련되어 있기 때문이다. 우선 고시조에 흔히 보이는 은유의
목표영역과 근원영역이 도치되었다. 전통적으로는 사람의 마음 또
는 삶을 자연에 일치시킴으로써, 다시 말해 삶을 목표영역으로 삼고
자연을 근원영역으로 삼음으로써 가치를 획득하는데, 이 작품에서
는 반대로 자연을 삶으로 끌어온다. 그리고 가치에 대해서는 중립적
이다. 단풍이 물드는 갑더라는 추측 정도로 끝냄으로써 선험적으로
가치를 내세우지 않는다. 이것은 시조 은유의 현대적 변용이다. 또
단순성을 보완하기 위하여 연의 배치를 달리하였다. 둘째와 셋째 연
은 자연에서 확인한 구체적 사실을 통하여 단풍물이 든다고 추측하
였지만, 첫째 연은 말라버린 우리네 가슴이라는 추상을 통하여 은유
를 내보였다. 당연히 마지막에 배치되어야 할 연이다.

존재론적 은유의 변용에 대해서도 깊이 생각해보게 한다. 이른바
"자연은 그릇이다."라는 은유가 이 작품에서는 뒤바뀌었다. 사람이
자연에 안기는 것이 아니라, 자연이 마음에 물들어 옴으로써 마음이
그릇이 되고 자연은 거기에 얹히는 사물이 되는 것이다. 이 또한 고
전적 은유의 변용이다.

　　무명의 시간들이 익사해 간 거울 속에는
　　분홍으로 가려 있는 추억의 창도 있지만

빗질을 하면 할수록
헝클리는 오늘이 있다.

그러나, 아침마다 잠이 든 넋을 위해
누군가 힘껏 쳐 줄 종소릴 기다리며
우리는 거울 앞에서
머리를 빗어야 한다.

비가 오고 서리가 오고 국화꽃이 길을 열고
우리 맞는 계절은 늘 이렇게 조화로운데
거울은
무슨 음모에
또 가슴을 죄는 걸까.

―「거울·3」(『사전을 뒤적이며』, 동학사, 1996)

은유의 바탕이 파괴되는 데서 현대문명의 불안이 노출된다. 거울은 그 속성으로 인하여 많은 의미가 부여된 물건이다. 있는 그대로를 보여준다는 점에서는 실체에 가장 가까운 존재로 여겨질 때가 있다. 그런가 하면 유리와 같은 사물로 여겨져 투명함 또는 없음과 같은 의미로 설정되기도 한다. 색깔도 질량도 없음으로 하여 세상의 무엇이든 다 받아들인다는 뜻도 가진다. 그래서 곧잘 은유의 대상이 되곤 한다. 이 작품에서 시인은 거울이 가진 이 두터운 관념을 애써 외면하지 않고 순순히 받아들인다. 그리고는 그 거울의 정직함 앞에 현대라는 새로운 사물을 비추어 본다. 여기서 처절한 자화상을 발견한다.

첫째 연에서 거울은 이미 아주 냉혹하다. 거울 속에 시간이 익사했다는 것이다. 거울에는 시간이 없다. 오직 찰나를 보여줄 뿐이다. 그러므로 거울은 어떠한 사물의 흔적도 남기지 않는다. 시간과 흔적이 없으므로 거울에는 언제나 무엇인가 비치고 있다. 그것이 거울의 저절로 그러함 곧 "자연"이다. 추억의 창이 비친다고 하지만 그것은 '부자연'하다. 그런데 우리는 거울을 추억의 창으로 기억하며 그것을 되돌리고자 한다. 둘 사이에는 "삶이 자연이다."라는 은유가 깨어진다. 그래서 빗질을 할수록 헝클리는 오늘이 있다는 현실이 비극적으로 인식된다. 동시에 자연은 그릇이라는 은유도 깨어진다. 빗질을 하는 우리를 거울은 더욱 흐트러뜨림으로써 도구로서의 역할을 하지 못하는 것이다. 그러나 둘째 연에서는 거울 앞에서 머리를 빗어야 한다고 하였다. 아무리 헝클리는 오늘이라도 종소리라는 미래를 기다리며 머리를 빗는 일은 일종의 숙명이자 결연한 의지이다. 고시조라면 여기서 끝이 나야 한다. 인간의 의지와 삶의 태도는 그것이 최종적 가치를 지니기 때문이다.

그러나 이 작품은 셋째 연이 있음으로써 현대시조이다. 비록 하늘과 땅에서는 비가 오고 꽃이 피는 완전한 질서가 유지되지만, 그 조화로운 현실 세계보다 거울은 오히려 더 위험하다고 하였다. 거울이 더 이상 조화로운 세계를 비추어 주지 않고 외면한다. 이런 거울은 이미 거울이 아닌 것이다. 이 말은 현실이 더 이상 조화롭지 못하다는 사실의 역설이다. 다시 말해서 설사 비와 서리가 오고 국화가 피는 자연이 있다고 하더라도 그것이 더 이상 자연으로 받아들여지지 못하는 현실, 곧 삶이 자연이라는 은유가 파괴되는 양상을 이렇게 보여준 것이다.

처라, 가혹한 매여 무지개가 보일 때까지

나는 꼿꼿이 서서 너를 증언하리라

무수한 고통을 건너

피어나는 접시꽃 하나.

―「팽이」(『저녁 이미지』, 동학사, 1988)

이우걸은 자신이 평론가로서 수많은 작가들의 작품을 분석하고 거기에 시대적 질서를 부여하기도 하였지만, 그의 시 역시 자주 비평가들의 관심거리이자 비평의 대상이 되었다. 그러는 과정에서 많은 평론가들이 나름대로 선별하고 묵시적으로 동조한 대표작이랄까 애송시랄까 하는 범주가 형성된 것이다. 작가 자신은 동의할지 모르겠지만 그에 대한 평론을 읽어보노라면 정전(正典)이라고 이름 붙일 만한 작품들이 분명히 있는 것이다. 이 작품도 그러한 정전 중 하나이다.

그런데 이 작품은 고전적 의미의 "삶이 자연"이라는 은유가 현대 사회에서 얼마나 무기력하게 깨어지는지 여실히 보여준다. 초장에서부터 매우 격정적이며, 호흡이 급박하고 사뭇 날카로운데, 그래서 많은 이들이 이 시는 고시조와 차별되는 현대성을 보여준다고 평하기도 하였다. 무지개는 사물로서도 자연이며, 그 현상도 저절로 그러하며, 사람에게 일으키는 정서도 누구에게나 동일한 그러함이다. 그런데 그것이 자연스럽지 않은, 그것도 가혹한 매끝에서만 보이는 존재이자 현상이 되고 말아 인공이 자연을 완전히 대신하는 문명을 드러낸다. 중장의 증언도 그러하다. 형용사적이거나 동사적 자연은 그 질서가 완전하고 사람이 보기에 자명한 것이지만, 현대의 자연은 그것을 만들어내는 인공을 꼿꼿이 증언하여야 하는 숙명이다. 종장

이우걸 시조의 전통성과 현대성 · 장성진　**81**

의 접시꽃은 무지개의 또다른 모습이다.

이 시가 보여주는 세계는 "우주는 물체이다."라는 은유에 근원해 있지만, 그것이 "자연(저절로 그러함)"이라는 유학적 세계관에서는 멀어져 있다. 우주적 질서를 인위적으로 재현했으니, 원래의 은유를 다시 은유한 문명적 놀이인 것이다.

이제껏 보았듯이 이우걸 시조의 은유는 고시조의 가장 결정적 존재 근거인 두 가지, 구조적 은유로서 "삶은 자연이다."라는 명제와 존재론적 은유로서 "자연은 그릇이다."라는 명제를 부정하면서 전통에 참여한다. 그것은 현대적 삶이 더 이상 명사적 용법으로서의 감각 대상인 자연과 등가도 아니거니와, 형용사적 또는 동사적 용법으로서의 저절로 그러함 또는 스스로 그렇게 하는 일도 불가능하다는 사실을 절실히 드러내는 일이다. 그 대신 자연이라는 근원영역에 인공 또는 사물을 배치하여 현대성을 표출하였다.

4. 마무리

이우걸 시인은 최근에 출간한 시집 『나를 운반해온 시간의 발자국이여』(2009) 서문에서 짧지만 의미 있는 발언을 하였다. "천근 같은 사무실의 키를 넘겨주고 들판으로, 숲으로 또는 바다로 나갈 것이다. 그동안 숨어서 울던 피로들 그 고통의 소리들을 이 시집에 담았다."라고. 일생을 교직에 헌신해온 시인으로서 당연히 할 만한 발언이다. 그러나 그가 창작과 관련하여 신상 발언을 극도로 자제해왔을 뿐 아니라, 작품의 화자로서 맨얼굴을 좀처럼 드러내지 않은 창작 태도로 보아 이 발언은 무언가 변화 또는 새로운 시도를 예고하는 무게를 가진다.

또 시 한 편, 참으로 예외적 작품이 선언으로 다가온다. "월평을 경전처럼 받들던 때가 있었다 / 말을 길들이고 자유에 경고를 주던 / 서글픈 눈치 보기가 / 젊은 한때의 공부였다. // 노을처럼 흩어져 있는 감정의 파편을 보며 / 깨어진 거울에 비친 사물들의 음영을 보며 / 철없이 내가 믿었던 / 그 독서는 / 끝이 났다. // 지금도 가끔 월평을 읽지만 / 어구들의 성찬이 만든 어설픈 문맥을 보면 / 지워진 어제가 떠올라 / 쓰디쓴 미소 짓는다." 아마 그의 시 중에서 가장 산문적인 시일 것이다. 설명이 필요 없는 시적 태도의 선언이다.

지금까지 구축해온 그의 시세계로 보아 들판과 숲과 바다가 소재 차원에서 중요한 의미를 가질 것으로 보이지는 않는다. 또 그 동안 숨어서 울던 피로들이나 고통의 소리들을 쉽게 벗어던질 것 같지도 않다. 왜냐하면 그 고통들은 바로 그의 시적 터전이기 때문이다. 그렇다면 이 발언은 달라지는 시적 환경에서, 시조의 정형에 대하여 확대된 시각으로 수용과 변용의 묘를 계속 모색하겠다는 뜻으로 받아들여야 할 것이다. 그의 선언처럼 현대시조의 앞길 또한 월평의 어설픈 찬사와 부추김에 의해서가 아니라 자유시와의 공존 속에서 생명력을 확보해 가야 할 것이다. 사람이 나이를 선택해서 먹는 것이 아니듯이, 작가 스스로의 생각과 무관하게 이미 경력에서 객관적으로 원로가 된 이들은 이런 거대담론의 앞자리에 설 수 밖에 없을 것이다. 이것이 이우걸 시인의 들판이자 숲이자 바다이다.

근원적 고독에서 피워 올린 성찰의 꽃

염창권[*]

−무수한 고통을 건너 / 피어나는 접시꽃 하나

1.

현대시조의 대다수는 삶의 현존적 조건에 대한 치밀하고 섬세한 응시를 보여준다. 정형률은 내부적으로 의미의 완결성을 추구하므로 시조시인은 머뭇거림 없이 자신의 세계관이나 세계상을 제시하여 의미 단위가 확정되도록 해야 한다. 이에 비해 자유시의 경우에는 애초에 완결시켜야 할 의미의 단락을 갖고 있지 않으므로, 내외부가 개방된 틀에서 독자들에게 질문을 던지고 의미의 완성을 독자에게 넘기는 방식을 사용할 수가 있다. 이는 정형시와 자유시가 내적 의미의 확정 방식 면에서 차별성을 갖는 까닭이다.

시조의 종결 양식인 종장에 이르러서는 시상이 집약되고, 아울러 세계상의 일단을 드러내면서 진행되어온 의미단위를 결속시키게 되

---

* 1990년 동아일보 신춘문예 시조 부문 당선. 1996년 서울신문 신춘문예 시 부문 당선. 시집으로는 『그리움이 때로 힘이 된다면』, 『햇살의 길』, 『일상들』이 있으며, 평론집으로는 『집 없는 시대의 길가기』가 있음.

는데, 이를 통하여 시조에서는 생의 본질과 관련된 투시가 특징적으로 나타날 수밖에 없게 된다. 때에 따라서는 교술과 서정의 갈래 구분을 난감하게 하는 일면도 없지 않지만, 독자들을 향해 보다 명료하게 자의식과 세계상을 드러낸다는 점은 시조가 가진 고유의 미학이자 특성이라 할 수 있는 부분이다.

이상의 언급은 시조의 정형양식이 삶의 현존에 대한 각성과 실존됨을 이야기하기에 적합한 장르라는 가설을 성립시키는 근거가 된다. 키에르케고르는 실존을 사유, 욕구, 감정 및 행동의 통일성으로서의 인간존재의 실현으로 이해한다. 그는 "자기-스스로를-자신의-존재-속에-드러내는-활동"을 관계의 개념을 통해 설명하고 있는데, 실존한다는 것은 현존재의 위치(사유하고, 욕구하고, 느끼고, 행동하는)에서 세계에 대한, 타인에 대한, 신에 대한 관계를 실현하는 것이다. 즉 실존은 대상과의 관계를 통하여 생성되며 과정적 상태로 인식된다.

이우걸 시조의 대부분은 '실존됨'의 양상을 상황 제시나 객관적 상관물을 통하여 면밀하게 보여준다. 그의 시조에 나타난 실존의 양상은 대략 두 가지로 나누어 볼 수 있다. 하나는 타자와 세계에 대한 관심에서 비롯되는 윤리적 혹은 사회적 실존이며, 다른 하나는 운명과 단독자로서의 근원적 고독에 기댄 존재론적 실존이라고 할 수 있겠다.

2.

야스퍼스에 의하면 실존이 되기 위한 기본 조건은 한계 상황을 한계 상황으로 받아들이는 것이다. 곧 죽음, 고통, 투쟁, 죄책의 상황이 인간으로서 피할 수 없는 한계 상황임을 받아들여 회피하지 않고 감당한다는 뜻이다.[1] 이우걸 시조에서 현실적 한계 상황에 대한 인식은 환유적 장치나 상황 서술을 통하여 제시된다.

아래 시조 「비누」에서는 김씨의 환유물인 "비누"를 통하여, 사회적 삶에 대한 성찰을 진행한다.

> 이 비누를 마지막 쓰고 김씨는 오늘 죽었다
> 헐벗은 노동의 하늘을 보살피던
> 영혼의 거울과 같은
> 조그마한 비누하나.
>
> 도시는 원인 모를 후두염에 걸려 있고
> 김씨가 쫓기며 걷던 자산동 언덕길 위엔
> 쓰다 둔 그 비누만한
> 달이 하나 떠 있다.

―「비누」 전문

시의 내용을 따라가면, 김씨는 오늘 죽었는데 그가 마지막 쓰고 간 "비누"가 생의 흔적처럼 남아있다. 알다시피 비누는 지방산이 염기와 합성된 덩어리이다. 이 비누는 사람의 몸에 붙은 잡것들에 흡착되어 소모됨으로써 몸의 청결을 유지하도록 하는 덩어리이다. 비누는 사용에 따라 용량이 점차 줄어들어간다는 점에서 죽음에 다다른 김씨 생의 유한성과 겹치며 김씨의 죽음을 부각시키는 역할을 한

---

1 야스퍼스의 사회적 실존에 대해서는 다음 논문을 참고하였다. 박은미, 「사회적 실존의 가능성」, 『시대와 철학』, 제19권 4호(2008).

다. 기름덩어리인 김씨 몸이나 비누는 상호유사성을 바탕으로 비누
가 요긴하게 사용되었을 공장 노동자인 김씨의 사회적 삶을 부각시
킨다.

시의 문면만으로도, 김씨의 죽음이 예사롭지 않다. "헐벗은 노동
의 하늘을 보살피던", "쫓기며 걷던 자산동 언덕길"에서 드러나는
바, 그가 생전에 간직했을 '실존됨'의 단어는 "보살핌"이다. 보살핌은
타인의 곤궁을 주체의 내부로 끌어들여 공감을 이루고, 이 헐벗음을
함께 감당하며 해결해 나가려는 적극적인 의지와 행동의 표현이다.
그는 이로 인해 "쫓김"을 당하게 되고, 그가 위치한 공간도 "자산동
언덕길"이라는 궁벽진 곳이다. 그가 쫓기는 삶을 살아야 하고 헐벗
은 노동이 진행되는 상황적 조건은, "도시는 원인 모를 후두염에 걸
려 있고"와 같은 상징적 매개를 통해 유추해 볼 수 있다. "원인 모를
후두염"에 걸렸다는 점에서 노동조건의 열악함과 동시에 공해 문제
를 떠올리는 것은 당연하다. 김씨는 그와 같은 노동 조건을 개선하
기 위해 노력하였을 것이고, 이와 직간접인 영향 아래 "오늘 죽음"을
맞이하게 된 것으로 추론할 수 있다.

첫째 수 종장에 제시된 "영혼의 거울과 같은 / 조그마한 비누하
나."는 현존재의 구속 요건을 치유하는 존재가 되고자 했던 김씨를
비누로 환유하였기에, 비누는 그의 영혼을 비춰주는 거울로 다시 비
유된다.

둘째 수의 종장에서는 도시의 언덕길 위에 달이 떠 있는데 "쓰다
둔 그 비누만한" 달이다. 노동자의 소모적인 삶이 비누의 소모성과
닮아 있고, 후두염을 앓는 도시의 하늘에 떠오른 달빛조차도 그 소
모성의 물질을 닮아 있다.

사회적 실존을 성립시키기 위해서는 우선적으로 존재자가 자신의

현존재의 조건에 자신을 존재시켜야 한다. 즉 자기가 속해 있는 상황 속에서 자신을 위치시키고 바라보는 객관화된 시점이 필요하다. 「사무실」은 면밀한 상황 묘사를 통하여 현존의 조건을 제시한다. 이 시조의 시적 분위기는 정오의 시간만큼이나 피로감에 젖어있으며 상호 소통이 단절된 상태이다.

시계가 눈을 비비며
열두시를 친다
반쯤 남은 커피잔은 화분 곁에서 졸고 있고
과장은 혀를 차면서 서류를 읽다 만다.

문은 굳게 닫혀 있고
의자들은 말이 없다
창밖엔 클락션 소리 목 쉰 확성기 소리
자세히 들여다보니
벽에도 금이 가 있다.

-「사무실」 전문

사무실은 정신적 노동이 진행되는 공간이다. "시계가 눈을 비비며 / 열두시를" 치는 시간, "커피잔은 화분 곁에서 졸고 있고 / 과장은 혀를 차면서 서류를 읽다 만다."의 실내 풍경은 무료한 시간만큼이나 심리적 간극이 반쯤 남은 불투명의 커피 잔에 담겨져 있다. 시간은 그만큼 무겁게 가라앉아 있다.

"문은 굳게 닫혀 있고 / 의자들은 말이 없"는데, 이와는 다르게 밖에서는 부산한 생활의 현장성이 소음과 함께 벽을 타고 넘어온다.

"창밖엔 클락션 소리 목 쉰 확성기 소리"가 들려오고 있는 실내의 풍경이 무겁게 가라앉은 침묵으로 고여 있는 까닭은 무엇인가. 그것은 내부 구성원의 심리적 간극에 연유하는 것으로 읽힌다. "자세히 들여다보니 / 벽에도 금이 가 있다."에서 보여주는 균열에서 "~에도"가 보여 주는바 과장 이하의 직원들 간에 사무실의 분위기를 무겁게 가라앉게 만드는 것이 "과장은 혀를 차면서 서류를 읽다 만다"와 같은 업무상 불일지에서 오는 것임을 쉽게 유추할 수 있다.

무겁게 가라앉은 「사무실」의 풍경이 구성원들의 심리적 긴장과 간극, 그리고 일상적 삶의 비루함을 보여주고 있다면, 「산인역」은 사무실이나 노동의 현장에서 쫓겨난 실직자의 아픔을 비 내리는 풍경으로 표현하고 있다.

8월 하순 다 낡은 국밥집 창가에 앉아
온종일 질척이며 내리는 비를 본다
뿌리도,
없이 내리는
실직 같은 비를 본다.

철로 건너편엔 완만한 산자락
수출처럼 부산하던 철쭉꽃은 지고 없는데
살아서 다졌던 생애의
뼈하나 묻히고 있다.

―「산인역」 전문

시적 화자는 "다 낡은 국밥집 창가에 앉아" 질척이며 하루 종일 내리고 있는 비를 바라본다. "수출처럼 부산하던 철쭉꽃은 지고 없는" 쓸쓸한 계절에 경기의 하강과 함께 일자리를 잃고 허술한 국밥집에서 주린 배를 채우는 시간, 건강한 노동의 터전에서 밀려났으므로 뿌리 뽑힌 삶의 양상으로 전락하고 만다. 이 시간에 부유하는 물방울들이 질척이며 내리고 있으므로, 뿌리 뽑힌 실직의 모습과 닮아 있다. 첫째 수에서 현존재의 부박함이 두드러졌다면, 둘째 수에서는 삶 이후의 근원적인 공간으로 전이되어 산자락에 묻히는 "생애의 / 뼈 하나"에 눈길이 머문다. 철로변에 내리는 비는 잿빛으로 질척이는 삶의 형상을 은유하며, 이윽고 뼈 하나로 묻혀야 하는 부박한 노동자의 일상을 더욱 퇴락한 빛깔로 물들인다.

질척이는 삶의 무게는 「낮술」에서 "나는 목말라 빈속에 술을 마신다"와 같이 내부에서는 갈증과 함께 뜨겁게 발화되지만, 사회적 조건은 "하수구 밑으로 흐르는 / 신음소릴 듣지 못"하며 쉽게 이윤과 손을 잡는 정신적으로 황폐한 상태이다.

신작 「아직도 우리 주위엔 직선이 대세다」에서 반복되는 구절과 같이, 직선은 신속, 효율, 획일성, 편의성의 개념과 결합된 근대적 공간 표상이다. 직선의 공간현상학에서는 굽어지거나 휘어진 곡선은 무가치하며 낭비의 징표라고 생각하기 쉽다. 직선이 대세인 이 시대에 "쉽고 편하고 강하다고 생각하지만 / 직선은 굳으면 칼날이" 되기에, 그 자체로 공격적이며 배반의 칼날을 감추고 있다.

이상에서 살핀 바, 시적 주체의 시선이 현존의 조건을 성찰하고 실존됨을 위한 방향성을 예비하고자 하는 까닭은 타인의 실존에 동참함으로써 사회적 실존됨을 이루려고 하기 때문이다.

3.

　유한적 존재에 대한 한계 상황이 나뿐만 아니라 타자에게도 동일
함을 느낄 때 진정한 실존 속에서 타자를 내 안으로 끌어들여 함께
존재하게 하고, 타자의 유한성에 동참하는 보편적 감수성을 획득하
게 된다.

1

동생처럼 먼저 잠이 든
아내를 바라보다가
별스런 욕심 없이도
그녀를 건너게 되고
우리는
그 때 일어나
한 그릇의
물을 찾는다.

놋그릇에 담겨 있거나
더운 가슴에 고여 있거나
더 깊숙한 어디에서도 우리가 만나야 하는
해갈의 고운 영토를
기다리며 사는 것일까.

2

둔탁한 벽시계가 하루를 밟고 가고

밟고 가며 남겨두던 검붉은 그늘은 자라

어느 역 뜨락엔 지금,

가을비가 내리고 있다.

—「물」 전문

「물」에서 아내는 동생처럼 자연스럽게 잠이 들어 있다. "먼저 잠이 든 / 아내를 바라보"는 까닭은 아내가 있는 그 자리가 너무도 익숙해서 동생처럼 오랜 연원을 가지고 있는 가족으로 느껴지기 때문이다. 그래서 아내와 남편으로 맺어졌다는 특별한 감정보다는 개별자로서 서로의 생을 긍정하는 상태에 이르게 된다. "우리는 / 그 때 일어나 / 한 그릇의 / 물을 찾는" 행위는 보편적인 생의 방법이며, 내 존재 안에 아내의 존재를 불러들이는 일이다.

함께 일어나서 물을 찾고 이 물을 나누어 마시는 일은 물질로서 물이 몸에 필요하기 때문이다. 그러나 둘째 수에서는 '물'의 의미가 더 깊어진다. 두 사람이 만나서 해갈 고운 영토를 기다리고 일구는 일은 내밀의 행복을 찾아가는 일이다. 놋그릇에 담겨 있는 물과 가슴에 고여 있는 물은 차원이 다르다. 그렇지만 몸과 마음의 충족성을 동시에 추구한다는 점에서 '물'은 두 사람이 합치되는 지점으로 읽힐 수 있다. "더 깊숙한 어디에서도 우리가 만나야 하는 / 해갈의 고운 영토를 / 기다리며 사는 것"은 부부로서 현존적으로 맺어져 있고, 이 현존재의 각성을 통하여 애정의 폭을 깊게 한다.

「물-1」은 나와 아내의 실존이 합치되는 지점에서 물을 찾고 해갈의 고운 영토를 확장해가는 내밀성의 시공간이다. 이에 비해 「물-2」는 앞부분과 대립되어 어차피 나란, 혹은 나의 실존이란 단독자로서 숙명적인 유한성을 감지하는 것이다. 이로써 「물-1」에서 잠든 아내를 물끄러미 바라보고, 탄식처럼 기다림을 이야기한 연유가 밝혀진다. 나뿐만 아니라 아내도 유한자이기에 숙명적 고독을 안고 살아가는 생명체이며, 아내를 연민으로 바라보는 것은 바꾸어보면 자신을 연민으로 바라보는 것과 다르지 않다.

"어느 역 뜨락엔 지금, / 가을비가 내리고 있"는 시간은, 우주적 시간이며 그 우주의 귀퉁이에서 단독자로서 어디론가 떠나가고 있다는 삶의 궤적을 환기시킨다. 더구나 '가을비'는 차갑게 존재를 적시면서 유한자로서의 현존적 조건을 강하게 일깨운다. 실존자인 나의 유한성과 고독감은 둔탁한 시계의 길을 따라 근원적 고독을 키워가면서 "검붉은 그늘"처럼 영역을 확장해가는 것이다.

연민의 감정은 유한자로서의 한계상황을 인식한 결과이고 타인의 고통을 자신의 실존으로 불러들여 함께 아파하는 것이다. 따라서 유한자의 운명적 고독이 가중될수록 연민의 강도가 높아진다. 「달맞이꽃」에서는 달맞이꽃을 "장님이 데리고 가던 / 어느 딸애의 살결 같은 꽃"으로 은유하는데, 장님의 운명성과 어느 딸애의 살결 같은 무구함이 동시에 겹쳐지기에 울림이 크다. 장님의 단절감에 대비된 딸애의 무구함은 이질적인 것으로 의미간의 격차가 커서 긴장을 유발시킨다. 그 긴장만큼 의미의 폭은 심화된다. 아름다움과 단절, 그리고 단명성은 비극미를 유발시키는데, 아름다우면 아름다울수록 또 단명할수록 현존의 한계가 절실해진다.

이 지점에서 그의 대표작 중 하나인 「팽이」를 불러내야 한다.

처라, 가혹한 매여 무지개가 보일 때까지
나는 꼿꼿이 서서 너를 증언하리라
무수한 고통을 건너

피어나는 접시꽃 하나.

—「팽이」 전문

사역형으로 시작하는 "쳐라"의 단호한 의지는, 현존재의 조건이 가혹한 자기 단련을 통해 극복될 수밖에 없음을 증명한다. 단독자로서의 운명적 결함은 "가혹한 매"를 통하여 단련되어야 하는데, 그 극점은 "무지개가 보일 때까지"이다. 이육사의 시 「절정」의 끝 부분인 "겨울은 강철로 된 무지갠가 보다"에서와 같이 무지개는 가혹한 자기 단련을 통해 도달한 절정이자 환희이다. 그것은 아픔을 벗어난 초극의 경지이다. 현존재의 한계상황을 초극함으로써 단독자로서 참다운 실존을 실현하게 되는 셈이다.

중장에서 "나는 꼿꼿이 서서 너를 증언하리라"의 의미는 부조리한 시련의 매를 증언하고 고발하는 것이 아니라, 가혹한 자기 단련이 운명적 조건을 초극하는 방법이면서 다른 한편으로는 실존됨을 이루기 위한 추구의 과정임 보여주는 것이다. 종장의 "무수한 고통을 건너 / 피어나는 접시꽃 하나."는 결론을 유보한 과정적 삶만을 보여주는 것이 아니다. 접시꽃이 피었다 지는 순간은 자기에게 허여된 유한자의 실존이자 전 모습이라 보아야 한다. 우리 삶은 그 자체로 실존을 딛고 피어난 꽃이면서 그 유한의 시간을 통해서 전존재를 발현시킨다. 운명의 채찍에 휘둘리지 않고 팽이가 회전을 멈추게 되면 유한자로서의 삶도 끝나게 된다. 우리의 몸과 정신 혹은 영혼은 영속적인 운동의 과정에 있다. 휴식은 없다. 정지라는 이름은 곧바로 죽음을 호명하므로.

바코드를 붙이고 있는 「꽃」에서는 절정의 순간에 운명의 그림자를 떠올린다. 운명은 본래의 답을 감추고 있다. 여기서 꽃은 유한성을 환기하는 생의 은유물이다. 조금씩 덜 핀 모습을 "보충 질문처럼 조금씩 열려 있"다고 한다. "벌들은 그 문을 잘 알고 드나"들지만, 가련한 꽃들은 "스스로는 알 수 없는 생의 유한 때문에 / 항상 웃고 있지만 슬픈 바코드"로 비쳐진다. 운명적으로 바코드가 찍혀진 꽃들, 그것은 어쨌든 물질적인 측면에서 유통기한 내에 값을 치루는 슬픈 존재일 수밖에 없다.

I

꽃들은 보충질문처럼 조금씩 열려있다
벌들은 그 문을 잘 알고 드나든다
친수성親水性 잎들이 빚은 신록 같은 이 아침.

II

스스로는 알 수 없는 생의 유한 때문에
항상 웃고 있지만 슬픈 바코드다
꼭 한번 맞고 싶었던 이 절정의 순간에도.

III

언젠가 일궈야 할 나만의 영토를 위해
상처만큼 더 깊숙이 문신을 새기며 산다
향 깊은 목숨일수록 억센 가시 세우며.

IV

유통기한 지난 것들은 사체처럼 부식한다
전율과 응혈이 그 안에 담겨 있다

받은 명 곱게 익혀서 씨앗으로 남기기 위해.

—「꽃」 전문

인간에게 현기증처럼 흔들리며 다가오는 불안감, 그것은 죽음이다. 이 죽음을 망각하지 않는 한 우리는 유한자로서의 근원적 고독에 처해진다. "언젠가 일궈야 할 나만의 영토를 위해 / 상처만큼 더 깊숙이 문신을 새기며" 살아가는 것은 꽃의 운명이자, 이 꽃을 바라보고 의미화 하는 시적 주체의 자기선언이다. 이 유한성의 꽃은 얼마 지나지 않아 시들고 만다. "유통기한 지난 것들은 사체처럼 부식한다 / 전율과 응혈이 그 안에 담겨 있"는데, 그와 같은 부패와 응혈의 시간은 또 다른 예비의 시간이기도 하다. "받은 명 곱게 익혀서 씨앗으로 남기기 위해" 거쳐야 하는 것들로, 슬픔을 동반한 절정감과 상처가 남긴 문신 그리고 전율과 응혈의 시간이 필요했던 것이다. 싹을 틔워 만개하고 쇠락하면서 씨앗을 남기는 꽃의 일대기 중에서, 단 한 번의 꽃으로 피어나는 순간은 절정감 속에서 생의 유한성을 강력하게 환기함으로써 연민을 불러일으킨다.

4.

지금까지 이우걸 시조에 나타나는 실존의 양상을 사회적 실존과 존재론적 실존으로 나누어 살펴보았다. 시인이 치렀을 실존됨의 정도는 발표된 「시」에 의해 평가받을 터이다.

이즈음에서 이우걸 시인의 작품 세계를 두 가지 줄기로 해석한, 이정환의 평을 참조할 필요가 있다. "그의 작품은 크게 두 계열로 읽힌다. 첫째, 언어 자체가 주는 예술 미학이다. 아주 모던한 면모를 드러낸다. 둘째, 사회성 짙은 현실 인식의 세계이다. 결연한 대항 의지를 표출하거나 문명의 이기(利器)를 질타한다. 어떤 작품에서는 이 두 가지가 혼용되어 나타나기도 한다." 이 글에서는 두 번째 특징으로 지적된 "사회성 짙은 현실 인식의 세계"를 해명하기 위해 사회적 실존과 존재론적 실존의 무게를 부여하고자 하였다. 이는 이우걸 시인의 시업이 현존재의 제약을 벗어나 참다운 실존됨을 추구하는 생의 일환이었음을 증명하기 위한 것이었다.

> 어쩌면 낯 붉어지는 수다구나 싶다가도
> 지나온 행로의 남루함을 떠올려 보면
> 차라리 이렇게라도
> 위로 받고 싶어진다.
>
> —「프로필」 둘째 수

신작 「프로필」에서는 새 시집을 앞에 놓고 '졸음'이 밀려오는데, 이는 존재가 환기하는 피로감으로 볼 수 있다. 졸음에서 깨어 "우연히 내 사진 아래의 / 프로필을" 보고서, "차라리 이렇게라도 / 위로 받고 싶어"지는 것은 생의 역정과 추구의 과정이 그만큼 치열했기 때문이리라.

이우걸 시조에 내포된 모더니티(modernity)의 일면

엄경희*

1. 모더니티에 대한 모색의 징후

이우걸 시인(1946~)은 1973년 『현대시학』으로 등단한 이후 모두 여섯 권의 시집[1]을 출간하였다. 사십 년에 가까운 詩歷에 비추어 본다면 다작이라 할 수 없는 양이나 그 질적인 면으로 보면 결코 과작이라 할 수 없는 성과물이라 할 수 있다. 그의 시조세계가 고시조는 물론 근대 이후 창작된 선대의 작품들과 중요한 차이를 노정하고 있기 때문이다. 그 차이는 근대성에 대한 이지적 통찰에서 비롯된다. 이우걸의 시조세계가 드러내는 근대성의 문제를 논의하기에 앞서 전통시가 장르가 어떻게 근대적 세계에서 그 생명을 지속할 수 있는가에 대해 생각해볼 필요가 있을 듯하다. 우리가 흔히 말하곤 하는 '계승'의 문제는 말처럼 쉽게 실천되는 것이 아니다. 전통 계승의 과

---

* 2000년 조선일보 신춘문예 평론 부문 당선. 현재 숭실대학교 국어국문학과 교수. 저서로는 『숨은 꿈』, 『시─대학생들이 던진 33가지 질문에 답하기』, 『전통시학의 근대적 변용과 미적 경향』 등이 있음.

1 이우걸 시인이 출간한 시조집은 『지금은 누군가 와서』(학문사, 1977), 『빈 배에 앉아』(흐름사, 1981), 『저녁 이미지』(동학사, 1988), 『사전을 뒤적이며』(동학사, 1996), 『맹인』(고요아침, 2003), 『나를 운반해온 시간의 발자국이여』(천년의시작, 2009) 등이며 이 글의 논의는 시집에 묶인 작품과 더불어 최근 발표된 몇몇 시편을 포함한다.

정은 온전한 '보전'과 다른 문제이다. 계승과정은 보존과 달리 변이를 동반하기 때문이다. 전통 계승이 옛것의 동어반복을 뜻하는 것이 아니라면 그 과정에는 반드시 충돌과 화해라는 진통이 개입될 수밖에 없다. 동일성을 기반 하면서 차이성을 만들지 않으면 안 되는 것이 계승의 실천성이라 할 수 있다. 만일 옛것을 그대로 반복한다면 엄밀한 의미에서 새로운 작품의 탄생은 존재할 수 없는 것이다. 이러한 논의를 보다 구체적으로 진전시키기 위해 유종호의 현대시조에 대한 문학사적 평가를 인용해보는 것이 유의미하리라 생각한다.

현대시조가 보여 주는 중요한 특성은 무엇일까? 모든 현대시조에 내재하는 일관된 성격이 있다면 무엇일까? 그것은 시조의 사회적 역사적 기원이나 발달과 불가피하게 연루된 반(反)모더니즘이다.

우리 20세기 시에서 모더니즘을 어떻게 정의하건, 모더니즘 시와 가장 대척적인 위치에 서 있는 것이 시조이다. 시조의 세계는 정지용, 김기림, 이상, 김광균의 시와 정반대되는 세계이다. 여성주의 시인이나 녹색 지향 시인이 자신의 대의(大義)를 시조로 표현한다고 가정해보자. 그것은 희극적인 자기 희화화(戲畵化)로 귀결되고 말 것이다. 현대시조도 자연 서경(敍景), 계절의 순환, 영탄적 회고, 특정 순간의 심경 토로, 계기(契機) 시편, 경의의 헌정, 우정의 교환 같은 전통적 모티프의 처리로 명백히 이어 왔다.[2]

유종호는 현대시조의 중요한 특징을 '반(反)모더니즘'으로 규정한다. 모더니즘 자체가 전통과 대척점을 이루는 서구근대의 산물이라

---

2 유종호, 『한국근대시사』(민음사, 2011), 27~28면.

는 점을 염두에 둔다면 전통 장르로서 시조 또한 모더니즘과 대척점을 이루는 반모더니즘적 성향을 지닐 수밖에 없다. 그런 의미에서 유종호의 설명은 핵심을 관통하는 견해라 할 수 있다. 그가 이 글에서 여성주의 시인이나 녹색 지향 시인을 거론하는 까닭은 페미니즘(feminism)적 사고나 환경론적 문제의식이 모두 근대 이후 첨예한 사회적 이슈가 된 사안이기 때문이다. 아울러 현대시조가 전통적 모티프를 통해서 전통을 이어왔다는 진단 또한 타당한 견해라 할 수 있다. 현대시조의 주요 경향이 이러한 설명에서 벗어나지 않기 때문이다.

그런데 현대시조의 주요 경향이 이렇다 하더라도 이 같은 설명만으로 다 충족될 수 없는 경우를 다시 생각해볼 필요가 있다. 현대시조 시인은 근대를 살아가는 주체의 의식을 통해서 전통을 재인식할 수밖에 없다. 그들은 고전적 세계를 근대라는 시간성으로 현존시킴으로써 창작의 내용물을 구성한다. 그런 의미에서 현대시조는 전근대가 아니라 근대의 성과물이라 할 수 있다. 근대라는 시간 속에 살아가는 사람들이 모더니티를 완전히 벗어나는 일은 불가능하다. 따라서 시조 전통의 계승 문제로부터 모더니티를 완전히 분리하는 것 또한 불가능하다. 현대시조가 생명력을 유지하기 위해서는 오히려 근대의 생활감각과 다양한 문제, 그로부터 생성되는 사유와 고뇌를 전통과 결합시켜야만 한다. 이우걸의 경우가 그러하다.

이우걸의 시 전체를 일별해 보면 시조의 근본 형식을 무리하게 변형하거나 독특하게 창안한 개성적 형식을 전통 형식에 과도하게 덧붙인 경우를 거의 찾아보기 어렵다. 그는 단시조의 절제된 변이 정도를 늘 담담하게 유지하면서 시세계를 전개시킨다. 물론 예외가 없는 것은 아니다. 보다 구체적으로 말해보면, 초장, 중장, 종장 가운데 한 장(특히 중장)의 길이를 한 단락 정도의 산문 형식으로 길게 한다든지, 단시조의 변이라 할 수 있는 양장시조 형식으로 내용을 축약한다든지, 혹은 1970년대 이후 시도되었던 혼합형 형태 즉 한 편의 연작시조에 평시조와 사설시조, 양장시조 등 여러 가지 형식을 혼합한다든지 하는 방식을 제어한다. 그는 주로 단시조를 연작 형태로 배열하거나 구별배행의 형태를 통해 여백과 리듬을 만듦으로써 구조적으로 단아한 형식미를 지향하는 것으로 보인다. 이는 언어의 양을 가급적 경제적으로 조절하고자 하는 詩作 태도를 반영하며 아울러 시조의 장르적 특성상 형식의 무리한 변형이나 해체가 곧 전통 파괴로 이어질 위험이 있다는 시인의 시조인식을 함의한다. 그런데 이 같은 태도가 시조시인 모두에게 고수되는 것은 아니다. 전통 장르를 선택한 현대시조 시인들에게도 '새로움'은 자유시를 창작하는 시인들과 마찬가지로 중요한 과제라 할 수 있다. 현대시조에서 전통 시가의 형식이 무리하게 실험되거나 해체되는 경우가 간혹 발견되는 것은 이 때문이라 할 수 있다.[3] 이우걸은 형식적인 면에서 지나친 변격이나 파격의 시도를 절제하면서 근대성에 대한 날카로운 인식을 전통 장르와 자연스럽게 결합시키는 데 헌신한다. 그의 시세계가 지닌 가장 큰 미덕은 현대시조가 전근대가 아니라 근대적 자아에 의해 창작된다는 사실을 간과하지 않았다는 점이라 할 수 있다.

전체 내용적인 면에서 두드러지는 특징은 대부분의 현대시조가 자연시의 전통에서 파생된 정서나 소재를 가장 중요한 시조창작의 유산으로 삼고 있는 데 비해 이우걸의 경우는 이러한 보편적 경향에

---

3 구모룡은 실험적인 시조시인들이 "과도하고 작위적인 형식 파괴를 합리화하는 경우"가 없지 않음을 지적하고 이에 비해 이우걸이 형식적인 측면에서 "열림과 닫힘의 긴장된 게임을 자연스럽게 지속"하고 있음을 밝히고 있다. 구모룡, 「생활 세계 속의 긴장된 자유」, 『이우걸의 시조미학』(작가, 2006), 222~223면 참조.

서 비껴나 있다는 점을 들 수 있다. 자연물은 우리 시가 전통의 내용을 매개하는 매우 중요한 요소임에도 불구하고 첫 시집 이후의 시편에서 자연물의 등장이 대폭 줄어드는 것은 그가 직면한 근대 인식과 무관하지 않다. 아울러 로칼리즘(localism)적 정서가 매우 옅은 것 또한 이와 연관된다.⁴ 부드럽고 온순한 농경적 질서의 세계에 균열이 왔음을 그는 인정하고 있는 것이다. 첫 시집에 실린 「그대 가진 맨 주먹」은 이러한 균열을 함축하고 있는 좋은 예이다.

외롭게 이어진 길이 하나
허덕이며 허덕이며 언덕을 오르고 있다.
鐵路따라 흩어진 처녀애들도
논바닥에 침을 뱉으며 떠나간 머슴놈도
허덕이며 허덕이며 저 길을 넘어서 갔다.
가슴 닫고 지켜보던 묵묵한 전답들,

지금은 그 위를 불볕이 퍼붓고 있다.
가죽채찍으로 정수리를 때리고 있다.
드디어 논바닥은 蒼白하게 일어섰다.

―「그대 가진 맨 주먹」 부분⁵

---

4 박철희 「현대시조의 가능성」, 『이우걸의 시조미학』(작가, 2006), 157~158면; 이승훈, 「시조와 현대적 상상력」, 『이우걸의 시조미학』(작가, 2006), 165~167면; 조남현, 「장인 정신과 생(生) 철학의 상승」, 『이우걸의 시조미학』(작가, 2006), 174면 참조.

5 이우걸의 첫 시집에는 시조와 자유시가 함께 수록되어 있다. 인용한 시 「그대 가진 맨 주먹」은 형식에서 짐작할 수 있듯이 자유시에 해당하는 작품이다. 이우걸은 자유시와 시조 창작을 병행하면서 둘 사이에 관습적으로 작용해 온 시의 내용적 측면의 경계를 완화하고자 노력한다. 「그대 가진 맨 주먹」에서 보이는 근대성의 문제는 이후 현대시조의 형식을 통해 자연스럽게 변이된다. 이 글에서 인용한 나머지 작품들은 모두 시조에 해당한다.

이 시의 제목에서 표현된 '맨 주먹'은 버려진 전답, 즉 농토 나아가서는 농경으로 이루어진 전통적 향토세계를 의미한다. 처녀애들은 철로를 따라 흩어지고 머슴놈도 침을 뱉으며 언덕을 넘어갔다. 그들은 언덕을 넘어 어디로 간 것일까? 이 시는 급속히 진행된 산업화와 도시화를 직접 언급하고 있지 않지만 '언덕을 넘어간 사람들'을 통해 산업화에 의해 해체된 농촌의 풍경을 유추하도록 유도하고 있다. 너도나도 허덕이며 등진 고향의 쓸쓸함이 여기에 담겨있다. 근대 이후 고향(향토성)은 전통적 세계와 달리 상실 혹은 훼손이라는 문제와 분리될 수 없게 되었다.[6] 첫 시집 『지금은 누군가 와서』는 이와 같은 현실인식의 출발 지점으로 판단된다.

이우걸의 첫 시집에서 지배적으로 발견되는 것은 사실 강렬한 모더니티라기보다 은하, 꽃씨, 달, 이슬, 바다 등 자연물과 결합된 외로운 내면, 고단한 삶의 서정, 혹은 이상적 세계에 대한 관념적 고뇌라 할 수 있다. 예를 들면, "받은 命 그 무게만큼 내 속살에 쌓이던 것도 / 바람에 꽃씨 날리듯이 아늑한 밤섶에 서면 / 모운 뜻 素服을 입히는 저 祝手의 피리소리"(「눈 오는 밤」), "내 色相의 꿈을 열고 이 어둠을 마주 하면 / 밤이 없던 피도 식어서 萬空은 적요한데 / 불현 듯 바다 하나가 섬을 안고 떠 있다."(「바다 하나가」)와 같은 구절이 그러하다. 이와 같이 다소 감상적 기풍에서 벗어나 그의 시가 앞서

---

6 근대 이전의 고향과 근대 이후의 고향은 커다란 차이성을 갖는다. 이에 대해서는 "전통적 자연시에는 '귀거래'의 노래가 있긴 하지만 그것은 근본적으로 고향상실을 함의하지 않는다. 전통적 자연시에서 고향상실을 노래한 시편들은 지극히 적을 뿐만 아니라, 고향과 자연은 당위로서 '거기에 있는', 혹은 언제나 인간이 돌아가 쉴 수 있는 안식처나 은둔처의 기능을 가지고 있었다."라고 이미 설명한 바 있다. 근대 진행 가운데 벌어졌던 식민지, 전쟁, 산업화는 이향과 실향을 낳는 계기가 되었으며 이에 따라 고향은 상실, 훼손 등의 상처를 겪게 된다. 엄경희, 『전통시학의 근대적 변용과 미적 경향』(인터북스, 2011), 138~140면 참조.

이야기했던 '근대성에 대한 이지적 통찰'을 본격적으로 드러내는 것은 두 번째 시집 『빈 배에 앉아』에서부터이다. 그럼에도 그의 첫 시집에 실린 「겨울 神經痛」, 「꽃」, 「물」, 「잔나비」, 「지금은 누군가 와서」, 「새벽 敎會 종소리」 등에서 보이는 몇몇 징후들에 주목할 필요가 있다. 이들 작품에는 근대적 자아의 자의식, 일상성, 전통세계와는 다른 타인과의 관계성, 처세술, 신성으로부터의 소외 등 근대적 패러다임으로부터 발생한 삶의 내용에 초점이 맞추어져 있다. 이 논의에서 주목하고자 하는 것은 바로 이 부분이라 할 수 있다. 본 논의는 기존 논의[7]를 바탕으로 이우걸 시조가 지닌 모더니티의 문제를 보다 종합적으로 분석하고 그 의의를 밝히는 데 목적이 있다. 아울러 논의의 주안점을 보다 명료하게 하기 위해서 전통시조와의 차이성을 고려하면서 논리를 진행하고자 한다.

2. 사유의 대상으로서 '나'

'개인주의'는 근대의 패러다임을 말해주는 가장 핵심적인 단어 가운데 하나이다. 근대 이후 개인주의가 집단주의를 우선하게 되는 이유는 '家'를 중심으로 부분과 전체의 조화로운 관계를 강조해온 우리

---

7 이우걸 시조가 지닌 현대성의 가치에 대해서는 몇몇 논자들에 의해 거론된 바 있다. 이상옥(「이우걸 시조의 현대성」)은 이우걸이 '현실주의적 상상력'을 전통에 수렴시켰다고 평가하고 있으며, 박철희(「현대시조의 가능성」)는 관습성에 벗어난 특색에 주목하면서 특히 환유가 아닌 은유를 통해 그의 시가 구축되고 있음을 밝히고 있다. 이승훈(「시조와 현대적 상상력」)은 이우걸이 현대적 대상(문명) 즉 도시성과 자본주의를 대상화함으로써 인습적 상상력에서 벗어났다고 평가한다. 유성호(「전통적 형식과 현대적 감각의 활발한 교섭」)는 이우걸이 현대사회의 병리적 측면을 비판적으로 사유하고 있음을 강조하고 있다. 이상의 논의들은 『이우걸의 시조미학』(작가, 2006)에 수록되어 있다.

의 전통이념이 개인의 자유를 옹호하는 쪽으로 대체되었기 때문이다. 이제 개인은 공동체를 구성하는 한 부분이기에 앞서 구체적 현실에 맞선 개인적인 주체로 자리 잡게 된 것이다. 이 같은 개체성에 대한 자각은 근대 이전과 변별되는 중요한 존재론적 변화라 할 수 있다. 김흥규에 따르면 개인의 의미를 전체성에 의해 규정하는 전통적 세계에서 인생의 덧없음 혹은 존재의 유한성과 같이 지극히 개인적인 문제들은 주로 자연의 순환성이나 항구성으로 대체되거나 심미적 가치에 대한 몰입, 일락(逸樂)의 고양을 통해 해소된다.[8] 이와 달리 근대 이후의 인간 존재는 '나'란 무엇인가라는 질문을 날카롭게 묻고 회의하는 과정을 통해 자신의 주체성을 확고히 하고자 노력한다. 절대적 신분사회와 달리 표면적으로는 부조리한 사회의 위계나 억압에 순응하지 않아도 되는 사회체제로의 돌입이 이 같은 현상을 낳은 것이기도 하지만 이면적으로는 개인과 사회의 관계가 분쟁과 대립구도로부터 벗어나지 못했기 때문이기도 하다. 이때 개인은 끊임없이 자신의 존재감이나 도덕성, 행동의 당위성을 문제 삼으면서 사회적 관계를 점검하게 된다.[9] 그런 의미에서 근대적 자아의 내면은 전통적 세계의 개인보다 불행할지도 모른다.

이우걸은 이 같은 자신의 개체성 문제를 거듭 성찰하거나 회의하

8 김흥규, 「16·17세기 강호시조의 변모와 전가시조의 형성」, 『고대어문논집』 35집(1996. 12), 229~231면 참조.

9 김대행은 전통시조에 드러난 '개인성'을 "흘러가는 시간 속에서 그리고 연속된 공간 속에서 나는 그저 나란 존재로 고립이 되어 있을 뿐이다. 어떤 의미에서는 철저한 개인성의 깨달음인 것이다. 개인주의란 실상 남의 인식에서 오는 자기 보호의 목적론적 측면을 갖는 데 비해서 시조에 나타난 개인성은 그 같은 목적적 지향까지는 이르지 못하고 있다. 단지 존재론적으로 자신이 결국 개별성의 외로운 존재임을 깨닫는 단계에 머무는 특징이 있다."라고 설명한다. 이는 전통 사회에서 개인은 대사회적 관계를 크게 의식하지 않아도 되었음을 뜻한다. 근대 이후 사회학의 발명은 사회구조의 변화와 이에 대응하는 사회적 존재로서 개인의 탄생을 전제한다. 김대행, 『시조 유형론』(이화여자대학교 출판부, 1986), 227~228면.

는 모습을 보임으로써 자연의 순환성과 심미성으로부터 파생되는 삶의 원리나 이념으로 다 해소할 수 없는 근대인의 자의식을 드러낸다. 예를 들어 그는 첫 시집에 실린 「겨울 神經痛」에서 "드디어 붉은 채찍이 한 男子를 열고 들어 와 / 건조한 鐵制神經의 복부를 흔드는 동안 / 철 없는 뼈마디들도 귀뚜라미 소리로 운다."고 고백한다. '귀뚜라미'는 우리 시에서 가을날의 쓸쓸한 서정을 드러내는 전통적 제재 가운데 하나이다. 그런데 이 시에서 귀뚜라미 소리는 한 남자의 건조한 철제신경을 흔드는 붉은 채찍으로 재탄생한다. 이 소리의 채찍은 가을날의 서정을 넘어서 한 존재의 내면에 가해지는 매질이라 할 수 있다. 귀뚜라미 소리의 매질은 이후 시편에서 가혹한 매질을 견뎌내는 '팽이'(「팽이」), 혹은 정수리를 망치로 얻어맞는 '못'(「못」), 피 속을 흐르는 '어둠의 채찍'(「피」)으로 변용되기도 한다. 이우걸의 매 맞는 자아는 스스로를 올바르게 세우고자 하는 도덕적 자아의 태도를 함축한다. 이 같이 '매질'로 표상되는 자아 성찰적 태도는 자신을 대상화하는 과정을 거침으로써 가능해진다.

지금 내 얼굴 위를 면도날이 기어다닌다.
비밀스런 침을 가진 한 마리 벌레처럼
닫혀진 얼굴 위에서 부르르 몸을 떨면서.

면도날은 아는 것일까,
지워진 나의 얼굴을.
면도날은 아는 것일까,
잠이 든 나의 말들을.
그러한 슬픈 假定이 빈 가슴에 못을 박는다.

그러나 면도날이 꼭 그런 것 같지는 않다.

이따금 위태롭던 그의 날도 감추면서

피로한 나의 이마를 짚어 주며 웃기도 한다.

―「면도날」(『빈 배에 앉아』, 26면) 전문

이 시의 화자는 거울을 통해 면도를 하는 자신을 들여다보고 있다. 이때 등장하는 '면도날'은 '비밀스런 침'을 가진 벌레로 비유된다. 그로테스크한 이미지로의 전이를 통해 시인은 면도날과 접촉하는 위축된 자아의 심리를 드러낸다. 거기에는 '닫혀진 얼굴'이 존재해 있다. 시의 맥락을 보면 닫혀진 얼굴은 '지워진 얼굴' '잠이 든 나의 말들' 그리고 '슬픈 假定'과 동일한 의미를 갖는다. 은폐하고 지워지고 잠듦으로써 거짓 존재가 되어버린 것이 이 화자의 존재 상태인 것이다. 이와 같은 존재의 상태를 깨닫게 하는 매개가 면도날이라 할 수 있다. 면도날은 존재의 감추어진 얼굴과 언어들을 위협함으로써 그에게 진실을 요구한다. 그러면서 "피로한 나의 이마를 짚어 주며 웃기도 한다.". 즉 '면도날'은 '나'에게 진실의 얼굴을 요구하는 일종의 '매질'이면서 동시에 '나'를 위로하는 '손길'이라는 양가성을 갖는다. 이 시는 자신을 돌아보는 일과 자신에게 힘을 주는 일 모두가 자아성찰의 과정임을 보여준다. 이우걸 시에서 '거울'은 반복적으로 등장하는 성찰의 매개물이라 할 수 있다. 그는 거울에 "내 습관의 言語들"(「발견」)과 "내 남루"(「거울·2」)와 "안 보이는 흉터"(「구름의 말·1」)를 비춤으로써 자신의 내면에 쌓인 욕망의 허구를 사유한다. '거울'이 등장하지 않지만 「방·3」, 「책의 죽음」, 「가야산」, 「이름」 등의 시편 또한 이러한 자아성찰과 깊이 연관된 작품들이라 할 수 있다. 한편 시 「넥타이」는 이 같은 성찰적 국면을 보다 구체적 현실을 통해 실감나가 묘사한 대표적 예이다.

> 넥타이를 매고 나면 나는 뱀 같다
> 교활한 혓바닥과 빈틈없는 격식으로
> 상대를 넘어뜨리는 이 도시의 터널에서.
>
> 나의 너털웃음을 그는 알고 있을까
> 내 웃음이 꾸며 주는 청록빛 넥타이 속엔
> 지난밤 내가 숨겨 둔 奸計가 있다는 걸.
>
> 넥타이는 어둠 속에서 비로소 눈을 뜬다
> 예리한 핀 아래 눌려 있던 욕망들이
> 일제히 사슬을 벗고 제 얼굴을 드러낸다.
>
> ―「넥타이」(『사전을 뒤적이며』, 77면) 전문

'거울'이 오로지 자신을 들여다보는 매개물이라면 '넥타이'는 '그'와의 관계성 속에서 자신을 가늠하는 매개물이라 할 수 있다. 넥타이는 서구적 생활양식을 상징함과 동시에 도시의 사무직 근로자의 초상을 제유하는 상징물이다. 넥타이는 도시 패션의 일종이기 이전에 현대인의 예의적 관계를 말해주는 사물이라 할 수 있다. 상대에 대해 격식과 예의를 갖추었음을 뜻하는 기호로서 기능하는 것이다. 이와 같은 넥타이의 문화 상징을 통해 이우걸은 "상대를 넘어뜨리는 이 도시의 터널" 속에서 자신이 어떠한 얼굴을 하고 있는가 스스로에게 묻는다. "빈틈없는 격식"으로 이루어진 도시적 삶의 본질은 사실 이익관계로 얼룩진 비인간적 세계이다. 늘 관계의 격식 이면에는 간계와 교활함이 꿈틀댄다. 이는 도시가 생산하는 욕망 때문이다. 끊임없이 욕망을 소비해야 하는 것이 도시인의 삶이다. 시인은 도시적 일상을 살아가는 자신의 가식과 허위를 넥타이의 상징을 통해 성찰하는 것이다.[10]

이우걸의 시에서 자주 목격되는 자신의 가식과 허위에 대한 고발은 현대시조에서 드물게 발견되는 특징이라 할 수 있다. 대부분의 시조에서 이는 서정적 자아의 반성이나 회한의 목소리로 대체되곤 한다. 그에 비해 이우걸의 자기성찰을 바탕으로 한 개체성에 대한 인식은 매우 적나라한 '고발' 형식을 취함으로써 자아의 염결성이나 방향성에 시달리는 한 존재의 내면을 강하게 각인시킨다. 세상의 부조리함을 비판하기에 앞서 자신을 비판 대상으로 삼는 이 같은 자기대상화의 작업은 세속의 욕망으로부터 자신을 온전히 지켜내려 하는 내적 수양과 현실에 대한 이해가 동시에 이루어질 때 가능하다. 시인은 근대적 자아의 개체성에 대한 무수한 질문을 자기 수양의 과정으로 심화시키고 이를 실감나는 '지금 여기'라는 당대의 현실을 통해 드러냄으로써 시적 리얼리티를 확보한다. 인용한 「넥타이」와 더불어 「子正에 이 닦기」, 「위력없는 서류 위에 도장을 찍으면서도」, 「신발」, 「나사·1」, 「치과에서」 등의 작품에서도 근대적 자아의 자의식과 내적 수양의 태도가 결합된 시적 상상력을 발견할 수 있다.

이와 같은 '나'의 문제는 다섯 번째 시집 『맹인』에서부터 서서히 유한한 개체의 실존을 물음 하는 방향과 겹쳐지기 시작한다. 이전의 시집에서 보였던 '나'에 대한 물음이 상대성(관계성)에 의해 의미화

---

10 '넥타이'의 상징성에 관한 의미 분석은 엄경희, 위의 책, 83면을 재인용함.

되었다면 이때의 '나'에 관한 질문은 타자와의 관계성을 탈각시킨다는 점에서 차이를 갖는다. 대사회적 관계를 떠나 한 개인이 감당해야 하는 '늙음'과 '죽음'의 문제에 관심을 쏟고 있는 것이라 할 수 있다. "낙엽이 쌓여서 // 뜰은 숙연하다 // 노인 혼자 벤치에 앉아 // 안경알을 닦는 사이 // 기차는 낮달을 싣고 // 어디론가 가고 있다."(「삼랑진 역」)에서 보이는 고독한 노인의 모습과 시간 혹은 세월을 함의하는 '가버린 기차'의 이미지는 인간 개체의 실존적 한계상황을 환기한다. 「무덤」, 「열쇠」, 「이명」, 「틀니」 등의 시편 또한 이와 비슷한 주제의식을 보이는 경우이다.

3. '일상성'의 발견과 현실인식

문학 작품에 일상성을 반영하는 것이 우리에게는 당연하고도 자연스러운 일처럼 여겨진다. 그러나 근대 이전의 시가에서 일상성의 반영은 지금과는 다른 의미를 지닌다. 근대 이전의 세계에서의 생활 기반은 농경이었다는 점과 그 농경생활의 면모를 시조에 담아낸 대부분의 창작자가 양반사대부이거나 출사하지 못한 선비들, 향리로 돌아간 관료였다는 점을 고려할 필요가 있다. 물론 17세기 이후 중인 가객을 포함한 여항인, 무명씨의 작품 비중이 커지는 것이 사실이다. 아울러 18~19세기에 이르면 김매기는 물론 개간하기, 베짜기, 옷 만들기, 물건팔기 등 생활의 현장성을 생동감 있게 재현한 경우가 많아지는 것 또한 사실이다.[11] 그럼에도 전통시조의 주요 창작자 층이 농

---

11 전통 생활시조의 창작자 층의 역사적 변화와 그들이 담아낸 시적 내용에 관해서는 전재강, 『시조문학의 이념과 풍류』(보고사, 2007), 73~102면 참조.

사에 직접 참여하지 않았던 사대부였다는 점은 매우 중요한 사항이다. 이로부터 농경생활 자체와 그것을 노래한 시인 사이에는 간극이 있었음을 유추해볼 수 있다. 생활시조에서 전원한정이나 훈민계열의 작품이 큰 비중을 차지하는 것은 이 때문이다. 단적이 예로 "비오는 더 들희 가랴 사립 닷고 쇼 머겨라"[12], "아희야 薄酒 山菜 ᄅ만졍 업다 말고 내여라"[13]와 같은 구절에서 보이는 명령형의 말투가 성립할 수 있었던 것도 창작자의 신분과 관련한다. 이때 농사를 짓는 사람과 그것을 노래하는 사람은 분리된다. 아울러 "고전시가에서 소박한 생활 속에서의 안빈낙도를 노래할 경우 그것이 생활시의 면모를 갖추고 있다할지라도 안빈낙도의 노래는 탈속의 의미를 갖는다는 점에서, 마음수양의 의미를 갖는다는 점에서 일상이 아니라 오히려 탈일상적 생활태도를 함의한다."[14] 그런 점에서 현대시조에서 다루어진 일상성은 고시조에서 다루어진 일상성과 큰 차이를 지닌다.

"일반적인 의미에서 근대문학은 일상적인 인간이 살아가는 현실 공간으로 채워진다."[15]. 개인은 역사와 생활의 주체로서 자신을 자각하며 생활의 중심에 서게 된 것이다. 오늘날 이 같은 시대의 변화에도 불구하고 현대시조는 자연(전원)한정과 같은 전통적 주제에 영향을 받은 흔적이 적지 않다. 이와 달리 이우걸의 작품에서 발견되는 근대적 공간과 사물, 예를 들어 유리벽, 사무실, 이발소, 타자와 독대하는 실내 공간, 하수구, 공단, 아파트, 판자촌, 종점, 도서관,

---

12 윤선도, 「山中新曲 : 夏雨謠」, 『孤山遺稿 · 8』, 박을수 편저, 『한국시조대사전 · 上』(아세아문화사, 1991), 538면.

13 한호, 『靑丘永言(珍本)』, 박을수 편저, 『한국시조대사전 · 下』(아세아문화사, 1991), 1047면.

14 엄경희, 위의 책, 81면.

15 권영민, 『한국현대문학사 1』(민음사, 2002), 29면.

은행, 사각의 링 그리고 변기, 가계부, 신문, 넥타이, 시계, 주민등록
증, 서류, 명함, 도장 등의 시적 수렴은 전통의 하중으로부터 현대
성을 확보하기 위한 노력으로 볼 수 있다. 예를 들어 그가 주목하는
공간은 전원이 아니라 "일층은 경양식집 / 이층은 커피숍 / 삼층은
주점 / 사층은 노래방 // 마지막 관문을 열면 / 야누스 모텔"(「반도 빌
딩 안내도」)처럼 우리에겐 너무나 친숙한 도시 공간이다. 이처럼 그
는 근대의 일상성을 전통 시가의 형식과 결합함으로써 시적 주제의
관습화에서 벗어나고자 한다. 그가 다루는 일상성은 크게 두 가지
주제로 대별될 수 있다. 하나는 근대인의 욕망이며 또 하나는 눈물
겨운 생활과의 화해라 할 수 있다.

변기를 아시나요, 짐승의 아가리 같은
엉덩이를 받쳐 드는 저 백색의 질 속에서
오늘의 욕망이 피고
그 욕망이 지는 것을.

타협하기 위하여, 진정하기 위하여,
배설하기 위하여, 변절하기 위하여
변기는 놓여져 있다
필생의 테마처럼.

삶을 채근 당하는 거리의 발자국들도
햇빛을 피해 다니는 익명의 얼굴들도
한 모금 안식을 얻어 재기의 칼을 가는 곳.
─「변기」(『사전을 뒤적이며』, 동학사, 84면) 전문

시월 하늘에 흰 구름 떠 가고
혈관마다 은은히 종소리 번져날 때도
생활의 바다 깊숙이
검은 물이 흐른다.

가장 아름다운 사랑을 가꾸기 위해
한잔의 커피를 놓고 우리가 마주할 때도
생활의 바다 깊숙이
검은 물이 흐른다.

하수구는 어쩌면 우리들 꿈의 운하,
영원으로 가득할 내일을 가꾸기 위해
미지의 바다를 향해
목선을 띄우는 곳…….

―「하수구」(『저녁 이미지』, 51면) 전문

‘변기’는 배설과 관련한 사물로 일상 가운데 가장 침해를 덜 받는 공간에 놓여있다. 변기의 공간 배치는 배설을 감추고자 하는 인간의 의식과 관련한다. 불결함, 수치심과 같은 감정이 배설행위에 동반되기 때문이다. 즉 불결한 것, 부끄러운 것을 감추고자 하는 의식이 변기의 공간 위상학을 만들어낸 것이다. 이 시에서 변기는 ‘짐승의 아가리’ ‘백색의 질’로 비유된다. 여기에는 ‘먹다’ ‘성교하다’와 같은 육체성이 함의되어 있다. 시인은 이러한 복합적 의미의 중층을 ‘욕망’이라는 시어로 요약한다. “좁은 공간 속에서 차단된 채 용변을 보는 행위에서 현대인의 은밀한 욕망, 익명성을 여지없이 폭로”[16]하고 있는 것이다. 이 시의 두 번째 수에는 욕망의 실제 내용이 구체적으로 열거되어 있다. 배설과 등가의 의미를 지닌 타협과 진정, 변절 등이 그것이다. 이때 육체의 배설과 정신의 배설이 동시에 행해지는 화장실의 공간성을 떠올려볼 수 있다. 육체의 오물을 배설하면서 동시에 자신을 진정시키고 타협할 것인가 변절할 것인가를 판단 혹은 결정하는 행위가 변기라는 객관적 상관물에 육화되어 있는 것이다. 이때 판단과 결정이라는 정신적 활동은 '먹다' '성교하다'와 동급에 해당하는 육체적 활동으로 층위 변동된다. 이우걸은 정신의 내적 욕망활동을 이처럼 비천하고 수치스러운 육체적 활동과 등가의 것으로 의미화하는 것이다.

"한 모금 안식을 얻어 재기의 칼을 가는 곳."에서의 비밀스럽게 피고 지는 '욕망'은 현대인의 일상을 지배하는 의식의 핵심 내용물이다. 자본의 생산이 곧 욕망의 생산이기 때문이다. 소비산업사회는 끊임없이 욕망을 생산하지 않으면 지속되기 어렵다. 차이를 빌미로 생산되는 수많은 상품들은 우리를 유혹하고 욕망하게 부추긴다. 시 「변기」에서 언급된 타협과 변절이라는 생존 싸움 이면에는 이 같은 욕망의 쳇바퀴가 돌고 있는 것이다. 시인은 다른 시 「드라이브」에서 "바퀴엔 질주의 욕망이 감겨 있지만 / 나는 늘 브레이크처럼 / 세상을 두려워한다 / 거쳐 온 터널의 기억이 / 그 어둠의 배경이다."라고 말한다. 화자는 욕망이 빚어낸 어둠의 기억을 알고 있는 자이며 그렇기 때문에 질주의 욕망을 경계하는 것이다. 욕망의 질주는 파멸을 낳는 악마적 동력이라 할 수 있다. 또 다른 시 「外換銀行 入口」에서는 "오피스는 말이 없었다. 깃발만 흔들었다. // 흔들리는 깃발 사

---

16 이상옥, 앞의 글, 148면.

이로 차고 흰 손이 보일 뿐,// 누구의 깊은 意中도// 적발되어지지 않았다.”라고 말한다. ‘은행’은 우리의 일상에 개입되어 있는 자본의 환유라 할 수 있다. 그것과 관련한 ‘깊은 意中’은 다름 아닌 내면에 감추어진 물질적 욕망일 것이다. 시인은 ‘차고 흰 손’이라는 싸늘한 이미지를 통해 우리의 욕망이 거래하는 비인간적 사태를 간명하게 그려낸다.

　주목할 것은, ‘변기’와 인접관계에 놓인 ‘하수구’에 대한 상상력이 시 「변기」에서 보이는 일상성에 대한 인식과 다르다는 점이다. 위에 인용한 시 「하수구」에서 시인은 생활의 바닥 깊숙이 매설되어 있는 ‘하수구’를 ‘꿈의 운하’라고 말한다. 그것은 “미지의 바다를 향해 / 목선을 띄우는 곳…….”이다. ‘변기’가 배설의 상징성을 갖는다면 ‘하수구’는 ‘검은 물’을 걸러내는 정화의 공간으로 의미화된다. 이 정화의 통로를 통해 삶에서 빚어지는 오물과 그릇된 욕망은 걸러지고 사랑과 꿈과 내일이 가꾸어진다. 이 같은 상상력에는 생활의 때를 정화함으로써 건강성을 회복하고자 하는 지향이 담겨있다. 다른 시 「겨울 청소부」에 등장하는 교활한 識者들 곁에서 묵묵히 청소를 하는 청소부 아줌마 또한 시인의 정화의식이 투영된 인물이라 할 수 있다. 이 외에 “오늘은 허리 다친 무지개도 일어나서 / 당신의 손수건같은 紫木蓮을 흔들고 섰네.”(「꽃」), “아내는 저녁마다 배를 만들고 있고 / 파도는 언제나 우리 가족의 오락”(「겨울 삽화」)과 같은 구절을 포함해 「倚子」, 「저녁 이미지」, 「희망」, 「가계부」, 「아, 봄」 등의 시편에서도 이 같은 지향을 발견할 수 있다.

　살펴본 바, 이우걸은 우리의 내면에 잠재되어 있는 불결한 욕망을 폭로하면서 동시에 건강성의 회복을 통해 일상과 화해하고자 한다. 이 둘은 한 존재로부터 생성되는 내적 갈등, 혹은 모순을 말해준다.

불결한 욕망이 비인간적 세계를 증폭시킨다면 '정화의식'은 그와 반대로 인간적 세계를 되찾고자 하는 지향이기 때문이다. 이 둘 사이에서 갈등하면서 삶의 방향성을 찾는 것이 현대 일상인의 내면풍경이라 할 수 있다. 그런데 개인의 일상은 자신의 욕망을 다스리고 그것을 정화해 나아가는 자기 쇄신만으로 다 정돈되지 않는다. 개인의 일상이 사회 구조와 연동되어 있기 때문이다. 우리를 피로에 물들게 하는 것은 바로 개인의 힘으로 판단할 수 없는 거대구조의 메커니즘일지도 모른다. 시인은 이를 "결재를 받으려 할 때, 지하도를 빠져나갈 때, / 山役처럼 지겨운 하루를 마감할 때 / 갑자기 온몸에 퍼지는 / 이 우수가 / 안개일까?"(「안개」)라고 자문한다. '안개'처럼 모호하게 엄습해오는 우수 혹은 피로감은 '나'의 노력과 쇄신을 넘어선 곳에서 침투해온 것들이다. 이우걸의 현실에 대한 인식과 감각은 이같은 내적 체험을 동반한 구체성에 기반하고 있다.

> 오늘을 운반해 온 어둠의 손이 보인다.
> 자살은 언제나 타살로 확인되었다.
> 깨어진 소주병 같은 활자들의 표정을 보라.
>
> —「석간」(『맹인』, 47면) 전문

신문은 근대적 삶의 양식을 단적으로 말해주는 대표적 매체라 할 수 있다. 그것은 세계 속에서 일어나는 다양한 소식의 유통망으로 기능함으로써 일상인에게 현실인식의 기초를 제공한다. 아울러 '나'와 사회 전체의 구체적 윤곽을 '현재성' 속에서 조망할 수 있게 도와준다. 즉 신문은 '오늘을 운반'하여 세계의 '표정'을 내 앞에 현존시킨다. 시 「석간」은 몇 개의 상징을 통해 우울한 일상의 풍경을 압축

적으로 보여준다. 현실을 이끌어 가는 '어둠의 손', 사회적 타살로서
의 자살, 참담한 소식을 전하는 활자들을 통해 시인은 우리의 현실
이 낙관할 수 없음을 드러내는 것이다. 이 같은 현실성을 시인은 또
다른 시 「아홉 시 뉴스를 보며」에서 "코일처럼 꼬여진 저 시정의 사
연들이 / 지친 저녁 하늘을 뒤척이고 있는 한때"라고 말한다. 시 「落
花」에서는 "흰 벽에 쏟아지는 뉴스와 부딪치고, 부딪쳐서 피흘리고
피흘리며 사라지고"라고 말한다. 「우리 나라」, 「서서 우는 비」, 「어
쩌면 이것들은」, 「실업」, 「신문」, 「아직도 우리 주위엔 직선이 대세
다」 등 또한 현실에 대한 우려와 그에 대한 비판의식을 드러낸 시편
들이라 할 수 있다.

4. 비인간적 관계성에 대한 통찰

　전통 시가에서 발견되는 개인적 인간관계의 전형은 사랑하는 이
에 대한 그리움, 멀리서 찾아온 벗에 대한 반가움, 연군에 대한 사
모의 감정, 부모에 대한 효성스러운 마음, 형제에 대한 우애의 정
등으로 그려진다. 구체적으로 예를 들어 정철의 시조 "형아 아으야
네 술흘 만져 보아 / 뉘손더 타나관더 양ㅈ조차 ᄀᄐᆞᆫ다 / 흔젓먹고
길러 나이셔 닷ᄆᆞᆷ을 먹디 마라"[17]는 형제 사이의 화목을 강조한
경우이다. 인용한 예처럼 전통시조에서 관계는 "서정시의 정서적
지향인 상호 몰입보다는 사변적이며 오성적인 거리감을 배면에 깔
고"[18] 그것의 당위성을 교훈적으로 드러낸다. 이 같은 인간관계의

---

17 정철, 「訓民歌 3 ; 兄友弟恭」, 『警民篇庚戌乙丑本 · 2』, 박을수 편저, 『한국시조
대사전 · 下』(아세아문화사, 1991), 1267면.

표현에는 당시 지배 이데올로기였던 유교적 인간관과 그에 따른 서열의식이 자리해 있다. 관계의 질서 세움을 통해서 서로 간에 생길 수 있는 내적 갈등을 최소화하고 있는 것이다. 물론 세속적 부귀영화를 물리치고 강호에서의 정신수양을 노래한 작품을 보면 삶에 대한 인간적 갈등이 잠재되어 있는 것을 알 수 있다. 예를 들어 "三公이 貴타흔들 이 江山과 밧골소냐 / 片舟에 둘을 싯고 낙대를 훗더질제 / 이 몸이 이 淸興 가지고 萬戶侯ㄴ들 브르랴"[19]와 같은 작품의 이면에는 삼공보다는 강산이 더 낫다는 가치판단이 놓여있다. 그러나 이러한 가치판단에는 '나'와 '너'라는 개인 대 개인의 직접적 갈등이 소거되어 있다. 뿐만 아니라 인간적 갈등보다는 처사의 강호한정 쪽으로 초점을 강화함으로써 갈등의 국면을 약화시키는 것이 강호가도의 한 특성이기도 하다.

한편 근대는 농경문화를 중심으로 한 혈연적 혹은 공동체적 질서관과 유교적 서열관이 지극히 개인주의적 차원으로 대체되는 과정을 밟으며 진행되었다. '나'와 '너'의 관계는 정감이나 사랑, 도덕적 의무나 책임감, 당위성에서 벗어나 서서히 이익의 유무를 중요시 하는 쪽으로 변화해 왔다. 근대적 세계가 드러내는 인간관의 변화는 서구 자본주의로부터 파생한 생활양식의 변모가 깊게 연계되어 있다. 즉 관계의 변화는 생활양식을 지배하는 원리가 달라졌음을 의미하는 것이다. 이 같은 인간관계의 변화에도 불구하고 현대시조 시인들은 앞서 열거했던 인간관계의 전형성의 가치를 옹호하거나 이를 삶의 지침으로 삼고자 하는 내용을 반복함으로써 전통 속에 흐르는

---

18 김대행, 위의 책, 226면.
19 김광욱, 「栗理遺曲」, 『靑丘永言(珍本)·153』, 박을수 편저, 『한국시조대사전·上』(아세아문화사, 1991), 584면.

인간관을 계승하고자 노력한 것으로 판단된다. 이우걸의 근대적 자아는 이와 같은 전통적 인간관에 대한 회의를 드러냄으로써 우리들이 현실에서 경험하는 타자와의 관계성을 시로서 형상화한다.

　　遮斷된 가슴 사이에 두 개의 잔이 놓이고
　　떨리지 않는 손이 親切처럼 가득해 올 때
　　만남을 포기한 나는 저 假面의 잔을 쳐든다.

　　설익은 눈빛까지도 웃음으로 부딪쳐 와서
　　얼마쯤 뜻을 만드는 이 무서운 응접실에서
　　무수히 雇用당해온 한 世代의 시간이여.

　　슬픔이 슬프지 않고 기쁨이 기쁠 수 없는
　　잃어버린 우리 向方의 차디 찬 背景속으로
　　지금은 누군가 와서 돌아가는 바람이 분다.

―「지금은 누군가 와서」 전문[20]

　　위에 인용한 시는 시조세계의 전반적인 경향에서 일탈한 이례적 작품이라 할 수 있다. '나'와 '너'의 관계가 돈독한 정감이나 당위를 기반으로 이루어지지 않기 때문이다. 이 시의 화자는 차단된 가슴과 친절하게 잔을 잡는 손의 모순적 상황을 '가면'이라는 시어로 함축한다. 가면은 "설익은 눈빛까지도 웃음으로" 바꿔놓는 거짓관계의

---

20 이 작품은 첫 시집에 실렸다가 세 번째 시집 『저녁 이미지』에 「방문」이라는 제목으로 개작되어 다시 실렸다. 이 글에서는 시인의 비인간적 인간관계에 대한 인식이 詩作 초기부터 있었음을 알리기 위해 첫 시집에 실린 작품을 인용하였다.

표정이라 할 수 있다. 다른 시 「신문」에 보이는 "사람들의 말 속에 는 언제나 갈퀴가 있다. // 타고난 포유류의 야성을 감춰보지만 // 급 박한 상황 앞에선 얼굴을 들고 만다."와 같은 구절 또한 가면 속에 감추어진 우리들의 거짓 얼굴을 폭로한 대목이다. 위에 인용한 「지 금은 누군가 와서」에 보이는 거짓 만남이 이루어지는 "이 무서운 응 접실"의 냉랭한 장면은 '고용'이라는 근대의 임금노동자의 생활을 상 징화한다. 고용과 피고용으로 이루어진 관계는 인간의 내적 진실을 무용한 것으로 밀어내고 오로지 각자의 이익만을 좇도록 구조화된 것이라 할 수 있다. 즉 '고용'은 비인간적 관계를 촉발하는 원인이 무엇인가를 가장 잘 말해주는 시어라 할 수 있다. 이때 관계는 쓸쓸 해지고 때로 살벌해진다. 이것이 이우걸이 창작을 시작한 산업사회 이후 급속도로 재편성된 인간관계의 면모라 할 수 있다. 중요한 것 은 이우걸이 고전시가에서 반복되었던 신뢰로서의 인간관을 회의하 고 있다는 점이며 더 나아가서는 우리들의 인간관계가 왜 변질되고 있는가를 현실에 입각해서 직시하고 있다는 점이다. 이우걸의 다른 시에서 발견되는 굳게 닫힌 문과 말 없는 의자, 금이 간 벽으로 이루 어진 사무실의 풍경(「사무실」)이 암시하는 비인간적 사무원의 생활 상이나 자신의 인생을 겨우 세상의 뒷좌석에 자리를 차지한 '부록' 으로 밖에 생각할 수 없는 존재 인식(「부록」) 등은 모두 부조리한 타 자(사회)와의 관계구조가 파생시킨 '소외'를 암시한다. 비인간적 거 짓 관계 구조가 지속될 때 신뢰는 사라지고 우리 각자의 내면은 상 처받거나 변질된다. 시인이 여러 번 개작의 흔적을 보인 시 「손[手]」 은 이를 가장 잘 드러내주는 예라 할 수 있다.

1

그는 시방 손이 없다,

슬픈 얼굴이다.

이따금 그의 소매가

빈 하늘에 닿을 때마다

그 곳엔 지울 수 없는

얼룩이 남곤 한다.

그에게도 손이 있었다,

겸손하고 아름다운.

때때로 그의 손이

내 어깨를 두드리면

숭늉빛 고운 인연이

은은히 배어 오던.

2

지금 탁자 곁에

나는 그와 앉아 있다.

그는 종이꽃처럼

냉랭히 웃고 있지만

내게도 그를 위해서

준비해 둔 손이 없다.

―「손[手]」(『빈 배에 앉아』, 35면) 전문

'손'은 인간의 행위를 구체적으로 실천하는 신체의 일부라 할 수 있다. 타인과 '악수'를 통해 서로 이해하고 화해함으로써 인간은 아름다운 관계를 만들어 간다. 이 시에 등장하는 '그'는 타인과의 사이에서 가교 역할을 해온 '손'을 잃어버린 사람이다. "내 어깨를 두드리면 / 숭늉빛 고운 인연이 / 은은히 배어 오던." 손은 이미 과거의 것이다. 현재 그의 손은 지울 수 없는 얼룩을 남기는 불결한 것이 되고 만 것이다. 시인은 이 같이 변질된 그의 인간성을 과거와 현재의 대비를 통해 함축적으로 드러낸다. 아울러 이 시의 말미에 "내게도 그를 위해서 / 준비해 둔 손이 없다."고 고백함으로써 자신 또한 그와 다를 바 없음을 밝히고 있다. 여기서 중요한 것은 시인이 '너'가 아니라 '그'라는 삼인칭 대명사를 내세우고 있다는 점이다. 이때 삼인칭은 익명의 보편성을 내포한다는 점에서 한 명의 개인이 아니라 다수를 지칭한다고 볼 수 있다. 그런 의미에서 손을 잃은 '그'는 우리 모두를 지시하는 것으로 확대 해석할 수 있다. 아울러 앞서 설명했듯이 '우리'라는 복수성에 '나' 또한 예외가 아니다. 따라서 '나'를 포함한 우리 모두는 변질된 혹은 타락한 슬픈 존재로 의미화된다. 이것이 우리들의 현존이라 할 수 있다. 타인과 악수할 수 있는 '손'을 잃어버렸다는 인식은 시 「잔(盞)」에서도 반복된다.

> 어쩌면 잃어버린 손에 대한 향수 때문에
> 잔은 만나려 한다, 만나서 불타려 한다.
> 그리곤 더욱 안으로
> 싸늘히 식으려 한다.
>
> —「잔(盞)」(『빈 배에 앉아』, 43면) 부분

이 시의 화자는 시 「손[手]」에 등장하는 '그'와 '나'처럼 '손'을 잃어버린 사람이다. 그런데 이 시의 화자는 잃어버린 손을 되찾고 싶어한다. "잔을 만나려 한다, 만나서 불타려 한다."라는 구절이 이를 말해준다. 이 시에 등장하는 '잔'은 만남, 관계를 의미한다는 점에서 '손'의 환유로 볼 수 있다. 끈끈한 관계회복의 상징물이 '잔'인 것이다. 그러나 이 시에서 관계회복의 열망은 실패로 돌아가고 만다. 종장의 "그리곤 더욱 안으로 / 싸늘히 식으려 한다."에서 느껴지는 냉기의 이미지는 결국 온전한 관계회복이 쉽지 않음을 뜻한다. 서로가 가면을 벗지 않는 한 진정한 만남은 불가능한 것이고 그 가면의 원인이 되는 관계설정방식이 바뀌지 않는 한 우리의 비인간적 현실관계는 반복될 수밖에 없을 것이다.

5. 맺음말

이우걸의 시조세계는 근대성에 대한 이지적 통찰을 통해 고시조는 물론 근대 이후 창작된 선대의 작품들과 중요한 차이를 드러낸다. 현대시조의 경우, 전통적 시가 형식을 근대라는 시간성에 현존시킴으로써 창작의 내용물을 구성할 수밖에 없다는 점을 생각해 볼 때 현대시조세계와 모더니티의 접촉은 불가피한 일일지도 모른다. 현대시조 가운데 이우걸의 시편은 근대성에 대한 날카로운 인식을 전통 장르와 자연스럽게 결합시킨 가장 대표적인 경우라 할 수 있다. 이 논문은 이우걸의 시조가 지닌 모더니티의 문제를 전통시조와의 차이성을 의식하면서 보다 종합적으로 분석하고 그 의의를 밝히고자 하였다. 구체적 논의를 위해 그의 시에서 모더니티와 관련한 세 가지 주제, 즉 ① '사유 대상으로서 '나', ② 일상성의 발견과 현실

인식, ③ 비인간적 관계성에 대한 통찰 등의 문제를 분석하였다.

이우걸의 시편에서 두드러지게 발견되는 첫 번째 주제적 특징은 자신의 개체성의 문제를 거듭 성찰하거나 회의하는 모습을 보임으로써 자연의 순환성과 심미성으로부터 파생되는 삶의 원리나 이념으로 다 해소할 수 없는 근대인의 자의식을 반복적으로 드러낸다는 점이다. 그의 자기성찰을 바탕으로 한 개체성에 대한 인식은 매우 적나라한 '고발' 형식을 취함으로써 자아의 염결성이나 방향성에 시달리는 한 존재의 내면을 강하게 각인시킨다. 세상의 부조리함을 비판하기에 앞서 자신을 비판 대상으로 삼는 이 같은 자기대상화의 작업은 세속의 욕망으로부터 자신을 온전히 지켜내려 하는 내적 수양과 현실에 대한 이해가 동시에 이루어질 때 가능하다.

두 번째 특징으로 시에 근대의 일상성을 대폭 수용함으로써 시적 리얼리티를 확보하고 있다는 점을 들 수 있다. 문학 작품에 일상성을 반영하는 것이 우리에게는 당연하고도 자연스러운 일처럼 여겨진다. 그러나 근대 이전의 시가에서 일상성의 반영은 지금과는 다른 의미를 지닌다. 근대 이전의 세계에서의 생활 기반은 농경이었다는 점과 그 농경생활의 면모를 시조에 담아낸 대부분의 창작자가 양반 사대부이거나 출사하지 못한 선비들, 향리로 돌아간 관료였다는 점을 고려할 필요가 있다. 현대시조와 달리 고시조에서는 시적 대상인 일상과 창작자가 서로 분리되어 있는 것이다. 근대 이후 개인은 역사와 생활의 주체로서 자신을 자각하며 생활의 중심에 서게 된다. 그럼에도 현대시조는 자연(전원)한정과 같은 전통적 주제에 영향을 받은 흔적이 적지 않다. 이와 달리 이우걸의 작품에는 근대적 공간과 사물이 대거 수렴되는 현상을 발견할 수 있는데 이는 전통의 하중으로부터 현대성을 확보하기 위한 노력으로 볼 수 있다. 그가 다루는 일상성은 크게 두 가지 주제로 대변될 수 있다. 하나는 근대인의 욕망이며 또 하나는 눈물겨운 생활과의 화해라 할 수 있다. 이우걸의 현실에 대한 인식과 감각은 이 같은 내적 체험을 동반한 구체성에 의해 확보된다.

세 번째 특징으로 우리의 생활세계에서 비롯되는 비인간적 관계성에 주목하고 있다는 점을 들 수 있다. 전통 시가에서 발견되는 개인적 인간관계는 사랑하는 이에 대한 그리움, 멀리서 찾아온 벗에 대한 반가움, 연군에 대한 사모의 감정, 부모에 대한 효성스러운 마음, 형제에 대한 우애의 정 등이며 이는 주로 당위론에 입각해서 그려진다. 근대는 농경문화를 중심으로 한 혈연적 혹은 공동체적 질서관과 유교적 서열관이 지극히 개인주의적 차원으로 대체되는 과정을 밟으며 진행되었다. '나'와 '너'의 관계는 정감이나 사랑, 도덕적 의무나 책임감, 당위성에서 벗어나 서서히 이익의 유무를 중요시 하는 쪽으로 변화해 왔다. 중요한 것은 이우걸이 고전시가에서 반복되었던 신뢰로서의 인간관을 회의하고 있다는 점이며 더 나아가서는 우리들의 인간관계가 왜 변질되고 있는가를 현실에 입각해서 직시하고 있다는 점이다. 그의 시에서 보이는 '나'와 '너'의 관계는 신뢰를 잃은 거짓관계로 의미화된다.

지금까지 살펴본 이우걸의 시조세계는 전통시조나 대부분의 현대시조와 다른 방향성을 노정한 경우라 할 수 있다. 전통 장르의 영향권 안에 놓인 현대시조는 전통을 어떻게 현대적으로 계승할 것인가를 고민하면서 그 생명력을 지속해 온 것이 사실이다. 대부분의 현대시조에서 발견되는 반모더니즘적 성향은 이와 연관된다. 반면 이우걸은 전통 시조의 형식미를 자연스럽게 변형하면서 근대 이후 생활세계로부터 파생된 다양하고도 구체적인 문제들을 이에 접목시킨

다. 이와 같은 그의 시조세계의 특징은 전통 계승과 현대성의 확보
라는 두 개의 과제를 동시에 해결하기 위한 문학적 노력이라는 점에
그 의의가 있다.

현대시조, 그 지평 위로 우뚝 '치솟는' 큰산

강호인[*]

1. 이우걸론의 의의

'이우걸'은 산이다. 그 '시조미학'의 빼어남은 이미 현대시조 100년 사에 우뚝 솟은 한 봉우리로 일컬어져 마땅하게 되었다. 그 증거로 는 우선 지난 봄과 여름의 어름에 간행된 『이우걸의 시조미학』을 드는 것으로 충분하리라. 유성호 교수의 편저로 묶여진 그 책은 2부 로 나뉘어 편집되었는데 대학강단과 문단에서 명성이 쟁쟁한 19명 의 평론가요 문인들이 심혈을 기우려 집필한 총19편의 평론이 이우 걸의 작품 세계를 조명하는 저마다의 의미로운 등불을 밝혀놓았다. 예를 들어 윤재근은 「이우걸의 시와 사물 그리고 형상과 고해」, 장 경렬은 「시조 또는 "적요의 공간"에 담긴 "절제의 온유함"」, 이지엽 은 「섬세한 서정성과 시대 정신」, 박철희는 「현대시조의 가능성」, 조남현은 「장인 정신과 생(生) 철학의 상승」, 유성호는 「전통적 형 식과 현대적 감각의 활발한 교섭」·「완미한 정형 속에 담아낸 시적 비의(秘義)」…… 등[1]의 제목을 붙여 '이우걸의 시조미학'이 갖는 시

* 『현대시조』(1985)·『시조문학』(1986) 추천, 『시대문학』(1988)·『월간문학』(1989) 신인상
당선. 시집으로는 『山天齋에 신끈 풀고』, 『따뜻한 등불 하나』, 『그리운 집』 등이 있음.

정신의 정체성과 진정성을 그려놓은 것이다. 이 글을 읽는 이들 중 예의 글들이 담긴 그 책을 청람하는 기회를 가질 수 있었다면 '……그 책을 살펴보면 이우걸 시조의 깊고 넓고 오묘한 경지가 시조를 사랑하는 모든 이들의 관심과 아낌을 받을 수 있도록 잘 천착되고 소중히 갈무리되어 거듭 다가가고 싶은 풍경으로 전개되고 있음을 금방 확인할 수 있을 것입니다.'[2]라고 한 필자의 견해를 별 어렵지 않게 수긍할 것이라 믿는다.

또한, 한국시조시학회가 주관한 〈현대시조 100주년 기념 '시조의 날' 제정 선포식〉을 겸한 기념 세미나에서 발제자로 나선 김제현, 유성호에 의해서도 이우걸의 시조미학은 집중 조명됨으로써 그의 시조미학이 갖는 문학사적 의의를 확인할 수 있다. 김제현은 「현대시조 100년의 흐름과 시대문학으로서의 역할」을 고찰하면서 '7. 격동기의 시조'라는 항에서 시대상황과 시인들의 삶과 시에 대한 고뇌를 '4.19와 5.16을 예민한 감수성으로 체험한 당대의 젊은 시인들은 유신체제의 정신적 억압 아래 고통을 겪을 수밖에 없었다. 시인들은 절망했고 삶에 대한 실존적 회의와 현실적 가치관의 혼란 및 모순에 부딪히면서 겪은 체험은 내면의 어두운 영상으로 음각될 수밖에 없었다.'[3]고 진단하고 이우걸의 시조 「새벽 종소리」를 주목하면서 '인간성의 상실과 단절로 말미암아 창백해져 가는 현대인의 정신적 공허와 구원의 아쉬움을 이중의 구조로 표상하고 있다.'[4]고 했으며, 유

---

1 유성호, 『이우걸의 시조미학』(작가, 2006)에는 이들을 포함, 총18명의 평론가가 쓴 19편의 이우걸론이 담겨 있음.

2 강호인, 2006.6.10 김해대청고등학교 시청각실에서 열린 『이우걸의 시조미학』 출판기념회에서 필자가 경남시조시인협회 회장 자격으로 한 초대 인사말 일부분.

3 『한국시조시학』 2006. 창간호(고요아침, 2006. 7. 17), 46면.

4 앞의 책, 49면.

성호는 「현대시조의 양식적 위상과 쟁점」을 점검하면서 '1. 현대시조의 위상'이란 항에서 '현대시조가 현대인의 다양하고도 섬세한 정서를 담아냄으로써 지속적인 자기 갱신을 이루어내고 있다는 점은 주목되어야 한다, 현대시조는 정형적 한계와 가능성을 적극적으로 경계하면서 '절제'와 '균형'의 미학을 벼리는 시인들에 의해 다채로운 형식 미학적 변용을 이루어왔다고 할 수 있다, 현대시조의 남다른 미학과 역사를 보여주는 절편(絶篇)들을 살펴봄으로써 우리 현대시조의 역할과 전망에 대한 하나의 관견(管見)을 제시'[5]한다는 전제를 두고 이우걸의 「산인역」를 예로 들어 '실존적인 시적 상황과 어우러지면서 우리 시대의 가장 어두운 내면 하나를 사회성과 결합시켜 형상화하고 있다.'[6]고 하고 '서정성과 자기 동일성, 현실 인식과 알레고리, 실존적 생이 갖는 고통과 연민 등을 두루 보여줌으로써 현대시조의 넓은 음역을 상징적으로 알려주고 있다.'[7]고 했는데 이는 이우걸이 현대시조의 위상을 제고함에 있어서 한국현대시에 기여할 수 있는 일정 부분의 역할을 시조라는 우리 고유의 문학양식을 통하여 특징적으로 완수함으로써 독자와 문학사에 기여하고 있음을 밝혀놓은 것이라 생각된다.

그리고 '현대시조 100주년과 21세기 시조의 담론'을 주제로 전개된 〈2006 만해축전 기념 심포지엄-일시 : 2006년 8월 11일. 장소 : 만해마을〉의 발제자인 김학성은 「시조의 3장 구조와 미학적 지향」을 살피면서 '시조는 감성과 이성, 자연성과 사회성의 어느 쪽으로도 치우치지 않고 절묘한 균형의 정감을 드러낼 때 단시조가, 감성 중심의

---

5 앞의 책, 65~66면.
6 앞의 책, 69면.
7 앞의 책, 69면.

이성과, 자연성 중의 사회성을 보다 강조하여 인식의 깊이를 드러낼 때 연시조가, 그 반대로 이성보다는 감성에 사회성보다는 자연성에 무게 중심을 두어 인간적 욕구를 자연스럽게 드러낼 때 사설시조가 그러한 미감을 드러내기에 가장 적절한 유형으로 선택된다 할 것[8]이란 전제를 두고 이우걸의 시조 「팽이」는 '감성적 대응이 이성적 담금질로 제어되어 절묘한 균형을 이루면서 단시조로 태어난 것[9]이라 하여 '이우걸의 시조미학'이 시조의 본령인 단시조의 미학적 성취와 지향의 모범이 되었음을 지적해 놓았다.

좌우간 그는 흔히 스스로의 문학적 도정의 가치를 '한국 시조문학의 지평확장에 기여하고 있다.'[10]고 말하지만 그는 이제 그가 지향해 온 현대시조의 지평확장이란 명제를 넘어서 스스로는 그 지평 위에 하나의 큰산으로 참으로 우뚝 솟아오르게 된 것이다.

따라서 이우걸은 현대시조 지평 위에서 ①어떤 산이며, 그 산행은 왜 필요한가(이우걸론의 의의) ②어떤 경과를 통해 산이 될 수 있었나(연보 따라 살펴본 발자취), ③'살펴보기' '바라보기' '만나보기'를 통한 '이우걸의 시조미학' 확인하기(이우걸 시조미학의 현좌표) ④작품 탐미를 통한 '이우걸의 시조미학' 그 절경과 비의(秘義)(작품 세계) ⑤ '이우걸론'의 의미와 소망……과 같은 다양한 물음과 주제에 따라 그 답을 찾아가는 것, 그것을 이 글의 목표로 삼고 싶다.

그런 뜻에서 이 글은 현대시조의 지평 위에 솟아올라 이미 우뚝

---

8 앞의 책, 125면.

9 앞의 책, 127면.

10 『열린시학』 2006. 여름호(고요아침, 2006. 5. 31), 181~186면에 수록된 신작특집에 소개된 약력의 끝줄(186면)에 '현재, 오늘의 시조학회장, 서정과 현실 발행인으로 한국 시조문학의 지평확장에 기여하고 있음.'이라고 적혀 있는데 이는 이우걸 시인 스스로 시조문학에 대한 헌신과 자긍심을 가장 최근에 밝힌 것으로 매우 소박하고 겸손하게 표현된 것으로 사료된다.

한 산이요, 현재진행형으로 계속 치솟고 있는 '이우걸'이라는 이름의 쉼없이 계속 자라는 산을 바늘귀만한 시야로 조감해본 조감도라 할 것이다. 자연의 이름난 명승을 지닌 고봉들이 흔히 그러하듯 쉽게 오를 수 없는 험로와 자칫 헤어나기 힘든 미로, 그의 표현을 빌리면 '허방'[11]이라고 명명된 덫이 도처에 널렸다고 말한다. 그러나 그 '허방'을 뛰어넘거나 에돌아갈 예지나 인내를 갖춘 독자라면 얼마나 많은 절경을 흐벅진 감동으로 만날 수 있는지 모른다. 필자는 1980년대 중반 이후 20여년 동안 그의 도저한 작품과 비평, 두 분야의 활동을 그때그때 때로는 경탄과 외경의 심정으로 음미해온 바 있었다. 하지만 그때는 늘 종합적이기 보다 부분적이었고 순간적이었던 그 미감의 느낌만을 '추억'처럼 간직했을 따름이었다. 이제 그 전체를 한꺼번에 읽고 종합·분석·비평의 사유를 거쳐 그 결실을 재료로 한편의 글을 써야하는 고통을 감수할 각오로 감히 지적 산행(?)을 시작하려는 것이다. 그렇지만 보다 솔직히 토로하면 이 글은 어디까지나 한 서투른 독자의 이름으로 갑년에 닿은 그의 인생과 문학에 바치는 소박한 축하와 헌사에 다름 아닐 것이며, 이 글을 읽는 독자 제위의 관점도 그런 필자의 한계를 충분히 배려하는 아량을 베풀어 주시기를 미리 당부해놓고 싶다.

아무튼, 이 글은, 인생 갑년이야 누구나 맞게 되는 자연현상이니 굳이 말할 게 없다 하겠지만 등단 34년, 이미 한 세대를 건너 새로운 도정을 열어 가는 문령(文齡)에 이르는 동안 어느 누구보다 치열한 열정으로 초심을 지켜 창작과 비평 두 갈래 영역에서 찬란한 금자탑

---

11 이번 특집 신작시의 작품 「시」의 둘째 수 '얽힌 말의 실타래 같은 / 이미지의 굴레 같은 // 그 터널을 절뚝거리며 / 내 독자는 걸어왔구나 // 그러나 양파 속이여 / 아 드러날 / 허방이여.'를 보면 이우걸은 종장 끝음보에 '허방'을 놓아 독자들의 시 읽기에 대한 어려움을 비유하여 나타내고 있음.

을 지속적으로 쌓아온 '이우걸 시조미학'의 참으로 아름다운 발자취를 더듬어 보려는 것이다.

2. 연보 따라 살펴본 발자취

이우걸(1946~)은 경남 창녕군 부곡면 부곡리에서 한학자 이광화 씨의 8남매 중 일곱 번째로 태어났다. 부곡초·중학교를 졸업하고 밀양 세종고를 나온 뒤 경북대학교 사범대학 사회교육과에 입학하여 문우 서종택을 만나며 재학 중 군대를 다녀오고 역사를 전공, 1974년에 졸업하고 교직에 몸담게 된다. 대학시절인 1971년 학보에 「엽서」, 「코고무신」 등을 발표, 김춘수 교수의 격려를 받고 문학에 뜻을 굳히며, 1972년에는 동인지 『선실』의 창간멤버로 2집까지의 발간에 참여하고 시화전을 여는 등 문학청년으로서의 자세를 가다듬는다. 같은 해 『월간문학』에 투고하여 당선했으나 심사위원 이영도 선생의 권유를 받고 이듬해인 1973년 『현대시학』에 「이슬」, 「지환」, 「편지」, 「설야」, 「도리원 주변」 등의 작품으로 3회 추천을 완료하며 문인의 길에 들어섰고, 등단 후 '낙강'에 가입하고 동인지 『現代律』 창간멤버로도 활약하면서 문우 박시교, 유재영을 만나 평생의 지기가 된다.

이우걸은 1977년엔 첫 시집 『지금은 누군가 와서』를 학문사에서 펴냄으로써 이후의 활발한 창작활동의 초석을 놓는다. 이어서 제2시집 『빈 배에 앉아』(흐름사, 1981), 윤금초, 박시교, 유재영 등과 사화집 『네 사람의 얼굴』(문학과지성사, 1983)을 발간하고 그 속에 실린 작품 「비」로 제2회 중앙시조대상 신인상을 유재영과 공동 수상한다. 제3시집『저녁 이미지』(동학사, 1985), 제4시집『사전을 뒤적이며』(동학사, 1996), 시선집『그대 보내려고 강가에 나온 날은』(태학사, 2000), 제5시집『맹인』(고요아침, 2003), 시선집『지상의 밤』(시선사, 2004)을 내놓아 시집 5권과 시선집 2권과 사화집 1권을 선보였다.

그가 창작 못지않게 열정을 바친 비평활동의 산물로는『현대시조의 쟁점』(나라, 1984),『憂愁의 地平』(동학사, 1989),『젊은 시조문학 개성읽기』(작가, 2001) 등 3권의 주목받는 평론집을 상재하는 것으로 현대시조 비평분야에서도 탁월한 예리함을 통하여 독보적인 위치를 확보하였다.

그밖에 공저 또는 엮은 책으로는 장석주와 함께『현대시조 28인선』(청하, 1991), 윤금초와 함께『다섯 빛깔의 언어 풍경』(동학사, 1995), 이우걸의 시조와 그 시조를 주제로 한 이행수의 산문을 모아『나는 아직도 안녕이라고 말할 수 없다』(영언문화사, 1998)로 엮어냈고, 최근 글머리에서 언급한『이우걸의 시조미학』(작가, 2006)이 나옴으로서 7월 21일 현대시조기념사업회를 중심으로 전개된 현대시조 100주년 기념 축하행사에 앞서 웅혼한 교향악의 전주곡처럼, 장엄한 오페라의 서막처럼 6월 10일에는 그의 삶터인 김해대청고등학교 시청각실에서 100여명의 문우와 선후배 문인, 가까운 지인들만을 초대하여 그의 문단적 위치로 보면 파격적일 만큼 겸허롭고 조촐하면서도 뜻깊은 출판기념회를 가진 바 있다.

이상의 활동에 빛을 더한 수상경력을 보면 제2회 중앙시조대상 신인상(1983), 제8회 마산시 문화상(1985), 제8회 성파시조 문학상(1989), 제11회 정운시조 문학상(1989), 제33회 경상남도 문화상(1994), 제14회 중앙시조 대상(1995), 제10회 이호우 시조문학상(2000), 제12회 경남문학상(2000), 제40회 한국문학상(2003), 제14회 마·창 시민불교

문화상(2004) 등을 차례로 수상함으로써 '이우걸의 시조미학'이란 산 도처에 아름답고 빛나는 현대시조의 절경을 수놓아 왔음이 증명되고 남음이 있다.

문단 소임으로는 경남시조문학회 회장(1987~1995), 마산문인협회 장(1996~1997)을 역임하고, 경남문인협회장(2003~현재)으로 향토문 학의 발전에 앞장서면서 '오늘의 시조학회' 회장(2006~), 『서정과 현 실』, 『경남문학』 편집 및 발행인을 맡아 역동적인 활동을 펼치는 중 이다. 아울러 동아일보, 매일신문, 국제신문, 경남신문의 신춘문예 심사위원, 중앙일보 지상 시조백일장, 신인문학상 심사위원과 마산 시 문화상, 경상남도 문화상, 시조시학 작품상, 이호우, 이영도 문학 상 심사위원으로도 활약하는 등 시조의 위상을 드높이는 일에 중앙 과 지방을 막론하고 그의 발길이 닿지 않는 곳이 없다고 해도 과언 이 아닐 것이다.

이상과 같이 현대시조의 위의(威儀)를 보이는데 생애의 어느 한순 간도 소홀함이 없이 타고난 자질을 바탕으로 절차탁마의 내공을 쌓 으며 예로부터 인생의 중요한 매듭과 기념비적 의미를 갖는 회갑을 맞게 된 순간까지 초지일관 전심전력으로 각고면려해온 이우걸의 자취는 진정 아름답다는 생각을 하게 된다.

그런 의미에서 우리가 가람이나 노산을 이해하지 못하고는 현대 시조의 성립과 발전을 논할 수 없듯 이우걸 이후의 시조시인으로서 그를 알지 못하고 현대시조의 지평 위에 솟아있는 현대시조의 진경 을 충분히 통찰하고 있다고 말할 수는 없으리라고 감히 생각해 본 다. 그는 그가 확장하고자 진력해온 현대시조의 그 지평 위에 스스 로는 산이 되어 우뚝 솟음으로써 그 지평을 가늠하려는 이들에게는 서종택이 첫시집 발문의 말미에 '그는 現象을 묘사하고 해석함으로써 이 世界의 질서를 해명하고자 하는 것이 아니라 現象的인 것으로부터 숨어있는 것, 은폐된 것들을 포착하고자 하는 것이다. 이제 참으로 넓고 깊은 障碍 앞에 그는 서 있다.'[12]라고 썼던 바 '障碍'라는 말의 다른 의미로 그들 앞에 가로놓이게 된 것이다. 물론 이 때의 '障碍'는 그들의 시야를 보다 광활한 지평에 닿을 수 있게 하는 차원 높은 참신한 현대시조에의 새로운 개안(開眼)을 위해 탐구와 천착의 대상으로서 시조단의 독보적인 존재가 되었다는 뜻에 다름 아니다.

이우걸, 그가 인생 갑년이 아닌 시력(詩歷) 갑년을 맞이했을 때를 미리 상상해 본다. 그때쯤 그가 어디, 얼마만큼의 높이를 이루고 있을까는 도저히 알 수 없는 일이다. 다만 그가 여전히 어느 누구보다 활발한 활동을 계속하고 있으며 앞으로도 줄기차게 적공누덕(積功累德)의 땀방울을 쏟을 게 분명하다 하겠으므로 정체적 이미지를 주는 '솟은' 정도가 아니라 강렬한 현재진행형의 의미를 지닌 '치솟는'이란 동사를 수식어로 앉혀 그의 '시조미학'을 '현대시조, 그 지평 위에 우뚝 치솟는 큰산'이라 불러보는 것이다.

3. 이우걸 시조미학의 좌표에 대한 소고(小考)

1) 『현대시조의 쟁점』 살펴보기

『현대시조의 쟁점』(나라, 1984)은 이우걸이 등단 무렵부터 십여년 간 월간지 등에 썼던 시조평을 모은 첫 평론집이다. 그 책의 '自序'부터 살펴보자.

---

12 이우걸, 『지금은 누군가 와서』(학문사, 1977), 70면.

‘현대시조에 관한 산문들을 써 온지가 꽤 오래 되었다. 그 동기는 현대시조에 대한 나의 애정 때문이었을 것이다. / 예나 지금이나 나는 시인이지 평론가는 아니다. 그러나 평론가와는 또 다르게 작품을 쓰는 사람이 바라보는 세계가 있을 수 있을 것이다. / 문단에 이름을 건지 십년을 넘기면서 여기 저기 흩어져 있는 산문들을 한자리에 모아 놓고 깊이 생각해 보고 싶었다. / 그것이 어쩌면 내 자신을 반성하는 계기가 될 것이기도 하려니와 또 어쩌면 그간의 우리 시조시단을 되돌아 볼 수 있는 방법이 될 수도 있을 것이기 때문이다.……’[13]

그의 말을 따르면 "현대시조에 대한 ‘애정’ 때문에 평론을 쓴다, 그러나 평론가와는 다른 시각으로 바라보며 쓴다, ‘여기 저기 흩어져 있는 산문’들을 모아 ‘자신’은 물론 ‘시조시단을 되돌아 볼 수 있는 방법’이라 생각해 책을 낸다…"와 같이 요약되지만 더욱 중요한 한마디는 ‘예나 지금이나 나는 시인’이라는 선언일 것이다. ‘시인’이 평필을 들어 ‘시인과 시’를 바라보고 파헤쳐서 ‘생각’과 ‘반성’의 ‘계기’를 만들어내는 일은 그리 쉽지 않은 작업이다. 언젠가 한국문단의 존경받는 평론가 김윤식 선생의 글에서 그는 창작이 여의치 않아서 평론을 썼다는 소회를 읽은 적이 있는데 우리의 이우걸은 시조의 창작과 평론을 모두 아우르면서 두 가지 모두 나달로 점점 더 품격과 위상을 드높여 나갔다는 점에서 참으로 현대시조의 복이라 하지 않을 수 없을 것이다.

시조는 우리 국문학의 여러 장르 중에서 가장 중요한 위치를 점하

---

13 이우걸, 『현대시조의 쟁점』(나라, 1984), 7면.

고 있다. 아울러 고려조로부터 오늘에 이르기까지 살아 있는 유일한 우리 민족 문학의 장르이다.

그러나 이러한 이유 때문에 시조가 자유시보다 우수하다거나 중요하다고 말할 수는 없다. 그보다 먼저 해야 할 일은 시조가 왜 오늘날까지 우리 민족의 혈맥에 닿아 함께 흐를 수 있는 시인가를 아는 일이다. 그것은 바로 자유시가 주도권을 장악하고 있는 현 한국시단에서 시조의 가치를 증명하는 중요한 작업이 되기 때문이다.(『현대시조의 쟁점』, 32면)

불행히도 우리 시조시단에선 한 시인의 시적 궤적이 그의 연륜과 더불어 방대하게 변화해온 모습을 당당히 보여 줄만한 시인을 거의 갖지 못하고 있다.(『현대시조의 쟁점』, 101면)

그 시인의 시가 신선해 보인다고 할 때 우리는 그 시인의 상상력이 우수하게 작용하여 눈으로 발견할 수 없는 소중한 시적 대상의 이야기를 이메저리로 나타내 보인다라고 바꾸어 말할 수 있을 것이다.(『현대시조의 쟁점』, 105면)

정형시의 경우 낱말의 지나친 중복은 치명적인 기법상의 결함으로 지적되어질 수 있다.(『현대시조의 쟁점』, 128면)

우리에게 感動을 주는 詩는 보통 두가지 얼굴을 하고 있는 듯하다. 한가지 얼굴은 우리의 內部를 거칠게 쳐들어와서 처참한 精神의 불을 질러놓는 「파고드는 詩」라고 한다면 또 한가지 얼굴은 畵宣紙에 숨어 있는 水墨畵의 목소리처럼 쉽게 發見되어지지 않으면서 너무나 親熟

하게 우리의 가슴에 앉아있는 「스며드는 詩」가 그것이다.(『현대시조의 쟁점』, 186면)

한 時代의 詩人이 그 時代 精神史와 중요한 관계를 맺는다는 사실은 어쩔 수 없는 일이다. 그런 점에서 한 詩人이 現代의 많은 정신적, 物質的 環境속에서 무엇을 끄집어내어 노래하느냐는 것은 重要한 문제가 된다. 그러나 그 보다 더 더욱 問題가 되는 것은 그 대상을 어떻게 노래하느냐 하는 것이다.(『현대시조의 쟁점』, 189면)

(1) 주로 하루의 어느 시간에 쓰십니까? 왜 그렇게 하십니까?

주로 밤에 쓰게 됩니다. 제 경우에는 시를 쓰거나 책을 읽는 일이 일상생활과 구분되어야만 소위 삼매경에 빠질 수 있기 때문입니다. ……

(5) 시는 미래에도 꺼지지 아니하는 예술이겠습니까? 그래서 쓰십니까? 아니어도 쓰십니까?

시는 영원히 없어지지 않을 인간, 영혼의 노래입니다. 인간은 태어날 때부터 생각하는 능력을 가졌기 때문에 생각의 한 아름다운 소산물인 시가 없어질 리야 있겠습니까? 그러나 제가 시를 쓰는 것은 그러한 이유와는 아무 관계가 없습니다. 다만 타고난 조그마한 재질과 세상을 바라보고 늘 생각하는 버릇이 시를 버리게 하지는 않을 것입니다. (現代詩學 1979. 4)(『현대시조의 쟁점』, 244~245면)[14]

이상의 몇 구절만 보아도 시조에 대한 이우걸의 견해를 짚어보기

---

14 이우걸, 『현대시조의 쟁점』(나라, 1984), 32, 101, 105, 128, 186, 189면. 244~245면.

어렵지 않다. 주로 그 달에 발표된 작품을 읽고 월평으로 쓴 글들인 만큼 부피로는 그리 대단하지 않지만 학위 논문의 무게와는 또 다른 무거움이 가볍고 산뜻한 포즈로 담겨 있다. 그들 글에는 이우걸의 시조와 시조시인에 대한 참으로 곡진한 사랑이 스며 있어 읽는 이들에게 깊은 인상을 남겨준다는 뜻이다. 그 하나로 시조가 갖는 형식상의 특징에 대한 이우걸의 입장은 늘 단정하고 엄숙할 만큼 단호하기까지 했다. 실제로 그의 대부분의 작품이 단시조가 시조의 본령이라는 통설을 엄호하면서 축약되고 있음을 느끼게 되는 것은 우연이 아니다. 그러면서도 그의 작품 속에는 아주 많은 내용이 함축됨은 물론이다. 또한 그의 평론들도 시조를 쓰는 시인답게 간결, 절제의 미덕이 충만한 문장으로 대상의 본질과 정곡을 정확히 파헤치는 상쾌함을 품고 있어 독자의 눈길을 끌기에 충분해서 시조를 공부하는 이들에게 좋은 길잡이가 되었으리라 짐작해볼 수 있다.

2) 『憂愁의 地平』 바라보기

이우걸의 두 번째 평론집 『憂愁의 地平』 서문과 본문에서 다음 몇 구절을 주목해 보자.

1984년에 펴낸 『현대시조의 쟁점』 이래 두 번째로 내는 평론집이다. 첫 번째 평론집에서도 밝혔듯이 나는 평론가가 아니라 시인이다. 그러나 내게 제공된 여러 지면들은 나의 평론가적 역할을 요구했다. 나는 그러한 글들을 쓰면서 다짐한 것이 있다. 그것은 나의 글들이 시조를 논할 때도 한국 시문학의 발전을 위한 차원에서 펼쳐져야 한다는 것이 었다. 그러한 나의 다짐은 지금에도 변함이 없다. …… 여러 다른 지면

에 씌어진 글들이라 다소 산만하고 중복되는 감이 없지 않다. 이 점
많은 분들의 양해를 빈다.(『憂愁의 地平』, '책 머리에'에서, 7면)

시인은 영혼의 언어를 경건하게 집행하는 사제의 임무를 지닌다.
(『憂愁의 地平』, 13면)

정형시의 묘미는 어디에 있을까? 많은 시인들이 장시를 쓰고 서사
시를 쓰고 있는데 시조라는 서정시를 쓰는 이유는 어디에 있을까? 물
론 회답도 여러 종류일 것이다. 그러나 시조에서 단순미의 묘를 잘 살
릴 수 있다는 점을 그 이유의 하나로 들어도 좋지 않을까 생각된다.
시조에서 복잡한 그 무엇을 나타내고 난삽한 이미지의 잔치를 벌인
다해도 단순미가 지닌 깔끔한 맛을 살리지 못한다면 시로서 성공하기
는 어려울 것이다. 많은 젊은 시인들의 노력이 시도의 의미로 끝나버리
고 성과로 남지 못하는 이유가 바로 여기에 있다.(『憂愁의 地平』, 163면)

문단에 발을 딛고 사는 시인의 존재가치는 그 시인의 개성과 크게
관계지어진다. 어떤 의미에서 시는 언어의 꽃이다. 그러한 꽃들이 문
단이라는 정원에서 제각기 자기 나름의 존재가치를 부여받기 위해서
는 다른 꽃과는 구별되는 향기를 지녀야 하기 때문이다. 그런데, 개성
은 물론 젊은 날 씌어진 몇 편의 작품에 의해 이루어지는 것이 아닐
뿐 아니라 부단한 자기탁마 없이는 노년에도 바라보기 어려운 경지이
다. 이러한 개성은 한 시인이 자기의 시적 체질을 자각하고 그 개성을
극대화하기 위한 노력을 통해서 획득되어질 수 있는 아름다운 결과이
다.(『憂愁의 地平』, 175면)

우리 시조시단이 지닌 일반적 약점을 지적해 본다면 개성의 부족, 삶에 대한 인식이나 시적 처리의 상투성, 시어의 편협성, 상상력의 부족 등을 지적할 수 있을 것이다. 이 모든 원인은 시조를 鑄型化된 하나의 형식으로 파악하는 데서 오는 결과가 아닌가 생각된다.(『憂愁의 地平』, 228면)[15]

위 글들 중 이우걸이 "나는 평론가가 아니라 시인이다."라고 천명한 것은 과연 어떤 의미를 갖는가가 궁금하지 않을 수 없다. 시를 흔히 언어의 사원이라고 말한다. 그럼 시인은 무엇인가? 언어의 사원을 깃들이게 하는 산이라고 할 수 있을 것인가? 러스킨이 "산은 모든 자연 풍경의 시작이요, 끝이다."라고 말한 '산'은 순전한 자연의 산을 의미한다고 이해할 수 있겠지만 "산이 거기 있기 때문에 산을 오른다."고 한 G. 마로리의 '산'을 음미하다보면 이우걸은 '시인'이기에 더욱 우리의 영혼을 손짓하는 '산'으로 우뚝 서서 다가가고 싶은 '풍경'들이 깃들고 있다는 생각을 하게 된다. 그래서 그가 자아실현의 궁극을 '시인'에 두고 있다는 선언은 다행이요, 따라서 성실한 독자들은 그가 언제나 마르지 않는 시심의 샘을 스스로 더 깊이 천공(穿孔)하기에 변함없이 최선을 다하리라는 신뢰를 보낼 수 있을 것이다.

3)『젊은 시조문학의 개성 읽기』만나보기

이우걸의 세 번째 평론집은 그의 관점에서 오늘의 젊은 시조시인들 가운데 저마다의 독특한 개성으로 현대시조의 새로운 경지를 열고 있다고 판단한 이들에 대해 선배로서 하고 싶은 이야기를 풀어놓

---

15 이우걸,『憂愁의 地平』(동학사, 1989), 7, 13, 163, 175, 228면.

은 책이라 할 수 있다.

　시조를 쓰는 사람들은 우리 생활현장에서 절실하게 만난 심상과 가락이 자연스레 어우러져 우리들을 감동시키는 시를 써야 한다는 교과서적인 정답을 금언으로 삼는 수밖에 없다.(『젊은 시조문학의 개성 읽기』, 71면)

　이유가 어디에 있든 시조가 화제의 중심에 서지 못한 세월이 참 오래 되었다. 재기 발랄한 어느 평론가도 시조의 깊은 내면을 진지하게 파악하지 못하고 있고 가끔 스쳐가는 몇몇 평론가들의 관심도 아직은 우리들의 갈증을 해소시키는 데는 턱없이 부족한 실정이다. 이러한 현상의 원인을 논할 때 우리는 줄곧 두 가지 관점에서 얘기해 왔다. 그 하나는 한국의 근대화가 잘못 가져다 준 문화 풍토에 관한 것으로 외부지향적인 것이고 다른 하나는 내부지향적인 것이다. 내부지향적인 분석이란 다름 아닌 시조시단 스스로의 반성이다. 왜 시대의 중심 담론을 시조의 소재로 끌어오지 못하느냐, 왜 개성적인 작품이 눈에 띄지 않느냐, 왜 실험의식이 없느냐 등등이다.(『젊은 시조문학의 개성 읽기』, 104면)

　어떤 경우에도 시인은 자신의 사명을 수행하기 위해 많은 사람들의 삶 속에 살아있는 입과 눈과 귀를 지니고 있어야 한다.(『젊은 시조문학의 개성 읽기』, 172면)

　〈대담〉
　이우걸 : 우리 시조의 방향을 작품으로 보여주시던 김상옥 선생님,

언어의 경제성을 체득케 해주시던 이영도 선생님, 시조의 '현대성'을
이론으로 가르쳐주시던 장순하 선생님, 전통시조의 한 스타일을 화려
하게 열어주신 정완영 선생님 생각이 납니다.(175면)

　유재영 : 얘기를 계속하다보니 70년대도 짚고 넘어가야겠군요. 한분
순, 박시교, 김남환, 임종찬, 김상묵, 김원각, 김영재, 정해송, 박영교,
전원범, 민병도 시인 등이 떠오르는데요. 그러나 평론과 작품집 출간,
시조의 저변 확대 등에서 이형이 가장 활동적이었지요.(176면)

　이우걸 : 저는 사실 시조의 서정성 확보, 사이버 문학으로서 시조의
가능성 탐색, 생태학적 관점에서의 시조 창작, 통일문학으로서의 시조
의 영역확보 등에 대해 관심을 갖고 있습니다.(179면)

－이상 대담 『젊은 시조문학의 개성 읽기』에서[16]

『젊은 시조문학의 개성 읽기』 끝자락의 '대담'에는 평생의 지기요
문우인 유재영과의 격의없는 대화를 통해 이우걸의 위치를 짐작할
수 있는 단서와 그가 앞으로 지향할 현대시조 지평확장의 진폭을 가
늠해볼 수 있는 언급이 담겨 있다. 곧, 가람, 노산의 뒤를 이은 현대
시조 영봉으로서 이우걸이 '언어의 司祭'[17]로 부른 초정, '호우, 초정
그러한 산맥을 뛰어넘을 수 있는 시재가 쉽게 발견되어지지 않는 것
이 오늘날의 현대시조의 상황'[18]이라고 한 경우의 호우, '명실상부한
시조시단의 대가'[19]로 받든 백수, 그 밖의 몇몇 탁월한 업적을 쌓은
시인들과 더불어, 아니 유재영의 지적처럼 '평론과 작품집 출간, 시

---

16 이우걸, 『젊은 시조문학의 개성 읽기』(작가, 2001), 71, 104, 172, 175, 176, 179면.
17 이우걸, 『憂愁의 地平』(동학사, 1989), 13면.
18 이우걸, 『憂愁의 地平』(동학사, 1989), 229면.
19 이우걸, 『憂愁의 地平』(동학사, 1989), 31면.

조의 저변 확대 등에서 가장 활동적이었'던 이우걸은 언젠가는 마침내 어느 누구와 견주어도 더 높이 우뚝할 태산북두의 큰산으로 솟아오르리라 기대되는 것이다.

아무튼 여기서 세 권의 평론집에 대한 소회를 아주 간략하게나마 정리해보자. 『현대시조의 쟁점』은 '현대시조가 당면한 문제를 시인과 비평가적 관점에서 극명(克明)하게 해부한 본격 평론집'이라는 것을, 『憂愁의 地平』은 '산업사회와 시조, 그 감성에의 지적 통제'가 주된 관점이었음을, 『젊은 시조문학의 개성 읽기』는 '한국 현대 시조 문학의 중심에 우뚝 선 젊은 작가 14명에 대한 자상한 분석과 성실한 충고!'를 담아 독자들에게 현대시조단의 중심축을 형성해나가는 젊은 시인과의 만남을 주선하고 있다는 것을 그 특징으로 들 수 있겠다. 다시 말해 그런 다양한 주제가 소화된 그의 산문을 들추면 금방 시조에 관심 있는 모두를 위하여 마련해놓은 듯한 그의 시조에 대한 아포리즘이 끝없이 이어진다는 것을 위의 예로 보아 충분히 짐작할 수 있을 것이다. 그 중에서도 『현대시조의 쟁점』 말미의 '설문(設問)'을 위시한 등단 이후 십여년간 집필한 산문들에선 생을 바쳐 정진하고 탁마해 나갈 결심을 한 그의 남다른 각오와 현대시조의 지평확장을 위해 무소의 뿔처럼 돌진해나가는 강인한 힘과 자세를 보여주고 남음이 있다고 하겠다.

이렇게 평론만을 보아도 짧고 힘찬 단문이 주를 이룬 가운데 시조에 관한 해박한 지식과 폭넓은 이해, 날카롭고 예리한 안목으로 쏟아놓은 촌철살인의 평필을 통하여 시조와 시조시인에 대한 무한한 애정을 보여 왔고 그것은 현대시조의 필수 영양제가 되고 때로는 순도 높은 소금의 역할을 넉넉히 감당해온 것으로 여겨진다.

4. 작품 세계

이제 이우걸 시집들의 성과를 짚어보아야 할 게제이다. 타당성 자체를 논외로 치부하기로 하자는 단서를 붙이면서 일단, 논의의 편의상 대체로 등단 이후부터 10여년씩을 묶어서 그의 문학적 성과를 요약하면 어떤 결론에 도달하게 될까 하는 전제를 두기로 한다.

1) 제1기 : 천부적 자질과 절차탁마의 결실 −감각과 서정, 가락의 완미함

1977년에 발간된 이우걸의 첫시집 『지금은 누군가 와서』는 간지를 둔 편집을 고려하면 총 4부로 구성되었고, 앞의 1·2·3부는 1부 (5), 2부(9), 3부(9)로 총 23편의 시조를, 제4부는 자유시 3편을 수록한 뒤 서종택의 발문 '이우걸의 詩世界 -넓고 깊은 障碍를 向한 새로운 感覺'을 싣고 총 70면 분량으로 되어 있다. 훗날 시조단의 어느 누구 못지않게 많은 산문을 쓰게 되는 이우걸 시인의 첫시집에는 그 자신이 쓴 단 한 줄의 산문도 들어있지 않아서 오히려 이채롭다. 좌우간 이 처녀시집은 본문이 모두 세로 편집에 아무 장식없는 녹색 표지의 수수함으로 인해 겉으로는 수줍은 촌색시 같지만 일단 시집을 열면 3수 1편의 당돌한(?) 시조가 고고성을 터뜨리며 독자를 맞이한다.

> 내가 지금 그의 찻잔을 조용히 바라보면
> 世界는 갑자기 鬪爭의 눈을 버리고
> 雪景의 나무들처럼 달빛으로 몸을 덮는다.

하나의 宇宙, 하나의 따스함,

우리는 지금 먼데서 한없이 날아와서

이토록 純粹한 잔을 눈부시게 가꾸고 있다.

그가 지금 나의 찻잔을 조용히 바라보면

世界는 갑자기 鬪爭의 눈을 버리고

雪景의 나무들처럼 달빛으로 몸을 덮는다.

―「世界는 갑자기」 전문

이 작품을 두고 서종택은 예의 발문에서 "그는 하나의 찻잔 속에서도 世界의 鬪爭을 눈여겨본다. 그러나 그가 보는 世上은 對立 鬪爭的인 것이라기보다는 순수한 사랑으로 묶여진 잘 조화된 것"[20]이라 보았고, 장경렬은 "잔"을 하나의 자그마한 '공간'으로서의 시조 형식, "하나의 우주, 하나의 따스함"을 담는 작은 '공간'으로서의 시조 형식으로 받아들일 수는 없을까? 그리고 "나"와 "그"를 시조 형식에 눈길을 주고 있는 시인과 또 하나의 시인, 또는 시인과 그의 시의 독자로 이해할 수는 없을까?[21]라고 묻는다. 이정환은 '1인칭인 '나'와 3인칭인 '그'가 서로의 찻잔을 번갈아 가며 바라봄으로써 "세계는 갑자기 투쟁의 눈을 버리"게 된다고 단정하며 두 개의 잔이 대화의 매개물로 요긴하게 놓임으로써 갈등과 긴장의 세계는 화해의 장으로 탈바꿈한다.'[22]고 보았다. 모두 일리 있는 견해로 보이고 실제로「世界는 갑자기」가 함유한 세상은 그 만큼 다의적이라고 이해된다. 이

---

20 이우걸,『지금은 누군가 와서』(학문사, 1977), 66면.

21 유성호,『이우걸의 시조미학』(작가, 2006), 45면; 이우걸·이행수,『나는 아직도 안녕이라고 말할 수 없다』(영언문화사, 1998), 134면.

22 유성호,『이우걸의 시조미학』(작가, 2006), 63면.

글에서는 '잔'을 '시조 형식'으로 보고자 한 장경렬의 견해를 받아들이면서 '하나의 宇宙'를 '하나의 따스함'으로 '눈부시게 가꾸'는 '純粹한 잔'이기에 1981년에 발간된 제2시집인 『빈 배에 앉아』의 후기에서 천명된 시조에 대한 이우걸의 신념이랄까, '약속'과 관련짓고 싶다. 곧 '그 동안 現代時調에 바쳐온 나의 작은 노력들이 얼마만큼의 결실을 얻었는가에 대해서는 독자의 판단에 맡길 일이지만 終生토록 이 길에 邁進하겠다는 약속은 할 수 있을 것 같다.'[23]는 것에서의 '약속'이 그것이다. 다시 말해 이 작품의 '雪景'은 바로 시인 이우걸이 시조를 만남으로써 열어나갈 신세계로서의 이미지인 것이며 설사 그 어떤 '鬪爭의 눈'을 지닌 독자들이라 할지라도 '달빛으로 몸을 덮는' '나무들처럼' 온유와 화해의 서정 속으로 인도하게 될 것임을 그 자신도 모르게 '약속'하고 '시조'의 큰 품에 온몸으로 투신하고 있음을, 그러나 역시 자신도 모르는 은연중에 '갑자기' 감지한 것을 시조로 표현한 것이나 아닐까. 그리고 독자들은 이우걸의 시조세계에 몰입함으로써 어느 순간, 잠들어 아무 것도 모른 채 지새운 눈 내리는 밤을 지나고 맞이하게 되는 그런 아침의 '雪景'같은 경이를 그의 시조에서 만날 수 있을 것임을 이때까지만 해도 정녕 시인 자신도 잘 모르는 채 거의 본능적인 예감을 노래한 것인지도 모른다.

이쯤에서 한 가지 의문을 던지고 싶다. 시인은 태생적인가, 혹은 후천적 탁마에 의한 것인가? 등단 초기 그를 시조단으로 이끈 스승 이영도의 눈에 비친 이우걸은 아무래도 시조를 위해서 볼 때 태생적이고 천부적인 재목이나 아니었을까? 제자의 훗날을 미리 예견하고 등단의 길을 안내하며 스승 이영도는 시조를 위해 태어난 듯한 제자

---

23 이우걸, 『빈 배에 앉아』(흐름사, 1981), 70면.

를 한눈에 꿰뚫어본 것이 분명하리라. 곧, 이우걸은 일견 화려하다고 할 수 있는 신춘문예가 아니라 이영도의 추천을 받아『현대시학』으로 등단하는데 그 인연은 당시의 신인에겐 대개 턱없이 부족했을 발표지면 문제를 미연에 해결해준 결과로 이어졌다고 할 수 있게 스승의 원려(遠慮)가 작용한 것이나 아닐까. 곧 천부적 재능도 지속적인 각고면려(刻苦勉勵)가 뒤따르지 않으면 꽃피우기 어렵다는 것을 염두에 두고 계속 글을 쓸 수 있는 토양에 뿌리내리게 한 것이리라 유추해보고 싶은 것이다.

1981년에 나온 제2시집『빈 배에 앉아』는 37편의 작품이 1부(7), 2부(7), 3부(6), 4부(9), 5부(8)와 같이 5부로 나뉘어 담겨 있는데 첫시집처럼 앞의 제4부까지는 시조를, 마지막 제5부는 自由詩들이다. 서문과 해설은 없고 시인의 '後記'가 2면으로 편집되어 있는데 앞에 인용한 '약속'이 들어있는 문단 앞에는 저간의 사정에 대한 설명과 창작과 비평에 대한 진로를 간명하게 밝혀놓고 있음이 주목된다.

첫 詩集을 낼 때 나는 序文이나 後記를 싣지 못했다. 나를 문단으로 인도해 주신 이영도 선생님의 갑작스런 他界와 現代時調에 대한 몇 가지 의문 때문이었다. 그러나 두 번째 작품집을 엮으면서도 역시 序文은 싣지를 않았다. 십여 년 혼자서 불러 온 내 노래들은 이제 내가 책임을 져야 한다는 생각 때문이다. 그리고 後記에는 가능하면 現代時調에 대한 내 나름의 견해를 피력해 보고 싶었다. 그것은 내가 가진 어떤 소박한 詩論을 독자에게 알리고 또 現代時調에 대한 나의 비전을 보여주는 의미를 가지기 때문이다. 그러나 그것은 지금 준비중인 散文集에서 언급하는 것이 어울릴 것 같다는 주위의 충고를 받아들여 제외시키기로 했다.[24]

이우걸 시인이 스승인 이영도 선생의 타계로 받은 충격, '現代時調에 대한 몇 가지 의문'(이 '의문'이 무엇인가를 적시하지 않았으나 우리는 그가 '終生토록 이 길에 邁進하겠다는 약속'을 할 수 있는가에 대한 회의 같은 것으로 그 후의 작품활동과 비평활동은 이때의 '의문'을 풀어나간 것으로 짐작할 수 있지 않을지……), 자기 작품에 대한 '책임' 의식(이는 시조를 쓰는 시인의 문학관 내지는 시조에 대한 무한량의 애정으로 육화되면서 창작 및 평론의 집필동기가 되었을 것이다.), 시집발간은 물론 등단 초기부터 일관된 신념으로 '現代時調에 대한 견해, 詩論, 비전'을 펼쳐 보이게 되는 비평활동의 결과물을 모아 '散文集'으로 계속 묶어내는 것으로 전개된 일의 단초가 그 속에 나타나 있다고 하겠다.

아울러 지적하고 싶은 것은 한 시인의 초기시가 갖는 위력이다. 흔히 등단작이 대표작인 시인을 만나게 된다는 것은 괜한 속설이라 치부하더라도 문학에 처음 투신하는 순간의 열정이 내포하는 뜨거움은 대체로 문학을 지속하는 한 그의 일생을 지탱해 나가게 되리라는 가정이 가능할 것은 분명하다. 이우걸의 경우는 물론 그런 속설과는 전혀 다른 경우로 그 시정신의 가열함이 연이어 수많은 절창을 빚으며 오늘에 이르렀음은 두말할 나위가 없다. 그럼에도 불구하고 처녀시집 『지금은 누군가 와서』에 실린 「世界는 갑자기」, 「물」, 「지금은 누군가 와서」, 「겨울 神經痛」, 「새벽 敎會 종소리 -나중 다른 지면에선 제목이 '새벽 종소리'로 바뀜」 등은 차후의 시선집 수록은 물론 이우걸론을 쓴 다수의 평론가들에 의해 텍스트로 인용, 거론되었기 때문이다. 또한 두 번째 시집 『빈 배에 앉아』에 수록된 작품으로는 이번 회갑기념특집에 대표작으로 나가는 「椅子」, 「단풍물」,

---

24 이우걸, 『빈 배에 앉아』(흐름사, 1981), 69~70면.

「비(雨)」 등 무려 3편이 이때 처음 선보였던 작품이었음은 이채로움
과 함께 위와 같은 시사를 던지는 것으로 생각할 수 있을 것이다.
그 외에 여기 실린 「빈 배에 앉아」, 「發見」, 「봄비」, 「잔」, 「가을 언
덕」 등도 주요 작품으로 손꼽을 수 있을 것으로 보인다.

　　나는 그대 이름을 새라고 적지 않는다.
　　나는 그대 이름을 별이라고 적지 않는다.
　　깊숙이 닿는 여운을
　　마침표로 지워버리며

　　새는 날아서 하늘에 닿을 수 있고
　　무성한 별들은 어둠 속에 빛날 테지만
　　실로폰 소리를 내는
　　가을날의 기인 편지.

—「비」 전문

　중앙시조대상 신인상(1983) 수상작으로 시인의 향후 작품활동과
문단활동에 탄력을 붙여준 중요한 작품으로 손꼽을 수 있을 이 작품
은 사화집 『네 사람의 얼굴』(문학과지성사, 1983)에 재수록됨으로써
제대로 평가받았다고 할 수 있을 것이다. 이 시의 가락은 몹시 단아
하고, 화자가 '새'나 '별'이라 '적지 않는다.'고 강조한 '비'가 '실로폰
소리를 내는 / 가을날의 기인 편지'로 독자의 가슴에 스며드는 울림
은 대단히 서정적이다. 이를 두고 이상옥은 '낭만적 상상력'[25], 정미

---

25 유성호, 『이우걸의 시조미학』(작가, 2006), 151면.

숙은 '이우걸의 독보적 감성이 응결되는 지점'[26]이라 보았다.

　　이미 예비해 둔 신의 계시처럼

　　식탁 위에 놓여 있는 정결한 수건처럼

　　노동의 하루를 위해

　　마련해 둔 작은 의자.

　　먼 길이 지워지고 채송화는 잠이 들고

　　회색빛 저녁 숲들이 노을 속에 묻힐 때면

　　묵묵히 뜰에 나와서

　　주인을 기다리는.

—「의자」 전문

　「의자」에서 '노을' 지는 '뜰에 나와서' '신의 계시처럼', 만찬을 위한 '식탁 위의' '정결한 수건처럼' '주인을 기다리는' '작은 의자' 역시 지극히 여유롭고 서정적이다. 시인이 이 작품을 썼을 때는 팔팔한 젊음의 뜨거운 피가 핏줄을 휘돌던 시절이니 섣부른 관조가 아니라 젊음의 낭만이 빚어놓은 기다림의 분위기라 하겠는데 그로 인한 울림은 그윽하면서도 따뜻한 수묵화의 여백 같다. 좋은 시인은 감각적 예리함과 아울러 남다른 서정의 샘을 간직하고 있어 자칫 메마르기 쉬운 그의 시혼은 물론 팍팍한 독자들의 가슴도 촉촉이 적셔주는구나 하는 깨달음과 만나게 된다.

---

26 유성호, 『이우걸의 시조미학』(작가, 2006), 238면.

가을에는 다 말라버린 우리네 가슴들도
생활을 눈감고 부는 바람에 흔들리며
누구나 안보일 만치는 단풍물이 드는 갑더라.

소리로도 정이 드는 산개울 가에 내려
낮달 쉬엄쉬엄 말없이 흘러 보내는
우리 맘 젖은 물속엔 단풍물이 드는 갑더라.

빗질한 하늘을 이고 새로 맑은 뜰에 서보면
감처럼 감빛이 되고 사과처럼 사과로 익는
우리 맘 능수버들엔 단풍물이 드는 갑더라.

―「단풍물」 전문

초기시에서 가장 가락이 능청거리는 작품, 계절도 가을물이 깊어가는 어느 날 「단풍물」을 가만히 입 속에서 몇 번쯤 읊조려 낭송하다보면 저절로 '감처럼' '사과처럼' '단풍물이' 들어 우리 깊은 가슴의 골짜기에 서정의 여울이 소리내어 흐르는 소리를 마음귀로 듣게 되리라. 흡사 60년대 출신 시인으로 전통시조의 가락에 가장 큰 성취를 이룩한 정완영 시조의 그것을 능가하는 흥취로운 운율감에 취하게 될 것이다. '생활을 눈감고 부는 바람에 흔들리며' '낮달 쉬엄쉬엄 말없이 흘러 보내는'의 경지에서 매종장의 끝음보 '갑더라'의 반복이 불러일으키는 언어미감을 음미하는 것만으로도 서정과 가락의 일체로 도달할 수 있는 시조미학의 정수를 보여주는 것이 아닐까.

이상에서 살펴본 이우걸 시인의 초기시는 감각과 서정, 가락의 미학이 절묘하게 어우러져 있다고 자리매김하고 싶다. 바로 감각과 서정, 가락의 완미함이다. 이우걸의 작품세계는 결국 천부의 시인적 자질과 본인의 절차탁마의 노력 중 어느 쪽이 더 승하였는가에 따른 결과가 아니라 그 두 가지가 서로 혼융되어 성취의 탄탄대로를 질주하면서 수확한 결실들인 것이다.

2) 제2기 : 영혼의 정수로 꽃피운 언어의 잔치

이우걸이 제3·4시집을 내놓고 특유의 날카로운 비평안을 번뜩이며 예리한 평필로 고군분투라고 해도 과언 아니게 현대시조의 지평 확장에 몸부림치는 동안 두 번째 평론집을 묶어낸 시기를 굳이 제2기로 잡아볼 수 있다면 한편으로는 평생의 문우요 지기들과의 공동 작업을 통해 당시 시조단의 기라성 같은 선후배들의 작품을 두 권의 공저로 아우른 시기이다. 이 시기는 자신의 창작도 창작이지만 비평에 조금 더 많은 열정을 쏟으면서 발품을 팔기에 신명을 냈다고 할 정도로 폭넓게 전국의 시조시인들과 활발히 교유하고 시인 '이우걸'을 지면 속의 작품 뿐 아니라 인간 이우걸의 체취까지 동반하여 문단의 중심으로 나아갔다는 점이 주목된다. 그가 어떻게 말하든 이 시기의 활동 결과를 살피는 정도로 추정하면 그렇게 말할 수 있을 것이다. 이런 추정의 근거는 그의 순수 창작시집이 출간된 것이 1985년에서 1996년까지 무려 11년의 간격이 생긴 대신 그 사이에 평론집 1권과 장석주, 유재영 등과의 공저로 원로쪽보다는 중견과 신인급을 대상으로 전국시조단의 '내노라'하는 이들의 작품을 모은 선집을 두 권이나 묶었기 때문이다. 물론 이때의 그가 시인으로서의 창작에 소홀했다는 의미가 아닌 것은 두말할 나위가 없지만 1995년 『시조시학』 상반기호 기획특집 「이우걸 소시집」 자리에서 토로한

'소시집을 엮으며'라고 쓴 짧은 시작노트에 담긴 그의 당시 소회는 음미할만한 대목이라 여겨진다.

> 상한 마음의 흔적들이 모여서 시가 되는 것이 아닐까. 나는 즐거운 마음으로 시를 쓰지 못한다. 더구나 요즈음엔 더더욱 시 쓰는 일 자체를 무서워한다. 이 특집을 만들기 위해 몇 편의 구작들을 다시 고치기도 했다. 이미 나온 시조집『유운연화문』을 새로 고치고 있던 운초형님이 떠오른다.[27]

'운초형님'이란 말만 보아도 짐작되지만 수년전 작고한 박재두 시인을 이우걸은 향토의 선배시인으로 그 작품 세계와 작가적 자세를 존경한 분으로 알고 있다. 실제로 그는 당시 솔직한 고백처럼 '즐거운 마음으로 시를 쓰지 못하'고 '시 쓰는 일 자체를 무서워한' 탓으로「유천역」외 10편을 소시집으로 묶은 이 특집에서 몇 편의 '구작들을 다시' 내놓고 있었다고 해도 필자는 그것을 그도 슬럼프를 겪었을 것이다 하는 식으로 말하고 싶지 않다. 왜냐하면 그는 여전히 열정적이고 지속적으로 시조문학의 위상을 높이는데 혼신의 힘을 다하고 있었기에 그런 그의 고백이 신기하다는 생각이 들었을 뿐이다. 여기서 우리에게 혼돈을 일으킨 '신기함'의 일단을 짐작하기 위해 그 특집의 작품을 두어 편 읽어보기로 하자.

> 역구(驛構)에선 누구나 기다림에 익숙하다
> 낯선 얼굴들과 흩어지는 발자욱이

---

27 시조시학,『1995 상반기호』(시조시학사, 1995), 91면.

옷깃에 묻히곤 하는 어둠을 지우기 위해

열차는 때때로 기별도 없이 스치고
용감한 시계들은 하루를 갉아먹지만
역사(驛舍)의 낮은 하늘도 기다림에 익숙하다

―「유천역」 전문

역은 헤어짐과 '기다림'이 그 숙명인 곳, 이우걸이 역의 숙명을 받아들인 이유는 무엇인가. 그것은 '어둠을 지우기 위해'서다. '어둠'은 무엇인가. '상한 마음의 흔적'이 아닐 것인가. 좋은 시는 때로 많이 '상한 마음'에서 오래 남을 수 있었던 '흔적'으로부터 비롯되는 것은 아닌지…….

마음에 금을 그어 잠들어 있던 이름들
발해처럼 고구려처럼 조용히 불러보면
노래는 영토 없이도 나라로 대답합니다

그분들이 두고 간 납덩이 같은 말들이
저 이념의 철망에 걸려 피흘리고 있을 적에
우리는 부끄럽게도 제 노래만 불렀었지요

―「해금시인 12인집을 읽으며」 전문

남북화해의 시대상이 극명히 반영된 작품이다. 초기의 서정을 바탕으로 한 감각 중심의 작품으로부터 사상적, 이념적 분단의 상징이라 할 '해금시인'들의 작품이 햇빛을 본 감격을 '부끄럽게도 제 노래만 불렀'다며 지난 어둠의 시절을 고해성사하듯 풀어놓고 있다. 이는 이우걸의 역사에 대한 양심선언이요 우리말 우리 민족에 대한 애정고백이라 할만하다. 하지만 앞의 '시 쓰는 일 자체를 무서워한' 적이 있다는 고백을 떠올리곤 이우걸도 순수 창작의 도정에서는 잠시 숨고르기가 필요했던 때가 있었구나 하고 긴장의 끈을 놓을 수가 있을지 모르지만 그때도 현대시조의 좋은 독자라면 그는 쉼없이 시적 영역을 확장하는 슬기로운 시인이었구나 하는 경탄에 닿을 것이다.

그 이유의 다른 편에 정작 이때의 중요한 작품으로 「팽이」, 「비누」, 「나사 · 2」 등을 들 수 있기 때문이다. 앞의 두 편은 1985년에 출간된 『저녁 이미지』에, 끝의 작품은 1996년에 나온 『사전을 뒤적이며』에 실려 있다.

처라, 가혹한 매여 무지개가 보일 때까지
나는 꼿꼿이 서서 너를 증언하리라
무수한 고통을 건너
피어나는 접시꽃 하나.

―「팽이」 전문

다른 자료는 미처 살펴보지 못한 채로 『이우걸의 시조미학』만을 두고 보았을 때 논자들이 가장 많이 전문을 독립적으로 인용하여(19인 중 8명의 평론)[28] 텍스트로 삼은 작품 「팽이」는 그렇게 집중적으로 논의의 대상이 된 만큼 누구에게나 남겨주는 여운이 적지 않을 것임

---

28 유성호, 『이우걸의 시조미학』(작가, 2006)에 수록된 평론 중 14면(윤재근), 34면(김종), 54면(장경렬), 71면(이정환), 81면(장석주), 120면(김홍섭), 171면(이승훈), 246면(정미숙) 등이 완전히 독립적으로 이 작품을 인용하고 논의 전개함.

을 짐작케 한다. 그렇다. 「팽이」는 이우걸 시조미학의 가장 빛나는 한 송이 꽃임이 분명하다. '쳐라, 가혹, 매, 꼿꼿이, 증언, 무수한 고통'과 같은 단호하면서도 강고한 피학적 이미지를 드러낸 시어가 그물같이 엉긴 사이에 '무지개, 나, 너, 피어나는, 접시꽃' 등의 꿈과 희망의 주체와 그들을 지탱하는 뼈와 뼈를 이어주는 관절의 연골처럼 부드럽고 온유한 이미지를 지닌 시어들이 제자리를 찾아 연리지(連理枝)처럼 놓임으로써 운명, 절제, 결연한 의지, 인내, 강고, 고독, 절정……과 같은 인간적 정서로 충만해 있기 때문이다. 우리가 이 단수 시조 한편을 제대로 음미하는 것만으로도 생각할 수 있는 소중한 인간적인 덕목만 해도 헤아리기 힘들 지경이라고나 할까. 시는 시인이 영혼의 정수로 빚어내는 언어의 꽃이다. 아니 그래야 한다고 할 때 우리는 「팽이」에서 한 시인이 영혼으로 노래할 수 있는 현대시조 최고의 경지를 성취한 사실을 저절로 깨닫게 된다고 말할 수 있지 않을까.

이 비누를 마지막 쓰고 김씨는 오늘 죽었다.
헐벗은 노동의 하늘을 보살피던
영혼의 거울과 같은
조그마한 비누 하나.

도시는 원인 모를 후두염에 걸려 있고
김씨가 쫓기며 걷던 자산동 언덕길 위엔
쓰다 둔 그 비누만한
달이 하나 떠 있다.

―「비누」 전문

이 작품 '비누' 역시 많은 평자들의 시선을 모았고[29] 그 이유는 여러 가지일 것이다. 그 중의 하나는 '비누'라는 누구나 흔히 쓰는 대수롭지 않은 물체를 나타내는 말이 중요한 몇 가지 메타포를 지녔기 때문일 것이다. 문맥상으로는 '영혼의 거울', '달' 정도로 연결해볼 수 있고 이때 '비누'의 이미지는 갑자기 산뜻하고 고결해지기까지 하지만 실제로는 '김씨'의 대유인 점에 유의하고 싶다. 그때 우리는 금방 '헐벗은 노동'으로 생을 영위할 수밖에 없었던 '김씨' 같은 도시 소시민의 삶은 그들이 일상으로 사용하는 한 개의 '비누'처럼 정말 하찮은 것인가 하는 의문을 떠올릴 수 있다. 하지만 '비누'의 속성을 조금만 깊이 음미하면 촛불이 스스로를 태운 불꽃으로 주위를 밝히며 흔적없이 사라지듯 '비누'는 물에 풀려 형체를 잃고 없어지는 희생을 통하여 남의 더러움을 직접적으로 씻어준다는 의미에서 촛불의 소신공양(燒身供養)이 지닌 가치에 조금도 못하지 않은 수용정화(水溶淨化)의 화신으로 탈바꿈한다. 나아가 그런 의미로 '김씨'가 '비누'같은 삶을 살았다고 추모할 수 있다면, 비록 그가 죽어서 남긴 것이라곤 '조그마한 비누 하나'에 불과할지라도, 오히려 그렇게 '헐벗은 노동'으로 생계를 꾸려야 했고 아무 가진 것 없이 '후두염' 앓는 도시에서 누군가에게 '쫓기며' '자산동 언덕길'을 '걷던' 그의 초라한 초상은 그 누구의 어떤 '영혼의 거울'과 마주해도 부끄럽지 않을 것이고 밤의 어둠을 밝히는 '달'빛에 그 모습을 다 드러내 비추어도 욕됨이 없을 것이다. 이 작품의 '김씨'는 참으로 고단하고 신산한 삶을 살다 갔다는 점에서는 이론의 여지가 없을 정도로 슬프고 안타까운

---

29 유성호, 『이우걸의 시조미학』(작가, 2006)에 수록된 평론 중 55면(장경렬), 73면(이정환), 84면(장석주), 93면(이지엽), 144면(이종문), 169면(이승훈), 242면(정미숙) 등이 완전히 독립적으로 이 작품을 인용하고 논의 전개함.

모습이지만 동시에 오늘을 사는 수많은 소시민의 자화상으로 우리 가슴에 뚜렷이 각인되어 심금을 울릴 것 같다. 그것은 또한 '비누' 속의 '김씨'를 통해 도시화된 산업사회의 인간상과 그들의 애환을 그려내고 있는 이우걸의 시선이 그만큼 예리하고 절절하고 따뜻하다는 것도 짐작하기 어렵지 않을 것이다.

이우걸 시조미학의 또 다른 아름다운 성취로 앞표지 하단부에 '중앙시조대상 95 수상시집'이란 큼지막한 타이틀을 달고 제4시집 『사전을 뒤적이며』가 1996년도에 출간된다. '내가 짜온 가락의 필을 다시 펼쳐 보니 문득문득 졸았던 어제가 드러난다. 시간적으로 10여 년의 차이가 있는 작품들이 뒤섞여 있지만 따로 구분하지 않았다. 네 부로 나눈 것은 어느 정갈한 독자의 취향에 따랐을 뿐, 별다른 의미가 없다. / 나는 좀 더 소박해지고 싶다. / 아름답지만 힘겨운 詩業이여.'라고 그가 '시인의 말'을 통해 『저녁 이미지』 이후의 순수창작 쪽에서 '힘겨운' 터널을 통과했음에 대해 너무도 직접적으로 '문득문득 졸았던 어제'를 고백하고 반성하며 '나는 좀 더 소박해지고 싶다.'는 희망과 각오를 피력하고 있음은 시적 성취와 더불어 진실로 그다운 시적 아포리즘이라 할 수 있지 않을까. '소박'이란 말을 작고 하찮은 것에 대한 관심과 진실에 충실하려는 것이라는 관점으로 받아들이면 다음의 「나사·2」는 더욱 의미롭게 읽힌다.

1

나사가 나사일 땐 나사인 줄 몰랐다.

병든 자본의 가지 끝에 앉아서

마지막 조임을 위해 피 흘리던 손이여

무너진 계단 밑에서 잠이 든 너를 보며

으깨진 사체 속에서 일어서는 너를 보며

어둡고 아름다운 세상의

나사를 생각한다.

2

일기를 쓰기 위해 안약을 넣는 저녁

따스함도 희망도 애써 넣어 보지만

창 밖엔 수의도 없이

떠도는

7월이

깊다.

-「나사·2」 전문

　「나사·2」는 『사전을 뒤적이며』의 첫부분(두 번째 자리에 실림)에 놓여 있다. 이미 오래 전에 '종생토록 걷기를 약속'했고 누구보다 열정적으로 매진해온 길 위에서 무엇 때문엔가 '즐거운 마음으로 시를 쓰지 못한다.'고 깊은 신음을 토해야 했을 만큼 고뇌하던 이우걸이 '무너진 계단' 아래 버려져 있었던 '나사' 하나를 발견하는 순간, 그가 다시 창작의 붓을 곧추 세웠음을 짐작케 하는 작품이다. 이 작품을 음미하다보면 독자의 입장에서 이우걸이 '나사'와 조우한 그 순간은 현대시조를 위해서는 또 다른 개안의 순간이었다고 생각되기에 충분하다. 그 이유는 우선 '나사가 나사일 땐 나사인 줄 몰랐다.'는 맨 처음의 진술에서부터 시작된다. 산업사회의 '나사'는 단순한 기계의 부품을 뜻하지만 한 개씩의 '나사'처럼 산업사회의 부품화가 되어버린 노동자를 상징하는 것으로 이해할 수 있고 노동현장에서 제 역할을 다하고 있을 경우엔('나사가 나사일 땐') 정작 그런 줄을 모르고 맞물려 있게 된다. 하지만 '무너진 계단 밑에서 잠이 든' 나사, '으깨진 사체 속에서 일어서는' 나사를 발견하는 순간에는 그만 꼭 있어야 할 자리에서 일탈되어버린 존재로서의 나사가 시인의 의식 속에 선명히 부각된 것이고 동시에 '나사' 같은 소시민, 어차피 그 소시민의 일원일 수밖에 없는 자아에 대해 '어둡고 아름다운 세상'의 자기정체성을 고민하게 된 것이라 볼 수 있기 때문이다. 그러기에 시인은 절망과 희망의 아우라 속에서 그 원초적 역할을 할 위치를 벗어나 버린 '나사'의 처지를 통하여 역설적으로 산업사회의 부품으로 전락했던 인간군(人間群)의 입장에서 자기를 돌아보는 예지를 발휘하게 되는 것이다. '일기를 쓰기 위해 안약을 넣는 저녁 / 따스함도 희망도 애써 넣어 보'는 화자의 모습은 자기성찰을 통해 인간성 회복을 위한 자기 치유를 실행하는 모습이다. 그것은 시인의 삶이 삼라만상의 생존경쟁이 가장 치열한 '7월'쯤을 건너고 있던 시절, 당시 막 40대를 지나며 지명의 연륜을 들어설 즈음인바 인생에 대한 사색도 '깊다'는 한 마디로 압축될 수 있었던 것이나 아닐까.

좋은 시인은 알 수 없는 생활의 무게가 그를 짓누를 때도, 그것이 가히 '힘겨운' 순간이었을지라도 그 영혼의 정수로 오래 빛날 수 있는 언어의 꽃을 피워서 그의 '가락의 필'에 수놓아 간다는 사실을 그 가멸찬 시혼 앞에 옷깃을 여미는 심정으로 겸허히 확인하게 된다.

3) 제3기 : '정신의 핏빛 요철'이 이룬 아름다운 풍경들

제4시집 『사전을 뒤적이며』(동학사, 1996)로부터 다시 상당히 먼 시차를 두고 제5시집 『맹인』(고요아침, 2003)이 탄생된다. 이 무렵이면 이우걸은 시인으로서 뿐 아니라 생계를 의탁하며 평생을 몸바친 교육자로서도 원숙함의 최고봉에 오른다. 곧, 고등학교(밀양공고) 교장으로 승진한 일이 그것이다. 그의 탁월한 능력은 시업에서만 발휘된 것이 아님이 금방 납득되는 쾌사로서 사회적으로도 세인의 존경을 받기에 넉넉한 위치에 선 것이다. 동시에 '경남문인협회장'으로 선출되어 명실상부하게 지역문단 수장의 자리에 오름으로써 당연히 경남의 문인들을 대표하는 문인으로서의 자긍심을 품을 수 있었으리라. 이때에도 그는 여전히 시에 대하여, 독자에 대하여 청춘의 젊음, 그런 젊음의 다정다감한 따뜻한 피돌기를 과시했다는 것을 알 수 있다.

'사랑이 그렇듯이 시는 늘 / 알 수 없는 미로다. / 그 미로의 입구에서 / 나는 또 나신으로 이렇게 / 나를 강변한다. / 사랑하는 이여. / 내가 위선의 삶 속에 묻혀있을지라도 / 내 언어가 지닌 순수의 함량만은 / 의심하지 않았으면 한다.'(『맹인』의 '시인의 말 전문)는 그의 소망은 시가 언어로 지어지는 사원이라는 거의 일반론적인 차원에서 볼 때에도 '강변'하는 것이 아니라 흡사 사랑의 아포리즘처럼 낮은 속삭임으로 스며듦을 느낄 수 있다. 왜냐하면 그가 지금까지 보여준 시업에서의 열정과 성취는 느닷없이 던져놓는 '위선의 삶 속에 묻힐' 수도 있다는 우려조차 시에서는 결코 그렇지 않으리라는 믿음을 다져왔기 때문이다.

그래, 오십팔년간 자네가 나를 날랐네 /

영혼이나, 육체 그런 구분은 의미가 없네 /

묵묵히 한 생의 무게를 /

감당해 온 /

신뢰밖엔

―「발에게」 전문

이 단수 1편을 정독하는 것만으로도 그가 '발에게' '신뢰'를 보내듯 우리는 그의 '시=시조'에 무한한 '신뢰'를 보낼 근거를 찾을 수 있지 않은가. '오십팔년간'을 '영혼이나, 육체 그런 구분'이 무의미하도록 '한 생의 무게를 / 감당해 온 / 신뢰'는 시업만을 구분해 셈해 보아도 '삼십 년'을 넘어서는 장구한 세월이 쌓여있고 그 세월에 값하는 '가락의 피륙'이 성실히 직조되어 왔기 때문임은 두말할 나위가 없다. 덩달아 시선집『그대 보내려고 강가에 나온 날은』(태학사, 2000),『지상의 밤』(시선사, 2004), 이우걸의 시와 그 시를 주제로 한 이행수의 산문을 같이 묶은 시·산문집『나는 아직도 안녕이라고 말할 수 없다』(영언문화사, 1998), 평론집『젊은 시조문학 개성읽기』(작가, 2001)는 물론 '이우걸 시조미학'의 진정성과 정체성을 담보로 차려진 성찬이라 할 수 있는『이우걸의 시조미학』(작가, 2006)까지 간행되어 마침내 우리네 가난한 현대시조의 서안(書案) 위를 풍요롭게 장식하였으니 말이다. 그러기에 필자는 이 글의 맨 처음 글머리에서도 잠시 언급하였지만『이우걸의 시조미학』발간에 즈음하여 시인의 삶터인 김해대청고등학교에서 열린 출판기념회 자리에서 경남시조시인협회를 대표하여 아무 거리낌없이 다음과 같은 인사말을 드릴 수 있었던 것이다.

현대시조, 그 지평 위로 우뚝 '치솟는' 큰산·강호인　165

……오늘 이 자리는 우리가 일찍이 듣지도 갖지도 못했던 시조문학사의 새 장이 전개되는 자리가 아닌가 합니다. 그것은 바로 한국문단의 쟁쟁한 평론가들이 뜻을 모우고 붓을 곧추 세워 한 시조시인의 문학세계를 논한 최초의 시조평론집으로 그 '이름'이 당당히 주어가 되는 책『이우걸의 시조미학』출간에 즈음하여 책의 주인공이신 이우걸 선생님과 편저의 수고를 아끼지 않으신 유성호 교수님께 두루 축하와 고마움을 드리면서 다 함께 한마음으로 그 기쁨과 행복을 나누는 뜻깊은 자리이기 때문입니다.……

다가오는 7월 21일, 현대시조 기념사업회가 중심이 되어 현대시조 탄생 100주년을 기념하는 '시조의 날' 선포를 앞둔 시점에서 창작과 비평 두 가지 영역 모두에 어느 누구보다 열정적으로 몰두하여 현대시조의 위상을 드높이고 있는 현재진행형인 한 사람의 시조시인의 업적을 기리기 위한 오늘의 이런 모임은 100년 현대시조사의 커다란 경사라 하지 않을 수 없을 것입니다.……[30]

현대시조의 효시로 새로이 조명받은 대구여사(大丘女史)의 「혈죽가(血竹歌)」가 1906년 7월 21일 대한매일신보 지면을 통해 세상에 선보인 이래 수많은 시조시인이 시의 텃밭을 일구어 오늘에 이르렀음은 누구나 주지하는 사실이다. 1920년대에 전개된 가람과 노산의 시조부흥론으로부터도 근 팔십여년의 긴 세월을 더 흘러온 지금, 우리의 현대시조는 적지 않은 좋은 시인들에 의해 제 위상을 하나하나 쟁취하는 성과를 거두어온 것이다. 그런 중에도 이우걸은 이제 우리 마산을 문단활동의 안태고향으로 삼고 출발한지 34년여의 활동을

---

30 강호인, 각주 2)번과 같음.

통해 뚜렷이 한국문단과 전국의 문인, 그리고 그의 시를 찾는 독자들 가슴마다 '현대시조' 사상 불멸의 아름다운 이름이 되어 오롯이 돋을새김되고 있다 할 것이다. 다시 글머리에서 언급한 『이우걸의 시조미학』 출판기념회의 초대 인사말에 인용한 「이름」과 그에 덧붙인 글을 조금 더 되새겨보기로 한다.

자주 먼지 털고, 소중히 닦아서 / 가슴에 달고 있다가 저승 올 때 가져오라고 / 어머닌 눈 감으시며 그렇게 당부하셨다. // 가끔 이름을 보면 어머니를 생각한다 / 먼지 묻은 이름을 보면 어머니 생각이 난다 / 새벽에 혼자 일어나 내 이름을 써 보곤 한다 // 티끌처럼 가벼운 한 생을 상징하는 / 상처 많은, 때묻은, 이름의 비애여 / 천지에 / 너는 걸려서 / 거울처럼 / 나를 / 흔든다.

―「이름」 전문

……李! 愚! 杰!, 님의 '이름'은 작품 끝 수 종장에서 스스로 노래하고 있듯 어느덧 '천지에' '걸려서' 우리 민족시 현대시조 100년 역사와 더불어 찬연히 빛나는 참으로 아름다운 별이 되었다고 생각됩니다. 그동안 님께서는 '어머니의' 더할 수 없이 곡진한 '당부' 그대로 그 '이름'을 '소중히 닦아서' 마침내 오늘에 이르렀듯 인생 갑년을 맞이하신 것을 계기로 다시금 자신의 '이름'을 '거울'로 하여 성찰의 미덕에 젖는 기회로 삼아 더욱 정진하시리라 믿습니다. 그리하여 우리 시조시단, 아니 한국문단 전체에서도 그 '이름'이 가장 아름다운 문인, 시조가 이 겨레 정신문화의 꽃이요 보배이듯이 그 문명이 시조와 함께 영원히 빛나게 되시도록 지난 30여년보다 앞으로 더욱 광휘로운 문조를 나날이 더해 나가시리라는 믿음이 이 자리에 함께 하신 모든 분들, 나아가 님

의 문학적 성취를 사랑하고 존경하는 모든 이들에게 사뭇 가득하리라 짐작해봅니다.……[31]

드디어 '李! 愚! 杰!' 그의 이름을 다시 마음으로 불러보며 이 특집을 위해 내놓은 신작과 만나야 할 순간이 되었다.

무릇 시란 정신의 핏빛 요철이므로
장님도 더듬으면 읽을 수 있어야 하리
집 나간 영혼을 부르는
성소의 권능으로.

얽힌 말의 실타래 같은
이미지의 굴레 같은
그 터널을 절뚝거리며
내 독자는 걸어왔구나
그러나 양파 속이여
아 드러날
허방이여.

― 「시」 전문

이우걸은 말한다. 시는 '정신의 핏빛 요철'이라고, '장님도 더듬으면 읽을 수 있어야' 한다고 말한다. 시인의 기대처럼 독자가 '집 나간 영혼을 부르는 / 성소의 권능'을 지니기만 했다면 그것은 정녕 그

---

31 강호인, 각주 2)번과 같음.

리 어려운 일이 아닐 것이다. 하지만 그런 독자 되기가 어디 쉬운 일인가. 시인이 마련해둔 시적 장치는 '얽힌 말의 실타래'요, '이미지의 굴레'로 독자를 미망에 빠뜨릴 수 있음을 그는 짐작하고 있다. 그래서 그는 '양파 속'이나 '허방'일 수 있는 시적 이해의 '그 터널을 절뚝거리며 / 내 독자는 걸어왔구나'라고 안타까운 탄성을 절로 터뜨린다. 그런 뜻에서 필자는 지금 '허방'속에서 허우적이다 만 것은 아닐까 두렵다. 그럼에도 불구하고 '이우걸의 시조미학'에 접근하고자 병술년 여름의 끝 무렵부터 가을초입의 한때 나름으로 깊이 몰입했던 일은 아나톨 프랑스의 "훌륭한 비평가란 자기의 영혼이 여러 걸작 사이에서 어떤 모험을 했는가 하는 것을 이야기하는 비평가이다."라는 말과는 너무 먼 거리에서 서성거린 한 사람 우둔한 독자에 불과했을 터이지만 그래도 스스로 뿌듯한 보람이라 여기고 싶고, 그렇게 노력한 시간은 문청 시절 젊음의 우수를 함께 했던 철학자 키에르케고르가 '시인은 추억의 천재'라고 한 그 경지에는 또 까마득 못 미칠지라도 '한 사람 시인'으로 남은 생을 살고자 하는 필자에게도 행복한 '추억'으로 남을 것이라 말하고 싶다.

5. 이우걸론의 의미와 소망

'이우걸의 시조미학', 그 근거를 찾기 위해 지적 산행을 나선다고 호기를 부린 일이 그 산자락 한 모퉁이만을 서성이다 만 격이어서 정녕 부끄러움이 되는 것은 아닌지 모르겠다. 그러나 어차피 지금으로서는 결코 현대시조 지평 위에 나달이 장엄과 웅혼의 기상을 더해가는 그 산의 정상에는 오를 수 없다는 사실을 위안 삼고 싶다. 왜

냐하면 '이우걸의 시조미학'이라는 산은 시조의 지평 위에서 현재진
행형으로 자꾸자꾸 치솟는 중이고, 어디까지 그 높이를 더할지는 아
무도 모르기 때문이다.

　창녕이 낳고 밀양과 대구가 삶을 영위해야하는 인간 이우걸을 키
웠다면 마산은 문인 이우걸의 고향이라 할 수 있다. 그가 등단초기부
터 회원의 일원으로 참여하였으며 부회장(1984~1987), 회장(1996~
1997)으로 문단 봉사의 역정을 아로새긴 바 있는『마산문학』지에 '회
갑특집'이란 이름으로 마련된 자리에 초대되는 까닭일 것이며 이는
마산문단으로 보아도 경사가 분명할 것이다. 다만 그가 현대시조의
지평을 확장해간 탁월한 업적과 문단에서 차지하는 비중에 비추어
이 글이 지닌 모든 미흡함은 오로지 필자의 부족한 능력 탓임을 굳이
덧붙이는 것으로 그와 독자 제위께 널리 용서받고자 한다.

　원컨대 앞으로 다시 삼십년 이상의 세월을 건너 시력(詩歷)으로
갑년을 맞이하고도 더 남도록, 생자필멸의 법칙 따라 결국은 맞이하
게 될 '종생'의 그날에 닿기까지 육신의 젊음도 지금처럼 늘 청청하
시고 문학에의 열정도 한결같이 불타올라서 장차 누구라도 그를 모
르고서는 우리 현대시조의 진경을 안다고 감히 말할 수 없는 경지가
그 자락마다 가득가득 깃들기를 바란다. 그리하여 그를 통하여 현대
시조의 새로운 지평이 한 차원 더 높고 넓게 확장되었다는 것에 만
인이 동의하고 우리 문화를 사랑하고 우리말 우리글을 자랑으로 여
기며 우리 겨레문학의 꽃으로 시조의 향취를 누리려는 모든 이들에
게 '이우걸의 시조미학'이 반드시 거쳐야할 관문으로, 더욱 멀고 아
득한 지평을 바라보고 가늠하며 완상하고 음미하기 위해 도전하지
않으면 안 되는 상상봉으로, 진실로 현대시조의 백미를 향유하기 위
한 꿈의 통과제의로 놓여지길 기대한다. 그는 분명 두고두고 좋은

응답을 보내줄 것이지만 문득 근대서양철학의 태두인 칸트의 일화를 드는 것으로 『마산문학』 편집자가 부여해준, 벅찼던, 그래서 처음 맡겨졌을 때 깊숙이 허리 굽혀 사양하지 않을 수 없었던 이 소임을 마무리하고자 한다.

아, 그전에 한마디 첨언으로는 언젠가 이루어질 일이 분명하지만 가능한 빨리 누군가 눈 밝고 총명한 이들이 원고매수의 제한을 받지 않고 연구할 수 있는 석·박사 과정의 논문을 통하여 '이우걸의 시조미학'을 보다 심도있게 연구하여 그의 평생 소망이었고 현재진행형인 '현대시조 지평확장'의 성과를 한층 체계적으로 정리하기 시작함으로써 진정으로 현대시조의 차원을 또 한 단계 더 높여나갈 수 있길 기대한다. 이 두서없는 글이 그 누군가를 위한 작은 안내가 될 수 있었으면 하는 바람을 살짝 덧붙이고 싶다.

끝으로, '머리 위엔 별이 빛나는 하늘, 마음 속엔 도덕률'이란 경구로 우리에게 친숙한 칸트가 마지막 남긴 말은 '그것으로 좋다.(Es ist gut)'는 것이었다 하는데 이우걸이 예의 '終生토록 이 길에 邁進하겠다는 약속'을 지켜 맞이하게 될 먼 그 어느 날, 스스로 그 생의 종언으로서 그가 마침내 평생을 바친 현대시조 지평확장의 결실이 그때까지 '이우걸의 시조미학'이 도달할 그 위치에서 미래의 관점으로 시조문학사상 최종 자리매김될 그때 '이 정도면 좋다.'고 그 자신의 현대시조에 대한 열정과 성취를 스스로 만족할 수 있는 위치까지 치솟아 오르기를 간곡히 기원해 본다. 그렇게 될 때 '이우걸의 시조미학'은 시조를 사랑하는 모든 이들에게 영원히 그 지적 산행을 꿈꾸게 하는 동경(憧憬)의 산으로 우뚝할 것이기 때문이다.(2006년 10월)

2부

흉터의 날들에 관한 기록

염창권[*]

"역사는 기억을 통해서만 성립할 수 있다."는 리꾀르의 말을 전제 삼는다면, 개인의 역사 또한 기억을 통해서만 성립된다고 할 수 있다. 동시에 개인의 역사는 어떤 방식으로 기억되는가 하는 질문이 필요하다. 우리의 생생한 현실은 곧장 현재의 지평 밖으로 사라지면서 과거가 된다. 매 순간을 직접적으로 기록해 주는 필사자가 비서처럼 동반한다 할지라도 우리의 현실 경험은, 생기(生起)가 이루어지자마자 곧바로 과거라는 시간의 수채통 속으로 들어가려고 꼬리를 보이는 상태로 우리의 기억에 의존한다. 이때 착각과 망각은 지나가버린 생생한 경험을 왜곡하여 진정한 역사에 상처를 입히게 된다. 따라서 진정한 기억을 모아야 진정한 역사를 세울 수가 있다.

우리에게는 자발적으로 생생하게 떠오르는 날들이 있고, 애써 기억해야하는 날들이 있다. 또는 잊어버릴 때라야 마음이 편한 날들도 있다. 망각은 후자에서부터 전자를 향해 진행된다.

기억의 유형에 있어, 베르그송은 순간적이고 자발적인 기억과 힘

* 1990년 동아일보 신춘문예 시조 부문 당선. 1996년 서울신문 신춘문예 시 부문 당선. 시집으로는 『그리움이 때로 힘이 된다면』, 『햇살의 길』, 『일상들』이 있으며, 평론집으로는 『집 없는 시대의 길가기』가 있음.

들게 얻어낸 기억을 구분한다. 이에 대해 리쾨르는 떠오름(Evokation)과 찾아감(Suche)의 대립으로 정리한다.

기억의 현상학 중에서, '흉터'는 우리에게 고통스러운 과거를 떠올리게 하는 이입구이자, 물질적 증거가 된다. 여기서 '흉터'의 기원으로 '상처'를 전제할 수 있는데, '상처'는 '흉터'를 만들어내는 물질적 기원으로 작용할 뿐만 아니라 영혼에 입혀진 내상으로도 남게 된다. 결과적으로 '상처'를 환기하게 하는 '흉터'는 우리의 감각경험까지 동반하면서 상처의 시간을 떠올려 되살게 한다. 그러므로 흉터를 통해서 상처를 들여다 볼 수 있고, 역으로 상처의 어루만짐을 위하여 흉터의 기록을 참조하게 된다.

영화 「메멘토」에서 보여준 것처럼 몸에 남기는 기록만큼 확실한 것은 없다. 몸에 남겨진 기록은 생의 매순간 참조되면서, 현실이 결국 과거의 지속임을 끊임없이 깨우쳐 준다. 따라서 흉터의 기록으로 남겨진 시간이야말로 착각과 망각을 극복하는 진정한 기억이 될 만하다.

기록된 것이 '흉터'이든 '상형문자'이든, 그것이 새겨지거나 필사된 연후에는 시간의 장애를 극복하고 과거의 연원을 환기시킨다는 점에서 모두 문자성을 갖게 된다.

시조 「흉터」에서 "흉터"는 가파른 삶에 대한 환유물이자, 알레고리이다. 일차적으로 이 시의 발상은 시간에 대한 인식으로부터 촉발된다. 첫째 수에서 시간은 공간과 결탁한다. "나를 운반해온 시간들의 발자국"에서 보듯 공간화 되면서, "시간"은 과거로부터 이전되어온 현재의 나를 증거하는 역할을 한다. 시간의 이행 가운데 "상처를 꿰매고 요드를 바르는" 흉터의 시간이 포함되어 있다. 흉터는 몸에 새겨진 상처의 기록이다.

나를 운반해온 시간들의 발자국이여
상처를 꿰매고 요드를 바르는……
가파른 생의 기록을 너는 새겨 놓았구나

서투른 보행으로 걸려 넘어지고
스스로 힘겨워 무릎을 꿇기도 했던
지금은 추억으로만 다가오는 이름 이름들

망각이 결코 미덕만은 아니다
칠흑이 비춰주는 별빛의 형형함으로
새로운 행로를 위해
나는 너를 읽고 있다

―「흉터」 전문(『시안』 2008년 여름호)

둘째 수에서는 생의 "흉터"라고 생각하는 장면들이 구체화되어 있다. 즉, "서투른 보행으로 걸려 넘어지고 / 스스로 힘겨워 무릎을 꿇기도 했던" 일들이 생에 흉터를 남겼다고 한다. 그런데 종장에서, "지금은 추억으로만 다가오는 이름 이름들"로 나타남으로써 돌연 흉터의 연원이 인간관계에서 비롯됨이 폭로되는데, 이와 같은 방식으로 "흉터"를 의미화한다면 흉터의 증거를 신체적 외상에서 찾기보다는 심리적 내상과 그 흔적으로 읽어야 한다. 즉, 걸려 넘어지는 것과 같은 서투름의 문제, 무릎을 꿇기도 했던 굴복의 문제 등이 인간관계에서 발생하였을 것이고, 이는 한 생의 기록 면에서 볼 때 신체에 남겨진 "흉터"와 같이 보기 흉하거나 부끄러운 일이라는 가치 평가가 가능하다. 즉, 시적화자의 과거를 비추어 볼 때 불편한 일들이 심리적 외상으로 나타나게 되고, 결과적으로 이를 "내면에 기록된 흉터"라고 의미화한 것이다.

그러므로, 이 시에서 명명하는바 "흉터"는 외과적 치료가 아닌, 심리적인 측면에서 극복해야 할 비참과 회오의 문제가 된다. 셋째 수에서 그 단서가 보이는데, 치유의 방법으로 "망각"에 의존할 수밖에 없다는 점이 그러하다. 그러나 마음에 기록된 "흉터"를 억압하여 무의식에 감금을 하게 되면, 오히려 콤플렉스로 작용하여 정신적인 후유증을 남길 수가 있다. 따라서 둘째 수에서 "추억"이라 명명하였던 바대로, 상처의 기록인 "흉터"를 "추억"이라 불러내어 "이름 이름들"이라 호명함으로써 흉터를 현재화하고 미래지향적으로 극복하려는 의지를 보인다. "흉터"는 흔히 무의식 속에서 억압기제로 작동하게 되지만, 이 시에서는 이를 역으로 추동해 낸다. "칠흑이 비춰주는 별빛의 형형함"과 같은 방식으로, 무의식에 남겨진 어두움을 배경으로 하여 "형형"하게 빛나는 별빛처럼 지향과 이념을 뚜렷이 하는 에너지를 얻을 수 있다는 것이다.

이 시의 마무리 부분인, "새로운 행로를 위해 / 나는 너를 읽고 있다"에서 말하듯, 애초에 이 시의 의도가 흉터의 구체화나 세밀화에 있지 아니함을 알 수 있다. 살아온 날들 중에 "흉터"처럼 부끄럽게 기록된 장면이 보일지라도, 이 "흉터"에 대한 인식과 반성을 통해, 새로운 날들을 위한 에너지로 전환할 수 있다는 믿음을 표현했다고 본다.

모두 세 수로 이루어진 시조 「흉터」는 "흉터에 대한 응시→ 흉터를 만든 날들에 대한 회상→ 망각이 아닌 심리적 극복을 통한 흉터의 현재화(현전)"와 같은 의미 전개를 보인다 하겠다. 즉, 이우걸 시인의 시 문법(poetry grammar) 중 하나로 "응시→ 회상→ 현재화(현전)”와 같은 의미 전개 방식을 설정할 수 있을 것이다.

함께 발표된 「나는 이제 이 책들과」, 「기러기 Ⅱ」를 통해서도 이우걸 시인의 시적 발상과 지향을 확인해볼 수 있다. 세 편의 텍스트를 상호 연관 짓는다면, 시적 발상의 기본은 세계와 생에 대한 읽기와 쓰기(기록)에 있다고 볼 수 있다. 이 읽기와 쓰기를 통해, 세계에 대응하는 주체로서의 고유한 해석과 반성적 의식을 보여준다. 비참과 회오의 순간, 즉 “흉터”의 날들은 결국 쓰기의 문제와 연관된다. 망각을 극복하기 위해 필사(쓰기, 기록)의 순간이 따르는데, 시에서 “흉터”의 날들조차 “추억”이라는 이름으로 불러내어 반성을 위한 출발점으로 삼는다.

「나는 이제 이 책들과」의 첫째 수에서 “나는 이제 이 책들과 헤어질 때가 되었다 / 사람들은 엉성한 결론을 눈치 채었고 / 행간에 담긴 여백도 그 신비를 잃었으므로.”와 같이 말하는바, 시적 추구가 생의 기록과 점검을 위한 반성적 행위의 일환임을 알 수 있다. 그가 실패라고 판단하는 “엉성한 결론”, “신비를 잃은 행간 여백”의 문제는 그의 반성적 노력의 소산이고, 이는 다시 극복을 위한 새로운 모색의 지점이 된다. 그러므로 그의 반성적 노력은 완전한 절망에서 비롯된 것이라기보다는 변증법적인 발전의 과정에서 직면하는 부정의 정신으로 보아야 한다. 같은 시조의 셋째 수를 보면, “버려야할 신발짝 같은 책들을 뒤적이면 / 턱없이 오만한 지성의 거죽을 향해 / 반성의 창을 던지는 시간의 손이 보인다.”에서도 반성의 계기가 “시간”에 대한 인식으로부터 비롯됨을 알 수 있다. 즉 시인의 입장에서 세월이 많이 흘렀다는 자각과 함께, 생의 한 방식으로 삼아온 “쓰기”의 문제에 깊이 걸리면서, 반성을 통해 새로운 출발의 순간을 예비하고 있는 것이다. 이는 또 다른 신작 「종점」이나 「폐가」와 같은 작품에서도 드러난다.

「기러기 Ⅱ」에서 시인은 기러기의 날개짓이 환기하는 몽상 속에서 추억을 부르고 있다. 이 몽상의 불빛 아래 지난 일들은 모습을 드러낸다. 여기서 "추억"은 회상되는 것이지 자발적으로 떠오른 것은 아니다. 이 시에서 추억을 매개하는 것은 기러기 무리의 행렬이다. 이들의 대열을 "만장처럼 젖은 글발이 하늘에 펄럭인다"고 함으로써 기러기 날아가는 하늘을 비극적인 음역으로 치환한다. 더구나 "상형문자"와 같이 횡서체로 공간 이동을 하는 이들의 무리를 "만장"에 비유함에랴. 이로써 찬 하늘에 생생하게 날아가는 기러기 무리들의 날개가 젖어있을 법하다. 그리고 그들이 날아가는 하늘에는 찬바람 불고, 그 바람 속에서 만장처럼 날개들이 펄럭거린다. 이 역동적인 비행의 장면에 "젖은", "만장"과 같은 시어는 시적화자의 정서적 태도를 나타내는데, 젖어서 춥고 고단하며 "만장"이라는 죽은 자의 표시를 강하게 인식하는 저물녘의 풍경이 이 시의 정서적 배경이다.

> 만장처럼 젖은 글발이 하늘에 펄럭인다
> 저 횡서의 상형문자를 달빛에 비춰보면
> 추억을 현상해내는 미세한 필름이 있다
>
> —「기러기 Ⅱ」 전문(『시안』 2008년 겨울호)

초장에서 시적 배경과 상황이 제시되었다면, 중장 이후에는 시인의 내면 풍경으로 시상이 이전되면서 현실적 공간을 떠나 회상의 영역으로 이행된다. 시적 화자의 "하늘 길"에 대한 인식의 촉발은 앞의 시에서와 같이 시간이 많이 흘러갔다는 상실감이 바탕이 되어 있다. 그렇지만 이 시에서도 끝내 "추억"의 문제로 귀결되는 것은, 지나간 시간을 정리함으로써 새로운 모색이 가능할 뿐만 아니라, "추억을 현상해 내어" 오늘의 심리적 에너지로 충동질해야 한다는 긍정적인 시선이 작동하고 있기 때문이다. 이 시조도 "응시→ 회상→ 현재화(현전)"와 같은 의미 전개 방식에 적용할 수 있을 것이다. 「기러기Ⅱ」의 前作인 「기러기」에서도 역동적인 이미지와 함께 의미 전개 면에서 유사점을 찾을 수 있다. "죽은 아이의 옷을 태우는 저녁 // 머리칼을 뜯으며 울던 어머니가 날아간다 // 비워서 비워서 시린 / 저 하늘 한 복판으로.(「기러기」 전문)" 이 시에서도 시린 하늘 한 복판에 기러기가 춥게 날아가고 있다. "비워" 있는 하늘 아래서는 "죽은 아이의 옷을 태우는" 비극적 제의가 진행 중이다. 이어서 기러기 떼의 운행이 아이를 잃은 "어머니"의 환(幻), 또는 넋으로 비유되면서 시린 겨울 하늘을 날아가는 기러기에게 생의 비극적 무게를 얹혀 놓는다. 이는 죽은 자의 주소나 주민등록이라 할 수 있는 "만장"의 비유와 등가적 관계에 있다. 그만큼 펄럭이며 날아가는 기러기의 날개는 무겁고 고단하며 숙명적이다. 후각과 시각, 촉각, 운동감각 등의 공감각적 이미지가 서로 교차하는 이 단시조는 각 장이 하나의 독립된 연의 역할을 떠맡고 있다. 초·중·종장의 배열을 하나의 연 수준에서 배열함으로써 단시조의 각 장이 하나의 연과 같은 의미의 가중치를 갖게 된다. 그만큼 행간의 여백이 크다. 시간적·공간적 건너뜀을 의식하면서 천천히 읽을 필요가 있다.

　이상의 작품들을 통해서 살펴본 대로, 시인의 입장에서는 기억되지 않고 무작정 지나온 일들은 무용하다는 결론을 내리는 듯하다. 아무리 헐벗고 비참에 닿아있다 할지라도, 혹은 흉터의 날들일지라도 그것이 한 개인의 역사가 되기 위해서는 기억 속에 현전시켜야 하고, 그러기 위해서는 이들을 빠짐없이 받아써서 기록해 두는 노력을 게을리 해서는 안 된다. 더 나아가 이들을 "추억"이라 명명하여 긍정적인 에너지의 원천으로 삼아야 한다. 시인이 서 있는 몽상의 장소가 "폐가"나 기러기가 날개를 펄럭이며 날아다니는 "빈 하늘"일지라도, 끊임없이 생의 한 순간을 환기시키는 소중한 매개체이다. 이들은 회상으로 통하는 시간의 문을 열어주고 있으며, 여기서 확인하는 것은 과거로부터 나를 지속시켜온 나의 분신 같은 "시간의 여정"이기 때문이다. 그러므로 아무리 헐벗은 과거일지라고 이 순간에는 "추억"이라는 이름으로 그립게 불러 볼 수밖에 없는 것이리라.

"그의 작품은 크게 두 계열로 읽힌다. 첫째, 언어 자체가 주는 예술 미학이다. 아주 모던한 면모를 드러낸다. 둘째, 사회성 짙은 현실 인식의 세계이다. 결연한 대항 의지를 표출하거나 문명의 이기(利器)를 질타한다. 어떤 작품에서는 이 두 가지가 혼용되어 나타나기도 한다."고 평한 바 있다. 이우걸 시인이 선취(先取)한 이 두 가지 특징은 시조 시인이라면 누구나 마주쳐야 하는 과제라고 할 수 있다. 먼저 정형시에서 요구되는 운율에 얽매이지 않고 자연스럽게 표현할 수 있도록 조형성을 획득하려면 언어에 대한 남다른 인식을 보여주어야 하고, 다음으로 정해진 정형률 내에서 새로운 세계를 발견하고 이를 시적으로 형상화해 낼 수 있어야 하는 것이다. 이와 같은 과업을 이우걸 시인은 자신의 시조 창작을 통해서 성취했을 뿐만 아니라, 시조단의 결속과 발전을 위해서 노력하는 등, 양자의 측면 모두에서 성실하게 선도하여 왔다.

지금까지 「흉터」 등의 신작에 나타나는 특징적인 면이, "반성적 시간 의식"을 동반한 회상과 기억의 시선에 있음을 살펴보았다. 이 회상의 시간이 퇴행에 머무르지 않고 건전한 반성적 사유에 닿아 있음도 특징이라 할 수 있다. 이는 시인이 가진 독특한 특성으로 내면

에 충전되어 있는 에너지에서 연유한다고 본다. 시인의 새로운 모색
과 출발의 시간이 두렵지 않는 까닭이기도 하다.

자유의 모험으로서의 현대 시조

정 과 리[*]

1. 시조의 존재이유: 구속은 자유를 내장할 수 있을까?

왜 지금 시조를 쓰는가? 이런 질문은 오랫동안 사람들을 괴롭혀 왔다. 이것은 단순히 시조에 관한 것만이 아니라, 이미 '시효를 상실한' 모든 시 형식들에 대해 던져지는 불가피한 질문일 것이다. 하지만 한국의 전통적 시형식 중에서 오늘날까지 생존을 위한 여정에 놓여 있는 건 시조뿐이다. 물론 한국인의 광범위한 집단 무의식 안에서 보편적으로 살아 있는 리듬들은 더 저차원(low level)에서 존속하고 있다. 가령, 4.4조를 기본으로 하는 두 음보 율격 같은 건, 오늘날에도 심심치 않게 '언어계'의 표층으로 부상하는 리듬이다. 그러나 그렇다고 해서 이에 근거해, '가사(歌辭)'가 지금 살아있다고 할 수는 없다. 그것이 그 리듬을 독점적으로 사용한다고 해서, 그 율격이 '가사(歌辭)'만의 독점적 율격은 아니기 때문이다. 그 율격은 가사 뿐만 아니라 민요에 광범위하게 활용된 것이며, 심지어 시조의 초, 중장

---

* 서울대 불어불문학과 졸업. 동 대학원에서 박사학위를 받음. 현재 연세대학교 국문과 교수로 재직. 1979년 동아일보 신춘문예 평론 입선. 저서로는『문학, 존재의 변증법』(1985),『무덤 속의 마젤란』(1999),『네안데르탈인의 귀환』(2007),『들어라 청년들아』(2008),『글숨의 광합성』(2009) 등이 있음.

에 통상적으로 구현되는 리듬이다. 시조나 가사는 한국인의 집단 무의식으로서의 리듬이 특정한 방식으로 재구성되고 변형된 특별한 언어 형식의 장르이다. 그것들은 무의식적 차원에서 흘러가는 것이 아니라, 의식적 차원에서 제작되고 감상되는 것이다. 그것들은 여러 종류의 리듬 요소들을 동시에 포함하고 있으며, 그것들을 중첩적으로 혹은 다각도로 배합해 놓은 복합체이다. 간단히 말해 그것들은 다세포이다.

가령 시조[1]는 기본적으로 4.4조[2]의 네 음보 리듬을 한 행(장)으로 두고 있으며, 각 장마다 가운데에 '사이쉼'이 있어 각 장은 2구로 나뉘고, 전부 3행(장)으로 이루어져 있어 3장 6구를 이루면서, 종장의 첫 음보는 3음절로 고정되며, 두 번째 음보는 5음절 이상으로 한다…… 등의 형식적 규칙을 가지고 있다.

---

1 시조 형식에 대한 정의는, 그에 대한 오랜 논의를 종합적으로 검토하고 있는, 윤영옥, 「21세기 시조문학과 지식 환경의 변화」(『만해축전, 상 - 광복 60주년·만해출가 100주년 세계평화시인대회』, 백담사 만해마을, 2005)에 근거한다.

2 이에 대해서는 이의가 있을 수 있다. 음수만으로 보자면 2, 3, 4, 5 글자가 혼용되고 있기 때문이다. 그래서 윤영옥은, "각 음보는 3 또는 4개의 음절로 구성되는 것이 보통"이라고 적시한 다음, "이 기본 운율에서는 1음절 또는 2음절 정도를 더 보태거나 빼는 것은 무방하다"라고 덧붙이고 있는데, 3음절과 4음절을 모두 인정한다면, 그 범위는 1~6까지 된다. 이것은 지나친 면이 있다. 우리의 일상적인 리듬 감각을 생각해 보면, "지국총 / 지국총 / 어사화" 식의 3음의 되풀이보다는, "사람 위에 / 사람 없고 / 사람 밑에 / 사람 없다"는 4음의 되풀이가 훨씬 자연스럽다. 따라서 위의 3음의 되풀이는 더 세련된(의식적인 가공을 거친) 리듬으로 읽힌다. 이런 점들을 고려할 때 한국 언어문화의 기본 율격은 '4.4조로 된 2음보'로 보는 게 타당하다고 생각한다. "셰익스피어의 운문을 우리의 4.4조 운율(및 그 변형)로" 옮기는 과감한 시도를 한 이상섭은 "한국인의 '생래적' 운문은 4.4조이다. 우리 민요, 판소리도 4.4조이며, 시조는 그 운율을 살린 전형적 장르"라고 단언하고 있다(「4.4조의 운율에 담는 셰익스피어의 로맨스극」, 『대산문화』, 2007 봄, 139면.) "평생 영문학 교수였지만 문학평론가로서 몇 종의 국어사전을 낼만큼 우리말의 뜻과 가락에 남달리 민감함을 자부"하는 원로의 말에 나 역시 동의하는 바이다. 단 이에 대한 탐구는 앞으로 정밀하게 이루어져야 할 것이다. 한국의 언어감식가들은, 거의 반세기 이상을 '운율실체주의'와 그것을 더욱 좁힌 '음보주의'의 독재에 짓눌려 지냄으로써, 한국 언어문화의 리듬을 이해하기 위한 기본적인 자원조차도 축적하지 못하고 있는 실정이다.

시조를 장르로 만들어주는 것은 이 형식의 복합성이다. 아마도 '문학'을 구성하는 세 개의 층위를 고려해야 할 것이다. 단일 형식은 모든 언어문화에 쓰일 수 있는 요소적 단위이다. 그것은 낱낱의 규약들이다. 반면, 언어문화가 미의 기운에 감싸여지면, '문학적인 것', '시적인 것' 등으로 명명될 수 있는 '미적 언어문화'의 가정적 층위가 형성된다. 이 가정적 층위를 움직이는 기제는 규약들이 아니라, 이 미적인 것들에 사람들이 품는 '기대들'이다. 그리고 이 규약(들)과 기대(들) 사이에서 장르들이 형성된다. 장르는 요소적 단위들, 즉 규약들의 특정한 선택과 배합으로 이뤄지는데, 그 선택과 배합을 이끄는 것은 그 장르가 '문학적'이기를, 혹은 '시적'이기를 바라는 사람들의 기대이다. 조나단 컬러Jonathan Culler는 특별한 설명 없이 장르를 "규약들과 기대들의 총체[3]"라고 정의한 바가 있는데, 지금까지의 우리의 논지를 염글리는 명쾌한 진술이라고 할 수 있을 것이다.

정형의 장르는 규약들의 선택과 배합이 고정적이다. 시조에서 4 음수를 기본으로 하는 2음보로서의 구, 이 구에 근거한 3장 6구의 형성, 그리고 종장 첫 두 음보의 이탈은 시조를 이루는 데 필수적인 규약들이다. 현대시조에서도 이 정형성은 존중되어야 할 것이다. 물론 현대의 시조시인들은 위의 규약들 중, 마지막 규약만을 '필수적'인 것으로 설정하였다. 장르는 '규약들과 기대들의 총체'라는 앞의 명제를 상기한다면, 현대 시조 시인들 및 그 이론가들은 다른 규약들을 기대의 선반 위로 올린 것이다. 그러나 하나의 규약이라도 그게 있다면 그것은 엄청난 중력을 행사한다. 그 중력 때문에 '기대'의 선반 위를 구르는 어떤 형태적 특질들도 완벽한 자유 속에 놓일 수

---

3 Jonathan Culler, *Literary Theory*, New York · Oxford: Oxford University Press, 1997, p.72.

가 없다. 그것들은 규약의 관제탑과 끝없는 교신을 가져야 한다. 그 점에서 "시조는 형식에 갇힌 시가 아니라 형식을 갖춘 시다"라는 단순한 진술은 핵심을 찌르고 있다고 할 수 있다. 그런데 이 '정형'은 곧바로 시조의 존재 근거에 대한 의문을 제기한다. 이러한 정형의 시가 오늘날 사회에서 왜 필요한 것인가? 이 물음에 대해, "정형미학의 본질을 손상한다는 건 어리석은 짓이다. 압축과 생략이 격조의 여운을 거느린다면, 긴장과 탄력은 감동의 물꼬를 튼다"라고 대답하는 것으로는 충분치 않다. 왜냐하면 그것은 정형으로부터의 해방이 갖는 인류사적 의미, 즉 자유의 열림이라는 사건과 겨룰만한 내용을 담고 있지 못하기 때문이다. 정형 시조가 갖는 '격조'와 '긴장과 탄력'이 자유를 유보하고도 얻을 만한 것인가? 혹은 "작금의 자유시가 지나차게 장황하고 생경하다"는 "이미 낡은 얘기"에 대한 대안으로 정형시를 생각하는 건 초점이 빗나간 것이다. 그것은 자유시 자체에서 해결해야 할 문제이기 때문이다. 간혹, 시조의 중요성에 대한 강조가 지나쳐 "시조는 한국인의 생체리듬"이라는 식으로 과장을 하는 경우가 있는데 그건 더욱 쓸데없는 짓이다. 한국인의 집단무의식 안에 가라 앉아 있는 생체리듬은 앞에서 '단일형식'이라고 말한 요소적 단위들이지, 특정한 장르가 아니다. 이러한 무분별한 자기애보다는, 시조의 정형성에 관계하고 있는 정신적 지향에 주목하여, "조선조 시조의 예에서도 볼 수 있듯이 유학의 심미적 가치는 강의목눌(剛毅木訥). 무기교, 기교 없음의 기교가 최대의 가치였다. 모든 정신적 활동의 중심에 도학이 있었고 기예는 아주 하찮게 여겼다"

----

4 박기섭, 「21세기 시조의 지향과 모색」, 『서정과 현실』 17호(2011년 하반기), 222면.
5 박기섭, 같은 글.
6 장옥관, 「갯벌의 말과 벼랑의 말」, 『21세기문학』, 2005년 가을. 219면.

라는 점에 착목하거나, "시조는 간결 적절한 한국시의 대표양식으로, 사대부들의 자기 절제를 수용하고 있다. 은둔적인 것이라 흔히 비판되기도 하지만, 자연을 보는 간법의 환경생태학적 정관의 미학은 재평가될 수 있는 여지가 많다"라고 이해하는 길은 한 걸음 더 진전된 태도이다. 그러한 눈길은 시조의 정형성이 단순히 형식의 완성에 관계한다기보다는 일종의 세계관으로 연결되고 있음에 유의하고, 현대사회에서의 그것의 유의미성을 측정하고 있기 때문이다. 하지만 이재선이 "환경생태학적 정관의 미학"이라고 지칭한 것을 문자 그대로 이해하기보다는, 저 '환경생태학적'이라는 말로 지칭된 환경을, '자신의 환경 자체를 절멸로 끌고 갈 수도 있을 만큼 준동하는 현대사회'로 치환해서 이해할 때, '정관'의 기능적 의미가 더 부각될 수 있을 것이다.

그렇다면, 정형 시조의 존재 이유를 현대사회에 대한 관조적 성찰, 즉 바깥으로부터의-바깥에 위치하는 성찰로 이해할 수 있을까? '바깥으로부터의'라는 말은 현대의 존재 상황에서는 도출될 수 없는 이질적인 세계관을 보여준다는 뜻이며, '바깥에 위치하는'이라는 말이 뜻은, 그러한 세계관을 오늘날의 삶의 실제에 개입하지 않고 오로지 반성적 성찰을 유도한다는 뜻을 담고 있다. 그래야만, 그러한 정형성이 자유를 침해하지 않을 것이기 때문이다.

그러나 이러한 순수한 표지로서의 존재는 얼마나 가능한 것일까? 이것은 마치 저 하늘의 별빛처럼 사는 것과 같은 것이다. 저 옛날 "저 하늘의 별이 우리의 길을 인도하던 시대"(루카치)는 지나갔다. 별빛에서 의미가 몽땅 빠져나간 것이다. 남은 것은 의미의 허물 뿐이

---

7 이재선, 「우리에게 고전이란 무엇인가」, 『시학과 언어학』(시학과언어학회, 2002), 13면.

다. 별은 그렇게 뜻 없이 빛난다. 아마 사람의 아들이라면 누구도 그런 천상에 살고 싶어 하지 않을 것이다. 그래서 시조를 지상에 끌고 내려온다면, 그것은 한 순간 무게와 부피를 가진 존재로 실체화된다. 저 별빛은 이제 별똥이 되고 운석이 된다. 충돌하지 않을 수 없다. 그렇게 시조는 아주 미약하게나마 현대사회의 언어문화와 정신세계에 개입하게 된다. 그것의 사회존재론을 볼라치면 그 개입은 도처에서 발견된다. 다양한 방식의 시조시인 등단방식으로부터, 방금 언급해 본 각종 담론들을 거쳐, 이런저런 지면을 통한 그것의 창작과 발표에 이르기까지. 더 나아가 오늘의 이 시집과 그에 대한 이 해설에 이르기까지. 따라서 우리는 시조가 그 정형의 원리를 품고서 무슨 일을 하려 드는가를, 하고 있는가를, 살피지 않을 수 없을 것이다.

만일 시조의 정형성이 현대 사회가 방종으로 치닫는 것을 핑계로 자유를 속박하려 들면 그것은 퇴행의 안간힘이 될 것이다. 그건 불가능한 집념이다. 오히려 우리는 역설적인 상황을 가정해야 할 것이다. 시조는 그의 정형적 구속을 통해서 진정한 자유를 꿈꾼다고. 오늘의 사회가 맘껏 구가하고 있다고 전하는 자유보다 더 한 자유를 꿈꾼다고. 마치 불치병에 걸린 시한부 인생의 환자가 누구보다도 풍요롭게 남은 생을 누리듯이.

2. 흩어진 명사성과 집중된 동사성

윤금초의 시조로 들어가 보자.

그의 시조는 현대시조가 자신의 최후의 표지로 삼은, 종장 첫 구, 즉 앞 두 음보의 형식적 규칙[8]을 엄격하게 준수하고 있다. 그 대신 초장과 중장에서의 리듬은 시조의 전통적인 4.4조를 대부분 해체하고 있다. 그것이 해체인 것은, 4.4조의 왜곡이 분명하게 표지되어 있기 때문이다. 가령

가 이를까, 이를까 몰라
살도 뼈도 다 삭은 후엔

—「천일염」 부분

에서, 첫 행의 비시조적 형태는, 두 번째 행이 4.4조의 형식을 거의 완벽하게 지키고 있다는 점과 대비하여 이해할 수밖에 없다. 그리고 그렇게 이해할 때, 첫 행의 기능이 온전히 감지되는 데, 그것은 두 번째 행의 자연적 진행에 불현 듯 개입해, 사색과 물음의 거즈를 넣으며, 소멸을 지연시키는 역할을 하는 데 있다. 왜 이런 지연이 필요한가? 소멸의 뜻이 분명치 않기 때문이다. 시의 주체는 아직 존재 차원(자연 현상)으로부터 바로 의미 차원(지향성)으로 건너 뛰질 못하고 있는 것이다. 이 초장[9]의 1행과 2행의 길항은, 중장과 종장의 길항으로 확대되는데,

우리 손깍지 끼었던 그 바닷가
물안개 저리 피어오르는데

---

8 "종장은 음수율의 규제를 받아 제 1구는 3음절로 고정되며 제 2구는 반드시 5음절 이상이어야 한다"(윤영옥, 앞의 글, 21면)

9 이 글은 시조를 다루고 있다는 전제에서 씌어지고 있다. 그러한 전제 하에서, 시를 다룰 때와는 다른 용어를 사용한다. 행갈이를 어떻게 하든, 한 수의 시조의 각 부분은 우선 3장 6구의 원리에 따라서 칭할 것이다. 그리고 여기에 수록된 시조들이 몇 수를 잇달아 붙여 연작을 구성하는 경우가 많은데, 이 연작의 편편을 '수'로 구분한다.

어느 날

절명시 쓰듯

천일염이 될까 몰라.

그것은 소멸의 불가피성에 대한 인식과 소멸의 뜻을 얻고자 하는
의지 사이의 긴장이 더욱 심화된다는 것을 가리킨다. 그러나 이 심
화는 최종의 결단(질적 도약)을 위한 일종의 '(양적) 팽창'과 같은 것
이다. 즉 갈등의 심화가 어떤 방식으로든 종결이 될 것을 요구함으
로써, 종장의 전반구, "어느 날 / 절명시 쓰듯"에 와서, 한편으로 소
멸의 진행에 마침내 극적인 가속도와 최후의 드라마를 부여하고, 다
른 한편으로 동시에 해체 시행들이 던지는 소멸의 뜻에 대한 질문에
답을 주게끔 유도해내고 있는 것이다. 이 소멸은 '절명시 쓰듯' 가장
독한 의지로 압축되어, 그 동안의 모든 모호한 생존을 하나로 모아
가장 짜고 순수한 소금으로 응결시킨다는 것이다.

그러니까 「천일염」은 형태상으로 정형시행과 해체시행의 대립을
기본 구조로 하면서, 해체 시행에 의문발생의 기능을 이식한 후, 그
렇게 해서 위기에 처한 정형 시행을 스스로 동작시켜 존재 차원을
의미 차원으로 도약시키는 것을 표층의 현상학으로 만들고 있다. 여
기에서 정형성은 스스로의 위기를 해결하는 최종적인 답안이 된다.

독자는 이러한 시적 구조가 윤금초 시조의 전형적 양식이라고 읽
는다. 모든 시를 일일이 다 분석할 수는 없으니, 몇 편만을 스치듯
일별을 해보자. 가령, 「이어도 사나 이어도 사나」에서 '이어도'의 모
호한 고난은 "산호초 꽃덤불 넘어"나 "방어 빛 파도 헤치며 두둥실
뜨는 섬이어라", "섬 억새 굽은 산등성이 하얗게 물들였네" 등 각 수
의 종장에서의 '넘어', '헤치며'와 같은 동사의 집중적 형식이나 또는

'섬 억새'의 기능적 확실성, '섬'의 형상적 드러냄을 통해 극복된다. 즉 '이어도'의 문제가 '이어도 사나'(수체의 동적 개진)를 거쳐 다시 재정립된 '이어도'에 의해서 극복되는 것이다. 이와 비슷하게, 「간찰」의 첫 수 종장인 "먼 왕조 흉흉한 물결이 옥판지에 배어 있다"는 먼 왕조 흉흉한 물결을 그렇게 규정하고 안에 담아 무늬화하는(다시 말해 탈에 너지화하는) '옥판지'가, 「할미새야 할미새야」에서는 두 수의 각 종장인 "갈바람 굴팟집 울리는 죽비 소리 남기고"와 "물안개 거두어 가는 애벌구이 해도 덩실 띄워 놓고…"의 '죽비소리', '애벌구이 해'가 시가 제시하는 문제들을 최종적으로 통어하는 기제의 형상으로 나타나고 있다. "한 물 간 시러베짓을 냉큼 못 버리다니!"(「두 주정뱅이」)에서의 '냉큼', "지금은 목 쉰 풍경이 무심히, 무심히 운다."(「개오동 그림자」)의 '무심히'가 하는 기능도 마찬가지다. 이런 통어적 기능을 갖는 문법적 요소들은 항상 종장에서만 나온다. 심지어 혼란 그 자체만을 묘사한 것처럼 보이는 「난전」에서조차도 종장의 "코 째는, 아으! 코 째는, 꽃의 난전 이 봄날."에서 '코'가 혼란을 집약시킴으로써 그 혼란이 함축하고 있는 의미를 증류해 내는 기능을 갖는다.

　한 가지 흥미로운 점이 있다. 종장을 시조의 최종적 표지가 담긴 곳으로 보는 현대적 관점을 윤금초의 시조가 엄격하게 따르고 있다면, 그 시조 형태의 장소는 당연히 종장의 첫 구, 즉 앞 두 음보에 있다고 할 수 있다. 그런데 주제적 차원에서 그러한 정형성에 상응하는 게, 혼란으로부터 질서를 회복시키는 운동이나 주체일 터인데, 그것은 그의 대부분의 시조에서 종장의 두 번째 구, 즉 마지막 두 음보에서 자주 나타난다는 것이다. 방금 독자가 읽어 본 시조들에서도, "천일염", "옥판지", "죽비 소리", "냉큼" 등, "섬 억새", '코'를 제외한 상당수의 집중성 핵자들이 마지막 두 음보에 배치되어 있는 것이다. 이러한 현상은 형태와 주제 사이에 간발의 어긋남을 발생시켜 시 읽기에 미묘한 긴장감을 부여한다. 그러나 대체로 종장 첫 구에서 묘사된 장면이 그 집중성 핵자들이 변화시켜야 할 상황의 최종판이거나 아니면 변화시킨 직후의 최초 버전임을 알아챌 수 있다면, 저 '미묘한' 긴장은 발견술적인 쾌감을 제공할 것이다. 그것은 행동의 앞 뒤 상황을 보여줌으로써 도래할 행동을 기다리는 마음에 애닳는 마음 졸임을 발생시키는 유효한 기교로서 이해될 수 있으며, 그 기교를 이해하는 사람에게는 그러한 어긋남 자체가 유희의 장소가 될 수 있는 것이다.

물론 이 현상은 보편적인 것은 아니다. 독자가 읽은 바에 따르면 시인은 '집중성'에 대한 특별한 애착을 가졌다. 그 점을 유의하면, 형태와 주제가 한 곳에 모이는 게 자연스럽다. 그리고 그런 시편들도 꽤 있다. 무엇보다도 방금 본 것처럼 이 어긋남 자체가 '기교적'인 일탈로 읽힌다는 게, 두 경향의 실제적인 일치를 암시한다. 집중성에 대한 애착이 긴장에 대한 취향으로 이어진다면, 저 어긋남 역시 긴장에 대한 취향의 한 실행이다.

독자의 관심이 최종적으로 가 닿는 곳은 윤금초 시조의 정치적 상상력이다. 즉 정형성의 자기 교정이 그의 시조의 형태학이라면, 그가 자주 다루는 정치적 주제 속에서 그 형식은 어떻게 개입하는가? 도식적으로 번역하면, 어떤 폐쇄적인 질서에 대한 저항이 혼란을 발생시키는데, 그 혼란은 다시 질서화로 수렴된다는 드라마 비슷한 것이 만들어질 텐데, 그러나 한국의 문학비평이 자주 활용하는 이런 '상동성'에 대한 추정이 실제로 말해주는 건 별로 없다. 우리가 여기에서 주목해야 하는 건, 언뜻 보아 회귀로 보이는 이 절차가 기묘한 변화를 함축하고 있어서 실질적으로 회귀가 아니라 신생 쪽으로 선회하는 사태이다.

그런 걸 가장 명료하게 보여주는 시편을 보자.

1

겨우내
양지 바른 쪽
배돌던 무명씨 같이,

갈래머리 여고생의
발화發火하는 입매 같이,

울금빛
궐기蹶起를 한다.
온 산천이 꿈틀댄다.

2

무릎베개 괴어주던
마른 그
억새풀 사이

우리 살의 생땅 냄새
흠 흠 맡는 민들레야.

척하니,
육탈하는 꽃받침

징소리로 쏟아진다.

—「춘투春鬪」 전문

이 시조의 두 수는 같은 구조로 이루어져 있다. 각 수의 초장은 "배돌던 무명씨"와 "마른 억새풀" 등 이름 없는 존재들의 정태적 세계를 제시한다. 중장은 모종의 화학물질이 살포되는 광경을 보여준다. 그 화학물질은 다른 데서 투입된 것이 아니라, 그 정태적 세계의 안에서 발효된 것들이다. "발화하는 입매", "생땅 냄새 흠흠 맡는 민들레"의 행위가 그것들이다. 종장은 초장과 중장의 배합의 결과이다. 그 결과는 그러나 독자가 예상한 것처럼 초장에서 등장한 주체의 강화가 아니다. 오히려 두드러진 것은 그 배합의 결과로 발생한 역동적 사태 그 자체의 광경이다. 그 광경 속에서 주어는 슬그머니 밑으로 혹은 옆으로 이동하며 지워진다. 이 시편이 보여주는 것은 존재로부터 사건으로의 이행이다. 명사로부터 동사로의 전환인 것이다. 그러나 이 시조의 형식적 구조가 정형성의 자기 교정이라면, 그 사건, 동사가 존재, 명사를 포함한다고, 아니 좀 더 정확하게 말해, 존재의 형식, 명사의 형식으로 나타난다고 짐작할 수 있으며, 실제로 확인할 수 있다. 이 시조의 두 수가 각각 보여주는 사건은 묘사된 대로 일종의 폭발로 나타나지만, 그러나 그 폭발은 어떤 강력한 구심체 속에 응축될 때에만 그 말에 해당하는 에너지를 온축한다. 그 구심체는 "울금빛", "징소리"이며, 그 각각의 어사는 '금'과 '징'으로 압축됨을 가정함으로써 확산력을 가질 수 있게 된다. '울금(鬱金)'이라는 어휘 자체가 그 활용의 희귀성 때문에 독립적인 명사성을 확보할 수도 있겠지만 그것이 '금'을 포함하기에, 금을 전제로 해서 더욱 그렇다고 해야 할 것이다. 가령 이 시편에서 "울금빛"을 "심황빛" 혹은 "누른빛"으로 바꿔서 읽어보라. 시 맛이 제대로 살아나지 않을 것이다. '울금'이라는 말이 '울'과 '금', 즉 확산성과 집중성의 합성으로 이루어진다는 사실이 시적 효과에 작용하고 있다고 보아야 하는 것이다.

"징소리"의 '징'은 굳이 설명할 필요가 없을 것이다.

이러한 사건의 응집화는 다른 시조들에서도 쉽게 확인할 수 있는 것이다. 따라서 윤금초 시조의 최종 구조를 흩어진 명사성을 집중된 동사성으로 변환하는 사건 그 자체라고 할 수 있을 것이다. 그 집중 속에 주어가 슬그머니 숨는다는 것은 그의 정치적 상상력이 집단주의적이지 않다는 것을 가리킨다. 그는 어느 편을 드는 데는 관심이 없는 것이다. 삶의 역동화만이 그의 시조가 집중하는 것이다.

3. '정형으로부터의 자유'에서 '시와 동시에 삶'으로

윤금초와 비슷이 정치적 상상력이 돋보이는 시인은 이우걸로 보인다. 그 역시 종장 첫 구의 형식적 규칙을 엄격하게 지키고 있다. 그런데 이우걸의 종장은 집중성을 가지기보다는 거꾸로 풀어지고 있으며 그것이 그만의 중요한 시적 특성을 이룬다. 몇 편의 예를 들어보자.

(1) 영혼의 거울과 같은 / 조그마한 비누 하나 (「비누」)

(2) 살아서 다졌던 생애의 / 뼈 하나 묻히고 있다. (「산인역」, 둘째 수)

(3) 영악한 몇 사람만이 / 피 흘리며 뺏어 가진다. (「열쇠」, 첫째 수)

(4) 노을이 마루 끝까지 조심조심 깔리고 있다. (「옷」, 첫째 수)

(5) 언니가 보라는 듯이 싱긋 손을 흔든다 (「옷」, 둘째 수)

(6) 김씨는 어쩌면 자기가 / 부록 같은 생이라고? (「부록」, 둘째 수)

독자는 이우걸 시조가 가진 흥미로운 특성을 직관적으로 알아챌 수 있다. 우선, (1), (2)에서 보이듯, 종장 첫 구의 규칙이 형식적으로만 지켜지고 있다는 것이다. 내용상으로는 그 규칙이 역전되어 있다. 즉 3 + 5(음절 이상)이 형식적 규칙이라면, 내용상으로는 5(음절 이상) + 3(음절 이하)으로 읽어야 한다는 것이다. (1)은 "영혼의 / 거울과 같은"으로 끊어야겠지만, 읽는 사람의 마음 속에서는 "영혼의 거울과 / 같은"으로 분절되어 읽힌다. (2) 역시 "살아서 / 다졌던 생애의"로 끊어지는 게 규칙이지만, "살아서 다졌던 / 생애의"로 읽히기가 더 쉬울 것이다. 형식과 내용의 이런 역진적 교차가 뜻하는 바는 무엇일까?

(3)~(6)의 종장이 단서를 제공할 수 있을 것이다. 이 종장들도 형식적 규칙을 충실히 따르고 있다. 게다가 여기에서는 내용상의 일치도 있다. 그런데 이러한 시조적 정형성의 완벽한 구현에는 무언가 이상한 데가 있다. 이 문장들이 너무나 자연스러운 것이다. 그래서 거의 산문 문장으로 읽힐 만큼 최소한의 문체적 맛도 죽이고 있다. 그런데 이것은 원래의 시조가 기대하는 종장의 효과를 저버리는 것이다. 왜냐하면, "종장의 제약은 시조 형태의 정형과 아울러 평면성

을 탈피하는 시적 생동감을 깃들게[10]” 한다고 가정되기 때문이다.

그리고 방금 “평면성의 탈피”라고 언급된 것은 리듬의 장식 원리가 아니라 오히려 필수 원리이다. 리듬은 단순한 반복으로 이루어지는 게 아니라, 반복과 일탈 그리고 회귀로 이루어져 있다. 일탈이 필요한 것은, 가볍게는 단순한 반복이 지루함을 유발하기 때문이며, 진지하게는, 인간이 자유를 갈망하기 때문이다. 현대 시조가, 옛 시조에서 종장의 규칙만을 필수적인 것으로 가져 온 이유도 여기에 있을 것이다. 종장 첫 구의 기능은 일탈을 수행하는 것이다. 그런데 이우걸의 시조는 종장의 규칙을 일탈적으로가 아니라 ‘자연스럽게’ 실행하고 있는 것이다.

독자는 그의 시조가 종장의 이데올로기를 근본적인 차원에서 배반하고 있다고 해석한다. 다시 말해, 그 일탈 자체가 규칙이 되어, 일종의 시적인 특수성을 보장하는 근거가 될 때, 시조는 문득 세상으로부터 떨어져 나와 하나의 미학적 구현물이 된다. 거기에서 삶은 문득 실종되어 버린다. 거기에 삶을 되집어 넣으려면 시조를 살리되, 그냥 살려서는 안 된다. 시조를 살리는 것은 시조의 정형성에 자유를 집중시키는 것을 가리키지만, 그것이 일종의 장식적 취향이 아니라는 것을 적시하는 다른 표지를 안감처럼 댈 필요가 있었을 것이다. 여기에서, ‘정형으로부터의 자유’라는 형태적 변용은 ‘시와 동시에 삶’이라는 구조적 변용으로 옮겨간다. 그 결과가 (1), (2)에서처럼 형태/내용의 교차거나, (3)~(6)에서처럼 일탈성/자연성의 중첩이다. 형태/내용의 교차는 그것 자체가 시읽기에 긴장을 주문하는 것인데, 일탈성/자연성의 중첩은 독자로 하여금 그 의도를 파악하고

---

10 윤영옥, 앞의 글.

읽기를 바라는 청원이 포함되어 있다. 자칫하면 독자는 두 면에서 한 면만을 읽을 수도 있을 것이다.

몇 수에 걸친 연작은 그런 문제를 보완해주는 듯이 보인다. 이우걸 시조의 특징은 연작 그 자체라기보다는 연작이 모두 하나의 삶의 이야기로 연결되어 있다는 것이다. 그것은 '자연성'의 연장이라고 할 만하며, 주제적 차원에서는 시의 측면(결정성)에 삶의 측면(연속성)을 배경처럼 댄다는 의미를 가지고 있다. 그런데 연작이 말 그대로 삶을 '자연스럽게' 잇고 있는 것은 아니다. 이음은 이음이되, 특별한 형태를 구축하면서 잇는다.

가령 (4), (5)의 대비는 그 양상의 일단을 읽게 해준다. 「옷」의 첫째 수의 종장인 (4)는 같은 시의 둘 째 수의 종장인 (5)와 달리 비유적이다. 다른 한 편 (4)는 첫 째 수의 초, 중장과 비교해도 비유적이다. 반면 (5)는 (4)와 달리 매우 자연스런 문장이다. 즉 산문적이다. 동시에 둘째 수의 초, 중장을 자연스럽게 잇고 있다. 그러나 이 둘째 수 전체는 첫 째 수와 극적으로 대비되고 있다. 첫 째 수는 죽음을 준비하는 할머니에 관한 이야기이다. 그것은 삶의 자연적 진행에 대한 수락이며, 따라서, 조용히 느리게 움직인다. 반면 둘 째 수는 고아원 뜰 앞에 앉아 있는 두 소녀를 사진처럼 제시하고 있는 시다. 이 장면은 돌발적이지만 멈추어 있다. 이 멈춤이 첫 째 수의 느린 진행에 비추어, 읽는 이를 순간적으로 충격한다. 왜냐하면 이 소녀들은 더 많이, 그리고 더 빨리 자라야 하는 나이이기 때문이다. 그런데 거기에 멈추어 있는 것이다. 그렇게 멈춘 상태에서 종장은 다시 찰나적인 움직임을 드러낸다. "언니가 보라는 듯이" "싱긋 손을 흔든다." 그건 마치 저 고아원에서 멈추어 버린 삶이 다시 힘차게 가동될 것만 같은 느낌을 솟구치게 한다. 게다가 손을 흔드는 건 '언니'

라고 명시되어 있다. 그런데 독자는 "두 소녀" 중 누가 언니인지 모르는 것이다. 갑자기 궁금해지는 것이다. 독자의 의식 속에서 두 소녀는 완전히 새로운 인생을 살기 시작한다.

즉 「옷」의 첫 째 수는 자연성/일탈성의 중첩을 형식적 구조로 깔면서, 자연성 속에 감싸여지고 있다. 그러나 둘 째 수는 자연성 그 자체의 제시인 듯이 보이지만, 첫 째 수와 함께, 자연성/일탈성의 대립을 이루며, 평범하게 묘사된 장면을 강렬한 인상으로 부조하고 있다. 마치 죽음에서 삶을 이끌어 내듯이.

(6)이 종장으로 실린 시조 「부록」은 또 다른 양상을 보여준다. 이 시조는 부록 같은 삶을 사는 서민의 불평을 옮겨 놓고 있다. 그런데 이야기가 매우 자연스럽게 전개되는 듯하지만, 둘째 수, 초장과 중장에서 슬그머니 다음과 같은 이야기를 집어 넣고 있다.

아내의 성화에 못 이겨 전셋집을 옮기고,
아들의 고집으로 전학을 시키면서,

그러니까, '부록'같은 인생들이 입으로는 불평하면서 몸으로는 부록에서 벗어나고자 하는 다른 일을 꾀하는데, 그런데 그것이 결국 '서언'과 '결론'이 지배하는 세상의 강화에 쓰이고 마는 것이다. 왜냐하면 세상의 구조를 바꾸는 방식을 통해서가 아니라, 그것을 용인하고 개인적으로 해결하는 방식을 통해서, 그렇게 하기 때문이다. 그래서 초장, 중장의 내용이 자연스럽게 읽힐 수밖에 없는데, 그러나 거기에는 부록 인생 그 '자신의 행동'에 책임의 문제가 걸려 있는 것이다. 그래서 시인은 마지막에 묻는 것이다.

김씨는 어쩌면 자기가
부록 같은 생이라고?

이 종장은 시편 전체의 사연을 압축하면서 동시에 그것에 의문을
던진다. 불평의 사연을 재현하면서, 그 불평 자체에 의문을 던지는
것이다. 그 압축과 의문의 착종 때문에 이 종장은 통사론적 생략을
발생시켜 매우 어색하게 읽힌다. 이 문장은 다음 두 문장을 중첩시
켜 압축한 것이다.

김씨는 어쩌면 자기가 부록 같은 생[일지도 모른]다고 생각한다
김씨는 [정말] 자기가 부록 같은 생이라고 [생각하고 있기는] 한가?

압축을 통해서 첫 문장에서 '의혹'이 생략되었고, 둘 째 문장에서
'반성'이 생략되었다. 의혹을 품기 전에 단정이 일어났고, 그 단정이
곧바로 반성 없는 행동을 야기했다, 는 사태를 보여주기 위해서이
다. 그러니까 이 어색함은 매우 의도적인 것이다. 독자를 '의혹'과
'반성'으로 끌고 가기 위한 것이다.
이 시에서 짐작할 수 있는 것이지만, 이우걸 시조의 종장의 자연
성은 대체로 초,중장의 시적 특성과의 대비를 통해서 읽힌다. 가령
다음과 같은 시편도 그렇다.

시계가 눈을 비비며
열두시를 친다
반쯤 남은 커피잔은 화분 곁에서 졸고 있고
과장은 혀를 차면서 서류를 읽다 만다.

문은 굳게 닫혀 있고

의자들은 말이 없다

창밖엔 클랙슨 소리 목 쉰 확성기 소리

자세히 들여다보니

벽에도 금이 가 있다.

―「사무실」, 전문

　이 시에서 가장 자연스러운 문장은 두 수의 종장이다. 너무 자연스러워서 종장만 읽어서는 시를 느낄 수가 없다. 그러나 각 수의 초, 중장은 매우 비유적이며, 이 비유체들과 대비해서 읽을 때, 종장의 자연스러움은 아주 다른 느낌으로 바뀐다. 실제로 보자면, 초, 중장에서는 사물이 주어가 되고 있고, 사물들의 모습이 의인화되어 있다. 그런데 통상적인 의인화가 노리는 것처럼 이 의인화된 사물들은 인간에게 친숙한 것, 인간의 부속물, 애완동물로 기능하지 않는다. 오히려 그것들은 인간화되면서 인간 세상을 부식시키고 있다. 사물들의 무기력과 사물들의 균열은 바로 인간의 그것들이 된다. 다만 인간이 모르는 채로. 즉 인간 삶의 무기력과 균열을 사물들은 다 보여주고 있는데, 인간만이 모르는 것이다. 그래서 사물들은 생동하는데 인간은 정체 속에 빠져 있다. 이건 자연스러운 게 아니라 그로테스크한 것이다. 무서운 것이다. 종장은 그 그로테스크함을 아주 무심한 듯이 드러낸다. 초·중장의 신기함(비유)/그로테스크의 중첩은, 종장의 자연스러움/그로테스크의 중첩으로 대체된다. 초·중장이 감각적 자극과 의미의 은폐로 이루어진다면, 종장은 감각의 무화와 의미의 각성으로 이루어진 것이다. 종장의 자연스러움의 기능은 바로 '각성'이다.

이우걸 시조의 정치성은 일상의 내적 재구성이라는 차원에서 움직이고 있다고 할 수 있을 것이다. 그는 한편으로 서민의 고난과 설움을 명제적으로 제시한다. 그러나 그 제시의 구체화 속에서 그는 그 고난과 설움의 주체가 서민 그 자신임을 강력하게 환기시킨다. 그들 삶의 내부에 그들이 바라마지 않는 삶이, 혹은 거꾸로 그들이 비판하는 삶이 깊숙이 심어져 있는 것이다. 이우걸 시조의 자연성/일탈성의 중첩이 궁극적으로 드러내는 주제가 바로 그것이다.

한 마디 덧붙이자면, 자연성/일탈성의 중첩이 궁극적으로 현상하는 형태는 자연성 자체가 일탈성을 속으로, 따라서 은밀히 비가시적으로 품는 것이다. 그것이 그의 주제와 상응한다. 자연스럽게 보이는 것 안에 심각한 것, 혁신적인 것이 숨어 있는 것이다. 그러한 지향이 나아간 어떤 끝 지점에 「봄비」 같은 시편도 태어나는 것으로 보인다. 이 시편은 전체가 '종장'의 정형 규칙으로 이루어져 있다.

4. 의미의 중력 쪽으로 휘는 존재 현상

지금까지 살펴 본, 두 사람의 시조가 정치적 상상력 속에서 움직인다면, 박시교의 시조는 인생론적 상상력이라고 이름붙일 만한 그런 상상력을 통해서 피어난다고 할 수 있다. 그 상상력은

누구나 바라잖으리
그 삶이
꽃이기를,

—「꽃 또는 절벽」, 초장

라는 바램을 꿰고 굽이친다. 그런데 마냥 기다리기만 해서, 저 김영
랑처럼 "아직 기둘리고"만 해서 꽃이 피리라는 기대를 하던 시대는
지나갔다. 이제 꽃은 저 만치에서 피지 않는다. 그것은 오직 "순간
의 절벽"으로 "가슴을 때리는" 것이다. 다시 말해, 꽃은 내 바깥에 피
는 게 아니다. 나의 결단 속에서 나의 부활을 통해서 피는 것이다.
  따라서 여기에 정치성이 없는 게 아니다. 그는

> 가녀린
> 꽃 흔들림 본다
> 오, 죽창(竹槍)과
> 피리 사이
>
> —「어머니 – 그 사이」, 종장

라고 말한다. 이 묘사는, "자유에는 / 피의 냄새가 섞여 있"다는 김수
영의 진술(「푸른 하늘을」) 만큼이나 정치적이다. 그러나 이 정치성
속에서 시인은 "그 아픈 상흔 뚫고 싹틔운 풀꽃" 본다. 삶의 험난한
과정은 불현 듯 최후의 결실로 이동한다. 존재는 의미로 바뀐다. '인
생론적'이란 모든 세상의 사건과 자신의 경험을 삶의 뜻으로 모은다
는 의미에서 쓰인 것이다.
  이 인생론적 상상력은 말 그대로 인생론으로 수렴되는 게 아니다.
오히려 두드러진 것은 그 인생론이 달성되지 않는 사태이다. 방금
본 시편에서도, 그의 의식은 "죽창"과 "피리" 사이에서, " 꽃 흔들림
[을] 본다." 시인은 구체적 정황과 삶의 뜻 사이에, 존재와 의미 사이
에 유배된 존재다. 그래서,

풍경 하나 멈춰 선 듯한 그 적막이 서러워서

억지로 눈물 삼켰던 어릴 적 죄 키웠음도

-「그리운 죄」, 5, 6행

존재의 차원에서 의미를 보면 서러운 '적막'이 '붙박혀' 있고, 의미의 차원에서 존재를 보면 눈물 삼키고 살아 온 삶은 어릴 적부터 '자책'을 '키워 온' 삶이다.

이렇게 사이에 끼어 있다는 의식과 그의 시조의 형태적 특질이 어떤 어울림을 갖는 듯하다. 그 형태적 특질은, 여러 수로 이루어진 시편의 경우, 적어도 한 수의 중장은 그 형식이 종장의 중력에 사로잡혀, 마치 종장이 두 번 되풀이되는 듯이 보인다는 것이다. 「그리운 죄」시 전문을 분절해 보면 다음과 같다.

그립단 말 | 함부로 한 | 내 죄 | 늦게 알았네
외로움과 | 혼동하여 | 마구 썼던 | 것까지도
그러니 | 어쩌겠는가, | 사람이 | 그리운 걸

일부러 | 산 밑 먼 길 | 휘돌아 | 흐르는 강
풍경 하나 | 멈춰 선 듯한 | 그 적막이 | 서러워서
억지로 | 눈물 삼켰던 | 어릴 적 죄 | 키웠음도

이 시편은 그러니까 두 수로 이루어진 시조로 볼 수 있는데, 첫 수에서 중장은 4.4조의 비교적 자유로운 변용인 데 비해, 두 번 째 수에서의 중장은 4.4조의 자유변용이기도 하지만 동시에 종장에 비추어보면 후자와 같은 리듬을 보여주는 것으로 읽을 수도 있다.

이러한 형식적 미묘함은 다른 시편들에서도 자주 확인된다. 가령 「나의 아나키스트여」, 「수유리에 살면서」, 「빈 손을 위하여」, 「사랑을 위하여」, 「협객을 기다리며」 등은 세 수로 이루어졌는데, 이 중 마지막 수가 두 종장의 연속이라는 형식을 겹으로 가진 듯이 보이는 시편들이며, 「낙화」는 두 수의 시조로 볼 수 있는데, 첫 수의 중장은 사설시조화한 데 비해, 두 번째 수의 중장은 종장과 유사해진다.

이 형식적 특질이 의미하는 바를 독자는 우선 존재와 의미 사이에 끼인 존재의 충동, 즉 존재차원과 의미차원을 동시에 드러내고자 하는 충동의 현상으로 보았다. 이 동시성의 충동은 물론 존재 차원을 의미 차원으로 끌고 가고자 하는 의지 속에서 움직인다고 보아야 할 것이다.

나무가 나무에게 기대어 / 푸릅니다
사람이 사람에게 기대어 / 정겹습니다
눈물이 / 내게 기대어 / 따뜻했으면 합니다

―「연리지 생각」, 전문

초·중장의 서술문이 종장에 와서 소망문으로 바뀐 까닭이 아주 명료하게 드러나 있다. 존재에 의미가 결여되었음을 드러내고 동시에 의미의 충족 쪽으로 끌어당기기 위해서다. 종장이 중장스러워지지 않고 중장이 종장스러워지는 건 그 때문이다. 간단히 말해, 우리가 '연리지' 생각을 하는 건, 연리지가 되고 싶기 때문인 것이다. 그런데 조금 전 기술했던 것처럼, 존재차원과 의미차원의 동시성은 말 그대로 두 차원을 동시에 드러내는 것이다. 그래서 중장과 종장의 일치는 사실 둘 사이의 분리로도 읽을 수도 있다는 것을 전제로 한다.

바닥을 다 드러낸 영산뻘은 끝이 없구나

가슴에 묻어야 할 말 '목포는 항구다'

—「목포의 눈물 1」, 제 2수, 중·종장

은

바닥을 | 다 드러낸 | 영산뻘은 | 끝이 없구나
가슴에 | 묻어야 할 말 | '목포는 | 항구다'

로 읽을 수도 있고

바닥을 | 다 드러낸 영산뻘은 | 끝이 | 없구나
가슴에 | 묻어야 할 말 | '목포는 항구다' | ( )

(※ 빈칸은 "가슴에 묻어야 할 말"로서의 '목포는 항구다'이다.)

로 읽을 수도 있다. 전자는 시조의 일반 형식에 맞추어서 읽는 것이고 후자는 중장의 종장화 현상으로 읽는 것이다. 그런데 두 가지 독법은 뚜렷한 의미의 차이를 보여준다. 일반 형식에 맞추어 읽으면, "바닥을 다 드러낸"과 "영산뻘은 끝이 없구나"가 따로 떨어져, '영산뻘'의 '끝없음'이 강조된다. 그러나 후자로 읽으면 '영산뻘'은 무엇보다도 "바닥을 다 드러낸 영산뻘"이다. "끝이 없"는 것도 그냥 영산뻘이 아니라, 제 존재의 꼬락서니를 통째로 품은 영산뻘이다. 이 독법은 당연히 영산뻘을 다시 풍요한 개펄로 회복시키고 싶은 충동을 즉각적으로 불러일으킨다. 다음 시구도 마찬가지다.

고비마다 쏟아놓던 사설은 또 몇 편이던가

이쯤서 접어도 좋을 내 생의 한 필 두루마리

─「옹이」 제 3수, 중·종장

이 시구는

고비마다 │쏟아놓던 │사설은 또 │몇 편이던가

이쯤서 │접어도 좋을 내 생의│ 한 필 │두루마리

로 읽을 수도 있고,

고비마다 │쏟아놓던 사설은 │또 │몇 편이던가

이쯤서 │접어도 좋을 내 생의 │한 필 │두루마리

로 읽을 수도 있다. 전자의 방식으로 읽으면, '사설'의 뜻없음이 두드러진다. 반면 후자의 방식으로 읽으면, "고비마다 쏟아놓던 사설"이 되풀이되어야만 했던 사연을 상기하게 된다. 그래서 "내 생의 한 필 두루마리"가 얼마나 복잡한 여러 겹의 몸부림을 감추고 있었던가를 절감케 한다.

이제 박시교의 시조에 대해 이렇게 말할 수 있겠다. 현상과 의지의 동시성과 의지의 중력을 통한 현상의 휨이라고. 그의 시조는 주제론적으로 현상의 고통을 직시하는 과정이 곧바로 현상의 극복의 운동이 되도록 하고자 하는 것이며, 형태론적으로는 시조의 정형성을 지키는 것이 동시에 시조의 형태를 해체하는 운동이 되게끔 하는 것이다. 시인이 그렇게 하는 이유를 굳이 물을 필요는 없으리라. 한 시구를 그대로 인용하는 것으로 충분할 것이다.

　　그 무게 견딜 수 없는 고통 참 아름다워라

―「이별 노래」 마지막 행

5. 파동의 도래할 자취로서의 이미지

유재영의 시조는 존재의 현상보다 삶의 뜻 쪽에 더욱 가까이 있다. 따라서 네 사람의 시조 중에서 가장 인생론적이다.

　　이 나라 지극한 인심이며 햇빛이며
　　봉숭아 꽃물에다 우리 누님 울음까지
　　잘 구운 질흙 대장경 오디 빛 저 항아리

―「조선 옹기를 주제로 한 세 가지의 시적 변용」, 첫 수

같은 시편이 보여주듯, 초장부터, 존재의 현상("인심이며 햇빛")이 이미 뜻("지극함")을 내장하고 있다. 그래서 그런지 그의 시는 시조의 형식적 규칙을 가장 충실히 따르고 있기도 하다.

그러나 이러한 자발적 구속 안에는 은근하고도 끈질긴 저항이 작동하고 있다. 그것을 이해하기 위해서는 현대시조의 일반적 특성 하나를 경유할 필요가 있어 보인다. 그 특성은 현대시조에 와서 사물의 주어화가 나타난다는 것이다. 옛 시조에서 시적 사건의 주체는 철저하게 인간이며, 대체로 말하는 화자이다. 자연은 언뜻 보아서는 인간의 터전이자 인간이 최종적으로 귀의하는 곳으로 보이지만 실

은 인간을 떠나서는 아무런 의미가 없는 인간 내적 존재이다. 그것
은 대체로 인간의 사건이 의미 상실로 파열하는 것을 막아주는 울타
리로 기능한다. 제사지내며 둘러치는 '병풍'이 그러하듯이. 다음과
같은 시조는 가장 전형적인 경우이다.

> 가노라 삼각산아 다시 보자 한강수야
> 고국산천을 떠나고자 하랴마는
> 시절이 하수상하니 올동말동 하여라

　자연의 또 다른 기능은 인간의 알레고리이다. "가마귀 눈비 맞아
희는 듯 검노매라"라든가, "냇가의 해오랍아 무스 일 서 있는다 / 무
심한 저 고기를 여어 무슴하려는다"에서의 '가마귀', '해오라기'가 하
는 일이 그렇다. 인간이 자연에 귀의하는 일은 실제로 일어나지 않
는다. 오히려 자연이 인간에 귀속되어 있을 뿐이다. 이러한 시조의
일반적 경향으로부터 비켜난 시가 아주 없는 건 아니다. 시조를 통
틀어 가장 감성적인 시라 할 수 있는,

> 이화에 월백하고 은한이 삼경인 제
> 일지춘심을 자규야 알냐마는,
> 다정도 병인 양하여 잠 못 들어 하노라

에서의 '소쩍새'나, 홍랑의

> 묏버들 갈해 것거 보내노라 님의 손듸
> 자시난 창 밧긔 심거 두고 보쇼셔

밤비에 새닙곳 나거든 날인가도 너기쇼셔

에서의 '산 버드나무 가지'는 인간 정서의 알레고리로서가 아니라 그것을 '환기'하는 독립물로 존재한다. 그러나 이런 예는 매우 드물뿐더러, 이조년의 시조에서 보이듯, 자연은 인간의 정서에 뒤처지는 방식으로 존재한다. 현대시조가 일신한 것 중의 하나가 고시조의 인간중심주의이다.[11]

담머리 넘어드는 달빛은 은은하고,
한두 개 소리 없이 나려지는 오동꽃을
가랴다 발을 멈추고 다시 돌아보노라

—이병기, 「오동꽃」

이 시조에서, '달빛'과 '오동꽃'은 인간화되어 있지도 않고, 인간에 귀속되지도 않는다. 비로소 자연과 사물이 '타자'로서 존재하기 시작한 것이다. 그리고 실은 그런 타자가 있을 때에 '비로소' 인간도 개별자로서 존재하는 것이다. 그 이전에 인간은 보편적 인간관의 그림자에 지나지 않았고, 인간중심주의는 보편적 이념이라고 인정된 이념의 대리인으로서 가정된 '규범적 인간 중심주의'라 할 수 있을 것이다.

유재영의 시조는 인간중심주의로부터 벗어나 사물과 인간 모두에게 개별성을 부여하고자 하는 현대시조의 경향을 극단까지 몰고 간다. 시조의 정형적 규칙을 철저히 지키면서도. 그러하다는 것은 그의

---

11 이는 명백히 보이는 현상으로 이미 지적한 글이 있을 줄로 안다. 이 자리에서 인용하지 못하는 것은 독자의 독서가 짧은 탓이다.

시적 형태 자체가 특별한 모순을 안고 있으리라는 것을 암시한다. 그 모순은 정형성과 비유의 모순, 구문과 이미지의 모순이다.

미나리 새순 같은 / 사월도 상순 무렵

초록빛 따옴표로 / 새 한 마리 울다 가면

내 누이 / 말간 눈물엔 / 나이테가 돌았다

―「햇빛 시간」

자연은 개별적으로 존재할 뿐만 아니라, 시간적으로도 공간적으로도 특수화된다. 초장이 가리키는 바가 그러하다. 중장에 가면, 사물 자체의 존재적, 시·공간적 구체성은 그것들이 합동해 분비한 하나의 느낌으로 응축되고("초록빛 따옴표로") 소멸한다("울다 가면".) 그리고 종장에서, 그 소멸의 빈 자리에 누이의 '눈물'이 대신 들어오는데, 그 눈물은 자연의 소멸의 내력을 현상하는 필름으로 존재한다. 소멸하는 것이 생성되는 자국으로 남았다. 누이의 눈물은 바로 소멸을 생성으로 바꾸는 자리이다. 비유는 의인화로서 기능하지 않고 의물화로서 기능한다. 그러나 의인화냐 의물화냐가 중요한 게 아니다. 아니, 그런 기술이 정확한 게 아니다. 누이의 눈물이 나이테인 게 아니다. 누이의 눈물은 나이테가 떠오르는 자리이다. 이미지는 실체가 아니라 장소이다. 보석이 아니라 벽지이다. 사방무늬다. 그러니까 정형성과 이미지 사이의 모순이라는 유재영 시조의 모순은 인간중심주의와 사물의 개별성 사이의 모순이 아니다. 그의 모순은 이 정황을 넘어, 실체로서의 이미지와 파동으로서의 이미지의 모순으로 나아간다. 앞에서 환기했듯, 사물에게 독립성을 넘겨주는 게, 사물과 인간의 동시적 개별화를 생산한다면, 인간이나 사물이냐가 중요한 게 아니다.

> 차 한 잔 따라놓고 누군가 기다리다
> 꽃씨가 날아가는 방향을 바라본다
> 어쩌면 우리 먼 그때, 약속 같은 햇빛이며
>
> —「바람이 연잎 접듯」, 제 3수

이 시조에서는, '햇빛'이 '약속'의 비유로 쓰였다. 단, 이 비유는 확정적이지 않다. 햇빛의 가장자리에서 올이 풀리듯, 이 약속도 "우리 먼 그때"의 가능성으로만 나타난다. '햇빛'은 그 "우리 먼 그때"의 막연함을 밝음으로 바꾼다. 이미지의 기능은, 사물과 인간에게 개별성을 돌려주는 과정을 통과하여 그 개별성을 포자처럼 터뜨려 다른 존재, 다른 세계를 향해 퍼져 나가게 하는 것이다. 즉 개별성을 가능성으로 돌리되, 개별성의 에너지를 이용하여 가능성을 밝은 가능성으로 만드는 것이다. "꽃씨"로부터 "햇빛"으로 이미지가 이동하는 궤적이 그렇게 해서 그려진다.

그것이 파동으로서의 이미지다. 아니 좀 더 정확하게 말해 파동의 도래할 자취로서의 이미지다. '도래할 자취'라는 것은, 그 파동이 현실화되지 않은 채로 그 가능성만을 미래 쪽으로 이끈다는 뜻으로 쓰인 것이다. 정형적 규칙은 이미지를 실체화하려고 하고, 유재영 시조의 운동은 정형적 규칙을 위반하지 않으려 하다 보니, 이미지가 규칙 너머로 나아가서 동적으로 움직이는 과정으로 나아가지 못한다. 그러나 그 불가능성에 대한 수락이 화자가 꿈꾸는 새 삶의 가능성에 맑은 기운을 불어넣는 근거가 된다. 만일 동사화하려 했다면, 실체화에 쓰였던 에너지가 곧바로 동적 움직임 속으로 소진되었을 것이다.

그리고 그러한 움직임은 정형성의 규칙과 그로부터 자유로와지려는
운동 사이의 격렬한 투쟁을 낳았을 것이다. 그것이 실은 윤금초의
시가 보여주고 있는 세계라고 독자는 읽었다. 유재영의 시조는 그
투쟁으로 가지 않고 그 직전에 머무른다. 그것은 그가 운명의 수락
같은 한계를 인정하고 있다는 것을 뜻한다. 그러나 그 수락이 삶에
대한 관조를 가능케 하고, 그 관조가 새 삶의 가능성을, 특정한 내용
을 가진 가능성이 아니라, 삶이 열리는 형태의 가능성으로서, 햇빛을
오래 쬔 솜이불의 부푼 기운처럼 부풀어 오르게 한다. 그것이 유재영
의 비유가 수행하는 최종적인 기능이라 할 수 있을 것이다.

6. 자유가 구속일 수 있고, 구속이 자유일 수 있다

지금까지 네 시인의 현대 시조를 살펴 보았다. 지금까지의 읽은
바에 의하면, 현대시조는 시조를 시조답게 하는 최후의 정형 하나를
지킨다. 그러나 그 정형을 지키는 일은 무조건 정형을 긍정하는 걸
뜻하지 않는다. 최후의 정형의 수락은 정형과의 투쟁으로 이어지기
도 하며, 혹은 정형의 준수를 대가로 다른 차원의 자유를 향해 열려
나가기도 한다. 궁극적으로 현대 시조가 보여주는 것은, 장르의 존
재이유로 작용하는 최소한의 규칙을 전제로 한 자유의 모험이라는
것이다.

아마도 누군가 물으리라. 왜 그렇게 하느냐고. 모든 규칙으로부
터 해방되어 무한한 자유의 하늘로 뛰어오를 수는 없느냐고. 이런
질문에 대해서 대답할 수 있는 말은, 인류의 자유를 향한 모험은 다
양할 수밖에 없다는 것밖에 없다. 자유를 향한 모험이 진정 자유로

우려면 그 모험 또한 특정한 방향만을 주장할 수 없기 때문이다. 만해는 "남들은 자유를 사랑한다지마는, 나는 복종을 좋아하야요"(「복종」)라고 말하지 않았던가? 그가 보기에 그 '복종'이 '자유'였기 때문이었던 것이다.

한 가지 참조할 만한 이야기가 있다. 서양의 중세문학 연구자인 리흐너Rychner는 '아더왕 계열 소설'의 결정판이라 할 수 있는 13세기에 씌어진 『아더의 죽음Mort Artu』의 구조를 분석하면서 이 산문 소설이 운문으로부터 해방되었지만 자질구레한 형식적 규칙들을 갖게 됨으로써 형식적으로뿐만 아니라 주제적으로도 닫힌 세계를 이루게 되었음을 밝힌다. 그리고 12세기에 운문으로 씌어진 크레티엥 드 트르와Chrétien de Troyes의 '아더왕 계열' 소설이 운문을 취했다는 한 가지 형식의 수락을 대가로 형태나 주제에 있어서 아주 자유분방한 모험을 개진할 수 있었다는 것을 또한 분석해낸다[12]. 결론적으로 "자유는 운문 편에, 구속은 산문 편에 있었던 것이다.[13]"

그러니 우리가 자유를 선택했다고 해서 진정 자유로운지, 우리가 구속을 선택했다고 해서 정말 감옥 속에 살고 있는지 어떻게 단정할 수 있으랴? 자유는 오직 자유롭고자 하는 그 의지의 개진 속에 존재할 뿐인 것을. 오늘의 시조가 최후의 정형을 수락한다는 것은 그 자체로서는 인류의 진화를 향한 다양한 실험 중의 하나가 실행되고 있다는 것을 뜻할 뿐이다. 이러한 특별한 방식의 실험이 어떤 자유의 문을 열어, 현대시가, 혹은 더 나아가 현대 문학의 다양한 장르들이 저마다의 방식으로 여는 자유의 문들과 언제, 어디서 어떻게 합류하

---

12 Jean Rychner, *L'articulation des phrases narratives dans la ≪Mort Artu≫*, Genève: Droz, 1970, 특히, 「결론」의 장, pp.233~48 참조.

13 이 표현 자체는, Bernard Cerquiglini, *La parole mediéval - Discours; Syntaxe; Textes*(Paris: Minuit, 1981, p.17)에서 빌려왔다.

여, 싸우거나 융해되거나 더 큰 분화를 일으키거나 할지는 그 다음
의 문제이다. 그리고 이 '다음'이 실은 중요한 문제인 것인데, 이 '다
음'을 위해서는 '지금'을 소중히 대할 수밖에 없는 게, 그 '다음'의 운
명인 것이다. 그러니 현대시조가 펴 놓은 오늘의 축제를 우선은 마
음껏 즐기기로 하자. 네 시인의 저마다의 개성의 "용연향, 사향, 안
식향, 훈향[14]"을, 그 뿐이랴, 라벤더향도, 발삼향도, 앰버향, 구르망향
도 흡입하면서, 아데닌향에는 티민향을, 시토신향에는 구아닌향을
곁들이기도 하면서, 그렇게 시편들 모두의 이질성들을 꼼꼼히 씹어
먹으면서. 시심과 자유의 의지로 충전되어 그 '다음'으로 나아가기
위해서.

---

14 샤를르 보들레르, 「교감」, 『악의 꽃』, 윤영애 옮김, 대산문학총서 18(문학과지
성사, 2003), 50면.

고통의 심연을 건너 사랑의 시학으로

이연승[*]

1. 시적 긴장과 자의식의 회전

이우걸의 시조는 단아하면서도 밀도있는 긴장을 유지하고 있다. 그 긴장의 이면에는 사물의 본질과 인간의 숙명을 꿰뚫는 시적 혜안이 자리잡고 있는데, 그의 시조에는 하나로 수렴되기 어려운 이미지의 풍경과 사물에 대한 빛나는 통찰이 아로새겨져 있다. 특히 그의 작품은 일상적이고 작은 행위나 사물들에서 자신의 자의식을 발견하고 그 자의식을 바탕으로 사색적이고 아름다운 시의 공간을 열어나간다. 그의 작품이 난해하거나 관념적이지 않으면서 호소력 있는 시적 메시지를 전달하는데 성공하는 이유는 독자로 하여금 삶의 감추어진 부분을 직시하게 만들기 때문이라고 생각한다.

많은 평자들이 이런 맥락에서 거론하는 대표작 「팽이」를 읽어보도록 하자. 시인은 시지프스처럼 꿋꿋하게 걸어야 하는 인간의 현재적 숙명과 고뇌를 간명한 형식으로 형상화하고 있다.

---

[*] 이화여대 국문과 및 동대학원 졸업. 1997년 경향신문 신춘문예 평론 부문 당선. 현재 동국대학교 교양교육원 초빙교수. 저서로는 『오규원 시의 현대성』, 『생성의 시학』, 『감성의 귀환』, 『매혹의 언어』 등이 있음.

　　처라, 가혹한 매여 무지개가 보일 때까지

　　나는 꼿꼿이 서서 너를 증언하리라

　　무수한 고통을 건너

　　피어나는 접시꽃 하나.

―「팽이」 전문

　장석주가 지적했듯이 이 작품은 시조의 정형화된 틀을 유지하면서도 유연한 리듬과 형식[1]을 보여주고 있음이 주목된다. 일반적인 시조의 형식을 보여주고 있지만 시조 고유의 장르적 구속을 비껴가면서 자유롭고 넓은 시조의 스펙트럼을 보여주고 있다는 말이다. 종장을 두 행으로 나누어'읽기 위한 시조'로서의 잠재력[2]까지도 충분히 살리고 있는 경우라고 볼 수 있다.

　이 작품의 제목인 "팽이"는 일상적인 사물이지만 현실의 구속성을 초월하여 인간 실존의 은유적 상관물로 기여한다. "무수한 고통"을 넘어 피어나는 "접시꽃" 한 송이는 광막한 사막 한 복판에 놓인 오아시스를 마주하는 나그네처럼, 고통을 초극한 영혼의 상징이라 할 수 있을 것이다. "가혹한 매" 뒤에 따르는 찬란한 "무지개"는 사실 우리들 눈에 보이지는 않지만, 우리네 삶 속에 놓인 고뇌와 마주치게 하는 주술적 영매(靈媒)가 된다고 할 수 있을 것이다. 치지 않으면 돌지 않는 팽이의 속성을 통해 시인은 우리도 팽이처럼 계속 돌아가고 있지 않느냐고 반문하고 있는 듯하다. 존재하며 살아야 하는 모순의 삶을 팽이라는 사물에 빗대어 형상화한 이 작품은 우리네

1　장석주, 「말들의 뿌리」, 『이우걸의 시조미학』(작가, 2006), 81면.
2　장경렬, 「시적 또는 "적요의 공간"에 담긴 "온유의 절제함"」, 『이우걸의 시조미학』(작가, 2006), 54면.

삶이 고통의 연속이지만, 역설적으로 고통이 있기에 가치가 있다는
진리를 선사한다. 새롭고 신선한 진리는 아니지만 그의 작품이 감동
적이고 호소력 있는 이유는 난해하지 않은 시적 언어의 탁월한 운용
과 미적 감각에 기인한다고 할 것이다. 신산(辛酸)한 삶을 "증언"하
겠다는 시적 화자의 준열한 의지가 이 시를 좀 더 무게감 있게 만들
어나가고 있다.

─「안경」 전문

"안경"을 제재로 삼고 있는 작품이지만 노안(老眼)을 한탄하거나
어지러운 세상을 규탄하는 작품은 아니다. 인간의 삶은 하나로 규정
될 수 없는 모순의 양태이며, 그 속에서 살아가는 우리는 끊임없이
판단과 선택의 기로에 놓여 있다. 첨단 문명과 정보의 홍수 속에 인
간 실존이 놓여 있지만 확실한 것은 아무 것도 없다는 슬픈 자각이
이 시의 배경을 이루고 있다. "초점이 너무 많아 / 초점잡기 어려운
세상"은 정보의 홍수 속에 어느 것도 선택하기 어려운 삶의 아이러니
를 암시하고 있을 뿐 아니라 어느 한 쪽의 판단이나 이념으로 치우치
는 것을 경계하는 균형 감각과도 상통한다고 할 것이다. 우리네 삶이
그릇된 판단과 이념으로 채색될 수 있지만 "눈감고 보면" 더 선명해

지는 역설의 미학을 통해 느리고 온유하며, 정신적인 것들의 가치를 옹호하려는 시의식의 단면을 엿볼 수 있는 작품이라고 생각한다.

이런 점에서 '마음의 창'을 통해 세상을 읽어내고 자신이 쓰는 시에 대한 냉철한 자의식의 확대라는 측면으로까지 해석할 수 있지 않을까 한다. 시라는 것이 결국은 정신적인 것의 작용이며 마음의 창을 통해 끊임없이 사색하고 고뇌하는 예술이기 때문이다. 시를 읽고 시를 만들어내는 일의 진정성이 어떻게 전개되고 있는지는 다음의 작품을 통해 알 수 있다.

> 스쳐만 가도 신열 나는
>
> 내 마음은 검정 실밥
>
> 젖은 옷자락 기워
>
> 눈먼 수를 놓으면
>
> 등피에 쌓인 일력만
>
> 행(行) 밖에서
>
> 떨다 간다

─「편지」 전문

"편지"라는 제목의 이 시는 시쓰기의 자의식과 시인의 숙명에 대해 노래하고 있는 작품이라는 생각이 든다. 이 작품은 시조의 가장 일반적인 구성인 귀납식의 방식으로 시상(詩想)이 전개된다. 초장에서는 "내 마음은 검정 실밥"이라는 감각적인 이미지의 활용으로 시상(詩想)의 주제어를 제시하고, 중장에서는 초장에 제시된 "신열"을 전환시켜 한 땀 한 땀 "젖은 옷자락 기워 / 눈먼 수"를 놓는다는 시쓰기의 험난한 과정을 묘사하다가 종장에서는 시상의 내용을 압축하는 동시에 텍스트의 궁극적인 메시지를 전달하고 있다.

초장에서 시인은 "스쳐만 가도 신열 나는" 언어의 힘을 불러들여 이를 시 쓰기의 추동력으로 삼고 있다. 시인은 창조적 언어가 탄생하는 순간을 포착함으로써 언어를 둘러싼 현실적 관계와 갈등을 "젖은 옷자락" 위에 새겨 넣는다. 시인은 "검정 실밥"처럼 타들어가는 자신의 마음을 달래기 위해 필사적으로 몰입하며 자아의 내부에 또아리 틀고 있는 절망과 어둠마저 그 과정에 편입시킨다. 그러나 시 쓰기는 어차피 미완의 여정이 아닌가. "등피에 쌓인 일력만 / 행(行) 밖에서 / 떨다 가"는 허탈감이 남지만 절망적 상황에서도 단 하나의 언어를 캐기 위해 혼신의 힘을 불사르는 시인의 열정을 느낄 수 있다. 결국 이 편지는 시를 쓰는 자신에게 쓰는 또다른 발화의 형식이자 창작의 지난한 과정을 압축적으로 보여주는 일종의 메타시로도 볼 수 있을 것이다.

2. 이미지의 감각적 풍경과 유현미(幽玄美)

시인의 작품에는 자연을 배경으로 하는 것도 많이 등장한다. 이우걸의 시조에 등장하는 이미지들은 정관적(靜觀的)이고 유려한 자연물을 대상으로 한 것이 많은데, 삶의 길목에서 흔들리거나 방황하는 시인에게 자연의 존재는 삶의 근원적인 활기를 인식하게 한다. 전체적으로 따뜻하고 온유한 분위기를 보여주는 시인의 작품 배경에는 자연에 대한 깊은 애착이 바탕에 깔려 있음을 파악할 수 있다. 그의 시에 등장하는 자연물의 양태를 살펴보자. 시인은 묘사의 원리를 바탕으로 이미지가 구축되는 순간의 서정적 풍경을 포착한다.

낙엽이 쌓여서

뜰은 숙연하다

노인 혼자 벤치에 앉아

안경알을 닦는 사이

기차는 낮달을 싣고

어디론가 가고 있다

―「삼랑진 역」 전문

시인은 "삼랑진 역"이라는 공간에서 새롭고 고유한 의미를 발견해 냄으로써 그것의 존재를 빛나게 만들고 정지된 하나의 물상(物象)을 창조한다. 이 텍스트에서 독자가 떠올리는 것은 낙엽이 쌓인 고즈넉한 가을의 뜰과 벤치에 앉아 안경알을 닦는 노인, 그리고 역을 통과하는 기차이다. 소재적 측면에서는 전혀 새로울 것이 없는 평이한 이미지들이지만, 시인의 눈은 가을이라는 시간적 현상에 제한받지 않고, 응집된 삶의 한 순간을 포착한다.

"낙엽"과 "노인"의 쓸쓸하고 고적한 이미지가 연상되는 이 작품에서 시인은 정형적인 음수율을 거의 그대로 유지함으로 인해 시조 고유의 형식미를 살리고 있음도 확인할 수 있다. 그러나 단연에 해당하는 시조의 기본 형식을 통사적으로 확장시켜 각각 2행씩 배치함으로써 시적 호흡을 이완시키고 있을 뿐 아니라 시각적으로도 정관적인 분위기를 더 강조하고 있음을 알 수 있다. 시적 화자의 존재감은 거의 느껴지지 않지만, 사물을 응시하는 이미지의 풍경을 통해 유현(幽玄)한 시조의 멋을 풍긴다고 할 수 있을 것이다.

이렇게 시인은 서경을 현실감 있게 묘사하는 방식을 채택하여 일상의 다양한 풍경을 있는 그대로 받아들이고 인정할 뿐 아니라 그로부터 생의 통찰과 시적 직관의 힘을 보여준다. 비슷한 맥락에서 읽을 수 있는 다음의 시들을 보도록 하자.

그리움의 살결이 짐승처럼 만나서
피 흘리며 짜내는 직조물(織造物)같은 파도여
밤마다 네 소리 때문에
달이 하나 뜨곤 한다

―「사랑 노래」 전문

피면 지리라
지면 잊으리라
눈 감고 길어 올리는 그대 만장 그리움의 강
져서도 잊혀지지 않는
내 영혼의
자줏빛 상처

―「모란」 전문

낭만주의적 시적 인식을 보여주는 두 작품은 감각적 이미지를 도입하여 다분히 모던한 시적 분위기를 만들어 나가고 있다. 고시조에서는 만나기 어려운 다양한 이미지의 구사는 우리 현대시의 맥락에서 그 자양분을 얻어온 것이라고 생각한다. 이것은 시조의 현대적 변용이 나아가는 지점을 암시하는 부분이기도 하다. 한 편의 시가 이미지의 생성과 운동을 통해 세계와 소통할 수 있는 하나의 방식임을 상기한다면, 이우걸의 시에 등장하는 다양한 이미지들은 독립된 하나의 풍경으로 살아나 스스로를 완성하기도 하고, 타자와의 소통을 갈망하는 현존물로 등장하기도 한다.

「사랑 노래」는 캄캄한 밤에 파도가 일렁이는 바다의 풍광을 묘사하는 데서 출발한다. "그리움의 살결"이 일렁이며 부딪치는 "직조물(織造物)" 같은 파도는 시적 화자에게 끊임없이 무엇인가를 사유하고 갈망하게 하는 대상이다. 달이 뜬다는 배경 자체가 사랑의 분위기를 암시하는 것인데, 여기서 달이 곧 사랑이라는 메타포가 성립한다. 사랑은 "그리움의 살결", "피 흘리며 짜내는"이라는 수식어로 인해 더 감각화 된다. 짧지만 생동감 있는 이미지로 인해 사랑이라는 정서가 감각적으로 양식화되고 있는 것이다.

「모란」은 소멸해가는 시간과 시인의 시선이 마주치는 지점에서 아득하고 고요한 이미지의 풍경을 보여주고 있다. 무엇보다 "피면 지"고 "지면 잊으리"라는 시간의 순환을 바탕으로 내면화된 애수의 정서를 공감하게 한다. "그리움의 강"과 "자줏빛 상처"가 만나 하나의 풍경을 만들어내면서 시적 화자의 내면에 모란의 화려하고 아름다운 색채가 화인(火印)처럼 각인되어 있음을 알게 해준다. 시인은 이런 풍경에 거리를 두고 있는 것처럼 보이지만 시적 대상인 "모란"의 서정적 힘에 상응하면서 절단된 시간의 파편과 그 고통의 깊이에 대해 우회적으로 진술하고 있다.

구체적인 정보는 생략되어 있지만 작품에 나타난 "그리움"과 "상처"의 파편은 "모란"이 간직하고 있을 기나긴 시간의 아픔과 역사의 순간들을 환기시킨다. 꽃이 만개한 순간의 풍광을 자줏빛 상처로 묘사한 시적 진술의 개성이 돋보이는 작품이다. 이렇게 시인은 감정을 최대한 절제하면서 묘사의 시학이 구현하는 서정적 풍경을 열어 보인다. 모란은 막연한 심미적 대상으로 존재하는 것이 아니라 지나간 시간과 생의 아픔을 투시하는 존재론적 사물로 떠오르는 것이다.

3. 역동적 현실 인식과 상생(相生)의 의지

이우걸 시인은 사랑의 힘을 믿고 이를 실천하는 시인이다. 그의
작품 전편에는 인간에 대한 신뢰와 사랑에 관한 통찰이 넘쳐 흐른
다. 그것은 무엇보다 시쓰기에 대한 근원적 성찰을 전제로 한 것이
고 삶과 시쓰기에 대한 남다른 열정이 있기에 가능한 것이다. 그가
지향하는 사랑과 인간에 대한 신뢰는 역동적이고 치열하며, 남다른
현실 인식을 전제로 한 것이기에 공소하지 않다.

저 저자의 환락과 지폐의 유혹을 건너
살아서 돌아오는 너는 아름답구나
불면의 시대를 지키는
너는 너는 아름답구나

―「신발」 전문

전병같이 둥글고 따스한 봄을 기리며
물관부는 겨울에도 역사의 피를 옮겼다
마침내 어둠을 찌르는
저 일검(一劍)의 초록이여

―「잎」 전문

이우걸 시인은 여러 가지 주제를 놓고 다양한 형식 실험을 하고
있다. 짧고 절제된 묘사의 시학으로 사물의 정념과 응축된 이미지의
풍경을 담아내고자 하는 시도가 있다면, 다른 한편으로 이 시대의
현실적 삶과 욕망의 흐름을 시조 형식에 담고자 하는 시인의 시도를

「신발」에서 찾아볼 수 있다. "환락과 지폐의 유혹"이라는 초장의 진술은 이 시대의 욕망의 흐름과 자본의 거대한 힘을 함축하는 시어일 것이다. 후기 자본주의 사회 속에서 어느 누구도 욕망과 자본의 힘을 비껴갈 수는 없을 것이다. 문학 예술도 이미 상품이 되는 시대를 맞이했고, 욕망은 자본주의의 존재 이유이자, 인간의 정체성을 확대하거나 복제할 수 있는 동력이라고 할 수 있기 때문이다.

시인은 "신발"을 소재로 하고 있지만 그 이면에는 욕망이 지배하는 현실에 대한 예리한 인식이 자리잡고 있다. 그러나 이 작품에 나타나는 욕망과 유혹은 구체적인 형상성을 띤다기보다는 다소 관념적인 모습으로 나타나고 있다. 욕망의 극점을 건너 꿋꿋하게 살아 돌아온 신발의 모습이야말로 "불면의 시대를 지키는" 마지막 보루이자 정신적 가치의 다른 이름이 아닐까. 더 높은 곳에 자리잡고, 더 많은 것을 가지기 위해 고군분투(孤軍奮鬪)하는 인간 군상의 모습이 우리 시대의 보편적인 자화상일지도 모른다.

그 맹목적인 욕망에 제동을 걸고 "불면의 시대"를 지키는 신발은 우회적으로 도덕성이 결여된 한국 사회를 비판하는 역할을 하고 있다고 본다. 낡고 헤진 신발은 세속적인 욕망의 세계 속에서도 정의롭고 용감한 정신적 좌표를 잃지 않으려는 은유적 기호라고 할 수 있을 것이다.

두 번째 시 「잎」은 자연물을 시적 대상으로 삼고 있지만 자연에 대한 단순한 묘사에 그치지 않고, 자연의 생명력을 역사의 힘으로 환치(換置)시키는 시적 발상이 돋보이는 작품이다. 시인의 의식 속에는 자연이 단지 하나의 배경이 아니라 유기적 존재이며, 자연 자체에 변화와 생성의 과정이 존재한다는 인식이 자리잡고 있다. 시인은 자연의 관찰을 통해 자연의 역동성을 발견하고 새로운 생명의 원

리를 깨닫게 되는데, 그것은 반복되는 일상에 파묻힌 시인에게 삶에
관한 새로운 인식의 전환을 마련한다. 한겨울에도 "역사의 피를 옮"
기는 "물관부"의 에너지와 어둠을 찌르는 듯이 빛나는 "초록"이야말
로 생명의 강인한 힘을 보여주는 이미지들이다. 나아가 "역사의 피"
로 나타나는 현실의 고통과 질곡은 어둠을 찌르는 생명의 에너지로
상쇄되고, 자연이 주는 신성(神聖)함은 예리한 칼날에서 초록빛이
쏟아지는 듯한 희열을 선사한다. 시를 통해 자기 정체성을 찾고자
하려는 시인의 의도는 자연을 통해 새로운 생명력과 에너지를 감지
함으로써 생명력이 충만한 우주에 가까이 다가가려는 열망과도 맞
닿아 있다.

> 길이 가파른 곳엔
> 반드시 샘물이 있다
> 상처가 깊을수록 깊어지는 사랑이 있듯
> 어둠을 뚫고 빛나는 저 별빛의 일획으로.
>
> —「희망」 전문

　가파른 곳을 넘어선 지점에 희망이 있다는 발상이 다소 진부하긴
하지만, 시인은 깊어가는 상처와 절망 속에서도 희망의 샘물을 길어
올리고자 한다. 어둠을 뚫고 빛나는 하늘의 별빛이야말로 시인에게
는 소중한 좌표이자, 삶의 희망이 된다고 할 수 있을 것이다. 시인은
적극적으로 자신의 상처를 들여다보고 이를 직시하면서 새로운 생
의 의지를 보여준다. 그것은 곧 사랑을 통해 상생(相生)하는 관계로
나아가고자 하는 것이다.

탱자나무 울타리 길

향나무 샘물 고인 곳

반 보시기

보리쌀

행주치마로 훔치던 눈물

바닥난

인내도 일구러

서릿발로

견디시다.

―「어머니」 전문

각박한 현실 속에서 존재의 회복과 전환을 꿈꾸는 시인에게 "사
랑"보다 더 귀하고 아름다운 가치는 없을 것이다. 시인은 고통의 시
간이 가져온 상처를 견디는 일이 사랑의 완성을 가능케 하는 힘이라
는 사실을 인식한다. 힘들고 무거운 삶을 둥글게 만드는 것은 어머
니들의 눈물과 자식을 위해 "서릿발로 견"딘 뜨거운 헌신이다. 세상
어머니들의 사랑과 인내는 강하고 아름다운 힘이 되어 우리가 버텨
나갈 생활 세계의 소중한 기반임을 이 작품에서 역설하고 있다.

삶의 아픔을 끌어안고 그 속모습을 솔직하게 보여준 이우걸의 시
조는 고통과 슬픔의 내면화를 거쳐 사랑에 대한 겸허한 마음을 간직
하려는 자세에서 우러나온 것이라고 생각한다. 시인은 막연하고 추
상적인 관념이 아니라 일상과 지나간 시간에서 채집한 이미지에 기
대어 독자를 다양한 풍경의 공간으로 안내하고 있다. 그가 기록한
단아하고 유의미한 언어들이 앞으로 우리 시조 시단에 어떤 새로움
과 파장을 가져올지, 이후의 작품을 기대해 본다.

시간의 선명한 얼굴
— 이우걸 시집 『나를 운반해온 시간의 발자국이여』

유성호[*]

1.

이우걸(李愚杰) 시인은 등단 이후 40여 년간 일관된 미학적 심화 과정을 통해 '시조'의 위의(威儀)와 가능성을 지속적으로 보여준 우리 시대의 대표적 중진이다. 그는 현대시의 산문화와 비속화 경향에 대한 강력한 미적 항체로서 '시조'를 상정하고, 오랜 창작 활동을 통해 우리 시의 지형을 풍요롭고 다양하게 일구어낸 장인(匠人)이기도 하다. 우리의 기억 속에, 그는 시조의 다양한 현대적 변용보다는 고전적 형식과 복합적 인식을 결속하는 방향을 일관되게 취해왔으며, 그 안에 사회 의식이랄까 현실 인식이랄까 하는 중요한 권역을 적극 도입하는 시적 개성을 보여주었다.

이번에 새로 출간된 『나를 운반해온 시간의 발자국이여』(천년의 시작, 2009)는, 이러한 그의 시사적 공적을 여러 차원에서 보여주는 동시에, 그가 여전히 매우 중요한 현역 시인임을 증언하는 작품들을 빼곡히 담고 있다. 그 점에서 우리는 이 길지 않은 글을 통해, 그의

* 연세대학교 국문과 졸업. 동 대학원에서 박사학위를 받음. 현재 한양대학교 국문과 교수. 저서로는 『한국 현대시의 형상과 논리』, 『근대시의 모더니티와 종교적 상상력』 등이 있음.

빼어난 근작(近作)들을 중심으로, 그가 거둔 현재적 성취를 조감해보려 한다. 그것은 이번 시집이 구작(舊作)까지 망라된 이우걸 시학의 완결판이라고 할 만하지만, 여전히 그가 우리 시대의 쟁쟁한 현역이고, 앞으로 또 다른 차원의 시조 창작을 그가 열렬히 꿈꾸고 있기 때문이다. 그래서 이번 시집은 최종 '결산'의 의미보다는, 중간 '결절(結節)'로서의 의미가 더 깊은 성과라 할 것이다.

2.

이우걸 시조의 가장 중요한 특성은 완미한 정형 양식에 현대성을 접목하려는 노력에서 찾을 수 있을 것이다. 또한 그는 서정성과 사회성의 확연한 결속을 추구함으로써, 미적 완결성과 현실 인식의 축을 균형 있게 구축해온 시인이기도 하다. 이처럼 이우걸 시인은 사회의 어둠을 깊이 응시하면서 삶의 역설적 희망을 잃지 않는 균형 감각을 통해, 생의 형식을 복합적이고 비판적으로 성찰해왔다. 이번 시집에서도 이러한 그의 성향은 한편에서 굳건히 이어지고 한편에서 아름답게 완성되고 있다. 가령 시인은 오랜 시간 젖어 흘러온 자신의 '시간'을 가장 중요한 시적 대상으로 삼고 있고, 새로이 펼쳐질 '시간'을 설레는 마음으로 마주하고 있다. 말하자면 이러한 '시간'의 선명한 얼굴을 그려 보여주는 것이 이번 시집의 가장 중요한 얼개인 것이다.

우리가 잘 알듯이, '시간'은 저마다 다른 기억과 형식으로 경험되는 비가시적 실체이다. 그래서 시인은 자신만이 걸어온 오랜 '시간'을 가장 고유한 기억과 형상으로 부조(浮彫)하는 데 남다른 힘을 쏟고 있다. 시집 제목을 가능케 했던 다음 시편은, 이러한 선명한 '시간'의 얼굴을 아름답게 보여주는 사례로 읽힐 만한 것이다.

나를 운반해온 시간의 발자국이여
상처를 꿰매고 요오드를 바르는
가파른 생의 기록을 너는 새겨놓았구나.

서투른 보행으로 걸려 넘어지고
스스로 힘겨워 무릎을 꿇기도 했던
지금은 추억으로만 다가오는 이름 이름들.

망각이 결코 미덕만은 아니다
칠흑이 비춰주는 별빛의 형형함으로
새로운 행로를 위해
나는 너를 읽고 있다.

—「흉터」 전문

"나를 운반해온 시간의 발자국"이란, 고스란히 화자가 살아온 생을 은유하는 표현일 것이다. 물론 그것은 "상처를 꿰매고 요오드를 바르는／가파른 생"의 연속이었다. 그 꿰매고 약을 발라온 과정이 이제 '흉터'로 남아, 화자의 생이 얼마나 가팔랐는가를 증언하는 기록으로 남았다. 그 오래된 '흉터'를 바라보면서 화자는 "서투른 보행" 때문에 걸려 넘어지고 무릎을 꿇기도 했던 자신의 '시간'을 회상한다. 그러면서 "지금은 추억으로만 다가오는 이름 이름들"을 하나하나 떠올리는데, 이때 그 이름들은 화자에게 새로운 에너지를 부여하

면서 "별빛의 형형함으로 / 새로운 행로"를 예비해주는 기능을 떠맡
는다. 그렇게 화자는 '흉터'라는 소멸의 흔적 속에서 새로운 생성의
가능성을 읽고 있는 것이다.

　이러한 발상과 형상은 "서둘러 걷게 했던 우리 생의 기호들"(「오
월, 맑음」)을 뒤로 하고 "상처만큼 더 깊숙이 문신을 새기며"(「꽃」) 살
아온 시인의 생을 은유적으로 명료하게 보여준다. 아닌 게 아니라
시인은 다른 작품에서도 이미 "하루치 생의 그늘이 저렇게 깊은 것"
(「종점」)이라고 노래하고 있지 않은가. 그만큼 그에게 '시간'은 깊고
형형한 생의 비의(秘義)를 보여주는 물리적이고 상징적인 실체이다.
다음 시편도 주제나 기법 면에서 앞의 시편을 잇고 있는 작품이다.

　　반쯤은 젖어 있는 어제들이 있다
　　망각하면 더 편안한 불행의 여러 이름들
　　그러나 지울 수 없는 바퀴 자국이 선명하다.

　　생은 길모퉁이의 행상처럼 고달팠다
　　땀내 나는 얼굴들을 하나 둘 들여다보면
　　그 상처 나누어 가졌던 지혜도 스며 있다.

―「가족사진」 전문

　화자는 '가족사진'을 바라보면서 잊어버렸으면 좋았을 "불행의 여
러 이름들"을 떠올린다. 앞의 작품에서 "지금은 추억으로만 다가오
는 이름 이름들"을 부르는 화자의 마음이 여기 고스란히 이어진다.
그렇게 '망각'은 아늑하지만 '기억'은 고통스러운 것이다. 화자는 고
통을 남다른 수반한 채 '가족사진' 속에 "지울 수 없는 바퀴 자국"이

선명하게 새겨진 것을 바라보는데, 이는 다른 작품에서 이미 "바퀴엔 질주의 욕망이 감겨"(「드라이브」) 있다고 말한 시인이 새삼 그 '바퀴 자국'이 스쳐간 가족들의 '시간'을 바라보는 풍경을 보여주는 것이다.

화자는 삶이 "길모퉁이의 행상"처럼 고달팠고, 그 안에는 가족들의 땀과 "상처 나누어 가졌던 지혜"가 어느새 남게 되었다고 노래한다. 다른 캐릭터를 빌려 쓴 작품에서도 "아내의 성화에 못 이겨 전셋집을 옮기고, / 아들의 고집으로 전학을 시키면서, / 김씨는 어쩌면 자기가 / 부록 같은 생이라고?"(「부록」) 했다고 기록했지만, 그만큼 이우걸 시학 안에 들어선 가족들을 비롯한 장삼이사들이 겪는 삶의 애환은, 다른 어느 시조시인의 세계보다도 구체적 생의 형식을 보여주는 실례로 남을 것이다.

이처럼 이번 시집에 담겨 있는 이우걸 근작들은, 일차적으로 '시간'에 대한 경험 형식으로 씌어진다. 그렇게 그는 '시간'에 대한 경험과 기억의 재구성이라는 양식적 특성을 일관되게 견지하면서, 삶의 여러 상처와 지혜에 대한 적극적 회상을 통해 자신의 생에 새로운 의미 부여를 하고 있다 할 것이다.

3.

우리 시대의 시인들은 '시간'에 대한 남다른 경험과 기억을 형상화하는 데 많은 공력을 바치고 있다. 물론 이것이 최근에 나타난 전혀 새로운 현상은 아닐 것이다. 어쩌면 '시'라는 양식은, 그것이 유년의 기억에 대한 반추이든, 지나온 세월에 대한 인생론적 관조이든,

인간의 역사를 일종의 메타적 탐색이든, 어느 정도는 다 '시간'의 형식을 빌리지 않을 수 없기 때문이다.

하지만 우리는 근대적으로 분절된 도구적 시간 단위를 넘어, 디오니소스적 이면을 꿰뚫는 혜안을 작법 원리로 삼는 시인이 보여주는 '시간'에 관한 사유와 표현만큼은 눈여겨볼 필요가 있다. 이우걸 시인의 시선이 의미가 있는 까닭도 바로 여기에 있을 것이다. 예컨대 그는 '시간'의 속도에 밀려 쇠해진 육신이지만, 오히려 그 같은 쇠락 과정을 통해 전혀 새로운 생의 역리(逆理)에 눈뜨는 과정을 다음과 같이 보여준다.

> 껴도 희미하고 안 껴도 희미하다
> 초점이 너무 많아
> 초점잡기 어려운 세상.
> 차라리 눈감고 보면
> 더 선명한
> 얼굴이 있다.
>
> —「안경」 전문

화자는 '안경'이라는 인공의 도구를 쓰고도 잘 안 보이는 세상에 대하여 노래한다. 그렇게 세상이 안 보이는 까닭은 안경을 "껴도 희미하고 안 껴도 희미하다"는 것과 오히려 안경이 "초점이 너무 많아 // 초점잡기 어려운" 쪽으로 해석되기 때문이다. 여기서 '희미함'과 '초점 많음'이란 것은, 우리 시대의 혼탁하고 균열된 양상을 은유적으로 보여주는 표현일 것이다. 이때 화자는 차라리 "눈감고" 세상을 보려 한다. 그런데 이게 웬 일인가. 오히려 감은 눈 위로

"더 선명한 // 얼굴"이 보이는 게 아닌가. 아닌 게 아니라 시인은 일찍이 오래된 그의 대표작에서 "보고도 만지고도 / 읽지 못한 세상"(「맹인」)을 노래한 바 있다.

이렇게 '보이는 눈'과 '보이지 않는 눈'을 대비하면서, 역설적으로 사물의 이치를 깨달아가는 심안(心眼)의 경지를 이우걸 시인은 열어 보여준다. 그러니 그 시선에 "어둠이 미처 못 지운 / 잔광 몇 올들"(「웃음」)이 하나하나 들어오는 것도 자연스럽지 않은가.

월평을 경전처럼 받들던 때가 있었다
말을 길들이고 자유에 경고를 주던
서글픈 눈치 보기가
젊은 한때의 공부였다.

노을처럼 흩어져 있는 감정의 파편을 보며
깨어진 거울에 비친 사물들의 음영을 읽으며
철없이 내가 믿었던
그 독서는
끝이 났다.

지금도 가끔 월평을 읽곤 하지만
어구들의 성찬이 만든 어설픈 문맥을 보면
지워진 어제가 떠올라
쓰디쓴 미소 짓는다.

―「월평을 읽으며」 전문

화자에게는 "월평을 경전처럼" 받아들이던 때가 있었다. 그렇게 한때를 강박했던 공부 방식이 사실은 "말을 길들이고 자유에 경고를 주던 / 서글픈 눈치 보기"였음을 화자는 힘주어 고백한다. 아닌 게 아니라 '월평(月評)'이란, 당대 시편들에 대한 조감과 평가라는 확연한 비평적 의의에도 불구하고, 종종 비평 권력에 의한 시인 길들이기의 속성이 있어왔던 것이 사실이다. 그러니 화자로서 그 안에서 "노을처럼 흩어져 있는 감정의 파편"이나 "깨어진 거울에 비친 사물들의 음영"을 보는 것도 자연스러운 일이다.

여기서 '깨어진 거울'은, "팽팽한 수면이 고요를 이루고"(「호수」) 있는 투명하고 부드러운 것과는 전혀 달리, 존재의 균열 양상을 선명하게 보여주는 물리적 등가물로 나타난다. 하지만 이러한 것에 기대 '시'를 쓰던 시절은 이제 지났다고 화자는 단호하게 선언한다. 말하자면 "어구들의 성찬이 만든 어설픈 문맥"을 개의치 않으면서, 이제 자신만의 언어를 "지워진 어제" 넘어 일구어가겠노라는 역설적 다짐이 읽혀지는 것이다.

4.

그동안 우리 시조 미학은 '불화'보다는 '화해', '새로운 것'보다는 '익숙한 것', '갈등'보다는 '통합'과 '치유' 쪽으로 무게중심을 할애해왔다. 그래서 우리 시대처럼 다양성과 복합성의 때에 시조가 여러 겹의 발화(發話)를 취할 수 있겠는가 하는 반문이 늘 있어왔다. 다시 말하면 다양성과 복합성으로 상징되는 현대성의 징후들을 정형 양식에 담는 것이 자연스러운가 하는 의문이 드는 것이다.

그동안 시조의 화자가 미적 균열을 일으키는 경우는 거의 없었다고 해도 과언이 아니다. 그 점에서 이우걸 시법(詩法)이 보여주는 복합성과 중층성의 안목은, 입체적이고 다양한 아이러니적 사유를 시조 안에 이끌어 들이는 적극적이고 창의적인 기능을 보여준다. 그래서 그는 사물에 대해 일방적 몰입을 택하기보다는, 그로부터 일정한 거리를 두면서 어떤 모순된 질서들과 힘겹게 맞서는 것을 선택한다. 이러한 모순의 의미를 표현하는 미학적 양식이 '아이러니'라고 할 때, 우리는 이우걸 시편들이 이러한 '아이러니'의 미학을 온전하게 구현하는 실례라고 말할 수 있을 것이다.

이렇게 이우걸 시인은 현대시조의 양식적 문제들에 대해 진지하고 구체적인 응답을 해왔다. 시인은 우리 사회에 미만(彌滿)해 있는 정신적 공황과 수사 과잉 그리고 진정성 결핍의 내면을 일관되게 비판하면서, '시조' 양식 속에 가장 당대적인 감각을 담아내는 적공(積功)을 일관되게 보여준다. 오직 시조 외길만을 걸어온 시인이 전통적 정서의 재확인보다는 모더니티와의 적극적 교섭을 통해 시조 미학을 확충하려는 노력과 성찰을 보여주는 것은, 시조의 양식적 견지와 확충을 동시에 이루려는 그의 일관된 관심에서 나오는 것이다.

이러한 우리 시대의 징후들에 대한 예리한 비판적 인식과는 달리, 이우걸 시인이 부여하는 또 하나의 시적 지향은 스스로를 추슬러서 일종의 균형 감각을 유지하려는 자기 탐구의 노력에 있다. 그러한 시학적 진경(進境) 가운데서 다음과 같은 완벽에 가까운 정형 미학이 만들어지는 것이 아닌가.

만장처럼 젖은 글발이 하늘에 펄럭인다
저 횡서의 상형문자를 달빛에 비춰보면

추억을 현상해내는 미세한 필름이 있다.

—「기러기·2」전문

　“만장처럼 젖은 글발”로 기러기 떼를 형상화하고, 거기서 “저 횡서의 상형문자”를 ‘달빛’과 함께 각인하고, 그 안에서 “추억을 현상해내는 미세한 필름”을 읽어내는 시인의 시선은, 이렇게 선명한 ‘시간’의 얼굴을 읽고 표현하는 품과 격을 우리 시단에 부여하였다.

　이렇게 아름다운 형상을, 일정한 시간이 지난 후의 ‘추억’으로 보여주는 그의 시안(詩眼)이, 스스로를 운반해온 ‘시간’의 발자국과 함께, 다시 걸어야 할 새로운 길에 함께 하기를 진심으로 기원해본다.

쓸쓸하고 정갈한 존재의 시간
─ 이우걸 시집 『나를 운반해온 시간의 발자국이여』

엄경희[*]

1. 述而不作의 전통을 넘어서

지금까지 현대시조 시인들에게 기법과 내용 면에서 가장 문제시 되었던 과제는 '전통의 현대적 계승과 변용'이라 할 수 있다. 시조 오백년의 전통적 맥락과 근대의 새로운 삶의 맥락을 어떻게 잘 조화시킬 수 있는가를 고민하면서 현대시조는 그 맥을 이어 온 것이다. 여기에는 두 가지 차이를 만들어내야 하는 각고의 노력이 함의되어 있다. 고전 시가와 자유시 둘 다에 대해 현대시조는 차이를 생성하지 않으면 안 된다. 전통을 고스란히 재생산했을 경우 현대시조의 현대적 의미는 상실될 것이며, 반대로 자유시와 차이를 만들지 못하면 그 또한 전통의 계승이라 할 수 없기 때문이다. 이것이 현대시조의 본질적 위치이며 성격이라 할 수 있다.

그간의 현대시조의 내용적 양상을 거칠게 말해보자면 양적인 면에서 자연시가 압도적이었다고 할 수 있다. 이는 우리의 전통적 삶

---

* 2000년 조선일보 신춘문예 평론 부문 당선. 현재 숭실대학교 국어국문학과 교수. 저서로는 『숨은 꿈』, 『시─대학생들이 던진 33가지 질문에 답하기』, 『전통시학의 근대적 변용과 미적 경향』 등이 있음.

의 기반이 농경문화에 있었다는 점을 미루어 생각해 본다면 매우 자연스러운 현상이다. 자연과의 정서적 친밀감을 드러내는 시조의 보편미학은 낯섦보다는 친숙함을 통해 우리의 근원적 서정을 불러일으키는 데 헌신해 왔다. 자연 서정과 더불어 현대시조에서 자주 발견되는 또 다른 내용으로는 고향, 어머니, 그리움, 사랑, 마음, 恨, 尙古美에 대한 예찬 등을 들 수 있다. 작품의 수준에 따라 그 의의가 달라질 수 있지만, 이와 같은 현대시조의 일반적 성향은 전통계승의 측면을 강화했다는 점에서 큰 의의를 지니면서 동시에 현대시조 풍모를 자칫 고착시킬 수 있다는 위험 또한 내포한다.

이우걸 시인의 시조세계는 현대시조가 안고 있는 이 같은 전통의 현대적 계승과 변용의 문제를 깊게 인식하는 데서 출발한다. 아울러 현대시조의 전형화, 고착화에 대해 늘 경계하며 시적 리얼리티를 보다 자신의 '현재성'과 밀착시키고자 노력하는 가운데 생성된다. 시집 『나를 운반해온 시간의 발자국이여』 또한 이 같은 창작의식의 산물이라 할 수 있다.

2. 실존의 조건으로서 생활세계

이우걸 시의 가장 큰 성과는 근대적 생활세계의 경험들을 전통장르와 접목시킴으로써 인간 개체의 내적 진실을 탐구한다는 데 있다. 여타의 현대시조에서 간혹 고풍스럽고 우아한 전통 시가의 틀에 자동적으로 반응하는 관성적 창작 태도를 발견하게 되는데 이는 그야말로 현대시조의 리얼리티를 떨어뜨리는 일이 아닐 수 없다. 그런 의미에서 근대성에 대한 인식은 매우 중요한 사안으로 여겨진다. 이우걸의 근대성에 대한 인식은 일상성에 대한 자각으로 구체화된다. 이에 대해 나는 이미 「산업화 시대의 현대시조」라는 글(『서정과 현실』 2007년 하반기)에서 "이우걸의 시편들이 일상성에 대한 자의식을 가장 깊이 있게 선취적으로 드러낸 것으로 파악된다. 현대인의 개체 의식을 시조라는 전통장르에 자연스럽게 결합시키고 있다는 점에서 이우걸의 시편들은 전통장르의 중압감에서 벗어나 현대시조의 현대적 가능성을 충분히 살려낸 시적 성과라 할 수 있다."라고 평가한 바 있다. 이와 더불어 근대의 일상성에 대해 다음과 같이 언급한 바 있다.

> 근대적 세계에서 개인은 이미 주어진 전체(구조)에 피동적으로 수긍하기를 거부하는 존재인 것이다. 이에 따라 세계와 자아의 긴장관계는 불가피해졌으며 잦은 불화와 갈등 속에서 개인은 자신의 일상을 지탱할 수밖에 없게 되었다. 예를 들어 고전시가에서 소박한 생활 속에서의 안빈낙도를 노래할 경우 그것이 생활시의 면모를 갖추고 있다할지라도 안빈낙도의 노래는 일상이 아니라 오히려 탈일상적 생활태도를 함의한다. 그런 의미에서 고전시가에 담긴 소박한 생활의 국면과 현대시에 담긴 일상의 풍경은 차이를 지닌다.(217면)

부연하자면, 安貧樂道가 반영된 강호가도의 생활시는 급박한 현실에서 벗어나 자연에서의 소박한 생활을 의도적으로 실천한 정신수양의 산물이었다. 여기에는 세속과 거리를 두고자 하는 隱遁의 욕망이 내포해 있다. 이같은 안빈낙도의 태도는 현대시조에도 곧잘 등장하는 태도이기도 하다. 이와 달리 시집 『나를 운반해온 시간의 발자국이여』에서 이우걸 시가 드러낸 생활세계는 그야말로 근대의 일상성이다. 시인은 자연의 품에서의 안빈낙도를 갈구하지 않는다. 시

「촌락을 지나며」에서 "봄볕 겨운 마을에 복사꽃은 피고 있었네 // 복
사꽃은 피어서 마을을 뎁히건만 // 그 꽃잎 곁에서 환할 처녀애들 보
이지 않네."라고 시인은 말한다. 그는 안빈낙도를 구가할 유순한 자
연의 공간마저 온전하지 않은 것이 우리의 현실이라는 사실을 깨닫
고 있는 것이 아닐까? 그의 시선은 자연이 아니라 근로자들의 생활
공간 쪽으로 기운다.

시계가 눈을 비비며
열두 시를 친다
반쯤 남은 커피잔은 화분 곁에서 졸고 있고
과장은 혀를 차면서 서류를 읽다 만다.

문은 굳게 닫혀 있고
의자들은 말이 없다
창밖엔 클락션 소리 목 쉰 확성기 소리
자세히 들여다보니
벽에도 금이 가 있다

―「사무실」 전문

이 시는 표면적으로 따분한 정오의 사무실 풍경을 묘사한 것처럼
보인다. 그러나 이 시의 초점은 권태로움에 있지 않다. 사무실 안에
감도는 무거운 정적을 시인은 굳게 닫힌 문, 말없는 의자를 통해, 그
리고 밖에서 들리는 도시의 소음을 통해 강조한다. 분망하게 소란스
러운 도시의 한 귀퉁이에 자리 잡은 이 정적의 공간은 인간의 마음
을 옥죄는 위압적 분위기를 갖고 있다. 이 같은 사무실에서 누군가

는 마음을 졸이며 생계를 이어가기위해 애쓸 것이다. 이때 소리 없이 마음에 상처와 굴욕과 근심이 생겨나지 않겠는가. 시인은 마지막 행 "벽에도 금이 가 있다"라는 표현으로 이를 암시한다. 이때 "벽에도 금이 가 있다"라는 표현에서 주목할 것은 더함을 뜻하는 보조사 '도'이다. 이 보조사에는 낡은 사무실의 벽만이 아니라 벽처럼 내색 없이 자기 일을 수행해야 하는 사무원의 금 간 마음이 더해져 있다. 시인이 자세히 들여다보고 있는 것은 바로 사무원의 마음인 것이다. 이우걸이 주목하고 있는 생활세계는 시 「사무실」이 보여주는 억압 속에서 전개된다.

식은 채로 병 안에 나는 갇혀 있다
한 때 나를 지켜주었던 견고한 이 질서가
지금은 나를 죽이려
뚜껑을 닫고 있다.

―「물」 전문

세상은 고비 때마다 열쇠를 만든다
평범한 사람들은 그 열쇠를 볼 수가 없고
영악한 몇 사람만이
피 흘리며 뺏어 가진다.

시간이 지나고 보면 열쇠란 재앙 같은 것
못 가져서 평온했던 가난한 손길들이
가져서 상처를 지닌 영혼을 보살핀다.

―「열쇠」 전문

두 편의 시는 생활세계를 직접적으로 묘사하지 않지만 생활세계를 지배하는 은폐된 폭력과 욕망을 암시한다는 점에서 그 시사하는 바가 크다. '물'은 그릇 속에 담겨야만 되는 존재조건을 가진 사물이라는 점에서 사회적 틀을 버릴 수 없는 인간 삶의 존재조건과 닮아있다. 그런데 물은 견고한 질서(그릇)를 필요로 하면서 동시에 그것이 밀폐되었을 때 생명력을 잃게 되는 아이러니를 지닌다. 시인은 이를 "지금은 나를 죽이려 / 뚜껑을 닫고 있다"라고 표현한다. 나를 지켜주던 것이 나를 죽이는 것이 되는 세계, 선과 악이 한 쌍으로 붙어있는 이 시적 세계는 우리의 현실과 결코 멀지 않다. 그런 의미에서 이 시는 인간을 도구화하고 폐기처분하는 사회구조의 알레고리로 읽을 수 있다.

시 「열쇠」는 탐욕스러운 인간의 욕망을 '열쇠'라는 상징물을 통해 의미화한다. "영악한 몇 사람"과 "가난한 손길들"의 대비를 볼 때 열쇠는 현실을 지배하고 장악하는 그 무엇임을 알 수 있다. 이 같은 열쇠를 "고비 때마다" 만들고, 빼앗고 상처받는 영악한 아귀다툼이 우리 삶의 실상일지 모른다. 시인은 "시간이 지나고 보면 열쇠란 재앙 같은 것"이라고 우리 욕망의 헛됨을 경고한다. 뿐만 아니라 "못 가져서 평온했던 가난한 손길들이 / 가져서 상처를 지닌 영혼을 보살핀다."라고 말함으로써 善을 앞세운 평온이 결국 인간의 삶을 보살핀다는 윤리의식을 드러낸다. 이우걸 시세계에서 이 같은 생활세계의 국면들은 실존의 구체적 조건으로 의미화된다.

3. 헛된 욕망을 걸러내는 존재의 쓸쓸함

이우걸의 현실인식은 거대한 관념적 이데올로기로부터 자각되는 것이 아니라 생활세계의 사소하고 일상적인 경험에 의해 자각된다. 그런 의미에서 그의 현실인식은 매우 구체적으로 전달되곤 한다. 이 같은 현실인식은 이전 시집『지상의 밤』(시선. 2004년)에서 여성적 화해의 지평과 맞물리면서 생활의 복합적 국면으로 의미화되기도 했다. 이전 시집에서 강조된 것이 현실의 모순을 화해의 원리로 풀어가려는 인고적 태도였다면 이번 시집『나를 운반해온 시간의 발자국이여』에서 부각된 문제는 부조리한 현실과 맞물려 있는 존재의 문제라 할 수 있다. 그는 이제 계략과 지배와 욕망이 엉켜있는 현실의 둘레 속에서 실존에 대한 근원적 물음을 본격적으로 제기하고 있는 것이다. 그에게 반복되는 일상의 다양한 경험은 존재 밖에 놓인 사건의 장이 아니라 한 존재가 이끌고 가는 시간의 의미에 직접적으로 관여하는 존재조건이라 할 수 있다.

각주도 나보단 팔자가 낫다고
뒷 페이지에 앉아서 투덜거릴 때가 있다.
세상이 그런 불평을 받아 주진 않지만.

序들처럼 유려하게 얼굴을 내밀 수 없고,
결론처럼 화끈하게 주장을 펼 수 없다는,
카니발 뒷좌석에 앉은
부록들의
불만을

―「부록」 부분

마침내 병든 노을이 잇몸까지 스며들었다

탐욕이 씹어 삼켰던 육질들의 보복이리라

강자라 믿었던 존재의

쓸쓸한 부식이여.

―「치과에서」 부분

각주도 서언도 결론도 아닌 부록 인생은 부차적이고 주변적인 한 생을 의미한다. 시인은 뒷좌석으로 밀려난 자의 쓸쓸함과 소외감을 "세상이 그런 불평을 받아 주진 않지만"이라고 말한다. 그의 다른 시에 보이는 "유통기한 지난 것들은 사체처럼 부식한다"(「꽃」), "시간은 지난 영웅을 빠르게 지워버린다"(「링」)와 같은 구절에도 쓸쓸한 존재의 시간이 함의되어 있다. 일상 속에서 중심에 편입되기 위해, 화려한 꽃을 피우기 위해, 적을 무너뜨리고 영웅이 되기 위해, 세간의 좋은 평판을 얻기 위해 우리는 시간과 얼마나 많은 싸움을 하는가. 그러나 시간은 영광의 화환이 아니라 '병든 노을'을 선사한다. "탐욕이 씹어 삼켰던 육질들의 보복"으로 되돌아오는 존재의 "쓸쓸한 부식" 앞에서 시인은 존재의 시간이란 무엇인가 묻고 있는 것이다.

모든 존재의 시간 속에는 결코 망각할 수 없는 추억과 상처와 흉터가 있다. 시인은 시 「상처」에서 내면화된 상처를 "수박 묘종 빛내어 허한 희망 심어 놓았던 / 물바다 된 강가 밭 가물가물한 이랑 끝에서 / 빗줄기 맞으며 서있던 / 아버지 / 모습 같다."고 고백한다. 이때 주목할 것은 풍경의 참담함이 아니라 그 풍경 속에 서 있는 '아버지'라는 존재에 대한 기억이다. 아버지에서 아들로 이어지는 시간과 상처의 유대를 바라보며 시인은 자신의 존재성을 객관화하고 있음이리라. 이 같은 쓸쓸한 존재 성찰은 이우걸의 시에서 비탄과 회한으로 기울지 않는다. 시 「흉터」에서 "망각이 결코 미덕만은 아니다 / 칠흑이 비워주는 별빛의 형형함으로 / 새로운 행로를 위해 / 나는 너를 읽고 있다."고 말함으로써 시인은 스스로의 정신을 다지는 견고한 자세를 드러낸다.

시집 『나를 운반해온 시간의 발자국이여』에는 부조리한 일상적 사태와 존재의 실존적 국면이 긴장감 있게 교직되어 있다. 현실에 대한 예리한 판단과 존재에 대한 수긍이 유기적으로 맥락화되고 있는 것이다. 그런데 이우걸의 이 같은 시적 맥락을 이끌고 가는 근본 동력은 부정이 아니라 삶에 대한 긍정에서 비롯됨을 말할 필요가 있을 듯하다. 이 시집에 실린 많은 시편들에는 삶에 대한 밝은 의지가 담겨 있다. 긍정의 의지로써 그는 일상과 존재의 어둠을 닦아낸다. 거기에 존재의 쓸쓸함이 정갈하고도 고요하게 자리해 있다. 시인은 "철없는 가을이 서둘러 저질러놓은 / 저 질펀한 선홍을 한 잎 한 잎 닦아내며"(「비·2」) 더 깊은 존재의 시간에 이를 것이다.

균열의 시학
─이우걸 시집『나를 운반해온 시간의 발자국이여』

박민영*

이우걸의 시집『나를 운반해온 시간의 발자국이여』(2009년, 천년의 시작)에 실린 작품들은 시조다. 그러나 시집을 읽으며 한눈에 그것이 시조임을 알아채기란 쉽지 않다. 그만큼 이우걸의 시조는 내용은 물론 형식적인 면에서도 유연하고 자유로워 보인다. 자연스럽게 행갈이를 하고 연을 구분하면서도 시조 고유의 정형률을 유지한다는 것, 그러니까 정형률을 효과적으로 운용하여 그 틀을 뛰어넘는 자유로움을 확보했다는 것은 이우걸 시조가 갖는 가장 큰 성과일 것이다. 그의 작품은 시조라는 장르가 갖고 있는 최소한의 형식만 계승하고 그 이외의 관습적인 면에서 벗어난, 그야말로 전통을 현대적으로 변용시킨 결과다.

그러면 내용과 형식에 있어서 이미 현대시 못지않은 자유로움을 성취한 시인에게 시조의 형식은 어떤 의미가 있을까. 나는 이 글에서 시인이 선택한 시조라는 장르가 그의 상상력의 세계와 어떠한 연관성을 갖는지에 대해 살펴보고자 한다.

---

* 이화여자대학 국문과 및 동대학원 석사과정 졸업. 한림대 대학원에서 박사학위를 받음. 1990년 월간『현대시학』에 평론을 발표하며 등단. 저서로는『현대시의 상상력과 동일성』, 『행복한 시읽기』,『현대시 산책』,『매혹의 언어』,『시인, 영화관에 가다』등이 있다. 현재 성신여대 교양학부 부교수.

시계가 눈을 비비며
열두 시를 친다
반쯤 남은 커피잔은 화분 곁에서 졸고 있고
과장은 혀를 차면서 서류를 읽다 만다.

문은 굳게 닫혀 있고
의자들은 말이 없다
창밖엔 클락션 소리 목 쉰 확성기 소리
자세히 들여다보니
벽에도 금이 가 있다.

-「사무실」 전문

　시집의 첫머리에 실린 작품이다. 전통적인 시조가 자연을 배경으로 이른바 안빈낙도의 삶을 예찬하거나, 님을 향한 절절한 그리움 따위를 노래한 것에 반하여 이우걸의 시조에는 현대인의 일상적인 삶의 모습이 그냥 그대로 담겨져 있다. 위의 시에서와 같이 사무실이 나오거나, 자동차 카니발의 뒷좌석, 버스 종점, 혹은 건물이 철거된 공터가 작품의 배경이 된다. 우리가 일상에서 쉽게 만나는 공간들이다.

　드물기는 하지만 전원의 풍경도 나온다. 그러나 전원은 아름다움의 공간이 아닌 '더 이상 아름답지 않은 낯선 곳'으로 그려진다. 복사꽃 핀 마을을 노래한 시「촌락을 지나며」를 보면, 복사꽃 곁에 처녀애들이 보이지 않음을 낯설어 하는 시인의 시선을 느낄 수 있다. 복사꽃이 피고 그 꽃그늘에 처녀애들이 환하게 웃고 있는 세계가 전통시조의 공간이라면, 이우걸의 시조는 그러한 목가적인 공간이 더 이상 존재하지 않음을 시사한다.

시 「사무실」은 도시의 한 구석에서 벌어지는 일상의 한 부분을 소재로 했다는 점에서 자연을 노래하고 찬미하는 전통시조와 차별화된다. 시인은 사무실 안에 있고 시간은 정오다. 나른한 풍경 속에 과장은 혀를 차면서 서류를 읽다 만다. 사무실은 외부와는 철저하게 단절된 침묵의 공간으로 나온다. 이에 반해 외부 공간은 더 빨리 가기 위해 클랙슨을 누르고, 더 많이 팔기 위해 확성기에 대고 소리치는 소란스러운 공간이다. 이러한 외부 공간과 적막하고 안온한 내부 공간은 벽으로 나뉘어져 있다. 그러나 벽이라는 질서에 의해 둘러싸인 사무실은 안온하되 행복한 공간으로는 그려지지 않는다. 권태로움과 불편함이 사무실 곳곳에 스며들어 있다. 이때 시인은 벽을 자세히 들여다보며, 벽에도 금이 가 있음을 발견한다.

벽에 금이 가 있다는 것은 벽이 낡았거나, 크고 작은 충격을 받았다거나, 아니면 벽 자체가 부실하기 때문일 것이다. 무슨 이유에서건, 분명한 것은 금이란 단단하고 오래된 것에 간다는 사실이다. 그러니까 겉보기에 견고하고 매끈할수록 시간이 지나면 균열될 가능성이 크다.

그런데 문제는 금 간 것이 비단 벽뿐만이 아니라는 데 있다. 굳은 자세로 무겁게 침묵하는 사무실의 사물들도 어딘가 갈라져 있을 것이다. 짜증스럽게 혀를 차는 과장의 마음에도 틈새가 생겼을 것이며, 벽을 들여다보고 금이 가 있음을 새삼스럽게 발견하는 시인 자신의 마음에도 이미 균열이 진행되고 있었을 것이다.

굳이 면벽참선을 거론하지 않더라도, 벽을 들여다보는 행위는 곧 마음을 성찰하는 행위와 맞물린다. 결국 이 작품은 성찰의 행위를 통하여 자신을 둘러싼 견고한 질서에 금이 가있음을 깨닫는 '불편한 순간'을 그린 것이라고 볼 수 있다. 금 간 벽의 틈새는 시인의 마음 속으로 향하는 또 다른 문인 것이다.

현대시조는 시조라는 전통 시 형식에 어떻게 현대적 상상력을 담아내는가, 즉 내용 면에서 관습적인 상상력에서 벗어나 어떠한 방식으로 현대성을 확보하느냐가 가장 큰 문제임을 고려한다면, 일단 이 작품은 도시인의 일상과 자의식을 형상화했다는 점에서 매우 긍정적으로 평가할 수 있다. 형식적인 면에서도 각 연의 초장을 2행으로 나누고 각 행을 한 줄씩 비워 행과 행 사이에 틈새를 만든 점, 2연의 종장을 1연과는 다르게 둘로 나눠서 변화를 준 점 등으로 이 작품은 연시조라기보다는 여느 자유시처럼 보인다. 특히 이 작품이 시각적으로 자유시처럼 보이는 것은 무엇보다 비어있는 행간 때문이다.

나는 이 작품을 되풀이 하여 읽다가, 문득 시의 행간을 비운 것이 시각적인 여유로움과 느린 호흡을 유도하기 위한 것 이외에 어떤 다른 의도를 숨기고 있을지 모른다는 생각을 했다. 그리고 또 하나, 두 연의 종장은 각각 마침표(.)로 마무리되고 있다는 사실이다. 문장이 마침표로 마무리되는 것은 당연한 일이나, 그러나 이 시집에 실린 시조에서 마침표는 대부분 종장 끝에만 찍혀있다. 초장이나 중장은 한 개의 문장으로 끝나도 마침표가 찍히지 않는다. 심지어 시 「비」의 1연의 경우, 예전의 시집 『그대 보내려고 강가에 나온 날은』(2000)에서는 각각 '…않는다.'로 끝나는 초장과 중장 말미에 마침표가 찍혔으나, 이 시집에 재수록 되면서 초장과 중장 끝의 마침표는 사라지고 대신 종장 끝 '지워 버리며.'에 마침표가 찍혔다. 왜 시인은 이 시집에서 종장 끝에 마침표를 고집스럽게 찍고 있는 것일까. 이 시집에 두드러진 성과인 형태의 유연함과 종장의 마침표는 무슨 연관이 있을까.

나는 앞에서 시인이 선택한 시조라는 장르가 그의 상상력의 세계
와 어떠한 연관성을 갖는지에 대해 살펴보겠다고 하였다. 이제 와서
이우걸 시조의 현대성이라든가 미적인 완성도에 대해 논하는 것은
앞선 연구자들의 논의를 반복하는 것에 지나지 않는다. 시조로써 자
유시 못지않은 형식의 유연성을 구현한 이우걸 작품에 대하여 전통
의 계승과 변용을 논하는 것 또한 마찬가지다. 나는 시집의 첫머리
에 실린 작품 「사무실」을 다시 한 번 살펴봄으로써 시조라는 형식
과 시적 상상력과의 연관성을 알아보겠다.

시집의 첫머리에 실린 시는 시인이 의도했건, 하지 않았건 일정
부분 프롤로그의 역할을 한다. 독자는 시집을 펼치면서 맨 처음 만
난 시를 권두시 삼아 시인의 상상력의 세계를 가늠해 보고자 한다.
나 역시 그랬으며, 그래서 내가 시 「사무실」에서 읽은 것이 시인의
내면으로 통하는 또 하나의 문으로서 '금 간 벽의 틈새'였다.

융의 분석심리학에 따르면 성찰의 과정, 즉 마음 속 진정한 자기
(Self)와 의식적으로 소통하는 일은 인격에 상처를 입히고 그로 인한
고뇌를 겪음으로써 시작되는 것이라고 했다. 단단한 벽, 혹은 견고
한 마음에 생긴 균열이야말로 진정한 자기 자신과 만나기 위한 출발
점인 것이다. 시 「사무실」과 동일한 상상력의 패턴을 보이고 있는
시 한 편을 더 읽어 보기로 하자.

팽팽한 수면이 고요를 이루고 있다
받들면 받들수록 가볍지 않은 무게
호수는 수련잎처럼
따스한 녹색이다.

나는 창을 열고
그 표정을 들여다본다
잊고 있던 상처의 핏빛 울음 같은
내 안의 비밀까지도
거기 엉켜 있다.

-「호수」 전문

이 작품은 호수를 노래하는 것처럼 보이지만, 사실은 「사무실」에서와 같이 금 간 마음의 틈새를 그리고 있다. 시 「사무실」에서 나오는 벽에 간 금의 역할을 이 작품에서는 수련이 하고 있다. 견고한 벽처럼 팽팽한 호수의 수면은 수련잎과 같은 따스한 녹색이다. 그러한 수면 위에 조화롭게 떠 있는 수련의 녹색 잎은, 그러나 호수의 입장에서는 균열이며 붉은 꽃은 금 간 틈새를 비집고 솟아 오른 이물질이다.

수련은 상처의 핏빛 울음 같은 '내 안의 비밀'을 품고 있다. 게다가 그 비밀은 한동안 잊고 있었던, 혹은 잊으려 하던 것이다. 상처의 핏빛 울음에 비유되고 있던 비밀이라면 불편한 진실을 감추고 있기 마련이다. 그러니까 그 비밀이라는 것이 내심 인정하고 싶지 않았던 마음의 어두운 그림자일 수도 있다. 그러나 시인은 "망각이 결코 미덕만은 아니다"(「흉터」)라고 하며, 설혹 그것이 상처라 하더라도 기억해야만 한다고 말한다.

이우걸의 작품에서 마음의 균열은 상처만큼 깊은 문신으로 새겨지기도 하고(「꽃」), 상처를 꿰매고 요오드를 바르는 흉터로 아물기도 하며(「흉터」), 지울 수 없는 바퀴자국으로 변용되기도 한다(「가족사진」). 마음의 균열은 상처를 만들지만, 그 상처는 시간 속에서 흉터로 아문다. 즉, 흉터란 상처를 극복한 세월의 흔적이다.

이우걸의 작품에서 벽이나 호수처럼 단단하고 팽팽한 긴장을 유지하는 시적 대상들은 곧 시인 자신을 상징한다. 그는 이러한 견고함으로 인해 오히려 마음에 금이 갈 수 밖에 없으나 성찰과 각성을 통해 스스로 흉터로 아물린다. 이런 시인의 상상력을 가장 효과적으로 담아낼 수 있는 그릇이 정형화된 율격의 견고한 형식을 갖고 있는 시조다.

다시 시「사무실」로 돌아가 보자. 시인이 사무실의 단단한 벽에서 균열을 발견하고 작품을 쓸 때, 그것을 읽는 독자인 나는 그가 벽에 간 금을 따라 '의도적으로 벌린' 행간의 틈새를 보았다. 행과 행 사이의 공간들은 금 간 벽의 틈새이자, 균열된 마음의 갈피에서 모습을 드러낸 불편한 자의식의 연한 속살이다. 그리고, 아니 그러나, 딱 여기서 멈춰버린다. 그는 정작 상처의 깊은 속내를 드러내지 않는다. 이 시집 어디에서도 '상처의 핏빛 울음 같은 비밀'의 실체를 찾을 수 없다. 나는 다만 그가 아물린 흉터를 보고, 그가 지내온 '시간의 발자국'을 되짚으며 그 상처의 깊이를 짐작할 뿐이다.

　　나를 운반해온 시간의 발자국이여
　　상처를 꿰매고 요오드를 바르는
　　가파른 생의 기록을 너는 새겨놓았구나.

　　서투른 보행으로 걸려 넘어지고
　　스스로 힘겨워 무릎을 꿇기도 했던
　　지금은 추억으로만 다가오는 이름 이름들.

망각이 결코 미덕만은 아니다

칠흑이 비춰주는 별빛의 형형함으로

새로운 행로를 위해

나는 너를 읽고 있다.

─「흉터」 전문

　결국 금 간 마음은 그 모습 그대로 흉터가 되어 아문다. 초장 중장 종장 3장 6구로 이루어진 시조의 형태가 아무리 파격적으로 뒤틀리고 벌어져도 결국 마지막에 '딱 여기까지 시조 한 수'라고 찍는 마침표가 그것을 말해준다. 위의 작품에서도 "…미덕만은 아니다"로 마무리되는 3연의 초장에는 마침표가 없으나 각 연의 종장에는 마침표가 찍혀있다. 앞에서 인용한 작품「호수」에서도 역시 "…이루고 있다…" "…들여다본다"로 마무리되는 1,2연의 초장에는 마침표가 없으나, 각 연의 종장인 "…녹색이다." "…엉켜있다."에는 마침표가 찍혀 있었다.

　'칠흑이 비춰주는 별빛의 형형함', 그러니까 어둠이 없다면 별도 빛나지 않을 것이고, 단단하지 않았다면 균열도 생기지 않았을 것이다. 정해진 형식이 없으면 파격도 없다. 유연함과 자유로움은 역설적으로 견고한 형식에서 비롯된다. 나는 이우걸의 새 시집을 읽으며 시조에서 자유로움을 지향하지만 정작 자유시로는 절대 넘어가지 않을 시인의 견고한 상상력의 세계를 엿보았다.

이우걸 시인의 「꽃」

조 동 화[*]

한 시인에게 있어 생애 최고의 꽃은 어떤 경로를 밟아 피어나는 가. 시인마다 영감을 얻는 방법이 다르고, 창작에 임하는 자세도 다르며, 명작과 태작(駄作)의 갈림길에서 기울이는 내공 역시 다 다르기에 일률적으로 규정하기는 어려울 것이다. 다만 현대시란 음풍농월의 즉흥시가 아니므로 다소의 편차는 있을지언정 백에 아흔아홉은 고뇌의 산물이라 해도 과언은 아니리라.

일찍이 사실주의의 거장 플로베르는 글쓰기의 고통을 일러 "심장과 두뇌를 짜서 마침내 그것을 고갈시키기 위한 과정"이라고 설파한 바가 있거니와, 아닌 게 아니라 어느 고비에서 한 단어, 혹은 한 어구를 찾아내기 위해 고뇌할 때의 괴로움이란 글을 쓰는 사람이라면 익히 경험하는 일이다. 더욱이 시인이란 언어의 무성한 잎보다는 그 가장 아름다운 고갱이인 꽃을 지향하는 사람들이 아니던가.

시인이 시를 얻는 일은 한 그루의 과일나무가 열매를 익히는 일과 매우 흡사하다. 봄부터 가을까지 하루하루 무거워지는 열매들을

쥐고 안간힘으로 버티어 보지만 어느 하루 드센 비바람에 우두두 떨어뜨리기도 하고, 우듬지에 높이 달려 틀림없는 상품이 되리라 믿었던 실한 놈들도 까치가 날아와 한두 번씩 쫌으로써 허무하게 결딴나 버리기도 한다. 그래서 여간 큰 나무라 하더라도 최상품이 그리 많이 나오는 것은 아니다.

따라서 한 시인의 대표작 선정은 최상품만을 모은 박스(시선집)가 있다면 우선 그것을 대상으로 골라내는 것이 온당하고, 그것이 없다면 여러 개의 박스들(시집들) 가운데서 최상품 몇 개씩을 골라낸 다음, 수고스럽지만 그 중에서 다시 가장 굵고 색깔이 밝으며 향기도 좋은 한 개만을 선별해야 한다. 그리고 이 일은 고르는 사람에 따라 결과가 일치하지 않는 경우가 많은데. 어느 경우에나 탓할 일은 아니다. 어떤 이는 첫눈에 A를 고르는데 반해 또 다른 이는 굳이 A를 마다하고 B를 고르기를 주저하지 않는다. 사람에 따라 보는 눈이 그만큼 다르다는 증거다.

    I

꽃들은 보충질문처럼 조금씩 열려 있다
벌들은 그 문을 잘 알고 드나든다
친수성(親水性) 잎들이 빚은 신록 같은 이 아침.

    II

스스로는 알 수 없는 생의 유한 때문에
항상 웃고 있지만 슬픈 바코드다
꼭 한 번 맞고 싶었던 이 절정의 순간에도.

Ⅲ

언젠가 일궈야 할 나만의 영토를 위해

상처만큼 더 깊숙이 문신을 새기며 산다

향 깊은 목숨일수록 억센 가시 세우며.

Ⅳ

유통기한 지난 것들은 사체처럼 부식한다

전율과 응혈이 그 안에 담겨 있다

받은 명 곱게 익혀서 씨앗으로 남기기 위해.

—이우걸 「꽃」 전문

　보다시피 이 시조는 「꽃」이라는 한 제목 하에 네 수의 시조를 나열하고 있다. 그러니까 유재영 시인의 「가을 은유」 경우처럼 전체적으로 연시조의 모양새를 유지하면서 단수로서의 성격도 잘 살린 경우라 할 수 있다. 즉 Ⅰ, Ⅱ, Ⅲ, Ⅳ의 각 수가 「꽃」이라는 제목에 잘 집중하면서 아울러 각 수가 독립된 단수로서의 아름다움을 고스란히 잘 드러내고 있는 작품인 것이다.

　이우걸 시인은 1973년 등단한 이래 공저를 제외하고 개인 시집만 꼽아도 총8권의 시집을 상재했다. 따라서 전체 작품의 형태를 분석해 보는 일은 쉽지 않은 작업이므로 여기서는 편의상 텍스트 「꽃」의 출전이라 할 수 있는 그의 최 근래 시집인 『나를 운반해온 시간의 발자국이여』에 수록된 작품만을 대상으로 하여 그 전체적인 형태적 특성에 접근해 보고자 한다.

　이 시집에는 총 66수의 작품이 실려 있는데, 이것을 형태별로 분석해 보면, 단수가 12수, 두 수로 된 연시조가 40수, 세 수로 된 연시

이우걸 시인의 「꽃」·조동화　261

조가 13수, 네 수로 된 연시조가 1수라는 분포를 보이고 있다. 이로 미루어 시인이 가장 선호하는 형식은 두 수로 된 연시조이며, 그의 시조를 쓰는 호흡 역시 유장하다기보다는 비교적 짧은 축에 든다는 사실을 확인할 수 있다. 그리고 이 가운데 텍스트로 선정된 작품이 두 수로 된 연시조나 세 수로 된 연시조가 아닌, 단 1수의 분포를 보이고 있을 뿐인 네 수의 연시조로 된 작품이라는 사실은 매우 이 채로운 점이라 하겠다.

먼저 작품의 내용면을 살펴보면, 'Ⅰ'은 '친수성(親水性)의 잎들이 빚은 신록이 유난히 밝은 아침에 꽃들은 흡사 보충질문처럼 피어 있 는데 벌들이 그 향기의 길을 따라와 드나든다.' 정도가 될 것이다. '친수성'이라는 말이 하필 쓰이고 있는 까닭은 아마도 물이 생명의 근원이라는 인식에서 비롯된 표현이 분명하고, '꽃들은 보충질문처 럼 조금씩 열려 있다'는 것은 시인이 보고 노래한 꽃이 내부가 훤히 들여다보이는 꽃이라기보다는 내부를 여간해서는 잘 살필 수 없는 주둥이가 좁은 통꽃이 아닌가 한다.

'Ⅱ'는 '스스로는 알 수 없는 삶의 유한함 때문에 꼭 한 번 맞고 싶었던 이 절정의 꽃 피는 순간에도 꽃은 항상 자신의 숙명에 따라 웃고 있지만 잠깐 피었다가 스러지는 슬픈 기호일 따름이다.' 정도 의 풀이가 될 것이다. 여기서 눈에 띄는 단어는 '바코드'라는 단어이 다. 참고로 '바코드'의 백과사전 풀이를 보면, '컴퓨터가 읽고 입력 하기 쉬운 형태로 만들기 위하여, 문자나 숫자를 흑과 백의 막대 기 호와 조합한 코드를 말한다. 광학식 마크판독장치로 자동 판독되며, 상품의 종류, 도서 분류, 신분증명서 등에 사용된다.'라고 정의되어 있다. 그렇다면 꽃이 왜 슬픈 바코드가 되는가? 그것은 십중팔구 '화 무십일홍(花無十日紅)'이라는 꽃의 숙명(宿命) 때문일 터이다. 여기에 이르러 꽃의 정체는 더 이상 불가해의 것이 아니다. 이것은 바로 모든 유한한 생명들의 대유다.

'Ⅲ'은 '언젠가는 일구어 남겨두고 떠나야 할 자신만의 세계 구축을 위해 큰 꿈을 가진 목숨일수록 내적 성숙을 위한 자기방어의 벽을 세우며 상처보다도 더 깊숙이 자신의 독특한 개성을 확립하기 위해 혼신의 노력을 기울인다.' 정도의 풀이를 할 수 있을 듯하다. 목욕탕에 가 보면 상당수의 문신(文身)을 새긴 사람들을 만날 수 있다. 문신의 종류도 제한이 없다. 용, 호랑이, 고양이, 잉어, 거북이 등의 문신이 있는가 하면 나비, 꽃, 거미, 벌 등의 문신도 있다. 그러나 그 모든 문신들은 유전자 변이(變異)를 일으키지는 않는다. 즉 피부에 아무리 깊고 짙게 새긴 무늬도 F1으로의 형질의 전이(轉移)는 이루어지지 않는다. 그렇다면 작품 속에 나오는 '문신'은 무엇을 의미하는 것일까? 우리가 다 알고 있는 바대로 꽃은 식물의 생식기관이다. 꽃들은 피어서 충매화든 풍매화든 꽃가루 수정을 거쳐 씨방 속에 씨앗이라는 미래를 간직한다. 꽃들이 속수무책으로 져도 흡사 불사신처럼 1년 뒤에 다시 피어날 수 있는 까닭이 바로 여기에 있다. 이 문신의 의미는 최종 넷째 수에서 마침내 그 확실한 정체를 드러낸다.

'Ⅳ'는 '유통기한 지난 것들은 사체처럼 부식하게 마련이다. 그러나 받은 명 곱게 익혀서 씨앗으로 남기기 위해 혼신의 힘을 다한 한 생명의 전율과 응혈이 그 안에 담겨 있다.'라는 풀이가 가능할 것이다. '유통기한'은 생명들이 창조주로부터 부여받은 활동기간이다. 그 기간이 지나면 모든 꽃들은 종언(終焉)을 고해야 한다. 그러나 그렇다고 꽃들이 속절없이 그냥 무로 돌아가는 것은 아니다. 자신과 똑같은 개성을 지닌 씨앗을 위해 살 떨리는 전율과 피 맺히는 노력을 쏟아 붓기를 주저하지 않는다. 자기 자신의 형질을 쏙 빼닮은 씨앗을 남기기 위해서다. 그렇다면 시인에게 있어서 그가 남기고자 하는 씨앗은 무엇일까? 물론 시인도 사람이니 일차적으로는 그가 낳은 아들딸도 씨앗의 범주에 들기는 할 것이다. 그러나 시인에겐 아들딸 말고 그 자신의 분신이 하나 더 있다. 그가 쓰는 작품이 그것이다. 여기에서 앞서 셋째 수에서 보류해 두었던 문신의 의미는 보다 분명해진다. 그것은 누구의 것과도 결코 비슷하지 않은, 그 자신이 쓴 작품들의 현란한 개성(個性), 바로 그것임이 확연해지는 것이다.

이제까지의 내용 분석을 바탕으로 하여 제재와 주제를 정리해 보면 제재는 제목 그대로 '꽃', 주제는 '생명, 또는 개성 창조의 의미' 정도가 아닐까 한다.

다음으로 이 작품의 기교면을 살펴보기로 한다.

Ⅰ에는 초장과 종장에 각각 하나씩의 직유가 보인다. 그 중 첫 번째 직유가 예사롭지 않다. '꽃'이 원관념이고 '보충질문'이 보조관념인데 단순한 은유 이상의 난해함으로 다가온다. 직유라고 해서 무조건 쉬운 비유가 아님을 이 대목은 잘 보여준다. 김수영의 「적」이라는 작품의 첫머리를 보면 "더운 날 / 적(敵)이란 해면(海綿) 같다 / 나의 양심과 독기(毒氣)를 빨아먹는 / 문어발 같다." 라는 직유로 시작된다. 보는 바대로 이 직유는 '적(敵)'이라는 하나의 원관념에 '해면과 문어발'이라는 두 개의 보조관념이 겹쳐 있다. 그런데 이 직유는 이해가 결코 쉽지 않다. 원관념과 보조관념의 유사성이 잘 드러나지 않기 때문이다. "꽃들은 보충질문처럼 조금씩 열려 있다"는 이 직유도 '꽃'과 '보충질문'의 유사성이 쉽게는 드러나지 않는다. 오히려 꽃은 보충질문이라기보다는 주 질문의 성격을 더 많이 가졌기 때문이다. 그렇다면 시인은 이 대목에서 잎들을 주 질문으로 상정하고 꽃

들을 보충질문으로 비유했을지도 모를 일이다. 아무려나 이 직유는 일종의 '이질적 사물의 폭력적 결합'에 가깝다고 할 수 있다. 그만큼 원관념과 보조관념의 거리가 먼 것이다.

Ⅱ에는 중장에 멋진 은유 하나가 보석처럼 박혀 있다. '항상 웃고 있지만 슬픈 바코드다'가 그것이다. 그런데 이 은유는 원관념이 본문에는 생략되어 있고 보조관념 '바코드'만 밖으로 나타나 있다. 그러나 제목과 Ⅰ의 초장에 원관념 '꽃'이 나타나 있어 이 비유는 그리 어렵지 않다.

Ⅲ에는 중장에 '문신을 새기며 산다'라는 의인법이 보이고, Ⅳ에는 초장에 '사체처럼 부식한다'라는 직유 하나와 '전율'과 '응혈'이라는 은유가 보인다. 특히 이 은유는 Ⅲ의 꽃이 새긴 문신, 즉 그 자신의 독특한 형질이 Ⅳ에서 꽃은 부식하지만 씨방에서 씨앗으로 영글어 가고 있음을 잘 보여준다.

이 외에도 이 작품에는 약방의 감초처럼 각 수마다 변화법 가운데 하나인 도치법이 적절히 사용되어 어순을 바꾸어 주면서 정형시가 가지기 쉬운 통사구조의 단조로움을 탈피하고 있다. 만일 이 도치법이 없었더라면 이 작품은 생각보다 훨씬 밋밋했을 것임에 틀림이 없다.

이것으로 선택한 텍스트에 대한 분석은 끝난 셈이다. 이제 이우걸 시인의 시조 전반에 관한 약간의 사족을 덧붙이는 것으로 이 글을 마무리할 계제가 되었다.

우리가 주지하는 바대로 이우걸 시인은 민족시 시조에서 70년대 전반부를 빛낸 시인들 가운데 박시교, 유재영 등과 더불어 한 중요한 축을 형성하고 있는 시인이다. 무작위로 신작 네댓 편씩을 받아 이름을 가리고 시인을 맞춰보라면 가장 쉽게 지은이를 맞출 수 있는 사람이 그가 아닐까 한다. 이것은 그의 시조가 그만큼 독특한 개성으로 이루어져 있다는 데 기인한다고 본다. 그렇다면 그의 시조의 독특한 개성을 형성하는 요소는 대체 무엇일까?

그것은 첫째 그의 작품들이 걸친 현대적 의상, 곧 그의 시조를 이루고 있는 시어들에 그 이유가 있다고 본다. 그의 작품 한 편을 보기로 하자.

시계가 눈을 비비며 // 열두 시를 친다 // 반쯤 남은 커피잔은 화분 곁에서 졸고 있고 // 과장은 혀를 차면서 서류를 읽다 만다.

문은 굳게 닫혀 있고 // 의자들은 말이 없다 // 창밖엔 클락션 소리 목 쉰 확성기 소리 // 자세히 들여다보니 // 벽에도 금이 가 있다.

—「사무실」 전문

이 작품은 그의 시집 『나를 운반해온 시간의 발자국이여』 제1부 첫머리를 장식한 작품이다. 이 시조에 사용된 중요 단어들을 살펴보면, '시계', '커피잔', '과장', '서류', '의자', '클락션', '확성기', '벽' 등인데, 이들은 하나같이 전통의 시조 작품들이나 다른 시인들의 작품들에서는 쉬 나타나지 않는 면면들이다. 옷이 날개라는 말이 진작부터 있어왔지만 전혀 새로운 천 조각들을 잇대어 이룩한 옷자락들이 낯설다. 시조에 사용된 시어로서는 가위 획기적이라 할 만큼 신선한 느낌으로 다가온다. 낯선 천, 낯선 디자인의 옷 한 벌이 그의 시로 하여금 다른 시인들의 시와는 전혀 다른 대립각을 형성하게 하고 있는 것이다.

그의 시조의 독특한 개성을 형성하는 요소 가운데 둘째는 명징(明澄)한 비유에 있지 않은가 한다.

실로폰 소리를 내는 / 가을날의 기인 편지.

─「비」 부분

져서도 잊혀지지 않는 / 내 영혼의 / 자줏빛 상처.

─「모란」 부분

추억을 현상해 내는 미세한 필름이 있다.

─「기러기·2」 부분

담담히 나를 다스릴 / 떨켜 같은 / 손이 있을 뿐.

─「이별 노래」 부분

돌아와 / 가슴에 닿는 / 깊은 올의 현악기.

─「봄비」 부분

　이 빛나는 비유들 역시 그의 시집『나를 운반해온 시간의 발자국이여』에서 이리저리 눈에 띄는 대로 몇 개 무순으로 뽑아본 것이다. 다시 찬찬히 보니 네 번째 직유로 된 것을 제외하고는 모두 은유다. 그런데 하나같이 독창적이면서 명징한 이미지로 다가오는 비유들이 절로 탄복을 자아낸다. 우리가 잘 아는 바대로 새로운 비유는 그것을 만든 시인이 처음 사용하게 되지만 두 번 다시 그것을 사용하지는 않는다. 물론 다른 시인도 이것을 제 것으로 가져다 쓸 수는 없다. 개발자든 개발자가 아니든 두 번째로 쓰는 순간 이미 그것은 죽은 비유가 되기 때문이다. 그런 의미에서 시인의 비유는 어디까지나 일회용이다. 남이 결코 도둑질할 수 없는 시인의 비유, 영원히 한 시

인만의 자산으로 남아 있을 이것은 그래서 또한 시인 자신의 독특한
개성으로 직결될 수밖에 없는 것이리라.

이순(耳順)이 다다른 곳
─이우걸 시집 『주민등록증』론

박정선[*]

1.

　이우걸 시인의 신작시조집 『주민등록증』을 받았다. 생각해 보니 필자가 이우걸 시인을 알게 된 것은 겨우 일 년쯤 전이었다. 몇 번의 엇갈림 끝에 시인과의 첫 만남이 이루어졌고, 그 뒤 몇 차례의 우연한 또는 예정된 만남이 이어졌다. 그러한 만남의 자리에서 우리의 대화는 주로 시인이 이끌어갔고, 시인의 화제는 대부분 시조에 관한 것이었다. 눈빛을 빛내며 이야기를 이어가는 시인에게서 시조시인으로서의 자의식과 창작에 대한 열의, 그리고 시조의 현재와 미래에 대한 고민을 읽을 수 있었다. 아울러 이순을 훌쩍 넘긴 나이에도 여전히 청년 못지않은 열정을 품고 있음에 놀랐다. 거의 한 세대의 연배 차이가 나는 시인과 필자 사이를 시조가 매개하고 있었던 셈인데, 그 같은 인연이 참 신기롭다는 생각도 들었다. 내게 신작시조집 『주민등록증』이 전해진 것은 그러한 인연이 낳은 또 다른 인

* 경북대학교 국어국문학과 및 동 대학원 졸업, 현재 창원대학교 국어국문학과 교수. 저서로는 『임화 문학과 식민지 근대』, 『파시즘미학의 본질』(공저), 『언제나 지상은 아름답다─임화 산문선집』(편저) 등이 있음.

연의 하나이리라.

이우걸 시인의 시집을 읽으면서 무어라 쉽사리 설명할 수 없는 어떤 복잡한 감정을 느꼈다. 그것은 시조의 운명과 관련되어 있다. 앞서 고백했듯이 필자는 최근까지 이우걸 시인과 그의 시조를 전혀 알지 못했다. 이것은 부끄러운 일인데, 40년이 넘는 시력(詩歷)을 지닌 시인의 존재를 몰랐다는 것은 시를 연구하고 가르치는 일을 업으로 삼고 있는 자로서 필자의 게으름과 무책임함에 일차적인 원인이 있다. '정형시'인 시조가 '자유시'와 더불어 현대시의 한 축을 이루고 있음을 망각해 왔던 것이다. 이에 대해서는 변명의 여지가 없다.

그런데 여기에는 보다 복잡한 현실적 사정이 개입되어 있는 것 같다. 한국의 경우 다른 나라에 비해 수많은 시인들이 활동하고 있어서 그들 모두를 알기란 사실상 어렵다. 또한 중앙문단과 지역문단이 분할되어 있고, 중앙문단 중심으로 문학판이 짜여 있다. 그런데 시조 창작의 주요 산실은 지역문단이다. 거기다가 무엇보다 시조 장르에 대한 무관심이 의외로 넓게 확산되어 있다. 그 같은 여러 가지 원인들이 중첩되면서 시조는 독자의 관심권 밖에 존재하는 문학으로 취급되어 온 것이 아닐까? 이러한 혐의에서 필자 역시 자유롭지 못하다.

시조의 현대적 위상과 관련된 이야기를 조금 더 해 보자. 극단적으로 말해서 한국 현대시사는 시조를 지워온 역사라고도 말할 수 있다. 즉 시조는 일제강점기 시문학사의 구도에서 주변부적 장르로 기술되었고, 해방 이후의 시문학사에서는 아예 배제되었다. 거기에는 시조에 대한 부정적 인식이 개재되어 있다. 이는 현대문학 초창기부터 지금까지 지속되어 온 것으로, 단형이면서 정형인 시조는 현대 사회의 복잡다기한 모더니티를 표현하기에 부적절하다는 것이다.

따라서 율격으로부터의 해방이 시의 모더니티를 확보하는 길이라는 것이 현대시단의 지배적 인식이 되었다. 주지하듯이 시는 말을 응축하고 다듬는 것을 본성으로 하는 장르이다. 그러한 특성을 잘 보여주는 하위장르가 시조이다. 그럼에도 시조는 시의 장르적 본질을 체현한 '미학적 토지'로 인식되기보다는 자유로운 표현을 제약하는 '언어의 감옥'으로 간주되어 왔다. 또한 시조시인들은 자연서정에만 몰입함으로써 현대적 삶의 국면에 눈감는다는, 그래서 당대에 대한 긴장력을 상실했다는 인식 또한 지속적으로 재생산되어 왔다. 이러한 인식은 시조의 입지를 위태롭게 하고 있다.

물론 고답주의적이거나 의고주의적인 경향의 시조가 없는 것은 아니다. 그러나 그것을 근거로 시조가 현대에 부적합하다거나 자연서정에만 들려 있다고 주장하는 것은 바람직하지 않다. 그렇지 않은 경우가 더 많기 때문이다. 현대시조가 오랫동안 현대에 걸맞은 형식과 내용을 모색해 왔다는 사실은 시조에 조금만 관심을 기울이면 쉽게 알 수가 있다. 그러한 과제를 붙들고 씨름해 온 대표적인 시인 중 한 사람이 바로 이우걸 시인이다. 구작을 가려 뽑은 시집 5부의 시들만 일별해 보아도 이 점은 분명해진다. 이 시들은 당대 현실에 대한 비판, 삶에 대한 성찰, 그리고 자연과의 교감 등 크게 세 가지 범주로 나누어지며, 형식적 차원에서는 다양한 형태적 실험의 산물이라 할 수 있다. 예컨대 시인은 「소금」에서 부조리한 시대를 '소금'을 맞세워 비판하고 있고, 「이름」에서는 '이름'을 상처입고 남루한 자기 생을 성찰하는 거울로 표상하고 있으며, 「단풍물」에서는 '단풍'을 매개로 자연에서 얻은 지혜를 노래하고 있다. 이로 미루어 볼 때 현실과 삶과 자연은 이우걸 시조의 주된 질료이라고 할 수 있다. 이번 시집은 이 세 가지가 맞물리며 형성된 그의 시세계가 지속되면서도 더욱 깊어졌음을 느끼게 해 준다. 이순의 시학이 도달한 경지를 구체적으로 살펴보자.

2.

　이우걸 시집 『주민등록증』에서 우선적으로 눈길을 끄는 것은 대사회적 메시지를 담고 있는 시편들이었다. 앞서 말했듯이 시조가 현대적 삶과 무관하지 않음을, 시조 형식을 통해서도 당대에 대한 발언이 충분히 가능함을 이 작품들이 잘 보여주고 있기 때문이다. 따라서 이 작품들은 시조에 대한 세간의 고정관념을 타파하는 적절한 사례로 볼 수 있을 것이다. 이 시들에서 시인은 현대 사회의 근본 원리가 지닌 양면성, 자본주의적 욕망과 현대적 삶의 문제성 등을 예각화하여 보여주고 있다. 이 같은 작품군을 대표하는 시로 「아직도 우리 주위엔 직선이 대세다」를 들 수 있다. 한마디로 이 시는 현대 사회의 본질을 '직선'으로 간파하고 그 이면에 도사린 마성(魔性)을 날카롭게 해부한 것으로서, 시인의 직관이 빛을 발한 작품이다.

　　아직도 우리 주위엔 직선이 대세다
　　바로 지시하고 바로 반응하고
　　길들은 산을 뚫어도 스트레이트로 뻗어야 하고.

　　건물들은 눈치껏 가로 세로를 맞추고
　　사람들은 안전선 밖에 일렬로 서야 하고
　　아직도 우리 주위엔 직선이 대세다.

쉽고 편하고 강하다고 생각하지만
직선은 굳으면 칼날이 된다는데
아직도 우리 주위엔 직선이 대세다.
—「아직도 우리 주위엔 직선이 대세다」 전문

이 시에서 시인은 우리 삶의 도처에 '직선'이 존재함을 발견하고, 그것이 현대 사회를 규율하는 지배적 원리로 작용하고 있음을 갈파한다. 사실 자연 만물 가운데 완벽하게 직선을 이루고 있는 것은 어디에도 없다. 직선이란 인간의 관념이 만들어낸 추상일 뿐이기 때문이다. 그런데 이것을 근본 원리로 하여 세워진 것이 인간의 문명이다. 인간은 직선의 원리에 근거하여 길과 건축물을 비롯한 생활의 물질적 도구들을 제작했다. 이는 현대에 이르러 의식을 구성하는 핵심 요소가 되기에 이르렀다. 즉 직선은 신속성과 효율성을 금과옥조로 여기는 현대인의 정신을 표상한다. 우리는 "아직도" 대세인 이 직선적 세계 위에서 삶을 영위해 나갈 수밖에 없다.

그러한 원리를 바탕으로 세워진 현대 문명은 인간을 물질적으로나 정신적으로 행복하게 만들어준 측면이 분명히 있다. 그러나 다른 한 편으로 현대 문명의 '직선성'은 인간을 고통과 파멸의 나락으로 떨어뜨릴 수 있다. 지난 몇 세기에 걸쳐 일어난 군사적, 경제적, 정치적 침략과 전쟁, 계급계층적 억압과 약탈이 이를 증명하고 있지 않은가. 직선의 원리를 신봉하며 남들보다 빨리 강자가 되고자 하는 욕망은 결국 타자에 대한 공격과 약자의 재생산을 낳는다. 실제로 강대국은 약소국의 피 위에서, 소수 특권층은 다수의 희생 위에서 번영을 누려왔다. 그런 점에서 "쉽고 편하고 강하다고 생각하지만 / 직선이 굳으면 칼날이 된다"라는 시인의 발언은 현대의 암흑

면에 대한 근본적 비판이자 반성을 내포하고 있다.

이 시가 현대 전체를 거시적으로 조감한 것이라면, 현대 사회를 미시적으로 해부한 작품들도 시집에서 발견할 수 있다. 그것들은 시인의 시선이 현대인의 삶이 펼쳐지는 주요 무대인 '자본주의 도시'의 여러 문제적 현상을 포착함으로써 탄생할 수 있었다. 그런 만큼 현대에 대한 시적 비판은 이 시들에서 구체적 대상을 통해 이루어지고 있다.

<blockquote>

일층은 경양식집

이층은 커피숍

삼층은 주점

사층은 노래방

마지막 관문을 열면

야누스 모텔이 있다.
</blockquote>

―「반도 빌딩 안내도」 전문

「반도 빌딩 안내도」는 경양식집, 커피숍, 주점, 노래방, 모텔이 수직적으로 배치된 빌딩의 안내도를 객관적으로 묘사한 작품이다. 언뜻 보면 이채로운 장면을 재치 있게 묘사한 소품에 불과한 듯하지만, 여기에는 현대 사회의 부정적 단면에 대한 예리한 문제제기가 스며들어 있다. 시 속의 '반도 빌딩'은 여러 가지 욕망을 신속하고 효율적으로 해결할 수 있게 해 주는 욕망의 백화점이다. 이것 역시 현대의 직선성이 야기한 결과인데, 시인은 소비와 이윤추구의 욕망이 뒤엉킨 상업 빌딩의 안내도를 통해 자본주의 사회의 부정성을 우회적으로 비판하고 있다.

한편 「낮술」에서 시인은 "30년 된 서점을 / 퓨전 술집이 밀어 버"린 자리에서 "초록의 숲이 숨 쉬던 / 정원 같은" 서점을 그리워한다. 그런 상황에서 "복수"하듯 낮술을 마시지만 이윤과 손잡은 도시를 바꾸기는 어렵다. 우리가 균형감각을 갖고 살아가기 위해서는 '변화'와 더불어 '지속'을 필요로 한다. 우리 삶에서 변화는 불가피하지만 변하지 말아야 할 것마저 변할 때, 우리는 무게중심을 잃고 혼란에 빠진다. 그런 맥락에서 시인은 변화와 지속의 균형을 잃고 전자 쪽으로 치달아가는 물신주의적 세태를 개탄스러워하고 있다.

자본주의와 도시는 오늘날 대부분의 현대인에게 삶의 기본적 조건으로 작용하고 있다. 그런데 그러한 문명적 조건을 문제적인 것으로 인식하게 될 때, 우리는 그러한 문제성이 해소된 어떤 세계를 상상하게 된다. 그 상상계를 대표하는 것이 문명과 대척점에 놓인 자연이다. 이우걸 시인의 경우에도 이 같은 인식의 전이과정을 보여주고 있다. 시인은 직선과 욕망에 포위된 도시에서 현대적 삶에 피로감을 느끼고, 정신적 가치의 상실을 안타까워한다. 현대의 병리성에 대한 그 같은 문제의식이 자연에 대한 지향을 낳았다.

초록 숲은 무성하고 새는 노래하고, 산의 정령인 양 샘물은 반짝이고,
꽃들은 바람을 따라 흔들리며 피고지고.

자연의 이 섭리를 누가 무용타 하리
자연의 이 운행을 누가 가로막으리
꽃 피고 또 꽃이 져서

씨앗이 맺히는 것을.

−「낡은 비유지만」 전문

이 시에서 시인은 문명의 직선성에 맞서서 자연의 원환성을 내세운다. 그가 인식하기에 직선은 칼날이 되어 존재를 파멸시키지만, 원환은 만물을 품어 영원히 살게 하기 때문이다. 사실 숲과 새와 샘물과 꽃들이 펼쳐가는 순환적 드라마는 시가 현대 비판을 위해 참으로 오랫동안 즐겨 활용하던 것이어서 어떤 면에서 식상하지만, 그 식상한 것이 얼마나 가치 있고 숭고한 것인가를 이 시를 통해 새삼 재확인할 수 있다.

문명은 자연의 위대한 섭리와 운행을 거부하며 발달해 왔지만, 인간이 자연을 완전히 지배할 수 있을까? 시인은 단연코 그렇지 않다고 본다. 자연을 지배하려는 인간의 욕망은 스스로를 종말의 위기로 몰아가고 있다. 전 지구적으로 일어나는 기후와 환경의 급격한 변화가 그것을 여실히 증명하고 있지 않은가. 따라서 시인은 이 시를 통해 그 같은 문명적 위기의 대안을 찾기 위해 자연에 귀 기울여야 함을 역설하고 있다.

그래서 시인은 자연 앞에서 겸허한 자세로 바람직한 삶의 길을 배우려 한다. 「동백꽃」이란 작품에서 시인은 '동백꽃'으로부터 삶의 철학을 배운다. 그에게 그것은 "누천년 바닷물이 깎아 세운 절벽 앞에서 / 제 젊음 / 다 꺾어들고 / 낙하하는 저 순명"을 지닌 "엄동에도 살아 청청한 아름다운 메타포"이자 "벼린 검처럼 서슬 퍼런 잎 사이로 / 농염한 입술"을 가진 것으로 인식된다. 따라서 동백꽃으로부터 시인이 얻은 삶의 지혜는 제 천명을 아는 것, 풍진 속에서도 청청하게 사는 것, 냉철함과 열정을 고루 갖추는 것이다. 그런 의미에서 시인에게 자연은 단순히 완상의 대상이 아니라 현대와 현대적 삶의 문제성을 반성케 해 주고 대안을 모색케 해 주는 스승과 같은 존재라 할 수 있다.

이처럼 이우걸 시집에서 문명과 자연은 서로 대립적 속성을 지닌 존재로 나타난다. 그러나 시인은 이 둘을 선악이분법이란 단순 도식으로 환원하지는 않는다. 나아가 문명에 대한 거부와 자연에의 회귀를 주장하지도 않는다. 현대 문명은 이미 현대인의 삶의 거부할 수 없는 바탕으로 존재하기 때문이다. 따라서 시집 어디에서도 그러한 인식은 발견되지 않는다. 재차 언급하건대 시인이 문명과 자연을 대비시키는 것은 현대에 대한 근본적 반성을 통해 바람직한 삶의 방향성을 모색하기 위함이고, 그 가능성을 내장하고 있는 것이 자연이기 때문이다.

이우걸 시인의 시에서 문명과 자연은 이처럼 긴장관계를 형성하는데, 여기서 그의 시세계를 구성하는 또 하나의 범주가 탄생한다. 그것은 문명과 자연의 대립적 세계를 살아가는 자기 자신에 관한 시이다. 시인은 그러한 삶이 불러일으키는 애환과 성찰을 여러 작품에서 노래한다. 따라서 그의 시는 "지나온 행로의 남루함을 떠올려"(「프로필」) 적어간 "이 풍진 세상살이"(「징」)의 기록이라 할 수 있다. 시인은 자신에게 시 쓰기란 곧 "자화상"(「시작(詩作)」)을 그리는 일이라고 말한다. 그의 시가 자기 성찰적 성격이 짙고, 이번 시집에서 문명과 자연에 대한 성찰과 탐구에 관련된 시보다 지나온 생을 반추하고 현재의 자신을 점검하는 시가 훨씬 더 많은 것은 바로 그 때문이리라.

　　가느다란 가지 끝에 새처럼 앉아 있었다

가지들 흔들릴 때면 옮겨가며 앉아 있었다
옮겨간 그 가지마다 너는 나와 함께 있었다.

이제 남은 반백과 희미해진 지문 앞에서,
손 흔들 사이도 없이 빠져나간 시간 앞에서,
나라고 외치는 너를 물끄러미 바라본다.

지상에서 나의 기거를 증명해온 기록이여
숨가쁘게 그려온 내 삶의 향방이여
수십 번 넘어지면서도 웃고 있는 얼굴이여

─「주민등록증」 전문

　표제작인 「주민등록증」은 시인이 존재 증명의 도구인 주민등록
증을 통해 지난 생을 반추하는 작품이다. 시인은 자신의 생이 "가느
다란 가지"를 옮겨 다니는 것과 같았다고 회고한다. 이 위태롭고 숨
가쁜 삶의 시간들이 비록 남루하고 누추한 것일지라도, 그것은 현재
의 시인을 있게 한 것이기에 소중한 것이다. 그래서 마지막 연의 영
탄조는 자기 연민에 경사된 탄식이 아니라 수고로운 삶을 산 자신에
대한 위로로 읽힌다.

　이와 유사한 작품이 「만년필」이다. 이 시에서 시인은 오래된 만
년필을 발견하고 그것을 "물이 마른 호수", "인적 끊긴 호수"라고 여
긴다. 그런데 시인의 사유는 여기서 그치지 않고 자기 회귀적이다.
돌연 그는 "그처럼 나의 인생도 / 멀리 와 있을 것이다."라고 토로한
다. 이 고백은 적요하고 쓸쓸하나 그렇다고 비관적으로 느껴지지는
않는다. 여기에는 긴 생을 성실하게 살아낸 사람만이 얻을 수 있는

담담함이 내포되어 있기 때문이다.

　한편 이 외에도 시집에는 언어로 그린 시인의 '자화상'이 많다. 이 시들에서 시인은 우리가 살아가면서 필연적으로 겪을 수밖에 없는 체험을 노래한다. 「염색」에서 시인은 백발을 감추기 위한 염색 때문에 두드러기라는 "몸의 저항"을 체험하나, 염색이 "궁색한 보호색이고 쓸쓸한 위장"이라도 그것 역시 "사는 법"의 하나라고 여긴다. 또 「밥」에서는 "하루의 징검돌", "하루의 노둣돌", "한의 얼레줄" 같은 밥에 구속될 수밖에 없는 삶의 운명을 이야기한다.

　　깃발 들고 반겨줄 친구도 없는 곳이다

　　찻잔 놓고 담소할 시간도 없는 곳이다

　　수많은 군상 속에서

　　찾아야 할

　　길 있을 뿐.

　　아직도 여행은 끝나지 않았다

　　닫힌 오늘과 열어야 할 내일의 선로

　　열차는 삐걱거리며

　　쉬지 않고 가야한다.

―「환승역」 전문

　살아온 시간을 되돌아보고 현재의 자신을 성찰하는 시인의 시야는 「환승역」에 이르러 삶의 보편적 지평으로까지 확장된다. 환승역은 처음의 여정이 끝나는 곳이자 새로운 여정이 시작되는 곳이다. 이 시를 단순히 환승역의 정경 묘사로만 보지 않는다면, 시 속의 환

승역과 열차와 선로의 의미를 파악하는 것은 어렵지 않다. 그것들은
우리의 인생에 대한 알레고리이다. 우리 생은 수많은 환승역을 거쳐
삐걱거리며 나아가는 긴 여정 같은 것인지도 모른다. 시인은 삐걱거
리면서도 쉬지 않고 가는 열차처럼 인생의 길도 그렇게 “가야한다”
라고 담담하게 그러면서도 단호하게 말한다.

3.

　이우걸 시인의 『주민등록증』은 이순을 넘긴 시인이 세상 만물과
만사에 귀 기울임으로써 읽어낸 이 세계의 비의(秘意)에 대한 보고
서이다. 또한 『주민등록증』은 삶의 긴 험로를 삐걱거리며 지나와
이제 어느 환승역에 잠시 몸을 부린 시인의 인생에 대한 여정기이
다. 그러므로 이 시집은 선험적 지식이나 일시적 명상으로부터 연역
된 것이 아니라 삶의 구체적 체험으로부터 귀납된 것이다. 그런 점
에서 그의 시는 오랜 경험과 연륜을 쌓은 시인만이 비로소 획득할
수 있는 깊이와 울림을 지니고 있다.
　이제 이우걸 시인의 시적 향로를 조심스럽게 예측해 보자. 시인
은 지난 40여 년 동안 부단히 시 쓰기에 정진해 왔다. 지금에 이르
러 시인은 시로써 더 할 말이 남아 있을까? 그 운명적 질문에 시인
은 “아직도 못 다 새긴 자화상이 있어서”(「시작(詩作)」) 시를 쓴다고
답한다. 시인이 말한 바 있듯이 인생이란 것이 열차를 타고 삐걱거
리며 미지의 세계로 나아가는 긴 여행이라면, 삶에 대한 성찰적 시
쓰기 역시 생을 마감하는 날까지 계속될 수밖에 없을 것이다. 「서
랍」에서 시인은 “시든 꽃다발은 꽃다발이 아니다”라고 말한다. 이

명제는 '낡은 시는 시가 아니다'라는 명제의 번안으로 들린다. 그래서 "또 다시 빚어야 할 신생의 아침"을 위해 스스로를 "다그친다"라는 말은 앞으로도 시인의 자기 성찰적 시 쓰기가 부단히 계속될 것임을 예감케 한다. 어쩌면 그것은 시지프스의 형벌과도 같은 시인의 숙명인지도 모른다.

> 나이 들면 화엄사가 아름답게 보이리라
> 무슨 가설처럼 가슴에 담아둔 생각
> 그때는 내 스무 살의 청죽靑竹 같은 젊음 있었다.
>
> 이순 넘어서 다시 와 본 화엄사
> 쉽게는 묻지도 답하지도 않을 거리의
> 하늘에 따로 올려 논 우람한 절 있었다.
>
> 이끼 낀 기와에도 단청 없는 지붕에도
> 묵음으로 쌓은 공력 탑처럼 탑처럼 솟아
> 마음 문 열고 닿고픈 향기로운 말씀 있었다.
>
> —「화엄사」 전문

이 시는 시집 전체에서 필자에게 가장 큰 울림을 준 작품이다. 필자에게 이 시는 이 세계가 품고 있는 "향기로운 말씀", 그 내밀한 언어를 '순한 귀'로 듣고 기록하는 이우걸 시인의 시적 경향을 잘 보여주는 가편(佳篇)으로 느껴졌다. 앞으로도 그의 시는 이러한 경건과 겸허의 자세에서 탄생하여 우리 마음에 심미적, 인식적 파문을 일으키리라.

시인을 기르는 시, 시를 기르는 시인

성 선 경[*]

이우걸 선생님에 대한 이야기를 풀어놓자면 제일 먼저 해야 할 말이 선생님은 젊은 시인을 무척 좋아하시며, 젊은 시인들 또한 선생님을 아주 좋아 따른다는 말을 먼저 해야 할 것이다. 나 또한 선생님을 무척 좋아하며 따르는 축이다. 그러나 내가 선생님을 이렇게 가까이에서 선생님과 친밀하게 된 것이 그렇게 오래된 것은 아니다.

나도 등단 전부터 선생님의 명성을 익히 듣고 알고는 있었지만 소심한 내 성격 탓에 선뜻 선생님을 찾아 뵐 마음을 내지 못했고, 선생님께서는 남해로, 고성으로 부임지를 따라 오랫동안 마산을 떠나 계셨다. 그 후 내가 등단한 이후에도 오랫동안 이런 어중중한 상태로 몇 년의 세월이 더 흘렀다. 순전히 내 소심한 성격 탓이다. 지금도 나는 이런 낯가림이 심해 많은 선배들께 건방지다는 오해를 사곤 한다.

그런 중 내가 선생님과 가까이 지내게 된 것이 아마 선생님이 모친상을 당한 1992년쯤이 아닌가 한다. 그 때 야간학교에 근무 중이

---

[*] 1988년 한국일보 신춘문예 시부문 「바둑론」 당선. 마산무학여자고등학교 교사. 시집으로는 『진경산수』, 『모란으로 가는 길』, 『몽유도원을 사다』, 『서른 살의 박봉씨』, 『옛사랑을 읽다』, 『널뛰는 직녀에게』 등이 있음.

던 나는, 다른 분들이 다 문상을 가는 시간에는 학교 근무 때문에 움직일 수 없어, 남들이 다 근무하는 낮 시간에 홀로 버스를 타고 선생님의 생가가 있는 창녕 부곡으로 문상을 갔었다. 그날 선생님은 문상객이 뜸한 한낮에 찾아온 나를 반갑게 맞아주셨고 이후 한 달이면 서너 번쯤 찾아뵙는 관계로 지금껏 이어오고 있다.

나를 비롯하여 문학에 뜻을 둔 사람이라면 선생님은 언제나, 누구나 반갑게 맞아주시고 이끌어 주시길 주저하지 않는다. 아마 마산, 창원이 시조문학의 중심지가 된 것은 선생님의 이런 노력과 무관(無關)하지 않을 것이다. 선생님께서 생각하는 시는 어떤 것인가?

무릇 시란 정신의 핏빛 요철이므로

장님도 더듬으면 읽을 수 있어야 하리

집 나간 영혼을 부르는

성소의 권능으로.

얽힌 말의 실타래 같은

이미지의 굴레 같은

그 터널을 절뚝거리며

내 독자는 걸어 왔구나

그러나 양파 속이여

아 들어날

허방이여.

―「시」(『나를 운반해온 시간의 발자국이여』)

선생님께서 쓰신 '시'라는 제목의 시다. 이 시 속에 선생님은 시란 "정신의 핏빛 요철"이라고 정의하고 있다. 그러나 시는 무릇 "장님도 더듬으면 읽을 수 있어야 하리"라고 노래하며 시의 적확성을 지적하신다. 좋은 시는 쉽고도 명징하고, 함축적이며 참신해야 한다는 말씀이신데, 이러한 시는 쉽게 오는 것이 아니어서 부단히 노력해야하고 부단히 갈고 닦아야만 얻을 수 있음을 " 얽힌 말의 실타래 같은 / 이미지의 굴레 같"다고 말씀 하신다.

선생님께서는 지역 문화운동에도 관심이 많으셔서 젊은 시인을 발굴하는 한편 문인단체를 만들거나 문단의 어른으로 큰 역할들을 많이 하셨다. 그중 하나가 1982년 마산시조문학회의 결성은 이 같은 선생님의 열정에 의해 이루어진 성과가 아닌가 한다. 이후 마산시조문학회를 경남시조문학회로 확대 개편하고 초대 회장이 되어 이 땅의 시조문학 발전에 전력을 다하게 되는데 한편으로는 젊은 시인들에 대한 애정이 각별하여 시조가 아닌 자유시를 쓰는 시인들 또한 후견인으로서의 노력을 즐겨하신다. 그래서 지금도 자유시를 쓰거나 시조를 쓰거나 관계없이 많은 젊은 시인들이 선생님 곁에 모여든다.

선생님은 지역문학을 풍성하게 하기 위해 노력을 많이 하신다. 앞에서 말한 시조문학회의 결성이 그런 노력의 일환이었지만 지역문학의 활성화를 위해 2003년 반년간 시전문지 『서정과 현실』을 창간하여 편집인으로 지금까지 활동하고 계신다.

이정환 시인의 평론 「무수한 채찍질 끝에 피워올린 무지개 혹은 접시꽃」에서 "문학은 혼자 하는 작업이다. 그러나 시인 이우걸은 시조 창작이라는 외로운 길에 동지와 후학과 함께 걷고자 하였다. 더불어 애환을 나누며 더불어 빛나기를 희망하였다. 열정적인 창작과 날카로운 비평으로 척박한 시조 문단을 기름지게 했고, 저변 확대에도 남다른 힘을 쏟아왔다. 그만큼 폭넓고도 깊이 있는 시인의 길을

걸어온 이도 드물 것이다.” 라고 말한 것처럼 이 모든 것을 선생님
은 함께 하고자 했다. 그래서 우리 지역에 괜찮은 시전문지 하나 정
도는 있어야 하지 않겠냐는 것이 선생님의 생각이었고 시와 시조를
아우르는 전문지를 창간하신 것이다.

선생님은 『서정과 현실』 창간사에서 오늘의 서정문학에 대해 이
렇게 쓰고 있다. “우리 시대는 첨단 테크놀로지에 기반을 둔 인간
중심주의, 문명 발전의 정점에 와 있다. 그 사회적 분위기는 인문학
적 가치를 사장하려 하고, 역으로 새로운 인간형과 지적 패러다임의
출현을 강력히 종용하고 있다. 이 같은 시대적 요청을 해결하기 위
해서는 시대적 흐름과 서정시의 미학에 대한 탐색과 실천이 동시에
필요하다. 『서정과 현실』은 이 같은 서정의 원리와 다양하게 변화
되는 현실을 동시에 포착하고 해석하고 반영하는 매체임을 자임하
면서 이렇게 출발한다.

그래서 우리는 서정시가 발전할 수 있는 무대를 만들고 서정시
발전에 궁극적으로 기여하려 한다. 특히 현실을 반영하면서도 언어
미학에 소홀하지 않는 그런 서정시를 많은 시인들이 쓸 수 있도록
격려하고, 그 결과를 이론으로 유도하는 작업을 할 것이다. 또 현대
시에의 편입을 요구하거나 늘 따돌림 당하고 있는 현대 시조는 가장
모범적인 서정시임으로 한국 서정시 발전에 기여할 수 있도록 배려
하고 또 그에 대한 힘 있는 비평 작업을 통해 우리 시의 중요 영역
으로 인정해 갈 것이다.”

여기에서 선생님은 서정시와 현대 시조의 중요성과 나아갈 방향
을 제시하고 있다. 나는 이 문예지의 한 일꾼이 되어 선생님의 곁을
지키고 있다. 문학평론가 윤재근 선생님의 말씀처럼 “시인 이우걸은
시조니 현대시니 가르는 것을 무색하게 한다”라고 「이우걸의 시와

사물 그리고 형상과 고해」에서 지적한 것과 같이 선생님은 이 모두를 같은 '서정의 세계'로 아우르고 계신다.

지역문학의 한 한계점 중에는 평론의 부재를 들 수 있을 것이다. 이러한 난점을 극복하기 위해 선생님은 우리지역의 많은 시인들을 평론가와 만날 수 있는 기회를 만드셨고, 또한 선생님 스스로 『현대시조의 쟁점』, 『우수의 지평』, 『젊은 시조문학 개성읽기』 등의 평론집을 펴냈다. 이런 노력은 우리 지역뿐만 아니라 현대시조문단 전체를 풍성하게 하는 역할을 했다.

월평을 경전처럼 받들던 때가 있었다
말을 길들이고 자유에 경고를 주던
서글픈 눈치 보기가
젊은 한때의 공부였다.

노을처럼 흩어져 있는 감정의 파편을 보며
깨어진 거울에 비친 사물들의 음영을 보며
철없이 내가 믿었던
그 독서는
끝이 났다.

지금도 가끔 월평을 읽곤 하지만
어구들의 성찬이 만든 어설픈 문맥을 보면
지워진 어제가 떠올라
쓰디쓴 미소 짓는다.

　　　　　－「월평을 읽으며」(『나를 운반해온 시간의 발자국이여』)

선생님의 젊은 시절 시에 대한 열정과 독서를 읽을 수 있는 시다. 선생님은 누구보다도 열심히 문학잡지들을 탐독하셨고 월평을 읽었으며, 자신 또한 월평을 열심히 쓰셨다. 이는 문학에 대한 열정과 복무의 다름 아니다. 자신의 시에 대한 평가를 읽는 한편 자신이 생각하는 시의 세계를 역설하여 오신 것이다.

그리고 젊은 시조시인들에 대한 애정으로 『현대시조 28인선』, 『다섯 빛깔의 언어 풍경』 등의 선집을 펴냈다. 이러한 일들은 젊은 시인들에게 더욱 가열 찬 창작의 동기부여를 함은 물론 시조에 대한 자긍심을 부여하는 계기가 되었다.

선생님의 시세계는 이미 여러 평론가에 의해 평가가 이루어졌으며 이러한 노력들은 후배 시인들에게는 늘 방향타의 역할을 한다. 그래서 선생님은 시로써 시인을 기르고, 시인을 챙김으로서 시를 키운다.

선생님은 내 주변의 많은 시인들 중 가장 많은 시집을 읽는 분이다. 최소 일주일에 한 번 이상을 서점을 찾아 신간 시집들을 찾아 읽어보시고는 산다. 그래서 자유시를 쓰는 내보다도 더 많은 시인들을 알고 계시며, 더 많은 젊은 시인의 시를 읽는다. 특히 좋은 시를 쓰려면 좋은 시를 많이 읽어야 한다고 생각하시고 젊은 시인들과 신간 시집을 읽고 토론하시길 즐겨 하신다. 그래서 그런지 회갑(回甲)을 지났지만 선생님의 시에서는 늘 젊음이 느껴진다. 나는 그런 선생님이 좋다. 나도 그렇게 되려고 노력 중이다.

석필 동인을 비롯한 많은 젊은 시인들이 이러한 선생님을 좋아하고 따른다. 늘 안주하지 않고 새로운 길을 찾아 노력하는 선생님의 젊음은 내가 아는 선생님 연배의 다른 시인들과는 아주 차별이 된다. 나는 앞으로도 선생님이 계속 젊음을 유지하기를, 우리들도 선

생님처럼 젊은 후배들과 함께 호흡하고 그들을 끌어줄 수 있는 시인
이 되기를 희망한다. 참 본이 되는 시, 참 본이 되는 시인. 우리는
이우걸 선생님을 그렇게 본다.

　좋은 선배가 있다는 것은, 본받을 선배가 있다는 것은 후배로서
큰 축복이다. 나는 우리 지역의 시단이 이렇게 풍성한 한 축에는 선
생님이 계시기 때문이다 이렇게 늘 생각한다. 감사한 일이다.

바벨탑 아래에서의 성찰

박서영*

　누구에게나 특별한 기억들이 있다. 그 기억 속에는 추억, 감성, 고통 등이 살고 있다. 기억은 한없이 넓은 공간, 집, 방, 사무실, 욕실 등 내밀하면서도 사회화된 공간들이다. 시간을 초월하고 공간을 초월하는 그것은 빛의 궁전이며 꽃의 궁전이며 자연과 생명의 궁전이다. 인간이 자연을 정복했다지만 마지막까지 정복되지 않는 그 무엇이 있을 것이다. 이것은 인간의 한계를 드러내는 것이 아니라 미래를 향하여 인간이 남겨둔 최소한의 아름다운 흔적 같은 것이다. 흉터라도 좋다. 흉터의 맨홀 속에 고여 있는 피가 언젠가는 씨앗을 터뜨려버릴 테니까.

　사람들은 잊어버리고 싶은 것과 잊어버리고 싶지 않은 것들을 선택한다. 때론 잊고 싶은데 잊히지 않아 고통스러운 기억도 있다. 개인의 기억은 단순한 과거가 아니라 끊임없이 그를 일깨워주고 성찰하게 한다. 시를 쓴다는 것은 기억의 무늬들을 들여다본다는 뜻이며 기억을 재창조한다는 의미다. 시인에게 있어 기억은 격리된 공간이 아니라 소통의 공간이며 스스로를 위로하며 또 타인에게 위로를 구

---

* 1995년 『현대시학』으로 등단. 부산대대학원 국어국문학과 석사수료. 시집 『붉은 태양이 거미를 문다』가 있음.

하는 공간이기도 하다. 물론 공간의 배후에는 시간이 있다. 기억을 잃는다는 것은 공간과 시간을 동시에 잃는다는 것이며 나아가서는 모든 것을 잃어버린다는 끔찍한 결과에 닿게 된다.

시간은 강물처럼 흘러간다. 모든 것은 시간의 흘러감에 따라 나이를 먹고 쇠락해 간다. 그러나 기억 속에서의 시간이란 어떤가? 기억이라는 공간에서 시간은 일정한 순서가 뒤바뀌기도 하고 상상력으로 재탄생되기도 한다. 기억은 늙거나 병들지 않으며 시간이 지날수록 더 생생하게 살아나기도 한다. 그것이 불멸의 기억이다. 기억을 통해 생을 반성하고 성찰하는 이우걸 시인의 언어는 담담하고 간결하다.

    Ⅰ
    할머니 한 분이
    수의를 다리고 있다
    다가올 여행을 위한
    설레이는 준비라며,
    노을이 마루 끝까지 조심조심 깔리고 있다.

    Ⅱ
    애육원 뜰 앞에 두 소녀가 앉아 있다
    연보라 티를 똑같이 입고 있다
    언니가 보라는 듯이 싱긋 손을 흔든다.

—「옷」 전문

이 작품은 기억의 공간에서는 시간이 역류할 수 있음을 보여준다.

소녀에서 할머니로 시간이 흐르는 것이 당연함에도 시인은 할머니에서 다시 소녀로 시간을 거슬러온다. 죽음을 준비하는 할머니의 기억을 통해 "애육원 뜰 앞에 두 소녀가 앉아 있다"는 상실된 과거를 보여주고 있는 것이다. 특이한 것은 2연이 과거의 공간임에도 현재형 종결어미로 인해 두 개의 풍경을 동시에 보는 듯한 느낌을 준다는 것이다.

독자는 2연을 통해 할머니의 과거를 상상해볼 수 있다. 쌍둥이 자매일 수도 있고, 어쩌면 두 소녀 중 한 명은 먼저 세상을 떠났을 수도 있을 것이다. 죽음에 대한 준비가 설레는 것은 먼저 떠난 육친에 대한 그리움 때문일 것이다. 혈연은 세상에서 가장 끈끈한 것이다. 이 시에서는 할머니의 삶이 행복했을지 불행했을지 드러나 있지는 않다. 다만 이 시는 한때의 기억이 노년의 삶에 얼마나 큰 영향을 끼칠 수 있을지 단적으로 보여준다. 자신이 죽으면 입을 수의를 스스로 다린다는 행위는 매우 의미심장하다. 이 행위에서 시인의 삶에 대한 성찰을 엿볼 수 있다. 시인은 미래의 자신을 생각하면서 과거와 현재를 반성하는 시적 태도를 보인다.

지상에 나는 어떤 사람으로 남을 것인가, 어떤 삶을 살다가 죽을 것인가. 인간으로서, 시인으로서의 책임감이 생의 혼돈과 불안을 긍정적으로 인식하게 하는 역할을 한다. 시인에게 있어 시간이란 무엇일까? 그 어떤 우여곡절을 겪더라도 결국 반성하는 시간일 것이다. 가족과의 긴밀한 유대감, 타인과의 내밀한 소통을 꿈꾸는 공간이 기억이라면 시간은 "나를 운반해 온" 것들이다.

나를 운반해 온 시간들의 발자국이여
상처를 꿰매고 요드를 바르는……

가파른 생의 기록을 너는 새겨놓았구나

─「흉터」 부분

스스로는 알 수 없는 생의 유한 때문에

항상 웃고 있지만 슬픈 바코드다

꼭 한 번 맞고 싶었던 이 절정의 순간에도

─「꽃」 부분

흉터는 상처가 아물고 남은 자국을 말한다. 흉터는 시간이 남긴 흔적이다. 시인은 그 흉터를 통해 "가파른 생의 기록"을 본다. 시인이 본 것은 정신적인 상처의 흉터일 가능성이 높다. 가령 "망각이 결코 미덕만은 아니다"라는 진술에서 그런 것을 느낄 수 있다. 사람들은 어제의 잘못을 잊고 똑같은 실수를 반복한다. 시간이 흐르면 과오도 희미해지고 잊어버리게 되는데 시인은 "새로운 행로를 위해 / 나는 너를 읽고 있다"고 한다. 흉터를 들여다보며 그 안에서 "새로운 행로"를 꿈꾸는 것이다. 다른 작품 「꽃」에서 시들어버린 꽃 속에 '전율과 상처'가 엉켜 있고, '씨앗'이 곱게 들어가 있다는 표현에서 알 수 있듯 시인은 상처를 통해 새로운 행로를 꿈꾼다. 시인은 생을 잘 모르지만 '벌들'은 '꽃'(생)의 문을 잘 알고 드나들며 자유롭다고 말한다. 꽃은 한없이 열려 있지만 그 짧은 생애를 알기 때문에 '슬픈 바코드'다. 살아 있을 때 행복을 느끼지만 시간은 흘러가고 결국 맞게 될 죽음을 생각하면, 절정의 순간에도 슬픔을 느끼게 된다는 것이다. 태어난 것은 결국 죽게 된다는 단순명료한 본질에 우리는 닿게 된다. 시인은 죽음 뒤에 새로운 삶이 있다는 인식을 하진 않는 듯하다. 다만, 현재의 삶이 자신의 노년에 어떻게 꾸려질 것인가에 대해 많은 생각을 한 듯하다.

바코드란 무엇인가. 상품의 포장에 표시된 그 줄무늬들은 제조사와 제품의 가격, 종류 따위의 정보를 나타낸 것인데 무늬 아래에는 숫자들이 적혀 있다. 우리의 생이 바코드로 인식된다는 것은 곧 유통기간이 있다는 뜻이며 언젠가는 폐기될 상품 같은 존재라는 것을 의미한다. 그러나 살아 숨 쉴 때 우리는 '전율과 상처'를 느낀다. "언제나 일궈야 할 나만의 영토를 위해 / 상처만큼 더 깊숙이 문신을 새기며" 살아야 하는 게 운명이고 숙명이다.

상처의 순간마다 추억 하나씩 묻어두고 걸어온 시인은 수다스럽거나 강렬한 언어를 선택하지 않는다. 일상에 묻어둔 뼈 하나를 끄집어내듯이 언어를 끌고 와 상처를 호명하고 추억을 들추어낸다. 그때 언어의 뼈는 "깊숙이 닿는 여운을 / 마침표로 비워버리며" 독자의 마음을 아프게 찌른다.

나는 그대 이름을 새라고 적지 않는다
나는 그대 이름을 별이라고 적지 않는다
깊숙이 닿는 여운을
마침표로 지워버리며.

새는 날아서 하늘에 닿을 수 있고
무성한 별들은 어둠 속에 빛날 테지만
실로폰 소리를 내는 가을날의 기인 편지

―「비」 전문

빗방울이 뚝뚝 대지에 떨어지는 소리를 '편지'로 시각화한 아름다

운 작품이다. 새와 별은 눈에 보이지만 빗방울은 땅에 떨어지는 순
간 부서져버린다. '실로폰 소리'와 '마침표'가 주는 이미지의 겹침이
선명하면서도 명징하다. '가을날의 기인 편지' 한 장을 누군가에게
부치지 못했다. 그것은 비 내리는 모습을 지켜보며 누군가를 그리워
한 시인의 마음이 쓴 편지일 것이다. 마음이 쓴 편지. 우표를 붙이
고 우체국으로 달려가 부치지 못했으므로 실감이 없는 것이라고 말
할 수 있을까? 그리움은 실감이 없는 것일까? 시인의 마음을 적신
비는 그리움이라는 몸을 입고 하늘에 닿을 것 같고 어둠 속에서도
빛날 것 같다. 오래 여운이 남는 작품이다.

> 쳐라 가혹한 매여 무지개가 보일 때까지
> 나는 꼿꼿이 서서 너를 증언하리라
> 무수한 고통을 건너
> 피어나는 접시꽃 하나
>
> ―「팽이」전문

　이우걸 시인의 대표작으로 널리 알려진 「팽이」다. 아픈 역사의
질곡을 감내해온 이의 정신이 엿보인다. 하나의 사건이나 역사적 사
실을 구체적으로 전언하지 않아 그 어떤 역사적 사실에 빗대어도 구
체성을 획득할 수 있다. 민주주의의 어느 현장에서, 노동의 어느 현
장에서 '팽이'는 여전히 돌고 있을 것이다.
　고통스러운 상황을 비명에 빗대지 않고 팽이와 접시꽃의 이미지
를 겹쳐 놓음으로써 희망의 전언으로 바꿔놓았다. "나는 꼿꼿이 서
서 너를 증언하리라" 는 표현은 아무리 고통스러운 상황에서도 쓰러
지지 않을 것임을, '꽃' 한 송이를 피울 것임을 보여준다. 시인은 직

접 현장에 뛰어들기보다는 담담한 관조를 통해 현실을 바라보는 태도를 보인다. 스스로 감정노출을 자제하고 언어를 다스려 세계와 적당한 거리를 만들고 있다. 이런 태도는 스스로를 더 견고하게 해 주며 독자에게는 소통의 문을 열어주는 것이라 할 수 있다.

물결이 스미듯 풀잎들이 흔들리듯
지나가는 역사는 언제나 순간이지만
네 깊이 심어둔 일월은
늘 피묻은 싸움인 것을

　　　　　　　　　　　　　　　－「나이테를 바라보며」 부분

흘러가버린 시간은 시인의 가슴에 거대한 탑처럼 쌓여 있다. 시인은 지나온 것들을 반성하며 그것을 현실을 비추는 거울로 삼는다. 과거를 통해 반성과 성찰을 이뤄내는 것은 현재의 삶을 더 아름답게 하며 자신의 삶에 책임을 진다는 의미다. 이우걸 시인의 작품에서는 역사적 책임의식이 강하게 느껴진다. "그늘엔 조각난 탄피가 박혀" 있고, "그늘엔 깨어진 거울이 잠들어" 있는 '내부'를 통해 시인은 '지나간 역사'를 읽어낸다. 「팽이」를 통해 읽었던 역사적 사실이 이 시에서도 읽힌다. 역시 구체적 상황의 제시 없이 역사나 시간을 보여줌으로써 그 어떤 시대의 아픔 속에서도 구체성을 얻을 수 있을 것이다. 지나고 보니 모든 시간이 "피 묻은 싸움"이었다는 인식은 삶이 그만큼 치열했음을 의미한다.

　시인은 또한 성찰을 통해 자신의 삶을 돌아보며 타인과의 소통을 꿈꾸기도 한다. 인간은 고독할 수밖에 없으며 그것은 존재의 본질이기도 하다. 가장 가까운 관계인 혈연, 그리고 우정을 나눈 친구, 후배와 직장동료 등…… 우리는 무수히 많은 관계 속에서 살아간다. 관계는 삶에 상처와 균열을 가져다주기도 한다. 사람에게 상처받고 사람에게 위안을 얻는다는 소박한 진실이 바로 그것이다. 우리는 간섭이라는 억압을 벗어나 따뜻한 눈으로 세상을 바라볼 때가 있다. 타인과의 소통을 꿈꾸며 일상을 아름답게 들여다볼 때이다. 그러나 생은 아름다운 것보다 아프고 고통스러운 것들이 많다.

　시인의 눈은 화려한 자본주의의 중심이 아닌 구석을 응시한다. 구석은 화려하진 않지만 살아 있는 곳이다. 그곳에서는 많은 일들이 일어난다. 야생 고양이가 쓰레기통을 뒤지기도 하고 쥐들이 텅 빈 생선 상자 속을 들락거리기도 하고 취객이 오줌을 누기도 한다. 또 그곳은 실직한 가장이 노숙하는 곳이며 노파가 팔던 채소를 앞에 두고 쭈그리고 앉아 담배 한 대를 피우는 곳이다. 중심이 아닌 변두리의 풍경을 통해 시인은 무거운 삶의 현실을 보여준다.

이 비누를 마지막 쓰고 김씨는 오늘 죽었다
헐벗은 노동의 하늘을 보살피던
영혼의 거울과 같은
조그마한 비누 하나.

도시는 원인 모를 후두염에 걸려 있고
김씨가 쫓기며 걷던 자산동 언덕길 위엔
쓰다둔 그 비누만 한
달이 하나 떠 있다.

―「비누」 전문

마산의 자산동은 언덕에 자리하고 있는 동네다. 골목을 지나고 계단을 올라 사람들은 집에 간다. 일견 평화로워 보이는 풍경이지만 그곳은 도시의 변두리다. 가파른 언덕 위의 낮은 집들은 숨을 들썩이지만 그 숨결은 참혹하고 아픈 것이다. 세상살이는 각박하고 우리는 외롭다. '김씨'로 대변화된 노동자는 도시의 자화상처럼 쓸쓸하다. 시인은 노동의 힘겨움을 씻어내 줄 비누 한 조각을 '영혼의 거울'이라고 한다. 비누가 우리의 영혼까지 씻어줄 거라는 소박한 믿음은 차라리 숭고한 정신에 가깝다. 그 이유는 그렇게 되었으면 좋겠다는 강렬한 염원이 담겨 있기 때문이다. 가파른 골목의 계단을 올라갈 때 언뜻 올려다본 하늘에 떠 있던 조각달…… 하루의 노동을 비누로 씻어내며 '김씨'는 그 달을 떠올렸을 것이다. 그립고 작고 멀리 있는 흰 달을 떠올리며 우리 시대의 '김씨'들은 잠시 현실을 잊어버리곤 했을 것이다.

현실적인 시각에서 본다면 '비누'는 우리의 몸을 씻겨 주고 '달'은 우리의 영혼을 정화시켜주는 것이다. 이 시에서 '조그마한' 단어에 주목해 본다. 희망이며 꿈이며 영혼의 거울 같은 비누와 달이 너무 작은 것이다. 이 시에서 시인은 원대한 꿈이나 멋진 희망을 제시하지 않는다. 희망마저도 너무 작아 안쓰럽기 그지없는 것이다. '김씨'가 바로 그 비누를 마지막 쓰고 죽은 뒤에도 "자산동 언덕길 위엔" 여전히 "달이 하나 떠 있다." 누군가 죽은 후에도 우리는 희망과 꿈을 이야기한다. 살아남은 자들에게 희망은 여전히 멀리 있지만 그것은 일상을 견디는 힘이라는 것을 안다.

반성과 성찰을 이야기할 때 나는 자주 바벨탑을 떠올린다. 바벨탑은 구약성서『창세기』제11장에 나오는 것으로 벽돌로 하늘 높이

피라미드형으로 쌓아올렸다는 탑을 말한다. 바벨에 사는 노아의 후손들이 대홍수 후 하늘에 닿는 탑을 쌓기 시작하였으나 여호와가 노하여 그 사람들 사이에 방언을 쓰게 하니, 서로 말이 통하지 아니하여 공사를 마치지 못하였다고 한다. 인간이 하늘까지 닿을 탑을 쌓겠다는 욕망의 부질없음과 오만함이 초래한 결과다.

브뤼헐이라는 화가가 바벨탑을 주제로 그림을 몇 점 그렸는데 그 중 하나의 그림을 보면 탑은 미완성인 채로 반쯤 허물어져 있고 종축이 기울어져 있다. 이것은 인간의 허영과 욕망에 대한 경고의 의미라고 한다. 결국 인간은 거대한 우주 속에서 미미한 작은 생명체일 뿐이라는 것이다. 이 바벨탑의 교훈은 자본주의의 경고와도 맞닿아 있다. 우리의 욕망은 정신이 어디로 달려가는지도 모르고 세속화 물질화되어 간다. 높은 곳만 올려보며 아래를 내려다보지 못할 때 우리는 점점 자신이 각박해져간다는 것을 느낀다. 삶의 아름다운 성찰은 바닥에 있다. 구석에 있다. 빛이 스며들지 않는 곳, 누군가 쓰다 만 비누가 굳어가는 그곳, 그곳을 조심스레 들여다보는 누군가의 눈빛 속에 희망이 있다.

이우걸 시인은 이 도시의 거대한 바벨탑 아래를 지나가는 우리들에게 '영혼의 거울'과 같은 따뜻한 언어를 보여 준다. 욕망과 혼란이 창궐하는 자본주의의 탑 아래를 지나가며 끝없이 반성하고 성찰하는 시인의 언어에서 우리 시대의 쓸쓸한 자화상을 읽는다.

시인은 세상과 타인을 측은지심으로 들여다봐야 하며 그것이 시인의 첫째 덕목이라고 누군가 말했던 기억이 있다. 측은지심! 실천하기에는 참으로 어려운 말이다. 그러나 그 말의 중심을 향해 걸어가야 한다는 생각을 문득 해 본다.

3부 시인과의 좌담

생애와 시의 여정

이우걸 · 정미숙(사회): 2012년 6월

정미숙 선생님은 해방 이듬해 창녕에서 태어났습니다. 연보를 보면 8남매 가운데 일곱 번째로 되어 있습니다. 형제가 많은 집안입니다. 선생님의 유년기가 해방에서 시작하여 한국전쟁으로 이어지고 있습니다. 아마 이러한 유년기를 보내면서 여러 가지 애환이 있었을 것으로 짐작이 됩니다. 특히 부친이 한학자이신 줄로 압니다만 아버지의 영향 등을 위시하여 선생님의 유년기 이야기를 듣고 싶습니다.

이우걸 나는 해방 이듬해에 태어났습니다. 중농 정도의 경제력을 가진 집이고 4남 4녀 중 7번째이고 아들로서는 막내지요. 밑으로는 여동생 하나뿐이었어요. 아버지는 해방 전에 징용으로 일본 가서서 해방이 되자 오셨습니다. 한학을 하셔서 글을 쓰시고 책을 읽으시고 많은 분들을 지도하셨지만 큰 학자는 아니었습니다. 그러나 글 읽기를 생활화하신 분이었어요. 내가 시조를 쓰도록 한 분은 어머니입니다.

　우리 8남매 중 해방 전에 태어난 사람이 6명입니다. 그때만 해도 소작농이었는데 아버지께서 징용으로 가시니 젊은 어머니의 걱정이 얼마나 컸겠습니까. 그래서 무얼 자꾸 외우시곤 했던 것 같습니다. 아침에 일어나 회심곡이나 불경이나 한양가 등을 외시고 담배 한 대 피우시고 나면 불안한 가슴을 진정시킬 수 있었다고 하셨어요.

그 습관은 해방이후에도 계속되었지요. 내가 학교 다닐 때 외울 꺼리를 달라고 하셔서 형님들 교과서에 있는 시조를 많이 베껴 드렸지요. 그걸 어머닌 아침마다 외우셨으니 곁에서 그 모습을 지켜보던 나도 자연히 그 시조들을 외울 수 있었지요.

지금 생각해 보면 문인기질은 아버지로부터 물려받았고 시조와 가까워지고 시인이 된 것은 어머니 때문이 아닌가 합니다.

정미숙 창녕과 밀양은 부곡-무안으로 인접해 있습니다. 부곡중학을 나와 밀양 세종고교를 졸업하고 대학은 경북대로 가게 되셨습니다. 실제 밀양은 대구와 부산의 중간에 위치하고 있어 대구로 유학을 가는 사람과 부산으로 가는 사람이 반반이라고 알려져 있습니다. 중고교 시절은 어땠습니까? 경북대 재학시절 학보에 작품을 발표하면서 김춘수 시인의 격려를 받은 일이 시에 뜻을 두게 된 계기였다고 연보는 말하고 있습니다. 김춘수 선생이 경북대와 영남대에 계시는 동안 많은 시인들이 배출되었습니다. 특히 대구에서 시의 융성을 보게 된 데 큰 영향을 끼쳤을 것이라 믿습니다. 세종고 시절엔 문학에 끌린 적은 없으신지요. 문청시절의 모습을 좀 그려주시면 좋겠습니다. 특히 경대 입학 후 곧 군에 입대하였고 복학 후 문학 활동을 열심히 하신 것으로 압니다. 보통 군에 갔다 오면 현실적이 되어 문학을 멀리하는 경향도 있는데 선생님은 그와 반대로 제대 후 문학에 열성을 더합니다. 그리고 대학 3학년 때 등단을 하게 되지요?

이우걸 부곡은 창녕과 밀양의 경계선에 있고 그때나 지금이나 밀양이 교육적 여건이 좋은 편이니까 밀양에 있는 학교로 진학했지요. 우리 집이 좀 더 넉넉했다면 부산으로 갔을거예요.

그런데 나는 밀양에서 문학공부를 했어요. 고등학교의 자유로운 분위기, 밀양문화제의 영향, 아름다운 자연경관 등은 나를 문학에 빠져들게 한 원인이지요. 그때 우리 모교는, 학생들에게 진학지도를 위해, 철저한 학원 비슷한 훈련소가 아니었어요. 특별활동, 자율학습, 스포츠, 웅변 행사 등을 많이 해서 늘 청소년인 우리들을 들뜨게 했고 또 밀양예총에서 주최하는 밀양문화제 행사의 하나인 백일장이 열렸는데 그 규모나 심사위원이 대단했어요. 대전상고, 경주고등학교, 용산고등학교, 부산고등학교, 경남고등학교 등 전국의 학생들이 몰렸어요. 심사위원은 서정주, 조지훈, 박남수, 이영도 등 교과서에서나 볼 수 있는 분들이었지요.

나는 장원을 한 번도 못했지만 학교대표로 해마다 참가했지요. 그 영향으로 시집을 읽고 습작을 했어요. 대학에 간 후엔 고시공부를 하겠다고 생각했기 때문에 문학공부를 하지 않았고 문득 떠오르는 문학에 대한 욕구를 억누르곤 했지요. 6개월 정도 공부하고 육군에 입대했어요. 그 후 복학한 뒤『고시계』를 사러 갔다가『현대시조』라는 계간 시조 전문지가 있어서 머리 식힐 때 읽어보려고 사온 것이 시조를 쓰게 된 계기가 되었어요.

어느 비오는 날 밤『현대시조』를 꺼내놓고 작품들을 읽다가 김상옥, 이영도 시인 작품 외엔 마음에 드는 작품이 없어서 그냥 2편을 써서 퇴고도 없이 학보사 투고함에 넣었어요. 그 후 그 작품들이 발표되고 김춘수 선생님의 과찬을 받고 문인이 되기로 결심했지요.

김춘수, 권기호 선생님의 격려를 많이 받았고 1972년『월간문학』에 투고했는데 당선 연락이 왔어요. 선자가 이영도 선생이었어요. 그런데 선생님의 권유로『월간문학』당선을 취소시키고『현대시학』으로 하자고 하셨어요. 그래서 이듬해, 2월, 4월, 10월 이렇게 8개월 만에 3회 추천완료로 등단했어요.

정미숙 처음부터 시조를 쓴 것은 아니지요? 자유시를 쓰다 시조로 옮겨간 것입니까? 시조를 선택한 연유가 있을 터인데 1973년 "현대율" 동인이 되면서 시조시인으로서의 정체성을 분명하게 드러낸 것은 아닐까요. 1970년대 초반의 문단 분위기 속에서 시조가 차지하는 비중이 어느 정도였나요, 또한 이에 대한 제도적 뒷받침이 있었습니까?

이우걸 그래요. 우리 제도교육 속에서는 시조를 쓸 계기가 전혀 없지요. 중, 고등학교 백일장에서도 시를 쓰지 시조는 안 썼으니까요. 대학에서 자유시 습작은 조금 했어요. 그러나 정작 문인이 되겠다고 결심한 뒤엔 시조만 썼지요.『심상』,『현대시조』에 자유시 특집을 한 적이 있지만 그건 과시용이고 시조로 데뷔한 이후엔 시조를 현대시의 차원으로 끌어올리겠다는 것이 내 결심이었으니까요. 그때 분위기는 시조시인 100명이 안 되는 때였고 경북대에서 혼자 시조를 쓰고 있었으니 웃음거리였을 수 있다고도 생각해요. 그러나 애써 외면하며 살아왔죠. 지금 생각해보면 내가 더 유명하지 않아도 시조를 계속 써 온 것을 후회하지 않아요.

정미숙 김춘수 선생님 이야기가 있었습니다. 등단은 이영도 선생님의 추천이었지요. 시조를 쓰면서 영향을 받은 선배 문인이 있으십니까? 박시교, 유재영, 윤금초 시인과는 몇 차례 사화집을 내기도 했습니다. 네 분이 낸 사화집을 통해 우리 현대시조의 수준을 가늠하는 분들이 많습니다. 영향을 준 선배 시인들과 데뷔 후의 동인 활동 그리고 동료 시인들과의 교우에 대하여 말씀해 주십시오.

이우걸 대학에서 저를 가르치신 분은 김춘수, 권기호 교수님이었지요. 그리고 시조를 가르치신 분은 이영도, 정완영 선생님이었어요. 제대 후 복학하니 경북대에는 학생 문인이 참 많았어요. 『선실』이란 동인지를 내가 발기해서 만들었지요. 이동순, 손병현, 이현우 등의 시인들과 2집까지 내었고 그 외에도 이하석, 강현국, 박정남이 있었고 학교 밖으로는 영남대에 이태수, 구석본 등과 한사대의 서원동 등이 있었지만 나와 가장 친한 친구는 서종택이었어요. 시조의 경우 『현대율』은 이영도 선생 제자 모임이었는데 이근배, 김제현, 이상범, 서벌 선배님의 도움을 많이 입었습니다. 윤금초, 박시교, 유재영 시인과 함께 참여하여 1983년 〈문학과 지성 시인선〉으로 간행한 『네 사람의 얼굴』은 후배들에겐 시조의 교과서였지요. 29년 만에 『네 사람의 노래』가 다시 나왔는데 많은 분들의 격려를 받고 있습니다.

정미숙 선생님은 시만 쓰시지 않고 비평도 겸하였습니다. 현대시조의 위상을 높이고 그 시학적 토대를 튼튼하게 하려는 의도로 보입니다. 평론을 하면서 보람과 곤경을 함께 경험했을 것으로 짐작합니다. 평론과 시작을 병행하면서 얻은 성취가 무엇입니까? 아울러 평론 행위가 시작에 어떠한 형태로 개입하였다고 생각하십니까? 일반적으로 이론이나 비평을 하면 창작이 지체된다는 견해가 많습니다. 물론 시조의 경우 다른 측면이 있을 것이라고 봅니다. 가람과 노산 등 대가들도 이론과 비평 작업을 시작과 병행한 일면이 있으니까요.

이우걸　비평과 창작을 동시에 하면서 성공한 대표적 시인을 나는 김춘수 선생으로 생각합니다. 그리고 자신의 창작이론대로 작품을 써서 많은 비판과 찬사를 받은 분으로 김춘수만한 선례를 찾기 어려울 것 같습니다. 그러나 내 경우『현대문학』,『한국문학』,『현대시학』,『시문학』 등 여러 잡지에 월평을 썼고 시조세미나에서 나름의 생각을 발표하곤 했지만 시인이 지닌 시조에 관한 소박한 견해와 희망의 피력이라고 생각합니다. 전문적인 비평행위는 아닌 게 아닌가 하는 생각이고 다만 그런 끊임없는 성찰이 시조를 현대시의 차원에서 논의할 수 있을 만큼 발전시키고 내 스스로 좋은 시인이 되는 데 도움을 주지 않았을까 하는 막연한 생각을 가지고 있습니다.

정미숙　선생님께서 발간한 순수 창작 시조집은 7권입니다. 비평집 3권이고 산문집이 한 권이지요. 뒤늦게 산문집을 내셨습니다. 아마 산문집은 이런저런 기회에 쓴 글의 묶음이라고 봅니다만 이를 통해 선생님의 문학세계 이면을 볼 수 있는 기회가 적지 않습니다. 산문집을 매개로 특별히 선생님의 문학생애에서 기억나는 추억의 몇 대목을 들려주시면 합니다. 아울러 선생님은 여러 시조문학상을 수상하셨습니다. 수상과 관련된 에피소드가 많을 것입니다만 기억에 남는 소회가 있다면 말씀해 주십시오.

이우걸　산문집은 출판사의 권유나 그동안 써 둔 글들을 정리해야 한다는 나의 필요가 있어 낸 것입니다. 시를 전업으로 하는 문인 중에는 산문으로 짭짤한 수입을 얻는 분도 있고 또 어떤 시인은 시 이외엔 잡문이라고 산문을 안 쓰는 시인도 있습니다. 나는 한 시인을 이해하는 자료로 산문이 있어도 좋다고 생각합니다. 시는 메타포를 주 무기로 하기 때문에 자신을 솔직히 드러내기 어렵지요. 이런 생각에서 산문집을 묶어본 것이지요.

산문집 때문에 멀리 있는 독자가 생기기도 했고요. 문학상의 경우 유재영시인과 함께 받은 중앙시조대상 신인상이 가장 감격스러웠지요. 원래 본상인 대상이 있고 그 다음 신인상이 있어서 주역은 아닌데 제2회 심사를 하신 김상옥, 장순하, 박재삼 선생들께서 대상 후보작은 별로 마음에 안 드는 대신 신인상 후보작은 우열을 가릴 수 없어서 신인상은 원래 한 사람만 주는데 두 사람으로 하자고 합의한 것이었어요. 친구 유재영과는 이 상의 공동 수상으로 더욱 우의가 깊어졌어요.

정미숙 선생님의 문단활동은 지역은 물론 전국에 걸쳐 골고루 나타나고 있습니다. 문인은 그 어느 곳에 처해 있다는 지역성을 극복해야 한다고 봅니다. 지역문인들이 힘겨울 때가 더 많지만 이것이 핑계가 될 수는 없다고 생각합니다. 이러한 점에서 선생님의 활동에서 중요한 교훈을 얻습니다. 지역의 여러 문인단체와 기관의 장을 거쳐 최근 한국시조시인협회 이사장을 맡으셨습니다. 문단활동에서 가장 중요한 일이 무엇이라고 생각하십니까? 이를 지역의 경우와 최근 맡은 단체 활동을 병행하여 말씀해 주십시오.

이우걸 나는 지역에서는 마산문인협회장, 경남시조시인협회장, 경남문인협회 사무국장, 경남문인협회장, 경남문학관장을 맡았습니다. 전국 범위 단체로는 오늘의 시조학회 회장, 한국시조시인협회 이사장을 맡아 해오고 있습니다. 시조에 관해서는 전국 어느 세미나건 참석해서 발제를 하거나 토론을 하는 일에 게을리 하지 않았습니다. 이런 일을 하는 데 가장 중요한 것은 인화와

신뢰 그리고 일에 대한 소명감이라고 생각합니다. 이러한 기본
적인 덕목에 충실하면 비교적 원만하게 소임을 완수할 수 있다
고 생각합니다.

정미숙 지역에 계시면서 많은 제자 배출하셨죠. 후속세대를 키우는
일은 어느 분야를 막론하고 중요하지만 문학이 침체하고 있는
요즘 더욱 절실한 바 있습니다. 후진 육성을 위하여 어떤 기획
과 프로그램을 운영해 오셨습니까? 앞으로 이 일을 더 전전시킬
구상이 있으면 들려주십시오.

이우걸 나는 지역에 살아왔지만 여러 잡지와 인연을 맺었습니다. 앞
서도 거론했지만 『현대시학』, 『시문학』, 『한국문학』, 『현대문
학』, 『월간문학』, 『시조문학』, 『현대시조』, 『시조시학』 등에서
월평이나 계간평을 썼고 신인을 배출하는 심사위원을 하기도 했
습니다. 또 동아일보, 중앙일보, 부산일보, 매일신문, 국제신문,
경남신문 등의 신춘문예나 신인심사를 맡아서 신인을 배출해왔
습니다. 또 『서정과현실』이란 문예지를 직접 발간하고 있습니
다. 내 생애는 문학 그 자체라고 할 만큼 성실하고 열정적으로
시조문학에 바쳐졌다고 감히 말할 수 있습니다. 앞으로 강의도
하고 여러 행사에 참여하여 후진을 양성해 갈 생각입니다.

정미숙 시조는 우리 민족의 전통 양식입니다. 그러나 틀에 박힌 형식
은 박제된 전통에 불과합니다. 시조를 우리 시대에 살아 있는
양식으로 살려내는 작업이 매우 중요하다고 봅니다. 일본의 경
우 하이쿠 등 전통시를 생활 속에서 암송하거나 그것을 놀이 문
화에 접목하는 일조차 진행하고 있습니다. 자주 시조시인들이
지나치게 엄숙하고 근엄하다는 생각이 들 때가 많습니다. 이 시
대에 시조가 갖는 가치나 의의 나아가 시조미학의 중요성을 창

작자의 입장에서 얘기한다면 어떤 말을 하실 수 있겠습니까?

이우걸 나는 시조는 짧아야 산다고 생각합니다. 그런 견해라면 시 한편이 자꾸 길어지는 요즈음 젊은 자유시인들의 생각과는 대척점에 서게 됩니다. 난삽한 이미지의 숲에서 비교적 자유롭다는 점에서 또한 대척점에 서게 됩니다. 부조화, 비루함, 추악함까지 포괄해서 반미학의 미학화를 추구한다는 면에서 본다면 시조는 이 기류와 비교적 떨어져 있습니다. 그러나 시조는 바로 그 시조적 특성을 유지할 때 한국시의 큰 흐름에서 자유시가 놓치고 있는 점을 보완하는 역할을 할 것이고 그런 보완이 한국시를 더욱 다양하고 풍요롭게 할 것이라고 생각합니다. 내가 바라는 시조는 정제미, 격조, 조화미, 가락 등을 잘 살려 현대인의 정서를 아름답게 그려내는 것입니다. 그러나 어떤 이론으로 시조의 입장을 대변한다고 해도 작품이 나오지 않으면 아무 소용이 없습니다. 시조의 대중화에 대한 여러 의견이 있습니다. 가령 음악과의 결합, 영상 매체와의 결합, 놀이와의 결합 등이 있을 수 있습니다. 거기엔 위험요소도 내재되어 있습니다. 연구해서 실천해 나가야 합니다. 많이 생각해 보고 있습니다.

정미숙 선생님의 문학 생애를 살피다가 몇 시간이 순간처럼 지나갔습니다. 언제나 열정적인 선생님의 건강, 건필을 빌며 제 질문은 이 정도로 하겠습니다.

이우걸 그래요. 많이 애썼어요. 우리 함께 한국문학 발전에 기여할 수 있도록 노력해요.

한국 정형시를 생각한다

이근배 · 이우걸 · 반경환(사회): 1995년 7월

· 시조문학계의 현황　　· 한국정형시로서 시조의 갈 길

· 시와 시조의 상관관계　· 비평의 활성화 문제

· 현대시조의 시사적 정립　· 현대시조 시인의 재평가 작업

반경환 푸르른 녹음이 임해처럼 펼쳐진 초여름의 길목입니다. 선생
님들을 모시고 함께 이야기하게 되어 무척 기쁩니다.

이근배 반갑습니다.

반경환 이우걸 선생님께선 이 좌담 때문에 멀리 창원에서 올라오셨
는데 찾아오시느라 고생은 안하셨는지요?

이우걸 전철역에서 가까워 쉽게 찾았습니다. 고맙습니다.

시조문학계의 현황

반경환 『현대시』가 '한국 정형시'를 기획특집으로 마련한 것은 창간
이래 처음 있는 일입니다. 굳이 '시조'라는 명칭을 사용하지 않
고 '정형시'라는 이름을 사용하는 데에는 여러 가지 의미가 내포
되어 있다고 생각합니다. 먼저 이번 기획특집을 위해 상당히 오
랜 시간 동안 이 좌담을 주선하고, 80년대 이후 등단한 젊은 시
조 시인들의 작품을 모아주신 『현대시』의 원구식 선생님과 『시

조시학』유재영 선생님께 감사드립니다. 먼저 오늘의 시조시단의 현황에 대해 간단히 이야기해 볼까요?

이근배 이우걸 선생이 먼저 말씀하시죠.

이우걸 우리 시조문학계는 현재 창작에 종사하는 시인만 약 600여 명이 됩니다. 아울러 시조 전문지도 계간, 반년간, 연간 해서 5종류의 전문지가 나름의 역할을 다하고 있습니다. 제가 알기로는 저변확대에 기여하는『시조문학』,『현대시조』교육현장에 파고들어(결국 저변확대의 한 방법이지만) 시조 교육 조기정착에 크게 기여하는『시조생활』, 질적 향상에 최선을 다하는『시조시학』,『한국시조』등이 있습니다. 중요 시인으로 이근배, 김제현, 이상범, 서벌, 박재두, 윤금초, 조오현 등의 60년대 시인과 박시교, 유재영, 한분순, 김상묵, 김남환, 김원각, 조영일, 박영교, 정해송 등의 70년대 시인과 박기섭, 지성찬, 이정환, 이지엽, 정수자, 김연동, 김복근, 오종문, 홍성란, 박연신, 이일향, 전병희, 최도선 등의 80년대 시인들이 있습니다. 아직은 미지수로 볼 수 밖에 없지만 90년대 박권숙, 숲民, 정석준, 나순옥, 이달균, 이복현, 최준, 김수엽, 강현덕, 원은희 등이 문예지 혹은 신춘문예를 통해 재기를 보이고 있습니다. 6·25 직후 전쟁의 상흔이 짙게 밴 것, 향토에 대한 애정이 극대화된 것 등이 60년대 시인들의 작품경향이라면 70년대는 다양한 소재의 발굴, 시어의 발굴과 아울러 내면의식의 확장을 통해 현대시로써 시조의 위상을 확립하기 위한 노력을 했으며 80년대는 70년대의 의식을 계승 발전시키면서 사설시조에 관심을 많이 보인 것이 그 특징으로 생각됩니다. 90년대는 시조의 보편적 질서보다 개인적 질서에 더 관심을 둠으로써 선배 시인들의 반발을 불러일으킬

만큼 파격적인 데가 있지요. 문제는 개인적 질서와 보편적 질서의 조화를 통해 시조가 지닌 원형적 특성을 얼마나 잘 살려내는가 하는 데 대해 시인들이 함께 노력해야 한다고 생각합니다.

이근배 이우걸 선생께서 준비를 많이 하셨군요. 특별히 보탤 말은 없습니다.

시와 시조의 상관관계

반경환 저는 1992년 『시조시학』 겨울호에 「동시성의 미학」이라는 글을 쓰면서, "모든 시는 정형화의 틀에서 벗어나지 않으면 안 된다. 이 벗어나려는 움직임 속에서 새로운 형식과 함께 새로운 세계 인식의 개진이 있어야 한다. 살아 있는 전통은 과거 지향적이면서도 미래 지향적이어야 한다. 따라서 벗어나려는 움직임과 돌아가려는 움직임은 동시적이어야 한다. 이것이 무형식의 원리로서 다양한 형식이고, 시대의 변천 속에서 영원히 살아남을 수 있는 시의 형식이 아닌가 생각된다"고 말한 적이 있습니다. 현대시의 형식이나 기원, 그리고 현대시의 사회적 기능이나 역사적 배경에는 어느 정도 정통하다고 자부하고 있기는 하지만, 고대문학과 현대문학의 이원적 대립이나 분리가 아닌, 전통을 존중하고 민족적인 문학, 혹은 시의 형식을 창조해야 한다는 국문학자나 시조 시인들에게는 저의 발언이 해외문학파들이 주장해온 전통 단절론으로 오해될 소지도 없지 않아 있는 것 같기도 한데요.

하지만 저는 민족문학만을 주장하는 국수주의자도 아니고, 전통단절론만을 강조하는 세계시민주의자도 아닙니다. 고전시

조와 현대시조의 개념 정립이나 시대 구분 문제를 제쳐놓고, 현
대시조와 현대시와의 상관관계를 논의한다는 것이 좀 무리가
있을지는 모르겠지만, 현대시조와 현대시가 다 같이 20세기 초
에 창작되었다는 점을 염두에 두면서, 이 좌담에 임해 주셨으면
합니다.

이근배 서두가 거창해 겁이 나는군요… (일동 웃음)

반경환 『시조시학』 창간호에 장경렬 교수는 「시간성의 미학」이라
는 글을 통해, 시조의 현대화에 기여해 온 가람 이병기 선생을
비판하고, "알레고리로서의 시조의 가능성을 현대라는 시간적
관점에서 새롭게 모색"할 것을 역설 한 바가 있습니다. 장경렬
교수의 발언의 요점은 국민문학파에 의해서 주도 되었던 전통
적 민족정신의 계승이라는 명제가 사회·역사적 현실에서 일탈
하여 초역사적인 정적 상태에 모든 생명을 가두어 놓았다는 것
이고, 그에 대한 비판과 대안으로 알레고리로서의 시조 양식의
가능성을 역설한 것이라고 생각됩니다. 알레고리로서의 시조
양식이 옛날의 전통을 계승하면서, 현대 사회에서 새롭게 부각
되고 있는 사회·역사적인 문제를 형상화할 수 있다고도 할 수
있겠지요.

그러나 현대시조와 시와의 상관관계를 논의할 때, 시의 입
장에서 바라보면 알레고리의 문제는 너무나도 보편화되어 있어
서 이처럼 거론하는 것이 진부한 것처럼 보일 수도 있습니다.
시대적 모순이나 사회적인 죄악상을 날카롭게 비판하는 알레고
리나 풍자적인 기법, 혹은 기존 문학 양식에 반발하여 등장한
사설시조 등의 부상은 어느 특정 시대의 기법이나 형식이 아니
라 시와 예술에 항구적으로 작용하고 있는 문제라고 생각됩니

다. 때늦은 감이 있긴 하지만 현대 젊은 시조 시인들이 국민문
학파의 초역사적, 혹은 몰역사주의와 정적주의를 벗어나서 새
로운 시대에 부응할 수 있는 사회·역사적인 상상력을 보여주
고 있다는 것은 대단히 반갑고 고무적인 현상이라고 할 수가 있
겠지요. 이우걸 선생님께서 현대시조와 시와의 상관관계를 말
씀해 주시지요.

이우걸　지금 반 선생님의 말씀은 시와 시조를 대립적인 입장에서
바라보고 있는 것 같은데, 저는 그렇게 생각하고 있지 않습니
다. 시와 시조는 대립적인 것이 아니라 상호보완적인 것이기 때
문에 시가 할 수 없는 것을 시조가 할 수가 있고, 시조가 할 수
없는 것을 시가 할 수가 있다고 생각합니다. 장경렬 교수가 거
론한 알레고리 문제는 시조의 특성 중의 하나이고, 그것을 통해
서 사회·역사적 현실을 비판할 수 있는 시조의 현대성을 강조
한 것이라고 알고 있습니다. 저는 시조를 서정시의 한 전형으로
보고 있습니다. 서정시의 어원의 측면에서도 그렇고, 이미 음악
과 결별한 상태이긴 하지만. 사설시조 형식이 운율을 담보한 상
태에서만 가능한 점, 대체로 주정적인 점, 그래서 즐거움이나
슬픔의 감정을 그 자체로서 쉽게 표출·제시하려는 경향이 강
한 점, 대체로 짧아서 이야기 줄거리를 갖기가 어려운 점 등이
그렇습니다. 그렇다면 자유시와는 어떤 관계가 있다고 해야 할
까요? 우선 변별성을 찾기 위해서는 아무래도 형식을 들어야 할
것 같군요. 더군다나 80년대 이후 우리나라 시들이 말이 많아지
기 시작했죠. 어천정심(語淺情深)이라는 말이 있습니다. 말은
얕으나 뜻은 깊어야 한다는 것은 동양시의 묘법이었고, 또 우리
도 어릴 때부터 시란 작은 말 속에 많은 뜻이 담겨 있는 것으로

배웠지요. 그런데 자유시의 이미지가 복잡해지고 길어졌어요. 70~80년대의 현실이 시인으로 하여금 말을 많이 하게 했다고 할 수 있지만, 어쨌건 서정시가 길어졌다는 것은 서사적 요소가 많이 가미되었다고 볼 수 있지요. 그런 상황에서 시조의 전형적인 서정성은 소중한 것이지요.

반경환　저는 이번 좌담을 준비하면서, 윤금초, 박시교 시인이 사설시조의 형식을 빌어서 노래한 「四物놀이」, 「가슴으로 오는 새벽」, 그리고 이우걸, 유재영 시인이 현대시의 기법을 접목하여 노래한 「팽이」, 「광장의 사나이」 등을 읽어 보았습니다. 상당히 뛰어나고 아름다운 시들이라는 생각에는 변함이 없지만, 다른 한편, 현대시의 입장에서 그 시들을 바라보면, 매우 조그맣고 단아한 서정시라는 생각을 지울 수가 없었습니다. 물론 한 줄의 시구 속에 소우주를 담을 수도 있는 일이지만, 시조 시인으로서의 형식성 파격성이나 역동주의가 현대 서정시의 단아한 서정성으로 수렴되고 있는 것처럼 보인다는 것은 시조라는 형식이, 역시 낡은 형식이고 그만큼 정적주의에 갇혀 있는 것이 아닐까 하는 의문을 지울 수가 없었습니다. 사설시조와 판소리 가락, 혹은 한국 고유의 정형시로 인정되고 있는 민요조를 도입하여 현대시의 새로운 진경을 보여주고 있는 김지하, 김용택, 최승호 등의 시인들이 거꾸로 한국시의 영역을 더욱 더 확산시켜 놓고 있는 것이 아닌가 하는 생각이 듭니다. 저는 시조무용론이나 폐지론을 강조하고 있는 것이 아니라, 새로운 시대에 걸맞게 새로운 시조의 형식이 창출되어야 한다는 점을 반어적으로 강조하고 있는 것이지요.

이우걸　반 선생님께서 단아한 서정성을 매우 부정적으로 말씀하셨는데, 저는 오히려 시조의 단아한 서정성 자체를 강조하고 싶습니다. 시조가 자유시처럼 서사적인 이야기를 간직할 필요는 없다고 보지요. 박용래, 김종삼, 이시영의 시들이 길어서 좋은 것은 아니지요. 과거에 시조가 자유시를 흉내내서 서사적인 이야기를 도입하고자 했을 때, 오히려 시가 진부해지고 독자들이 줄어든 적이 있었지요. 비록 현대시조가 음악성을 잃어버렸다고는 하지만, 음악으로부터는 아주 멀어질 수는 없기 때문에 시조로서의 생명력은 얼마든지 유지할 수 있는 것이지요. 시조는 자유시처럼 말이 많아질 필요는 없고, 시조의 생명력은 역시 단아한 서정성에 있다고 봅니다. 결론적으로 말씀드린다면, 시조와 시는 상호 보완의 관계에 있다고 할 수 있겠고, 현대시라는 용어로 자유시와 현대시조를 종합하여 사용했으면 합니다.

이근배 앞에서 이우걸 선생이 말한 바 있지만 오늘날 현대시조 작가들은 600여명이나 됩니다. 문학과 예술에 있어서 숫자의 개념은 별다른 의미가 없다고 보지만, 문학과 예술, 혹은 자유시의 경우에서처럼 양적인 팽창은 현 단계 시조의 활성화나 시조 작가의 저변 확대를 위해서 대단히 고무적인 현상이라고 할 수가 있겠습니다. 장경렬 교수가 제기한 알레고리 문제는 제가 그 글을 읽어보지 않아서 잘 알 수가 없지만, 사회·역사적인 현실을 외면하고, 초 역사적인 정적주의에 갇혀 있었던 국민문학파들을 비판적으로 겨냥하고 있는 것 같습니다. 오늘날 시조를 바라보면서 양반문학이라고 매도하는 관점이 있는 것 같은데, 그것처럼 위험한 것은 없습니다. 옛날에는 인쇄매체가 발달하지 않았기 때문에, 문헌을 기록하고 보존할 수 있었던 사대부 계층이나 지배계급에 의해서 주도되어 왔던 것이지, 그것을 굳이 양반문학이라고 매도할 수는 없는 것이지요. 시조라는 것은 우리 한국인들의 삶에 있어서 자연발생적인 것이고, 오늘날 시를 쓴다는 개념과 똑같이 이해하면 됩니다. 일본에서는 하이꾸나 단가들이 국민시가로서 널리 애송되고 있고, 우리 한국사회에 있어서 제 아무리 자유시의 도도한 물결이 흐르고 있을지라도 현대시조는 영원히 존재할 것입니다. 시문학 초기에는 만해, 육당, 미당, 춘원 등도 시조를 썼고, 시조는 한국문학의 원형이라고 보아야 하지요.

현대시조의 시사적 정립

반경환　이우걸 선생님이 강조하신 현대시조의 서정성의 문제나 이근배 선생님이 말씀하신 한국 현대시의 원형으로서의 시조를 몰이해하고 있은 것은 아닙니다. 다만 사회·역사적인 배경을 고려하면서 시/시조와 소설의 형식을 살펴보면, 구비문학의 전통 아래서는 시가 중심적인 장르로 부상하고, 인쇄매체와 활자문학의 시대에서는 소설이 중심적인 장르로 부상하고 있다는 사실을 알 수가 있을 것입니다. 구비문학의 전통 아래서는 노래와 분리되지 않았던 시의 형식이 삶의 교훈이나 지식, 혹은 사건을 묘사하고 전달하는 데보다 더 적절했다고 볼 수가 있지요, 문학의 측면에서 장르의 변천사는 시대의 변천사이며, 시대적인 측면에서 시대의 변천사는 장르의 변천사이기도 하지요. 현대사회는 전자매체와 영상매체에 의하여 인쇄매체가 쇠퇴하고, 다른 한편에서는 최고급의 인문주의와 계몽주의적인 가치관, 이를테면 이념이나 사상이 흔들리고 있는 혼돈의 사회이기도 하지요. 한국 정형시로서의 시조의 전통을 이어가는 것도 소중하지만, 그 전통을 벗어나려는 노력 역시도 소중한 것이 아닌가 하는 생각에서 단아한 서정성을 지적해본 것이기도 하지요. 현대시조의 시사적 정립은 대단히 어렵고 힘든 작업이라고 생각됩니다. 넓게 바라보면 한국문학사의 정립 문제나 근대문학에 있어서의 '근대'의 기점 문제까지도 정립되어 있지 않은 마당에 현대시조의 시사적 정립을 논의하기에는 대단히 무리가 있다고 생각됩니다. 시조는 고려 말엽에 창작되어 오늘날에 이르기까지 1,000여년의 역사와 전통을 간직한 것이라고 알고 잇습니다. 고려 말엽에서부터 조선시대 말기까지를 고전시조, 서구 근대문학의 충격을 받은 20세기 초에서부터 현재까지를 현대시조라고 부르고 있습니다. 그럼 우선 고전시조와 현대시조의 개념 문제와 현대시조에 있어서 경향문학파와 국민문학파의 대립 갈등 문제, 그리고 육당 최남선, 가람 이병기, 노산 이은상, 조운, 조종현, 김상옥 시인 등이 시조의 현대화에 기여한 문제, 현재 시조 시단에서 가장 활발하고 훌륭한 업적을 쌓아가고 있는 시인들을 중심으로 하여 말씀하여 주시기를 바랍니다.

이우걸 1920년대의 카프와 민족문학 사이에 논쟁을 우리는 기억하고 있습니다. 가령 『개벽』지, 『삼천리』지, 동아일보 등에서 벌어진 양측의 대결은 한쪽은 적극적이고 한쪽은 소극적이었다는 점에서 공통점을 가지고 있다고들 하지요. 바로 이 논쟁의 소극적인 그룹인 민족문학 계열이 창작과 사회 운동면에서 큰 실적을 쌓았다고 볼 수 있지요. 한글운동, 농촌계몽운동, 시조, 역사소설, 농촌소설의 개척이지요. 전향하기 전 카프시대, 김동환으로부터 "시조는 문예상의 일대 감옥이다, 오히려 배격할 가치조차 없는

死文學"이라는 공격을 받으면서도 1926년에 육당의 『백팔번뇌』가 나오고 이병기의 정연한 시조론과『가람시조집』(1936)이 나왔습니다. 저는 고전시조와 현대시조가 갈라지는 분기점을 육당의『백팔번뇌』가 나온 1920년대로 잡고 있습니다.

이근배 제가 1960년대 조총련계에서 나온 북한의 문학사를 읽은 적이 있어요. 북한은 시문학사를 한글이 창제된 이후, 송강 정철 선생과 고산 윤선도 선생들로부터 시작하고 있어요. 그런데 우리는 일제의 영향을 받아서 그런지, 육당의「海에게서 소년에게」로부터 시작하고 있어요. 나는 다른 데서 여러 차례 말한 적이 있지만「海에게서 소년에게」라는 작품이 제목조차 마음에 들지 않아요. 그냥 바다에게서 소년에게로 하면 될 것을 가지고 해에게서 소년에게로 하니까, 대부분의 사람들이 海자로 읽지 않고 하늘의 해를 연상하게 되지요. 그리고 의성어에 불과한 '철썩철썩', '때린다', '부순다' 따위가 어떻게 시가 될 수 있겠어요. (일동 웃음). 한국의 시문학사도 향가에서부터 송강 정철, 고산 윤선도, 그리고『목민심서』등의 문학적 유산을 받아들여 다시 써야 합니다. 시조는 우리 한국인들의 얼과 고유한 민족적 정서를 가지고 있는 문학 양식인데, 시조라는 이유만으로 한국 시문학사와 교과서 등에서 배척을 당한다는 것은 있을 수가 없습니다. 가람 이병기 선생, 노산 이은상 선생, 조운 선생 등 많은 분들의 시조가 다른 자유 시인들의 시에 결코 뒤떨어지지 않습니다. 시문학사의 기점은 송강이나 고산까지로 끌어올리고, 현대시조의 기점은 이우걸 선생님이 말씀하신대로 1920년대로 잡아야 한다고 생각합니다.

반경환 시문학사, 혹은 한국문학사를 쓸 때, 근대나 현대의 기점 문제는 대단히 중요하고 아주 민감한 문제라고 할 수가 있겠지요. 문학사가들이 근대나 현대의 기점을 잡아나갈 때, 막연히 어느 한 시기나 특정 작품을 중심으로 해서 자의적으로 잡아나가는 것이 아니고, 봉건군주제 사회와 자본주의 사회, 혹은 전체주의적인 사회와 개인주의적인 사회가 확연히 구분되는 시기를 잡아나가는 것이기도 하지요. 전자에서는 절대적인 군주와 사제, 혹은 귀족계급이 득세를 하게 되지만, 후자에서는 신흥 중산층 및 사회적 하층계급이 득세를 하게 되고, 범사회적인 측면에서 강조되던 신앙의 문제마저도 개인의 내면화 운동으로 바뀌게 되고, 근대적인 자아의 의식이 강조되지요. 문학이라는 개념이 자본주의 사회에서 정착하게 된 역사적 배경이 그렇고, 프랑스 혁명을 기반으로 하여 신흥 중산층 및 사회적 하층계급이 부상을 하게 된 역사적 배경도 바로 그것을 설명해주고 있다고 보여집니다. 김현, 김윤식 공저인『한국문학사』에서 두 분 선생님들은 근대문학의 기점을 영·정조시대로 잡고는 있지만, 그것마저도 대부분의 문학사가들이 동의하거나 공인하고는 있지 않습니다. 근대나 현대의 기점 문제는 문학만의 문제도 아니고, 여러 분야의 인접 학문 예컨대 역사, 철학, 사회과학 등의 공통의 문제이기도 하지요.

이우걸 그렇다면 시조의 존재 의의를 시사적 측면에서 어떻게 해명해야 하는가라는 점이 오늘 논의의 초점인 것 같은데, 저는 박철희 교수님의 「시조부흥론 재검토」(영남대 문리대 학보, 1975, 7)의 결언 부분을 강조하면서 제 입장을 정리하고자 합니다. 시조의 구조를 자설적, 타설적 대립의 구조로 파악하고 적어도 근대 이후의 시조는 조선의 시조가 거부했던 우리의 잠재적 감정

내지는 퍼스낼리티를 현대의 상상력에 의한 발견 변용된 형태임을 리듬의 변화, 어법의 변화, 인식의 변화를 통해 발견할 수 있습니다. 현대시조는 송강, 고산, 황진이처럼 개성이 강한 작품들을 통한 자설적 요소의 계승이며, 또한 그것의 새로운 표현입니다. 따라서 시조가 한국시사에 있어서 역사적 존재 의의를 획득하는 것은 결국 타설적 시조를 통한 조선의 형식주의에 복고되는 것을 막는 데서부터 출발하는 것이지요.

시조의 시학은 결국 보편적 질서와 개인적 질서의 조화를 통해 얻어지는 것인데, 보편적 질서와 개인적 질서 사이에 갈등이 나타나곤 하지요. 가령 개인적 질서를 지나치게 강조하게 되면 이미지의 변형이나 초장, 중장, 종장의 변형을 통해 형식적인 측면에서 자유로워지는 반면, 시조가 아닌 시, 혹은 산문화된 시만을 얻게 될 뿐입니다. 또한 보편적인 질서만을 강조하게 되면 고전시조의 전통과 그 맥락을 이어갈 수 있는 장점이 있는 반면, 국화빵과도 같은 몰개성적인 시만을 얻게 될 뿐입니다. 고전시조와 현대시조의 구분의 문제는 아까 반 선생님이 말씀하신대로 고려 말엽에서부터 조선 말기까지를 고전시조, 그리고 서구 근대문학의 충격을 받은 20세기초부터 현재까지를 현대시조라고 부르면 될 것입니다. 시조의 현대화에 기여한 가람 이병기 선생이나 노산 이은상 선생에 대한 평가는 상당히 많이 이루어져 있기 때문에 이 자리에서는 생략하기로 하겠습니다. 50년대에는 박재삼, 60년대 이근배, 김제현, 윤금초 등이 전쟁문학이라고 할 수 있을 만큼 당대 사회적 현실을 반영하여 활발하게 활동한 바가 있으며, 70년대에 들어와서는 저마다 산업화시대의 내면의식을 통하여 박시교, 이우걸, 유재영, 사설시조

쪽의 김상묵 등의 시인들이 활발하게 활동하고 있습니다. 한 가지 아쉬운 점은 50년대와 60년대는 물론이거니와 70년대, 80년대까지도 제대로 평가가 안됐다는 점이지요. 하루바삐 젊고 능력 있는 분이 관심을 갖고 평가작업을 맡아 주었으면 합니다. 반 선생님이 김지하, 김용택, 최승호 시인 등이 사설시조나 판소리 가락을 도입하여 한국 현대시의 영역을 확장시켜 놓았다고 했는데, 국문학자들 사이에서도 사설시조에 대한 평가는 매우 다르게 나타나고 있습니다. 제 생각을 말씀드린다면, 사설시조는 서사적 지향이 강한 것이기 때문에, 자유시에 가까운 것이고, 정형시는 운문에 가까운 것이지요. 시조는 응집의 미학이고 사설시조는 해체의 미학이에요. 어디까지나 시조는 운문의 형식으로 나타나는 것이지, 산문의 형식으로 나타나는 것이 아닙니다. 오늘의 시조는 어디까지나 기계적인 형식을 거부함과 동시에, 그것이 자설적인 역사적 요청에 부응할 때 그 의의를 찾을 수가 있는 것이기도 하지요.

이근배 한국시문학사의 정리 문제를 거듭 말씀드리자면, 한국시문학사에 있어서 시조를 떼어놓거나 배제하면 안된다고 봅니다. 이 문제는 내부의 문제이기도 한데, 우리 시조가 자유시만큼 좋은 작품을 생산해놓았는가 하는 것이지요. 저는 자유 시인들의 작품이 다 좋은 것이 아닌 것과 마찬가지로 우리 시조 작가들의 작품이 다 좋은 것은 아니라고 생각하고 있습니다. 제 아무리 팔이 안으로 굽는다고는 하지만, 제 개인적 입장에서 냉정하게 바라보면, 우리 시조 역시도 자유시만큼 좋은 시들을 생산해놓고 있다고 말할 수가 있어요. 박재삼 시인을 비롯한 몇몇 시인들은 자유시와 시조를 다 같이 쓰기도 했지요. 국문학자나 문학

비평가들이 자유시와 시조를 대할 때 다 같이 공정하게 평가를
해주었으면 합니다.

한국정형시로서 시조의 갈 길

반경환 이우걸 선생님과 이근배 선생님, 두 분 선생님의 말씀을 들
으면서, 한국문학사가 치유할 수 없을 만큼 깊게 왜곡되어 있다
는 생각을 지울 수가 없게 되는군요. 전통이란 있는 것을 토대
로 하여 새로운 전통을 만들어 나간다는 긍정적인 측면과 있는
것을 부정함으로써 새로운 전통을 만들어 나간다는 부정적인
측면이 다 같이 상호작용을 하면서 만들어져 나가는 것인데, 우
리 한국의 현대문학은 서구 근대문학의 충격 속에서 그러한 살
아 있는 전통을 주체적으로 만들어 나갈 수가 없었던 것이지도
하지요. 넓게 바라보면 서로가 다 같이 하나라는 인식을 사장해
버린 채, 해외문학파의 전통단절론과 국민문학파의 전통계승론
이 극단적인 반목과 대립을 했던 데서 오늘날과 같은 왜곡 현상
이 빚어졌던 것이기도 하지요. 오늘 이 자리는 시조가 한국현대
시의 원형이라는 전제 아래 다 같이 동의하고 모인 자리이니 만
큼, 이제부터는 한국 정형시로서의 시조의 갈 길을 진지하게 논
의해 보도록 하지요.

먼저 한국 정형시로서 시조의 갈 길을 논의하기 이전에, 시/
시조의 기원의 문제를 간략하게나마 말씀드리는 게 어떨까요?
시/시조와 노래는 그 기원에 있어서 분리할 수가 없는 것이고,
마법의 노래나 주문은 시의 원시적인 형태라고 할 수가 있겠지
요. 그리스어로 선율은 어원상 '진정제'를 뜻한다고도 합니다.

따라서 시와 노래가 있었기 때문에 사회적인 슬픔이나 분노, 혹은 격정 등을 가라앉히고, 악마마저도 유순하도록 만들기도 했던 것이기도 하지요. 뿐만 아니라, 예언의 신인 아폴로를 자기 편으로 만들어 미래를 강제할 수도 있었고, 문자가 성립되지 않았거나 보편화되지 않았던 시절의 지식을 전달하는 유일한 수단으로 작용하기도 했던 것입니다. 시의 사회적 기능은 종교, 혹은 제의적 기능과 교육적 기능, 그리고 축제적 기능으로 설명할 수가 있지만, 그 효과는 우리 인간들의 존재론적인 우연성과 결핍성, 그리고 무력성을 다스리는 진정제적 효과로 작용하고 있다고도 보아야 하지요. 조정 이론으로 설명되든, 정화 이론으로 성명되든 간에 아리스토텔레스의 카타르시스 이론도 진정제적인 효과와 일맥상통하고, 우리 인간들은 시와 노래에 의해서 존재론적인 한계를 극복하고, '인간화된 신적 존재'로까지 그 사회적 지위를 수직 상승시켰다고도 할 수가 있겠습니다.

그러나 저는 한 사람의 문학비평가로서 니체와 아리스토텔레스가 강조한 진정제적 효과와 카타르시스 이론에는 전적으로 동의하고 있지 않습니다. 왜냐하면, 우리 인간들이 시와 노래에 의해서 신적인 존재로 수직 상승할 수가 있었듯이, 진정제적 효과나 카타르시스적 효과는 다만 부수적인 것에 지나지 않는다고 생각하고 있기 때문입니다. 우리 인간들은 자신들의 존재론적 한계나 그 감정들을 다스리기에 앞서서 자기 자신의 운명을 능동적으로 이끌어 나갈 수 있는 비극의 주인공이 되어야만 하는 것이기도 하지요. 시와 노래는 수동적이고 방관자적인 삶에서 우러러 나올 수가 없는 것이고, 자기 자신의 생명과 모든 것을 걸 때만이 얻어질 수 있는 어떤 것일 겁니다. 시와 노래는 미학적 거리나 객관적 거리가 무화되는 지점에서, 삶이 시가 되고 노래가 되는 바로 그 자리에서, 자연스럽게 우러러 나온다고 할 수가 있겠지요. 천 년, 만 년 살아남은 노래나 대작가의 신화가 아무렇게나 저절로 얻어지는 것은 아닙니다. 시인은 언어와 행동의 일치를 통해서 우리 인간들의 한계를 극복하고, 무한한 가능성을 개척한 위대한 영웅, 혹은 비극의 주인공이 되지 않으면 안됩니다. 저는 시와 노래를 진정제적인 효과가 아닌 운명역전, 혹은 '영생불사의 효과'로 설명할 수가 있습니다. 누구나 신이 될 수는 있지만, 그 가능성을 현실화시킨 사람은 아주 극소수에 불과하지요. 이러한 시/시조의 기원과 시인 정신을 염두에 두면서, 한국 정형시로서의 시조의 갈 길을 말씀해 주셨으면 합니다. 이근배 선생님께서 말씀해 주시지요?

이근배 반 선생의 시/시조의 기원과 시인 정신에 관한 말씀은 잘 들었습니다. 반 선생의 우리 시조에 대한 애정을 대단히 고맙게 생각해요. 오래 전의 일인데, 어느 월평의 자리에서 "이것이 시인지, 시조인지 잘 모르겠다고"해서 실소를 자아낸 적이 있지요. 한 사람의 천재 시인이 존재하기 위해서는 그 사람의 재능 못지않게 언론기관이나 잡지사, 수많은 문학비평가들의 비평적 옹호가 중요합니다. 이러한 비평적 옹호가 없이는 어떠한 천재 시인도 살아 갈 수가 없어요. 저는 우리 시조 시인들이 마음을 놓고 창작에 전념할 수 있는 사회적 풍토 조성을 대단히 중요하게 생각하고 있습니다. 매년 신춘문예의 심사를 통해서 느낀 것은 자유시보다는 시조의 수준이 훨씬 더 높다는 사실입니다. 그런데 각종 잡지 지면에서는 이러한 우수한 시조 시인들이 지면을 얻을 수도 없고, 시문학의 변두리 형식으로 취급받기가 예사입니다. 자유시와 현대시조 중 어느 것이 더 우수하느냐를 놓고 논쟁의 장이라도 마련된다면 좋겠습니다. 꼭 이길 수 있다기보다는 그 자리에 참석해서 현대시조의 우수성을 증명해 보이고도 싶어요. 언젠가는 박재삼 시인이 등단 작품인 「내사랑」을 선생님의 우수한 자유시 열 권하고도 바꾸지 않겠다는 말을 한 적도 있지요. 이러한 비교 평가를 통하여 시조하면, 고전시조에서 '가노라 삼각산아', 혹은 '이 몸이 죽고 죽어'만을 알고 있는 세인들의 피상적인 인식을 뜯어 고치고 현대시조의 우수성을 꼭 입증에 보이고 싶습니다.

반경환 이근배 선생님께서 꼭 시조의 우수성을 입증해 보일 수 있기를 바라겠습니다. 역사라는 것은 단절되는 것이 아닌데, 우리 한국인들은 서구인들에 의한 근대화를 경험하면서, 일종의 역사적 허무주의를 체험한 것이 아닌지도 모르겠어요. 해외문학파의 전통단절론이나 국민문학파의 전통계승론의 대립과 갈등은 반드시 지양되어야 하고, 이제부터는 제멋대로 얽히고 설킨 한국 문학사를 바로 잡아나가야 할 때라고 생각합니다. 한국 정형시로서의 시조의 미래는 크게 보아 다음과 같은 세 가지의 문제에 직결되어 있다고도 보아야하지요. 첫째는 시조 작가로서의 시인 정신의 문제이고, 둘째는 시대의 변천에 따른 낡은 형식의 극복의 문제이며, 세 번째는 훌륭한 시조 시인들을 배출할 수 있는 풍토 조성의 문제입니다. 우리 시/시조 시인들은 자기 스스로 얻어낸 지식을 가지고 신들의 목숨까지도 자기 수중에 넣고 규제할 수 있었던 호머와 아이스킬로스 같은 모험과 용기를 자기 자신의 사명으로 삼아야 할 것이고, 그 투신에의 문제가 해결되면 두 번째 문제인 낡은 형식의 극복의 문제와 세 번째 문제인 훌륭한 시조 시인들을 배출할 수 있는 풍토의 문제 역시도 해결될 수가 있겠지요. 문학비평에 있어서 항상 기원(원전)으로 되돌아가 보라는 금과옥조가 있듯이, 문학의 위기의 시대에도 그 기원으로 되돌아가 보는 것이 아주 중요하지요. 수많은 고전과 위대한 시인들의 발자취를 더듬어 보면서 서정시로서의 서사적 지향 문제나 자아의 발전사가 세계의 형성사가 되는 문제, 그리고 탈현대 사회에서의 시조의 위상의 문제를 해결할 수가 있을 겁니다. 우리 인간들의 삶이 계속되고 있는 한 시/시조는 영원할 것입니다. 청동보다도 더 오래가는 문체로 한 줄의 시구 속에 새로운 소우주를 창조할 수 있다는 사명감을 잃지 말아야 합니다. 한국 정형시에는 문외한이지만, 이번 좌담을 준비하면서 이우걸 시인의 다음과 같은 시조를 읽고 깜짝 놀라지 않을 수가 없었어요.

처라 가혹한 매여, 무지개가 보일 때까지
나는 꼿꼿이 서서 너를 증언하리라
무수한 고통을 건너
피어나는 접시꽃 하나
─「팽이」 전문

이 「팽이」라는 시조의 우수성은 고통을 외면하거나 회피하지 않고, 고통의 강도를 더욱 더 강화시켜 나가면서, 자기 자신의 존재론적 한계만이 아닌, 우리 인간들의 보편적인 한계를 극복하려는 듯한 시적 화자의 태도와 시인 정신에 있다고 할 수가 있겠지요. 비극의 주인공이나 신적인 존재에로의 수직상승은 어렵고 힘들고, 그 어느 누구도 하지 않으려고 기피하는 것, 그러나 어느 누군가가 꼭 해내야만 하는 어떤 것을 할 수 있을 때만이 가능한 것이라고 할 수가 있겠지요. 따라서 이 시의 시적 화자는 고통을 외면하거나 회피하지 않고, 오히려 적극적으로 그 고통의 강도를 강화시킨 결과, 자그만 팽이를 통해서 아름다운 무지개와 접시꽃의 이미지를 얻을 수가 있었던 것이기도 하지요. 갑자기 한 문화 전체, 한 사회 전체가 압축되어 있는 듯한 잠언적인 계시를 들은 듯도 했습니다. 시인의 정신은 무엇보다 생살이 찢어지고 모든 뼈마디가 잘려나가는 듯한 고통을 향유할 수 있어야만 합니다. 고통만이 종의 보존과 증진의 제일급의 힘이며, 시와 예술의 아름다움은 이러한 야만적인 잔인성이 세련되게 양식화된 것에 지나지 않습니다. 이우걸 선생님의 「팽이」는 적어도 단아한 서정성이 문제가 되지 않는 시조이기도 하지요.

이우걸 저는 시조 문학의 발전을 위해서 몇 가지 나름대로 시조에 대한 신념을 가지고 작품을 씁니다. 첫 번째로 시조는 '응집의 시학'이라는 사실입니다. 시조가 지나치게 산문화되거나 서사성의 요소를 받아들이려고 할 때 시로서 반응할 수 있는 고유의 영역이 오히려 줄어든다고 생각하고 있어요. 따라서 참신한 이미지, 생각에 깊이를 주는 말들에 대한 연구를 통해 다 말해버리는 시보다는 안으로 응집의 미가 있고 자꾸 새로운 의미를 보여주는 시가 되게 해야겠다는 것이지요. 두 번째로 시조는 서정시라는 사실입니다. 앞에서도 얘기했습니다만, 음보율의 적절한 사용, 사물에 대한 자상하고 치밀한 접근, 그리고 공통의 주제를 가장 개성적으로 정감 있게 시조로 빚어내야겠다는 것입

니다. 세 번째로 '독자와 그리고 현실과 가까운 시학'이 시조의
시학이 되어야 한다는 사실이지요. 난삽하지 않은 이미지 구사
가 독자와 가까워지기 위한 노력의 한 방법이고, 시대 상황에
반응하려는 노력이 현실과 가까워지는 방법이라고 생각합니다.
일본의 경우 1987년 타와라 마치라는 시인이 『샐러드 기념
일』이라는 단가집을 내었는데 300만부 이상이나 팔렸다고 합니
다. 이 시집이 왜 그처럼 많은 독자를 확보하였는가에 대해서는
전문가에 의한 신중한 분석이 필요하겠지만, 우선 일반적으로
드러나는 것은 발랄한 이미지와 공통적인 주제인 남녀간의 사
랑이 잘 교직되어 있다는 것인데, 우리는 현재의 풍토로선 우선
문학성을 떠나서라도 독자에 어필하는 시집이 있어햐 한다는
것이지요. 네 번째로서 '생활의 시학'을 추구해야 한다고 생각합
니다. 흔히 제2의 예술로 전락할지 모른다고 우려할지 모르지
만 일반 사람들의 생활과 동떨어진 고상한 문학이란 그 시대에
큰 영향력이 없을 뿐 아니라 존재 의의도 발견하기가 어렵지요.
이상 네 가지로 얘기한 제 자신의 시조에 대한 소신은 시인으로
서 시조에 대한 기대인 동시에 저에 대한 다짐이기도 합니다.
저는 시조에 대단한 선비 정신이 들어 있다고는 생각하지 않습
니다. 시조는 삶 자체이기 때문에 우리의 생활 현실과 동떨어져
있는 것도 아니지요. 또한 시조가 낡은 형식이라는 반 선생님의
지적에 대해서도 동의하지 않고 있어요. 전통적인 시조에 있어
서도 초장, 중장, 종장의 원리를 따져보더라도 그 원리로 시조
를 설명할 수가 없지요. 왜냐하면 시조는 살아 있는 형식이기
때문에 어떤 원리로서 설명할 수가 없는 것이기도 하지요. 마지
막으로 훌륭한 시조 작가를 배출할 수 있는 풍토 조성은 대단히

중요하다고 생각합니다. 박재삼 선생님께 왜 시조를 쓰지 않느냐고 물어보니까, 시조는 쓰기도 힘들고 재미가 없어서 못 쓰겠다고 하시더군요. 자유시는 그럭저럭 써도 신문에 나고 비평적인 스포트라이트를 받을 수가 있지만, 시조는 발표지면마저도 여의치가 않다고 하시더군요. 음악에 있어서도 서양 음악만 중요시하고 국악은 무시하고 있는 것과 마찬가지고, 문학에 있어서도 외국 문학자들이 문단을 이끌고 있는 편이지요.

비평의 활성화 문제

반경환　이근배 선생님과 이우걸 선생님께서 시조 시단의 풍토조성 문제를 대단히 중요하게 강조하셨지만, 1992년 시조 전문지 『시조시학』이 탄생하고, 중앙일보사에서 시조에 대한 지면을 적극적으로 할애하기 시작하면서부터 한국 정형시로서의 시조에 대한 관심이 매우 증폭되어 가고 있다고 생각됩니다. 저 역시도 『시조시학』에 「동시성의 미학」 등 몇 편의 글을 쓴 적이 있지만, 장경렬 교수의 「시간성 미학」과 이우걸 시인론인 「시조 또는 적요의 공간」, 그리고 윤금초, 박시교, 이우걸, 유재영 시인의 합동 시조집인 『네 사람의 얼굴』의 해설인 조남현 교수의 「형식과 의식의 틈, 그 네 가지 해결 방법」 등을 읽으면서, 아직 미약하기는 하지만, 현대시조에 대한 비평의 활성화 현상을 느낄 수가 있었어요. 『현대시』가 이러한 기획특집의 자리를 마련하게 된 것도, 현대시와 산문이라는 거대한 외풍 속에서도 한국적인 전통과 그 맥락을 이어나가고자 하는 여러 시조 시인들의 불굴의 노력 덕분이라고 하지 않을 수가 없군요.

저는 또 야단맞을 소리가 될는지도 모르겠지만, 시조라는 장르를 현대시의 한 하위 양식으로 이해하고 있고, 시조 형식에 대한 집착보다는 '무형식의 원리로서 다양한 형식'을 옹호하고 있는 입장이기도 하지요. 대부분의 문학 비평가들 역시도 저와 마찬가지로 생각하고 있을 겁니다. 시조에 있어서 엄격한 형식과 절제의 미덕, 그리고 유교적인 전통 아래서의 기품과 기골을 잃지 않으려는 지사적 선비주의 등은 제 아무리 고도화된 정보 사회의 산문 시대라고 해도 여전히 유효하다고 봅니다. 그러나 모든 시인들이 똑같은 목소리로 똑같이 노래한다는 것은 정말로 있을 수가 없는 일이기도 하지요. 음풍농월이나 초역사적인 전통주의를 부르짖기보다는 선악을 넘어서서 새로운 '인식의 제전'을 매우 풍요롭게 펼쳐보여야 할 것입니다. 시/시조가 우리 인간들의 삶에 기여해야 하지, 시/시조에 우리 인간들의 삶이 봉사해야 되는 것은 아니지요? 어쩌면 "이것만이 한국 고유의 정형시다", "이것만이 전통적이고 민족적인 것이다"라는 낡은 형식과 고정 관념에 집착하지 않을 때, 더욱 더 좋은 시조들이 쏟아져 나와서 한국 현대시의 새로운 진경을 보여주지 않을까도 생각이 됩니다. 가령 예를 든다면, "자, 이제 살려고 애써야 된다", "흠 없는 영혼이 어디 있겠는가", "오 성곽이여, 성곽이여"와도 같은 한 문화 전체, 한 사회 전체를 압축해서 표현할 수 있는 시구들이 쏟아져 나 올 수 있을 때, 한국 정형시는 '현대시의 하위 양식'이라는 주변적인 서러움을 극복하고, 현대시와 어깨를 나란히 할 수 있을는지도 모릅니다. 좋은 시나 문화적인 관용어들이 아무렇게나 저절로 쏟아져 나오는 것은 아니지요. 요컨대 시대를 초월해서 살아남을 수 있는 훌륭한 시들이 많이 쏟아져 나올 때,

수많은 학자, 문학비평가, 주요 일간지, 독자들의 관심이 고조될 것이고, 그에 따른 비평적 작업도 활성화될 수가 있을 것입니다. 저는 현대시조가 현대시를 뛰어 넘어서 중심적인 역할을 할 수 있기를 다른 한편으로는 기대하고도 있습니다.

이근배 예전에 어떤 시인이 정지용의 「백록담」을 비롯해서 월탄 등 일급 시인 30명의 대표작을 선정해서 비평적 조명을 하는 것도 상당한 시간이 걸린다고 말한 적이 있습니다. 자유시의 경우에는 발표 지면도 엄청나게 많고, 또 한 자유시에 종사하는 시인 숫자도 많기 때문에 시를 읽기도 어렵고 그에 따른 작품 평가를 일일이 하기도 어렵지요. 따라서 비평가들이 그때 그때마다 부상하고 있는 시인들이나 자기들이 발굴한 시인들의 작품만을 읽고 그에 따른 비평적 조명을 하게 되지요. 현재의 입장에서 반 선생 같은 애정이 있는 사람이 아니면, 여러모로 시조에 눈을 돌리기가 어려울 실정이기도 하지요. 몇몇 시조 시인들이 자구적인 노력으로 창작과 비평을 겸하고는 있지만, 아무래도 중이 제 머리를 깎을 수가 없듯이 그 성과는 미흡하다고 할 수밖에 없어요. 이제는 『시조시학』 같은 잡지사에서 '시조평론상' 이라도 마련해서, 시조비평의 활성화 방안을 마련해야 되지 않을까요? 시조비평이 활성화되면 시조 시인들도 의욕적으로 창작에 전념할 수도 있고, 시조를 폭넓게 이해시킬 수 있는 기회를 제공하는 것과 병행해서 시조와 현대시조를 비교 평가하는 기회도 마련될 수가 있을 것입니다. 시조와 현대시는 경쟁 관계에 있기도 하지만, 상호보완적인 관계도 갖고 있습니다. 김지하 시인이 사설시조나 판소리 가락을 도입하여 현대시의 영역을 넓힌 바도 있지만, 강우식 시인 등의 4행시 역시도 시조의 3행시와 매우 유사한 것이기도 하지요. 시/시조는 근본적으로 운문으로 하는 것이에요. 절제된 언어로 간결하게 의미를 응축시켜야 하는 것인데, 현대시는 지나치게 오소독소하고 해체적이며, 고삐가 풀린 말과도 같습니다. 물론 시에도 여러 경향과 유파가 있어야 하고, 수천 명의 시인들이 저마다 개성적인 목소리도 가져야 하겠지만, 시조가 현대시의 원형이라는 점만은 분명합니다. 비록 여러 경향의 유파와 다양한 목소리, 다양한 형식과 다른 테마가 변주되고 있을지라도, 분명히 모든 예술에는 회귀점이 있고 싸이클이 있는 것이지요.

반경환 시가 모든 예술의 원형이라는 것만은 분명합니다. 예전에는 시인들이 사제의 역할까지도 떠맡아 했었고, 시인들은 "모든 인간들은 다 우리들의 노예이다"라는 특권 의식까지도 지니고 있었지요. 오늘날에도 호머의 『일리어드』나 『오딧세이』 같은 작품들을 향해서 수많은 철학자, 학자, 문학비평가, 정신분석학자, 문화인류학자 등 당대 제 일급의 지식인들이 몰려 들고 있는 사실만을 보더라도 그것은 분명하지요. 시는 우리 인간들의 인식의 제전이다라는 말을 했습니다만, 한 줄의 시구 속에는 이 우주 전체와 삶의 지혜, 그리고 우리 인간들의 대단한 통찰력을 담을 수가 있는 것이기도 하지요. 오늘날은 다양한 산업사회이고, 따라서 시인들의 역할이 매우 위축되고 옹색해져가고 있기는 하지만, 문학, 혹은 시에 종사하는 사람으로서 이러한 긍지는 잃지 말아야 할 것입니다. 아무튼 현대시조는 시와의 경쟁에서 자꾸 밀려나기만 하면 살아 남을 수가 없습니다. 다른 예술과 형식에 아주 남다른 관심을 갖고 있는 비평가에게 현대시조에도 관심을 가져달라고 하는 것은 매우 무리가 있는 억지이기도 하지요. 이근배 선생님께서도 자구적인 노력을 역설하셨지만, 좋은 현대시조가 나올 때만이 비평적인 조명도 가능할 것입니다. 현대시조 비평의 활성화 방안에 대해서 이우걸 선생님도 한 말씀 하여 주시기를 바랍니다.

이우걸 현대시조에 대한 책들은 더러 나와 있습니다. 그러나 현대시조를 본격적으로 다룬 비평서는 거의 없는 실정이지요. 가람, 노산, 초정, 이호우 등에 대한 시인론도 빈약하기 그지 없습니다. 갈수록 지면은 늘어나는데, 작가론이 없는 동네가 되다보니 평가 기준 또한 중구난방입니다. 그래서 저 같은 사람도 어쩔 수 없이 그런 류의 글을 많이 썼습니다. 최근에 와서 다행히 많은 분들이 관심을 갖고 계셔서 그나마 위안이 됩니다. 가령, 김용직, 박철희, 김대행, 윤재근, 김재홍, 조남현, 장경렬씨 같은 분들이 특별히 관심을 가져주시고 또 김동준, 김제현, 서벌, 임종찬, 조병기, 주강식씨 같은 시조 시인들이 많은 연구를 하니까, 마음이 든든합니다. 그럼에도 불구하고 70~80년대 시인론으로 신춘문예 평론 당선이 되는 마당에 시조 시인에 대한 관심은 지나칠 만큼 쓸쓸한 편이지요. 이러한 비평 부재 현상의 원인은 물론 시조에 대한 매력이 적어서 일 수도 있고, 또 시조 시단의 폐쇄성이 그 원인 일수도 있을 겁니다.

이유야 어디 있건 간에 비평이 활성화되지 않은 결과 중대한 문제점을 시조 시단은 갖게 되었습니다. 첫째, 바람직한 시인의 모델을 젊은 시인들이 찾기 어렵다는 것, 둘째, 정실비평, 편짜기 비평이 극성을 부릴 수밖에 없다는 것, 셋째, 수사의 우열을 가지고 작품의 우열을 평가해버리는 관행이 통용된다는 사실입니다. 한 시인의 정신적 궤적이나 소재 혹은 주제의 변화

와 더불어 그 시인이 독자에게 암시하는 인생론적 의미의 천착
은 거의 간과해버리게 되지요. 그렇다면 비평의 활성화를 위해
어떤 노력을 해야 될 것인가에 대한 얘기를 하지 않을 수가 없
군요. 먼저 가능하면 지면을 관리하는 사람들이, 비록 처음은
실패하더라도 작품을 논하는 자리는 전문비평가의 몫으로 챙겨
야 한다는 얘기를 드리고 싶군요. 자유시에는 너그러우면서도
시조에 대한 작품론을 써달라고 하면 "나는 시조에 대해서 전혀
모릅니다"라고 거절하는 거예요. 마치, 시와 소설은 알아도 시
조에 대해서는 모르는 것이 당연한 것처럼 말입니다. 그들은 또
한 전혀 부끄럽다는 생각도 없는 것 같습니다. 어쩌면 시조비평
의 전문화를 논의하기 이전에 좋은 시조집, 혹은 텍스트를 생산
에 놓는 것이 더 시급한 과제일는지도 모르지요.

반경환 현대사회는 제 아무리 중이 자기의 머리를 깎지는 못하더라
도 자기 P.R.시대입니다. 백낙청 선생이나 창작과비평사에서 고
은이나 신경림 선생의 시를 자꾸 거론하고 과대 평가하고 있는
것도 민족문학 진영내의 전략적 차원일 수도 있지만, 어떠한 기
관지나 문학잡지가 존재하려면 거기에 걸맞는 스타나 천재가
필요한 것이기도 하지요. 자신들이 기획하고 편집할 수 있는 기
관지나 문학잡지를 가짐으로써 아주 우수한 작품이 아니더라도
평가할 수 있는 기회를 갖게 되고, 훌륭한 시인들도 발굴할 수
가 있는 것이지요. 저는 현대시조를 대할 때, 자꾸 낡은 형식이
라는 생각을 지울 수가 없는데, 제가 읽은 현대시조 시인들의
작품이 언어를 다루는 솜씨나 시적 기교는 매우 뛰어나기는 하
지만, 왜 한결같이 단아한 서정시의 세계이어야만 하는가라는
의문을 지울 수가 없었습니다. 차라리 서정시로서의 서사적 지

향의 문제나 자아의 발전사가 세계의 형성사가 되는 문제, 그리고 현대사회에서의 시조의 위상을 고려하여 볼 때, 이제는 무형식의 원리로서의 다양한 형식으로 지향할 때가 아닌가하는 생각마저도 해보았습니다. 좀더 과감하게 말한다면, 시조라는 형식에 집착하지 않을 때, 더욱 더 좋은 시를 쓸 수가 있는 것이기도 하지요. 형식에 집착하다 보면, 우린 인간들의 자유로운 사고와 삶이 그 형식에 얽매이게 되고, 우리 인간들이 시를 위해서 봉사해야 되는 것처럼 보이기가 십상입니다.

이근배 반 선생님께서 아주 좋은 말씀을 해주셨습니다. 우리가 강을 건널 때는 뗏목을 타고 갈 수도 있지만, 강을 건너가서까지도 뗏목을 메고 가는 바보는 없을 겁니다. 저의 경험담이긴 하지만, 초등학교 5~6학년 아이들에게 시조를 한 30분만 가르쳐주면 그 아이들도 모두가 글자 수를 맞추고 시조 비슷한 것을 쓸 수가 있습니다. 하지만 글자 수를 맞추고 형식을 갖추었다고 해서 다 시조는 아닙니다. 시조에는 그것을 쓴 사람의 내재율과 의미가 있기 마련이며, 박재삼 선생께서 말한 바가 있지만, 시보다도 시조가 더 쓰기가 어렵습니다. 이우걸 선생도 말한 바가 있지만, 사설시조는 사설시조이고, 시조는 사설시조와 분명히 다르지요. 레슬링에도 그레코로만형과 자유형이 있으며, 그 경기들이 다 같이 재미가 있듯이, 시조에는 시조에 따르는 룰이 있기 마련이에요. 룰이 있기 때문에 언어와 우리 인간들의 사고가 제약을 받는 것이 아니라, 그 룰이 있기 때문에 살아 움직일 수 있는 시조, 혹은 한국적 언어와 한국적 정서를 표현할 수가 있는 것이지요. 시조는 살아 움직이는 형식이지, 고정불변한 형식이 아닙니다. 야구나 축구가 그 형식 때문에 제약을 받고 있

지 않듯이, 하루바삐 천재 시인이 나타나서 한국 시의 원형으로
서 시조의 질적 수준을 향상시켜 주었으면 합니다.

이우걸　저도 반 선생님의 말에 전적으로 동의합니다. 시조를 시라
고 할 수 있는 것도 있고, 현대시를 시조라고 할 수 있는 것도
있습니다. 김용직 선생께서 서정주의 어떤 시를 시조라고 말씀
하시길래, "이것이 시이지, 왜 시조입니까?"라고 했더니, 그냥
감이 그렇다고 하시더군요. 아마도 서정주 시인이 그것을 시조
라고 의식해서 썼더라면 좋은 시조가 될 수가 없었을 겁니다.
앞에서 전문 비평가의 몫을 얘기한 적이 있는데, 우리 시조 시
단의 내부에서도 비평가들이 함께 관심을 가질 기회를 만들어
야 한다는 것이지요. 강연회나 세미나 혹은 문학상 등을 통해서
시조에 관심을 갖도록 하는 겁니다. 가령『시조시학』처럼 잡지
를 만들 때도 편집위원제도 등을 통해 시조에 대해 논의할 자리
를 자꾸 만들어야 하겠지요. 그리고 화제의 시조시집이 자꾸만
나와야 한다는 것이지요. 이 얘기의 역도 결국 성립되리라고 봅
니다만 앞서 인용한 '타와라 마치'의『샐러드 기념일』같은 베스
트셀러가 나온다거나 '김지하'씨의『오적』같은 작품이 나온다
면 우선 시조에 대해서 일반인이나 전문평론가가 긍정적이든,
부정적이든 관심을 갖지 않을 수가 없겠지요.

반경환　이 선생님께서 전문 비평가의 역할을 강조하시니까, 한 사
람의 문학비평가로서 시조 비평의 활성화 문제에 대해서 한마
디 하지 않을 수가 없군요. 한마디로 말해서 한국문학은 아직
문학 이전에 있습니다. 제가『행복의 깊이』와「퇴폐주의를 어
떻게 할 것인가」(『시와 사상』, 1994, 가을호) 등의 글을 통해서
김현 선생의 문학비평을 '타자의 사유에 노예적인 복종 태도만

을 보여주고 있는 주석비평'이라고 혹독하게 비판한 적이 있지만, 한국문학은 어떠한 독자적인 자기 이론도 갖고 있지 않아요. 김현 선생이 주장했던 '감싸기 이론'이나 '공감의 비평', '실천적 이론과 이론적 실천'도 따지고 보면 골드만, 바슐라르, 알튀세르, 알베르 베갱 등에게서 따옴표 없이 베껴온 것에 지나지 않습니다. 그런데도 김현 선생의 제자들은 그 원전을 확인해보지도 않고, 마치 김현이 그러한 이론들을 정립했던 것처럼 마구 인용하고 떠들어 댄 것에 지나지 않습니다. 한국문학사는 이러한 유치한 치기와 해프닝으로 얼룩져 있다고 해도 과언이 아니지요. 저명한 외국 언론에서 해외토픽감으로라도 다루어 주었으면 좋겠고, 그러한 국제적인 망신과 수모를 당해야만 제 정신을 차릴는 지도 모르겠습니다. 김현 선생의 제자들도 문학 비평가로서의 올바른 태도는 아니지만, 그 스승의 태도가 더욱 더 나쁩니다. 한국사회에서 스승과 제자의 논쟁이란 있을 수도 없고 있어서도 안 됩니다. 스승에게 고분고분 하고 머리를 숙일 줄만 알면 대학 사회와 언론, 문학상, 잡지사 등에서 좋은 자리를 차지할 수가 있지만, 스승에게 머리를 숙이지 않고 독자적인 길을 걷게 되면, 대학 사회, 언론, 문학상, 잡지사 등을 통해서 가차 없는 보복을 당하게 마련이지요. 한국 사회는 스승이 제자를 키워주는 것이 아니라, 스승이 제자를 모조리 잡아 먹고 있는 실정이기도 하지요. 하루바삐 젊은 비평가들이 이러한 현실을 깨닫고 독자적인 길을 걸어갈 수 있기를 바라면서, 더 이상 문학비평 내부의 치부를 거론하지는 않기로 하겠습니다. 그러나 한국문학의 이론이 정립되어 있지 않다는 것은 우리 문학 비평가들의 문제일 수만은 없습니다. 이것은 어떠한 시인이나 예술가들도 새로운 세계와 사물에 그 나름대로의 가치를 부여하고, 그것을 아주 세련되게 명명하거나 이론적으로 정립하지 못했다는 것을 역으로 반증해주는 것이기도 하지요. 한국문학비평만이 후진성을 자랑하는 것이 아니라, 한국 사회 전체가 후진성을 자랑하고도 있는 것 같습니다. 가령, T.V.프로그램 제작률을 따져 보더라도 마찬가지일 겁니다. 해외 스포츠, 해외 영화, 미국이나 일본 프로그램을 그대로 베껴오고 있는 오락프로그램 등, 아마도 자체 제작 보급률이 30%도 안될 것입니다.

독일 현대시의 선구자인 횔더린은 독일 현대 철학의 선구자이기도 합니다. 하이데거를 비롯한 여러 철학자들이 횔더린의 시를 통해서 자기들의 철학 이론을 정립하고, 또 정립해 나가고 있지 않습니까? 한국의 시인들은 이러한 점을 전혀 인식하지 못하고 있는 것 같은데, 하루바삐 한국의 시인들도 거대한 철학관과 인생관을 가지고 자기 자신만의 독자적인 세계를 구축할 수 있어야만 합니다. 시인의 사명은 무엇보다도 새로운 사물과 세계를 명명할 수 있는 힘을 향유할 줄 아는 일일 것입니다. 최고급의 가치나 독자적인 기원을 가진 것들을 기존의 언어로는 설명할 수가 없는 것이기도 하지요. 독자적인 사상과 독자적인 판단을 할 수 있는 자만이 위대한 시인이고 천재이기도 합니다. 제가 아까 시의 사회적 기능을 말하면서 '영생불사' 효과로 설명한 바가 있지만, 바로 이러한 독자적인 사상과 판단을 통해서 우리 인간들은 신적인 존재에로 수직 상승하게 되는 것이지요. 지식인들이 명명의 힘이 없다는 것은 타자의 사유에 지배받고 있다는 것이며, 세계라는 거대한 지식 시장에서 어떠한 지적 소유권도 향유할 수 없다는 사실일 겁니다. 국가라는 조직형태는 언제, 어느 때라도 다른 국가에 대항하여 물리적인 폭력을 행사할 수 있는 형태로 조직되어 있는 것이고, 세계의 역사, 혹은 인류의 역사상, 국가라는 조직을 구성하지 못한 민족이 살아남은 예가 없습니다. 한 민족국가에 있어서 '이민족'이란 오랑캐나 개와 돼지, 야만인들과도 같은 말에 지나지 않아요. 우리 한국인들이 신식민지, 혹은 문화적 후진국민이라는 노예의 사슬에서 벗어나려면, 서구인들의 외면적인 지적 포즈나 퇴폐풍조만을 받아들이지 말고, 그들이 학문에, 예술에, 그리고 문화 전반에 쏟아 붓고 있는 열정의 깊이를 이해하고 체득할 수 있어야만 합니다. 현대시조 비평의 활성화란 과제는 시인과 문학비평가, 학자, 독자, 언론인들이 다같이 참여하는 아주 잔인할 정도로의 '인식의 제전'이 되어야만 할 것입니다. 제가 만일 대통령이라도 된다면, 민족통일보다도 공부하는 사회를 만들고 싶습니다. 공부하지 않는 민족이 민족통일을 해서 어쩌겠다는 것입니까? 이제부터라도 한국인들의 국시(國是)는 공부가 되어야 할 것입니다. 공부하지 않는 민족의 장래는 암담할 뿐이에요.

이근배 반 선생께서 아주 날카롭고 좋은 점을 지적해주셨습니다. 이데올로기, 혹은 마르크스-레닌주의만 하더라도 그렇습니다. 그들이 민족국가를 해체하고, 이 땅에다가 무산대중, 혹은 프로레타리아 계급의 낙원을 건설하려고 했지만, 이제는 남은 것이 민족국가밖에 없습니다. 유고의 내전마저도 민족국가를 형성하려는 싸움으로 이해될 수밖에 없지요. 노벨문학상이 공정하고 문학성이 높은 작품에게만 주어진다고 할 수는 없지만, 가람 이병기 선생의 작품 같은 것을 꾸준히 번역하고 해외 출판 시장에 내놓았더라면, 어쩌면 노벨문학상을 수상할 수 있었을는지도 모릅니다. 마종기, 김영태 시인들을 통해서 외국 사람들이 한국 현대시를 읽고 보인 반응은 한국적인 것이 없느냐는 것이었지요. 왜냐하면 대부분의 한국 현대시들이 포장만을 한국적인 것이라고 했을 뿐이지, 그 속에는 햄버거나 피자가 들어 있는 국적 불명의 작품들이기 때문이었지요. 시조는 한국시인 원형입니다. 외국인들이 요구하는 것도 바로 이러한 것이지요. 신춘문예를 심사하면서 항상 느낀 점은 우리 시조가 대단히 자생력이 있다는 것입니다. 화훼단지 내에서가 아닌 야생화들이 끈질긴 생명력을 갖고 있듯이, 우리 시조는 "낡은 형식이다, 현대시로 흡수 되어야 한다" 등의 시조무용론 속에서도 1,000여년 동안이나 살아남은 것이지요. 더욱 더 고무적인 것은 경희대학교에서 시조장학생을 선발하기로 했고, 그에 따라서 재능 있는 젊은 사람들이 많이 등장할 수 있으리라고 봅니다. 좋은 작품들이 쏟아져 나와서 형식의 문제도 극복하고, 현대시조 비평도 활성화될 수 있기를 기대할 뿐이지요.

현대시조 시인의 재평가 작업

반경환 마지막으로 '현대시조 시인의 재평가 작업'을 간단하게 논의하고 오늘의 좌담을 마무리했으면 하는데요. 제 생각으로는 『시조시학』 등의 잡지사가 주관해서 현대시조 선집을 발간하고, 그것을 고전시조 선집과 비교 평가하는 작업을 하루라도 빨리 진행시키는 것이지요. 다른 한편으로 시조시인협회나 국어국문학자, 또는 문학 비평가들이 현대시조 100편을 등을 선별하여 유명무실한 세미나가 아닌, 그야말로 진지하고 내실이 있는 세미나를 개최하는 것이지요. 또한 이러한 대대적인 작업들과 병행해서 한국의 현대시와 비교 평가를 통하여 한국 현대시의 하위 장르나 범주가 아닌, 상대적 우월성을 획득해야만 할 것입니다. 현대시조의 미래는 현대시와의 피눈물 나는 싸움에 달려 있고, 지금처럼 현대시에 계속 밀려나기만 하면 시조의 미래는 암담하다고 하지 않을 수가 없군요.

이우걸 이에 대한 얘기는 앞서 비평의 활성화 방안에서 한 얘기의 반복이 될 수밖에 없습니다. 그러나 범주는 같더라도 내용을 조금 다르게 해서 말씀 드리겠습니다. 우선 비평 소외 내지는 비평 부재 현상은 의욕 있는 비평가들에게는 미답의 경지처럼 할 일들이 많이 남아 있는 곳이지요. 만일 관심을 가진 비평가가 체계적으로 글을 써보려 한다면 우선 조운, 조남령 시인에 대한 논의, 이호우 시인의 시적 변모에 대한 추적, 김상옥 시인의 소재 변화와 시풍의 변화에 대한 새로운 관찰 등이 좋은 대상이 될 것 같고, 사봉, 정운, 백수와 같은 시인들의 작품론, 그리고 60년대, 70년대 시인들에 대한 평가작업이 이루어진다면 우리 시조 시단은 분명 활기를 띠게 될 것입니다. 특히 60년대, 70년대 중견 시인에 대한 성실하고 애정 있는 비평이 풍성하게 이루어진다면 우리 시조 시단은 훨씬 건강하고 젊은 열기에 힘입어 좋은 작품쓰기에만 정진하게 될 것으로 믿습니다.

이근배 현대시조 작가의 재평가 작업을 말씀하셨는데, 사실 그동안 평가 작업이 전혀 이루어지지 않았어요. 잘못된 평가라도 많이 있었다면 얼마나 좋았겠어요? (일동 웃음). 현대시와 경쟁에서 우리 시조가 패배한 것은 사실이지만, 우리 시조는 600여명이나 창작에 전념하고 있을 만큼 자생력이 있습니다. 열악한 현실의

여건은 시조 시인들이 책임만도 아니고, 비평가들의 책임만도
아닌, 우리 모두의 책임이라고 봅니다. 여러 문학 잡지들도 상
업성이나 따지고, 현대시만을 편애하지 말고, 다 같이 애정을
갖고 문호를 개방하여 주었으면 합니다.

반경환 이우걸 선생님께 말씀드리겠는데요, 어떻습니까?『시조시
학』 등의 잡지사가 주관해서 현대시조선집이나 고전시조집을
발간하고, 그것을 현대시와 비교 평가할 만한 능력이 있는 것인
지요? 또 매번 그 사람이 그 사람이고, 앵무새처럼 밑 빠진 동어
반복만을 되풀이 하는 유명무실한 세미나가 아닌, 진지하고 내
실이 있는 세미나를 개최할 능력과 재원 조달이 가능하겠는지
요? 어렵고 힘든 일이지만, 하루바삐 믿고 신용할 수 있는 텍스
트를 출간하고, 저와 같은 문외한에게도 해설료나 강사료를 듬
뿍 주어가면서, 전혀 신진대사가 촉진되지 않고 있는 시조 시단
에 새로운 활기를 불어 넣을 수가 있는 전망이 있는 것인지요?

이우걸 앞으로는 그렇게 되리라고 확신하고 있습니다. 몇 년 전에
장석주씨와 현대시조 28인 선집을 낸 적도 있고, 장경렬 씨가
해설을 쓴 적도 있지요. 재원 확보도 문제이지만, 시조 시단에
서 600여명이라는 숫자가 문제가 아니라 이렇다 할 스타가 없
는 것이 문제입니다.『홀로서기』나『샐러드 기념일』과 같은 시
집들이 나와야만 관심이 없는 독자들도 끌어들일 수가 있을 텐
데요. 끝으로 현대시조의 현 단계를 간단하게 말씀드리자면, 학
자들의 견해가 어떻든 간에 저는 60년대에서 70년대 사이에 비
로소 시조 시단이 제대로 형성되었다고 보고 있습니다. 참여 시
인의 수가 그렇고 단평이긴 하지만 월평이 있고 잡지 수도 그렇
고, 작품활동도 그러하다고 생각됩니다. 그런데 요즈음 우리 시

조 시단은 여러 면에서 활발한 편이지요. 60년대에서 80년대 사이에 등단한 유능한 시인의 수가 적지 않고, 유력한 잡지에서 월평란을 제공하고 있고 의욕을 지닌 새로운 시조 전문지들이 역할분담을 하며 열심히 노력하고 있으니까요. 『시조문학』, 『현대시조』가 저변 확대에, 『시조생활』이 시조 교육 현장에, 『시조시학』, 『한국시조』 등이 나름대로 시조 시단의 질적 향상에 기여하려는 의욕을 보이고 있습니다.

반경환 이우걸 선생님의 말씀을 들으니까, 곧바로 시조 시단이 활성화될 수도 있을 것 같습니다. 『현대시』에서 이번호의 기획특집을 마련하게 된 것도 현대시조의 사회적, 문학적 지위 향상과 무관하지는 않습니다. 시조 시인들은 더욱 더 든든하게 마음을 먹고 항상 창작에만 전념하여 주시기를 바랄 뿐이지요. 좋은 시가 있는 곳에 독자들이 모여들게 되고, 비평적인 조명이나 거대한 언론 매체들의 조명도 가해질 것입니다. 어떤 사회, 어떤 위기의 시대에도 시와 시조는 영원할 것입니다. 이처럼 장시간의 좌담에도 불구하고 진지하게 임해주신 이근배, 이우걸 선생님을 대단히 감사하게 생각합니다. 감사합니다.

부록

1946년　경남 창녕군 부곡면 부곡리에서 한학자 부 이광화 씨와 모 차
　　　　진순 씨 사이의 8남매 중 일곱 번째로 태어남.

1953년　부곡초등학교에 입학했으나 팔 부상으로 자퇴함.

1954년　재입학하여 1960년 부곡초등학교를 졸업함.

1960년　부곡중학교에 입학함. 1963년 졸업함.

1963년　밀양 세종고등학교에 입학함. 1966년에 졸업함.

1967년　경북대학교 사범대학 사회교육과에 입학함(역사 전공). 이때
　　　　문우 서종택을 만남. 육군에 입대함(원주, 서울, 증평, 서산, 태
　　　　안 등에서 병영 생활을 함).

1970년　육군 제대와 동시에 경북대학교에 복학함.

1971년　학보에 발표된 작품「엽서」,「코고무신」등에 대한 김춘수 교
　　　　수의 격려로 문학에 뜻을 굳힘.

1972년　손병현, 이동순, 이현우 등과 동인지「선실」을 창간하여 2집까
　　　　지 펴냄. 대구 '전원다실'에서 시화전을 함. 김춘수, 권기호 교
　　　　수의 격려가 큰 힘이 되었음. 이 해에『월간문학』에 투고, 당선
　　　　되었으나 심사위원 이영도 선생의 권유로 이듬해『현대시
　　　　학』에「이슬」,「지환」,「편지」,「설야」,「도리원주변」등의 작
　　　　품으로 3회 추천을 받음.

1973년　『현대시학』등단, '낙강' 가입. 동인지『現代律』창간 멤버로
　　　　활약함. 이때 문우 박시교, 유재영을 만남.

1974년　경북대학교를 졸업함.

1976년　이광자와 결혼함. 그 해 아들 남중(南中)이 태어남.

1977년　부 한학자 송파 이광화 선생 타계. 첫 시집『지금은 누군가 와
　　　　서』를 학문사에서 펴냄.

1979년   딸 혜진(惠眞)이 태어남.

1981년   시집『빈 배에 앉아』를 흐름사에서 펴냄.

1982년   마산시조문학회를 결성함.

1983년   윤금초, 박시교, 유재영 등과 사화집『네 사람의 얼굴』을 문학
         과 지성사에서 펴내고, 이 시집에 실린 작품「비」로 중앙일보
         사 제정 제2회 중앙시조대상 신인상을 유재영과 함께 수상함.

1984년   시조평론집『현대시조의 쟁점』을 나라에서 펴냄.

1985년   제8회 마산시 문화상(문학 부문)을 수상함.

1988년   시집『저녁 이미지』를 동학사에서 펴냄.

1989년   평론집『우수의 지평』을 동학사에서 펴냄. 마산시조문학회를
         경남시조문학회로 개칭하고 회장이 됨. 제8회 성파시조문학상
         을 수상함. 제11회 정운시조문학상을 수상함.

1991년   『현대시조 28인선』을 장석주와 같이 청하에서 펴냄.

1992년   모 차진순 여사 타계. 경남신문 신춘문예(손남옥) 심사위원이
         됨.

1993년   경남신문 신춘문예(진혜정) 심사위원이 됨.

1994년   제33회 경상남도문화상(문학부문)을 수상함.

1995년   1980~90년대 괄목할 만한 시인의 사화집『다섯 빛깔의 언어
         풍경』을 윤금초와 함께 동학사에서 펴냄. 중앙일보사 제정 제
         14회 중앙시조 대상을 수상함. 경남신문 신춘문예(이영필) 심
         사위원이 됨.

1996년   마산문인협회 회장이 됨. 시집『사전을 뒤적이며』를 동학사에
         서 펴냄.

1997년   『시조시학』 제2대 주간이 됨.

1998년   시조산문집『나는 아직도 안녕이라 말할 수 없다』를 이행수
         교수와 함께 영언문화사에서 펴냄. 매일신문 신춘문예(조영두)
         심사위원이 됨.

1999년   매일신문 신춘문예(임성화) 심사위원이 됨.

2000년   제10회 이호우시조문학상, 경남문학상을 수상함. 시선집『그
        대 보내려고 강가에 나온 날은』을 태학사에서 펴냄. 매일신문
        (옥영숙), 경남신문(최영효) 신춘문예 심사위원이 됨.

2001년   평론집『젊은 시조문학 개성 읽기』를 도서출판 작가에서 펴냄.
        매일신문 신춘문예(송진환) 심사위원이 됨.

2002년   제6회 경남시조문학상을 수상함. 경남신문 신춘문예(서성자)
        심사위원이 됨.

2003년   반년간 문예지『서정과 현실』창간호를 도서출판 작가에서 펴
        내고 편집인이 됨. 시집『맹인』을 고요아침에서 펴냄. 밀양공
        고 교장으로 승진함. 경남문인협회 회장으로 선출됨. 제40회
        한국문학상을 수상함. 동아일보(유종인), 중앙일보 신춘문예
        심사위원이 됨.

2004년   진해고등학교 교장으로 부임함. 시선집『지상의 밤』을 시선사
        에서 펴냄. 문예지『서정과 현실』2, 3호를 펴냄. 동아일보(김
        미정), 중앙일보(정혜숙) 신춘문예 심사위원이 됨. 이호우, 이
        영도 시조문학상(박기섭, 김일연) 심사위원이 됨.

2005년   『서정과 현실』4, 5호 펴냄. 이호우, 이영도 시조문학상(오승
        철, 박옥위) 심사위원, 중앙일보 신춘문예(정선주) 심사위원이
        됨.

2006년   오늘의 시조학회 회장이 됨. 경남문인협회 회장에 재선됨. 김
        해대청고등학교 교장으로 부임함.『서정과 현실』6, 7호 펴냄.
        중앙시조대상(김연동) 및 신인상(김세진) 심사위원. 경남신문
        (이은정), 국제신문(김종훈) 신춘문예 심사위원이 됨.

2007년   오늘의시조시인회의 학회지『오늘의 시조』를 창간하고 젊은
        시조시인상을 제정 시상함(수상자 문희숙, 서연정).『서정과
        현실』8, 9호 펴냄. 경상남도 밀양교육청 교육장으로 취임. 중
        앙시조대상(이승은) 및 신인상(우은숙) 심사위원. 경남신문(김
        명희), 국제신문(이광) 신춘문예 심사위원이 됨. 딸 혜진 결혼

(사위 김태성)

2008년　오늘의시조시인회의 의장으로 재선됨. 『서정과 현실』 10,11호
　　　　펴냄. 제28회 가람시조문학상 수상. 경남신문(이남순), 부산일
　　　　보(이서원) 신춘문예 심사위원이 됨.

2009년　밀양교육장을 끝으로 교직 퇴임. 시조집 『나를 운반해온 시간
　　　　의 발자국이여』를 천년의시작에서 펴냄, 경남신문 신춘문예
　　　　(이정홍) 심사위원이 됨. 이호우, 이영도 시조문학상(문무학,
　　　　홍성란) 심사위원이 됨. 『서정과 현실』 12,13호 펴냄.

2010년　경남문학관 관장으로 취임함. 국제신문 신춘문예(오영민) 심사
　　　　위원이 됨. 『서정과 현실』 14,15호 펴냄. 산문집 『질문의 품
　　　　위』(작가) 펴냄.

2011년　김상옥시조문학상을 수상함. 경남신문 신춘문예(김종영), 가람
　　　　시조문학상(김연동, 김선화) 심사위원이 됨, 경남문학관 퇴임.
　　　　『서정과 현실』 16,17호 펴냄.

2012년　한국시조시인협회 이사장 취임. 한국시조시인협회 기관지 『시
　　　　조미학』 창간. 윤금초, 박시교, 유재영 등과 사화집 『네 사람의
　　　　노래』를 문학과지성사에서 펴냄. 부산일보 신춘문예(황외순)
　　　　심사위원, 가람시조문학상(이지엽, 정희경), 이호우 이영도 시
　　　　조문학상(정해송, 심석정) 심사위원이 됨. 『서정과 현실』 18,19
　　　　호 펴냄.

2013년　경남신문 신춘문예(김주경) 심사위원이 됨. 시조집 『주민등록
　　　　증』을 고요아침에서 펴냄. 시조선집 『어쩌면 이것들은』을 시
　　　　인생각에서 펴냄. 『서정과 현실』 20호 펴냄.

■ 이우걸 시조 연구에 대한 주요 서지

강호인, 「현대시조, 그 지평 위로 우뚝 '치솟는' 큰산」, 『나래시조』, 2006
　　　　년 겨울.

구모룡, 「생활 세계 속의 긴장된 자유」, 『현대시』, 2003. 12.

______, 「상처를 치유하는 생의 형식」, 『시조시학』, 2009년 가을.

김　종, 「색팽이의 의지로 기립한 언어」, 『겨레시조』, 1992년 가을.

김양헌, 「어둠을 뚫고 빛나는 절제의 힘」, 『현대시』, 1997. 2.

김제현, 「70년대의 시조 양상」, 『시조문학론』, 예전사, 1992.

김춘식, 「삶과 비애와 독한 회의」, 이우걸, 『맹인』, 고요아침, 2003.

김홍섭, 「절망의 그늘에서 꿈꾸며 말걸기」, 『시조시학』, 2000년 하반기.

박민영, 「균열의 시학」, 『시안』, 2009년 여름.

박철희, 「현대시조의 가능성」, 『현대문학』, 1996. 10.

서종택, 「이우걸의 시세계」, 이우걸, 『지금은 누군가 와서』, 학문사,
　　　　1977.

성선경, 「본이 되는 시, 본이 되는 시인」, 『시조월드』. 2008년 상반기.

손영희, 「우리시대 작가를 찾아서」, 『시선 』, 2009년 가을.

신경림, 「간결한 구도, 그 쌈박한 매력」, 『열린시조』, 1997년 여름.

엄경희, 「인고적 정신이 일궈낸 화해의 무늬」, 『저녁과 아침 사이에 시가
　　　　있었다』, 새움, 2005.

______, 「쓸쓸하고 정갈한 존재의 시간」, 『현대시학』, 2009. 4.

______, 『전통시학의 근대적 변용과 미적 경향』, 인터북스, 2011.

______, 「우리 시 전통의 견인차」, 『서정과 현실』, 2012. 3.

______, 「현대시조에 내포된 모더니티(modernity)의 일면」, 『한국언어문
　　　　화』 제49집, 한국언어문화학회, 2012. 12.

염창권, 「근원적 고독에서 피워 올린 성찰의 꽃」, 『유심』 2010. 1/2월.

염창권, 「흉터의 날들에 관한 기록」, 『현대시학』, 2008년 여름.

오규원, 「하나의 질문」, 윤금초 외, 『네 사람의 얼굴』, 문학과지성사, 1983.

유성호, 「불침번으로서의 비평」, 『시조시학』, 2002년 상반기.

______, 「전통적 형식과 현대적 감각의 활발한 교섭」, 『열린시조』, 2003년 봄.

______, 「완미한 정형 속에 담아낸 시적 비의」, 『'작가'가 선정한 오늘의 시』, 작가, 2004.

______, 「풍경의 발견과 해석」, 『문학사상』 2005. 9.

______ 편저, 『이우걸의 시조미학』, 작가, 2006.

______, 「시간의 선명한 얼굴」, 『시작』, 2009, 29.

유재영, 「의인화 또는 역설의 기능」, 『현대문학』, 1987. 9.

윤금초 외, 「현대시조 四家詩人 四色談論」, 『현대시학』, 2012. 4.

윤재근, 「이우걸의 시와 사물 그리고 형상과 고해」, 이우걸, 『저녁 이미지』, 동학사, 1988.

이근배 외, 「한국 정형시를 생각한다」, 『현대시』, 1995. 7.

이상옥, 「이우걸 시조의 현대성」, 『시와 생명』, 2001년 겨울.

이승훈, 「시조와 현대적 상상력」, 이우걸, 『그대 보내려고 강가에 나온 날은』, 태학사, 2000.

이연승, 「고통의 심연을 건너 사랑의 시학으로」, 『시조시학』, 2012년 가을.

이우걸, 「문학적 자전 에세이 섬」, 『열린시조』, 1997년 여름.

이재창, 「긴장과 절제, 지향성의 시학」, 『아름다운 고뇌』, 시와사람사, 1999.

이종문, 「피비린내 나지 않는 처연하고도 아름다운 사회시」, 『개화』, 2001. 10.

이지엽, 「섬세한 서정성과 시대 정신」, 『열린시조』, 1997년 여름.

장경렬, 「시조, 또는 '적요의 공간'에 언어로 놓은 '수'」, 『미로에서 길찾기』, 문학과지성사, 1997.

장경렬, 「단형시조의 깊이와 아름다움」, 『열린시조』, 1999년 봄.

______, 「"무수한 고통을 건너" 피어난 "접시꽃" 앞에서」, 이우걸, 『나를
　　　운반해온 시간의 발자국이여』, 천년의시작, 2009.

장석주, 「말들의 뿌리」, 『열린시조』 1997년 여름.

장성진, 「이우걸 시조의 전통성과 현대성」, 『밀양문예』 11집, 2012.

정과리, 「자유의 모험으로서의 현대 시조」, 윤금초 외, 『네 사람의 노래』,
　　　문학과지성사, 2012.

정미숙, 「탐미적 성찰의 흰 그늘」, 『시조시학』 2006년 상반기.

정수자, 「역사적 감각과 현실 인식의 미적 통섭(通攝)」, 『화중련』, 2012년
　　　하반기.

조남현, 「장인 정신과 생 철학의 상승」, 『문학사상』, 2001. 12.

______, 「철창으로 가는 길」, 『서정과 현실』, 2005년 하반기.

조동화, 「이우걸 시인의 '꽃'」, 『시조 21』, 2012년 상반기.

황인원, 「시조의 대중화를 위하여」, 『열린시조』 1999년 봄.